올리버 트위스트 1

Oliver Twist

세계문학전집 351

올리버 트위스트 1

Oliver Twist

찰스 디킨스

이인규 옮김

민음사

차례

서문

작가의 몇몇 친구들은 "이보시오, 신사 양반들, 그 인물이 악당이긴 하오. 하지만 그럼에도 불구하고 그에 대한 묘사는 자연스러움 그 자체였소." 라고 외쳤고, 그 시대의 젊은 비평가와 사무원, 도제 들은 그것을 저속하다고 일컬으며 불만에 찬 신음 소리를 토해 냈다.

— 필딩[1]

이 작품의 대부분은 원래 어느 잡지에 발표된 것이다. 나중에 필자가 작품을 완성한 뒤 지금과 같은 단행본으로 출간했을 때 일부 고매한 도덕적 부류의 사람들이 몇 가지 고매한 도덕적 이유를 들어 이 작품을 비난했다.

이 이야기에 나오는 몇몇 인물들이 런던 주민들 가운데 가장 범죄적이고 타락한 집단에서 선택되었다는 점이, 싸익스가 도둑놈이고 페이긴이 장물아비라는 점이, 소년들이 소매치기이며 여자애는 창녀라는 점이 그들에겐 상스럽고도 충격적인 상황이었던 듯싶다.

하지만 가장 혐오스러운 악에서도 가장 순수한 선에 대한 교훈을 끌어낼 수 있다는 것은 누구나 아는 사실이다. 필자

---

1) 헨리 필딩. 18세기 영국의 소설가.

는 항상 이것을 널리 인정받는 확고한 진리라고 믿어 왔는바 이것은 일찍이 이 세상에 존재했던 가장 위대한 사람들이 주장했고, 가장 훌륭하고 지혜로운 성품을 지닌 이들이 부단히 실천해 왔으며, 모든 분별 있는 정신의 소유자들이 이성과 경험으로 확인해 온 진리다. 이 책을 쓸 당시 필자는 찌꺼기 같은 최하류 인생들이 — 그들의 말씨가 사람들의 귀에 거슬리지만 않는다면 — 크림과 거품 같은 최상류 인생들 못지않게 도덕적 교훈의 목적에 훌륭히 기여할 수 있다는 것을 믿어 의심치 않았다. 또한 성 자일스[2]에도 성 제임스[3]에서 발견할 수 있는 그 어떤 것들 못지않게 진리에 부합하는 훌륭한 소재가 질펀하게 널려 있다는 사실을 전혀 의심하지 않았다.

이런 믿음으로 필자는 어린 올리버를 통해 선의 원리가 온갖 역경을 헤치고 살아남아 마침내 승리하는 것을 보여 주고자 했는데, 올리버가 아주 자연스럽게 그런 최하류 인간들의 손아귀에 떨어진 것을 염두에 두면서 그를 시험해 볼 가장 좋은 상대가 어떤 자들일지 고려했을 때 이 책에 등장하는 인물들을 머릿속에 떠올리게 되었다. 그리고 마음속으로 이 문제를 좀 더 심사숙고하며 따져 보았을 때 애초 생각했던 방향으로 계속 밀고 나갈 만한 여러 강력한 이유들을 발견했다. 필자는 도둑들에 대해 상당히 많이 읽었는바 그들은 (대부분 호감

2) 런던의 빈민가 우범 지대.
3) 런던의 부유한 상류 사교계 지역.

을 일으키는) 매력적인 인물들로 옷차림에 흠이 없고 호주머니가 두둑하며, 말 고르는 취향이 아주 고급스럽고 행동거지가 대담하고, 여자들에게 친절한 호남자인 데다 노래와 술과 카드놀이와 주사위 놀이 솜씨가 대단히 뛰어나고 세상의 가장 용감한 자들과도 너끈히 친구가 될 만한 자들이었다. 하지만 필자는 (호가스⁴⁾의 작품에서 말고는) 도둑들의 비참한 현실을 만난 적이 결코 없다. 필자가 보기에 그와 같은 범죄 집단의 한 무리를 실제 존재하는 그대로 그려내는 것, 그 모든 흉측함과 초라함, 그리고 그들 삶의 더럽고 비참한 실상을 묘사하는 것, 그들이 어디로 향하든지 커다랗고 시커먼 끔찍한 교수대가 언제나 앞길을 가로막는 걸 바라보며 삶의 가장 더러운 길을 불안하게 살금살금 걸어가는 모습을 있는 그대로 보여 주는 것, 바로 이것이야말로 필요한 일이며 나아가 사회에 기여하는 일인 것처럼 여겨졌다. 그래서 필자는 가능한 한 최선을 다해 이 일을 수행했다.

필자가 아는 한 이런 인물들을 다루는 책에서는 언제나 이 인물들 주변에 뭔가 매력적이고 마음을 사로잡는 것들을 흩뿌려 놓는다. 심지어 『거지의 오페라』⁵⁾에서조차 도둑들은 뜻밖에도 오히려 부러워할 만한 삶을 영위하는 것으로 묘사되

---

4) 윌리엄 호가스. 18세기 영국의 풍속화가이자 작가. 당대 사회의 세태를 풍자하는 작품을 주로 썼다.
5) 18세기 영국 극작가 존 게이의 사회 풍자적인 희곡 작품. 뒤에 언급하는 맥히스, 피첨, 로킷은 이 작품의 주인공들로 맥히스는 악당들의 두목이고 피첨과 로킷은 맥히스를 붙잡아 감옥에 집어넣는 인물들이다.

어 있다. 특히 맥히스는 부하들을 호령하는 모든 매력적인 특권을 비롯해 작품에서 가장 아름다운 아가씨이자 유일하게 순수한 인물의 헌신을 누리는 인물로서 우둔한 관객들의 숭배와 모방을 누릴 존재처럼 보인다. 수천 명의 부하를 지휘하며 선봉에서 죽음과 맞서 싸울 권리를 — 볼테르[6]의 표현을 빌리면 — 돈으로 산 그 어떤 훌륭한 장교 못지않게 말이다. 존슨[7]의 질문, 즉 맥히스가 집행 유예를 받는 것을 보고 과연 도둑이 되려는 자가 있을까 하는 질문은 필자가 보기에 핵심을 벗어났다. 필자라면 오히려 맥히스가 사형 선고를 받기 때문에, 피첨과 로킷 같은 인물이 존재하기 때문에 누군가 도둑이 되기를 단념하는 자가 과연 있을까 묻고 싶다. 맥히스 두목의 호탕한 삶, 훌륭한 외모, 굉장한 성공, 대단히 유리한 지위 등을 떠올리면 그런 방면에 소질이 있는 그 누구도 맥히스의 예를 교훈으로 삼지 않을 것이며, 그들이 이 작품에서 보는 것은 그저 명예로운 야망을 좇는 화려하고 즐거운 인생밖에 없으리라고 필자는 확신한다. 결국 — 때가 되면 — 교수대에 매달릴 운명일지라도 말이다.

사실 게이의 재치 넘치는 사회 풍자는 사회 전체를 대상으로 한 것인바 바로 이 때문에 게이는 위와 같은 문제에서 본보기를 보이는 데는 별 관심 없이 다른 목표들을 추구했다. 에드워드 불워[8] 경의 훌륭하고 강력한 소설 『폴 클리퍼드』에 대해

---

6) 18세기 프랑스의 철학자이자 작가.
7) 새뮤얼 존슨. 18세기 영국의 사상가이자 문인.
8) 디킨스 당대에 인기를 누린 대중 소설가 에드워드 불워 리튼.

서도 동일한 이야기를 할 수 있겠는데, 이 소설을 위의 문제와 어떤 식으로든 관계가 있는 작품으로, 또는 관계가 있도록 의도된 작품으로 간주하는 것은 온당치 못한 처사일 것이다.

필자의 이 작품에서 도둑의 일상적인 생활로 묘사된 것은 어떤 종류의 삶인가? 그 삶은 성미 비뚤어진 젊은이들에게 과연 어떤 매력을 가지겠으며, 얼빠진 불량 청소년들에게 과연 어떤 유혹이 되겠는가? 이 작품에는 말을 타고 달빛 비치는 황야를 달려가는 장면이나 이 세상에 있을 수 있는 가장 아늑한 동굴에서 흥겨운 주연을 벌이는 장면, 또는 매력적인 옷차림새나 화려한 자수 무늬, 레이스, 승마용 장화, 주름 깃이 달린 진홍색 상의, 그리고 강도들의 '길'을 옛날 옛적부터 장식해 왔던 당당하고 자유로운 기세 같은 것이 전혀 없다. 그 대신 춥고 축축하고 피신할 곳 하나 없는 한밤중의 런던 거리들, 악덕이 빽빽하게 들어차서 돌아설 틈조차 없는 더럽고 숨 막히는 소굴들, 끊임없이 덮치는 굶주림과 질병, 거의 다 떨어져 나가 너덜너덜한 누더기들뿐이다. 이런 것들이 과연 무슨 매력이 있겠는가? 오히려 교훈이 되지 않겠는가? 귀담아듣는 사람 별로 없는 추상적인 도덕적 경고나 훈계보다 훨씬 나은 뭔가를 우리 귀에 속삭이지 않겠는가?

타고난 성품이 너무나 고상하고 우아한 탓에 이런 끔찍한 것들을 대면하는 걸 견딜 수 없어 하는 사람들이 있다. 그들이 본능적으로 범죄를 싫어해서가 아니라 그저 범죄자로 나오는 인물들을 자신들이 먹는 고기처럼 자기네 취향에 맞게끔 우아하게 꾸며서 등장시켜야 하는데 그러질 않았다는 것이다.

초록색 벨벳 옷을 입은 마싸로니[9] 같은 인물은 매혹적이지만 거친 능직 옷을 입은 싸익스 같은 악당은 참을 수 없다는 것이다. 마싸로니 부인 같은 인물은 짧은 속치마에 화려한 드레스를 차려입은 숙녀인 고로 활인화(活人畵)[10]로 모방하거나 석판화로 그려 예쁜 노래 가사를 장식할 만한 대상이지만, 낸시 같은 인물은 면 가운에 싸구려 숄을 걸친 여자인지라 생각도 못 할 존재라는 것이다. 미덕이 더러운 스타킹을 얼마나 보기 싫어하는지, 그리고 얼마나 쉽게 악덕이 리본과 약간의 화려한 옷차림과 결합한 뒤 결혼한 숙녀들처럼 성씨를 바꿔 우아한 로맨스가 되는지 놀라운 일이다.

그러나 진실을 — 이렇게 (여러 소설들 속에서) 신분이 크게 향상된 인간들의 옷차림에 대한 것까지도 — 엄정하게 보여 주는 것이 이 책이 추구하는 목적의 일부였기 때문에 필자는 위와 같은 독자들을 위해 날쌘 꾀돌이의 외투에 난 구멍 하나도, 낸시의 헝클어진 머리카락에 남은 머리 마는 종잇조각 하니도 빼뜨리지 않았다. 필자는 그런 것들을 보는 걸 견딜 수 없어 하는 우아한 취향을 조금도 신뢰하지 않는다. 그런 사람들 가운데서 필자에게 동조하는 개종자를 만들 의향도 전혀 없다. 좋든 나쁘든 그런 사람들의 의견을 필자는 전혀 존중하지 않으며, 그들의 칭찬을 갈망하지도 않고, 또 그들을 즐겁게 해 주기 위해 작품을 쓰지도 않았다. 필자는 조금도 망설임 없

9) 제임스 로빈슨 플랜취라는 작가가 1829년에 발표한 희곡 작품의 주인공으로 로빈 후드 같은 의적이다.
10) 배우들이 동작이나 소리 없이 정지된 모습으로 보여 주는 극적인 장면.

이 이를 선언하는 바인데, 왜냐하면 필자가 아는 한 우리나라 언어를 사용하는 작가들 중 자존감이 있거나 후세대의 존경을 조금이라도 받는 이들치고 이런 까다로운 계급의 취향에 비굴하게 영합한 예가 없기 때문이다.

이와 반대로 올바른 본보기와 선례는 찾으려고만 하면 영문학의 가장 고귀한 거봉들에게서 쉽게 찾을 수 있다. 필딩, 디포, 골드스미스, 스몰릿, 리처드슨, 매켄지[11]는, 특히 필딩과 디포는 지혜로운 목적을 위해 실로 이 나라의 인간 찌꺼기와 쓰레기 같은 존재들을 소설의 무대 위에 등장시켰다. 자기 당대 사회의 검열관이자 도덕가였던 호가스 — 자신이 살던 시대는 물론이고 모든 시대에 걸친 인간의 모습을 영원토록 반영하는 위대한 작품을 쓴 호가스 — 또한 한 치의 타협도 없이 똑같은 작업을 수행했다. 오늘날 이 거인은 이 나라 사람들에게서 얼마나 높은 평가를 받는가? 하지만 호가스와 이 위대한 작가들이 활약하던 시절을 돌이켜 볼 때 필자는 그들이 하나도 빠짐없이 차례대로 당대의 하루살이 — 희미하게 붕붕거리는 소음을 내다가 곧 죽어 잊혀 버린 — 벌레들이 던지는 비난을 동일하게 받았다는 사실을 발견하게 된다.

세르반테스[12]는 스페인의 어리석고 무모하고 터무니없는 모습을 보여 줌으로써 스페인의 기사도를 우스꽝스러운 것으

11) 헨리 필딩, 대니얼 디포, 올리버 골드스미스, 토비아스 스몰릿, 새뮤얼 리처드슨, 헨리 매켄지. 모두 18세기에 활동했던 영국 소설가들이다.
12) 16세기 말에서 17세기 초까지 활동한 스페인 소설가로 『돈키호테』의 작가다.

로 처분해 버렸다. 세르반테스와 한참 떨어진 필자가 이 작품에서 보잘것없는 능력으로 시도하고자 한 것은 실재하는 한 세계의 볼썽사납고 혐오스러운 실상을 그대로 보여 줌으로써 그것을 둘러싸고 있는 거짓된 광채를 없애는 것이었다. 다만 이 시대의 범절과 필자의 취향을 다 같이 고려해서 그 세계의 타락하고 추한 모든 국면을 묘사하되, 작품에 등장하는 가장 천한 인물의 입에서 우리의 비위에 거슬릴 가능성이 있는 표현은 모두 제거하려고 노력했다. 그럼으로써 그 세계가 가장 저질스럽고 사악한 종류의 세계라는 사실을 인물의 말과 행동을 통해 세밀하게 증명하기보다는 필연적인 추론을 통해 깨닫게끔 하려고 했다. 특히 낸시의 경우 이 의도를 마음에 새겨 놓고 항상 기억하고자 했다. 그것이 과연 이야기에서 분명히 드러나는지, 얼마나 제대로 실행되었는지는 독자의 결정에 맡기는 바다.

낸시와 관련해서 짐승 같은 강도 싸익스를 향한 그녀의 헌신이 자연스러워 보이지 않는다는 지적이 계속 있어 왔다. 그러면서 동시에 싸익스에 대해서도 그가 단연코 너무 과장되게 그려졌다는 비난이 — 좀 모순된 비난이라고 필자는 감히 생각하는데 — 계속 가해졌는데, 그 이유인즉슨 그에게서 구원받을 만한 면모가 하나도 보이지 않는다는 것이다. 그의 애인에게 그런 면모가 있는 것을 부자연스럽다고 비난하면서 말이다. 싸익스에 대한 비판에 대해서 필자는 그저 이 세상에는 무정하고 무감각한 성품을 지녀서 구제가 불가능할 정도로 완전히 사악하게 변한 사람들이 있다고 생각한다는 말만 해 두고 싶다. 이것이 정말 그렇든 아니든 필자는 한 가지만은 확신하니, 그것은 싸익스 같은 사람들, 즉 똑같은 시간을 두고 똑같은 상황의 흐름 속에서 아무리 면밀히 관찰해 보아도 좀 더 나은 인간성을 지녔다는 흔적을 단 한 순간의 행동에서도 전혀 보여 주지 않는 사람들이 존재한다는 것이다. 좀 더 부드러운 인간적 감정이 그런 자들의 가슴속에서 깡그리 죽어 없어졌는지, 아니면 감응하는 인간 본연의 심금이 다 녹슬어 찾아보기 어렵게 되었는지 필자는 감히 안다고 하지 않겠다. 다만 필자가 말한 것이 사실 그대로라는 것만은 확신하는 바다.

낸시의 행동과 성격이 자연스러운가 부자연스러운가, 개연성이 있는가 없는가, 올바른가 그른가를 따지는 일은 부질없는 짓이다. 그것은 그저 엄연한 사실일 뿐이다. 인생의 이러한 암울하고 어두운 면들을 지켜본 사람이라면 그렇다는 것을 누구나 확실히 안다. 필자는 주변의 실생활에서 자주 보거나 읽은 바를 통해 오래전부터 마음속으로 짐작해 왔던 이 사실을 방탕하고 역겨운 수많은 인생살이들 속에서 실제로 추적해 봤는바 그것이 여전히 사실임을 발견했다. 불쌍한 그녀가 처음 등장하는 장면부터 피범벅이 된 머리를 강도의 가슴에 기대는 마지막 순간까지 과장이나 지나친 묘사는 단 한 마디도 없다. 그것은 단연코 하느님의 진실이다. 왜냐하면 그것은 하느님이 그런 타락하고 비참한 가슴들 안에 남겨 두신 진실로서, 그곳에 아직 꺼지지 않고 살아 있는 희망이자 잡초로 꽉 막힌 우물의 밑바닥에 남은 마지막 깨끗한 물방울이기 때문이다. 그것은 우리 인간성이 지닌 최선과 최악의 색조를 모두 포함하는데, 가장 흉한 색깔이 대부분이고 가장 아름다운 색깔은 약간뿐이다. 그것은 하나의 모순이자 기형이며, 존재할 수 없는 것처럼 보인다. 하지만 하나의 진실이다. 필자는 그것이 사람들로부터 의심받는 것을 기쁘게 생각하는데, 왜냐하면 그것을 이야기할 필요가 있다는 충분한 확신이 (그런 확신이 조금이라도 필요하다면 하는 말인데) 오히려 그 상황으로 인해 더욱 확고해지기 때문이다.

1장
올리버 트위스트가
태어난 장소와 출생 상황을 다룬다.

여러 가지 이유로 이름을 밝히지 않는 게 현명한, 그렇다고 다른 가공의 이름을 붙이고 싶지도 않은 어느 읍에서의 일이다. 그곳의 이런저런 공공건물 가운데서도 읍이 자랑하는 건물이 하나 있었으니 그건 바로 읍이라면 크건 작건 대부분 갖추고 있는 구빈원이었다. 이 구빈원에서 지금 이 단계에서는 독자에게 아무런 의미가 없을 것이므로 날짜와 요일을 굳이 되풀이해 말할 필요가 없는 어느 날 목숨 붙은 핏덩이 하나가 태어났는데, 바로 이 장의 제목 맨 앞에 그 이름이 붙어 있는 아이다. 교구 의사의 도움으로 슬픔과 고난의 이 세상에 이끌려 나온 지 한참 뒤에도 이 아이는 과연 이름을 지어 줄 때까지 살아 있을지 어떨지 여전히 상당히 의심스러운 상태였다. 만약 살아남지 못했더라면 아마 이 전기는 세상에 결코 나오지 않았거나, 혹 나왔다 해도 두어 쪽으로 축약되어 시대와 나라를 막론하고 현존하는 가장 간결하고도 정확한 전기 문학의 표본이 되는 무한한 영광을 얻었을 가능성이 아주 농후하다. 구빈원에서 태어나는 것이 본질적으로 한 인간에게 일어날 수 있는 가장 다행스럽고 부러워할 만한 상황이라고 주장하려는 마음은 없지만 올리버의 경우는 특별히 그것이 그에게 일어날 수 있는 가장 바람직한 일이었다고 말하고 싶다. 사실 올리버로 하여금 호흡하는 임무 — 귀찮지만 우리가 편하게 숨 쉬며 살아 있으려면 관습상 꼭 필요한 행위 — 를 수행하게 하는 데는 상당한 어려움이 있었다. 그는 자그만 솜 깔개 위에 누워 한동안 숨이 막힌 채 이승과 저승 사이를 다소 불안하게 기웃거렸는데 아무래도 저승 쪽으로 기울어져 있는 게 확실해 보였다. 만약 이 짧은 순간에 올리버가 정성스러운 친가와 외가 할머니, 걱정에 찬 숙모와 이모, 경험 많은 간호원, 심오한 지혜를 지닌 의사 들에게 둘러싸여 있었더라면 지극히 필연적이고도 의심할 여지 없이 곧장 명줄이 끊어지고 말았을 것이다. 하지만 곁에 있는 사람이라곤 평소보다 많이 마신 맥주 탓에 정신이 다소 몽롱해진 극빈자 노파 한 사람과 직무 계약상 그런 일을 하게 되어 있는 교구 의사밖에 없었으므로 올리버와 자연의 힘은 둘 사이에서 결판을 내기로 하고 맞붙어 싸웠다. 그 결과 몇 번의 사투를 벌이던 올리버는 마침내 숨을 내쉬고 재채기를 했다. 그러곤 곧바로 구빈원 사람들에게 이 교구에 새로운 부담거리가 안겨졌다는 사실을 알리는 일에 나섰는바, 말소리라는 저 아주 유용한 부속물을 아직 소유하지 못한 사내 아기한테서 기대할 수 있는 최대한의 합당한 울음소리를 삼 분하고도 십오 초가 훨씬 넘는 긴 시간 동안 한껏 질러 댔다.

올리버가 이처럼 허파가 탈 없이 제대로 작동한다는 최초의 증거를 보여 줬을 때 철제 침대 위에 아무렇게나 던져 두었던 얇은 누더기 이불이 부스럭거렸다. 창백한 얼굴의 젊은 여자가 베개에서 힘없이 고개를 들더니 가냘픈 목소리로 희미하게 말했다. "아기 얼굴이라도 한번 보고 죽게 해 주세요."

의사는 얼굴을 난롯불 쪽으로 향한 채 두 손바닥을 불에 쬐었다 문질렀다를 반복하며 앉아 있었다. 그러다 젊은 여자의 말소리에 자리에서 일어나 침대 머리맡으로 다가갔다. 그러곤 그에게서 기대함 직한 것보다 친절한 어조로 말했다.

"이런, 죽는다는 말 같은 건 아직 하면 안 되지."

"아이고, 맙소사, 그런 소린 하면 안 되지요." 시중들던 노파가 끼어들었다. 그러면서 그녀는 주머니에 황급히 초록색 유리병을 감췄는데 한쪽 구석에서 아주 만족스러운 얼굴로 그 내용물의 맛을 즐기고 있던 참이었다. "에이그, 나처럼 오래 살아서 자식을 열셋이나 낳아 봐요, 게다가 그 애들이 둘만 남고 다 죽어 버리고 살아남은 둘마저도 지 어미와 함께 구빈원에 들어와 있는 꼴을 겪어 봐요. 절대 그런 식으로 절망하는 말 따원 안 하게 될 거유. 안 그래요, 나리? 자, 엄마가 되었다는 게 뭔지 생각해 봐요. 이렇게 귀여운 아길 두고 그런 소릴 하면 안 돼요."

엄마로서의 앞날을 일깨워 주는 이 위로의 말은 합당한 효력을 그다지 발휘하지 못한 것 같았다. 환자는 그저 고개를 가로저으며 아기를 향해 한 손을 뻗었다.

의사가 아기를 그녀의 팔에 안겨 주었다. 그녀는 차갑고 창백한 입술로 아기의 이마에 뜨겁게 입을 맞추더니 두 손으로 자기 얼굴을 한번 쓸어내리고는 거칠게 주위를 둘러본 다음 부르르 몸서리를 치다가 뒤로 푹 쓰러졌다. ── 그러곤 숨을 거두었다. 곁에 있던 사람들이 달려들어 가슴, 손, 관자놀이 등을 문질러 보았지만 그녀의 피는 이미 영원히 얼어붙은 뒤였다. 그들은 희망과 위로의 말을 던져 보기도 했다. 하지만 희망과 위로가 그녀를 떠난 지는 이미 오래였다.

"이제 다 끝났소, 아무개 부인." 의사가 마침내 말했다.

"아이고, 불쌍한 것, 그렇군요!" 아기를 안아 올리려고 허리를 굽혔을 때 베개 위에 떨어졌던 초록색 병의 마개를 집으면서 노파가 말했다. "불쌍한 것!"

"아기가 울면 망설이지 말고 날 부르도록 해요, 부인." 의사는 아주 느릿느릿 장갑을 끼며 말했다. "아마 틀림없이 보채며 성가시게 굴 거요. 그러면 죽이나 좀 줘 보시오." 의사는 모자를 쓰고 문으로 가다가 침대 곁에 잠시 멈추어 서서 덧붙였다. "얼굴도 예쁘장하게 생긴 여자였는데 어디서 온 사람이오?"

"어젯밤에 민생 위원의 지시로 이리 데려온 여자랍니다." 노파가 대답했다. "길에 쓰러져 있는 걸 발견했답니다. 꽤 먼 길을 걸어왔는지 신발이 다 떨어져서 누더기가 되어 있었지요. 하지만 어디서 왔는지, 또 어디로 가는 중이었는지는 아무도 모른답니다."

의사는 시신 위로 몸을 구부려 여자의 왼손을 들어 올려 보았다. "뻔한 사연이군." 그는 고개를 가로저으며 말했다. "결혼반지도 없고 말이야, 흥! 자, 그럼 이만!"

의사 양반은 저녁 식사를 하러 총총히 떠나갔고, 시중들던 노파는 초록색 병을 한 번 더 입에 대고 열심히 빨더니 난로 앞의 낮은 의자에 앉아 아기에게 옷을 입히기 시작했다.

아, 어린 올리버는 옷차림의 위력을 보여 주는 얼마나 훌륭한 본보기인가! 그때까지 다른 아무것도 입지 않고 오로지 담요에만 싸였을 동안에는 올리버가 귀족의 자식일 수도 있었고 거지의 자식일 수도 있었다. 제아무리 오만불손한 사람이라고 해도 올리버의 사회적 지위를 확언하기 어려웠을 것이다. 그런데 이제 똑같은 용도로 수없이 사용되어서 누렇게 바랜 낡은 옥양목 옷을 입히자 즉시 꼬리표와 이름표가 붙은 물건처럼 자신의 합당한 자리를 얻게 되었으니, 즉 교구에서 길러 주는 아이 — 구빈원의 고아 — 죽도록 고생만 하는 굶주린 천민 — 두드려 맞고 발길에 차이며 세상을 살아가야 할 존재 — 동정하는 사람 하나 없이 온 세상의 경멸을 받게 될 존재 — 그런 존재로 떨어지고 말았다.

올리버는 우렁차게 울어 댔다. 자신이 고아가 되어 교구 위원과 민생 위원 나리들의 자비롭고 친절한 저 악명 높은 손길에 내맡겨졌다는 사실을 알았다면 아마도 더욱더 크게 울어 댔을 것이다.

2장
올리버 트위스트의
성장, 교육, 식생활을 다룬다.

이후 여덟 달 내지 열 달 동안 올리버는 제도적으로 시행된 배반과 기만의 희생자였다. 즉 그는 젖이 아닌 멀건 죽으로만 길러진 것이다. 갓 태어난 고아의 굶주리고 허기진 처지는 뒤늦게나마 구빈원 당국자들에 의해 교구 당국자들에게 보고되었다. 교구 당국자들은 근엄하게 구빈원 당국자들에게 문의하기를, 구빈원에 현재 수용되어 있는 여성 가운데 올리버 트위스트가 필요로 하는 모유 영양물을 제공해 줄 만한 사람이 하나도 없느냐고 했다. 구빈원 당국자들은 겸손히 대답하여 아뢰기를, 아무도 없다고 했다. 교구 당국자들은 올리버를 '위탁 양육' 보내라는, 다시 말해 5킬로미터 정도 떨어진 구빈원 분소로 파송하라는 자비롭고도 관대한 결정을 내렸다. 그곳에서는 이삼십 명의 어린 구빈법 위반사들이 지나치게 호의호식하는 불편을 겪는 일이 전혀 없이 하루 종일 바닥을 뒹굴고 있었는데 중년 부인 한 사람이 일주일에 한 명당 7.5펜스의 대가를 받고 그들을 친부모처럼 보살펴 주었다. 주당 7.5펜스면 어린아이에게 훌륭한 식사를 공급해 줄 수 있는 두둑한 금액이다. 7.5펜스면 아이가 배가 너무 불러 불편해할 만큼 많은 음식을 살 수 있는 돈이다. 지혜롭고 경험이 풍부한 이 중년 부인은 아이들에게 무엇이 좋은지 잘 알았을 뿐만 아니라 자신에게 무엇이 좋은지도 아주 정확히 인식하고 있었다. 그래서 주급 수당의 대부분을 자신을 위한 용도로 전용하고 교구의 자라나는 어린 세대들에게는 원래 할당된 것보다 훨씬 적은 금액을 지출했으니, 이로써 가장 깊은 바닥에서조차 한층 더 깊은 바닥을 찾아내는 솜씨를 통해 자신이 아주 위대한 경험주의 철학자임을 증명해 보였다.

말이 먹지 않고도 살 수 있다는 위대한 이론을 주장했던 또 다른 경험주의 철학자에 대한 이야기는 누구나 다 알 것이다. 철학자가 그 이론을 어찌나 훌륭하게 입증했는지 자신의 말을 하루에 지푸라기 하나만 먹는 경지까지 도달하게 했는바, 드디어 공기만 실컷 먹는 단계로 들어가기 불과 스물네 시간 전에 말이 그만 죽어 버리지만 않았다면 그는 의심할 여지 없이 아무것도 먹이지 않고 이 말을 아주 기운차고 펄펄 날뛰는 동물로 만드는 데 성공했을 것이다. 불행하게도 올리버 트위스트를 보호하고 보살피는 책무를 맡게 된 이 중년 부인의 경험주의 철학 체계가 운영되는 현장에도 비슷한 결과가 늘상 뒤따르곤 했다. 한 아이가 세상에서 가장 영양가 없는 음식을 최소한으로 먹고 생존하는 경지에 마침내 도달한 바로 그 순간, 얄궂게도 열에 여덟아홉은 그만 영양실조와 감기로 병이 들거나, 부인이 한눈 판 사이에 난롯불 속에 떨어지거나, 사고로 연기에 질식해 버리는 일이 벌어졌던 것이다. 그런 경우 경위야 어찌 됐든 그 불쌍한 어린것은 대개 저세상으로 불려가서는 이승에서 전혀 알지 못했던 '조상들에게로 돌아가곤'[13] 했다.

침대 틀을 접어 올릴 때 제대로 보지 않아서 그냥 산 채로 그 안에 끼어 죽거나 어쩌다 세탁을 하는 날 부주의로 끓는 물에 데어 죽은 — 물론 세탁이라고 할 만한 것이 이런 보육원에서는 거의 없는 일이었으므로 그런 사고는 극히 드물었다 — 교구의 아이에 대해 간혹 평상시보다 관심을 끄는 검시가 있을 때면 배심원들이 감히 골치 아픈 질문을 던질 생각을 하거나 교구민들이 무엄하게 서명한 진정서를 올리는 경우가 있었다. 하지만 이런 주제넘은 짓들은 교구 의사와 교구 하급 관리의 증언에 의해 신속히 저지되었다. 의사의 경우 시체를 해부해 보았지만 안에서 아무것도 발견하지 못했으며, (이건 사실일 가능성이 아주 농후했다.) 하급 관리의 경우 언제나 교구가 원하는 대로 무엇이든 맹세하며 증언했으니 희생정신이 매우 투철했다. 게다가 교구 이사회는 정기적으로 보육원을 시찰하러 나가면서 항상 전날에 하급 관리를 보내어 자신들이 간다는 것을 미리 알려 주었다. 따라서 자신들이 갔을 때는 분명 아이들이 아주 말쑥하고 깨끗해 보였는바, 그럼 됐지 아

13) 『사사기』 2장 10절에 나오는 표현이다.

니 그 이상 뭘 더 바라냐는 식이었다.

이러한 보육 제도 아래에서 무슨 비범하고 대단한 성과가 나오리라고 기대하기는 어려울 것이다. 아홉 번째 생일을 맞이했을 때 올리버 트위스트는 창백하고 홀쭉하며 꽤 작은 키에 누가 봐도 몸집이 왜소한 아이의 모습이었다. 하지만 타고났는지 부모에게 물려받았는지 올리버의 가슴에는 굳세고 훌륭한 정신이 뿌리내리고 있었다. 보육원의 부족한 음식 덕분에 이 정신은 그만큼 크게 자라날 여지가 아주 많았는데 올리버가 아홉 번째 생일을 맞이한 것도 아마 그런 상황에 힘입었다고 할 수 있다. 어쨌든 그날은 분명 올리버의 아홉 번째 생일이었다. 그는 특별히 선택된 다른 어린 신사 두 명과 함께 지하의 석탄 저장실에서 생일을 기념하고 있었으니, 그들은 흉악하게도 감히 배가 고프다고 주장한 것 때문에 다 함께 실컷 매질을 당한 후 그곳에 갇혀 있는 중이었다. 마침 그때 보육원의 인정 많은 책임자이신 맨 부인은 예기치 못하게 깜짝 놀라고 말았는데, 바로 교구 하급 관리인 범블 씨가 어디선가 귀신처럼 나타나서 마당 끝 대문의 쪽문을 여느라 애쓰고 있었기 때문이다.

"어머나, 이런! 거기 범블 나리님 아니세요?" 맨 부인은 창밖으로 고개를 내밀고는 희열에 차서 잔뜩 가장하며 말했다. "(얘, 수전, 지금 당장 올리버랑 그 두 애새끼들을 위층으로 데리고 가서 씻기거라.) 아이고 세상에! 범블 씨, 이렇게 뵙게 되어 정말이지 한없이 기쁘군요!"

하지만 범블 씨는 뚱뚱하고 화를 잘내는 사람이었다. 그래서 부인의 이 진심 어린 인사에 그와 비슷한 태도로 응답하는 대신 작은 쪽문을 한바탕 엄청나게 흔들어 대더니 교구 하급 관리의 다리가 아니면 아무도 가할 수 없는 발차기를 문짝에 냅다 질렀다.

"아이고, 이런." 그때쯤 수전이 세 아이들을 위로 데리고 올라간 까닭에 맨 부인은 밖으로 달려 나가며 말했다. "아이고, 이런! 우리 귀여운 애들 때문에 대문을 안에서 잠가 놓았다는 걸 깜박했네! 어서 들어오세요, 나리. 자, 들어오세요, 범블 씨."

이런 환영의 말과 함께 부인은 교구 위원의 마음을 누그러뜨림 직한 공손한 절까지 곁들였으나 하급 관리의 화는 전혀 풀어지지 않았다.

"맨 부인, 이것이 예의 바르고 합당한 행동이라고 생각하시오?" 범블 씨는 들고 있던 지팡이[14]를 꽉 움켜쥐고 흔들며 물었다. "교구의 고아들에 관계된 교구의 업무로 찾아온 교구 관리를 이렇게 대문 앞에서 기다리게 하는 것이 말이오? 맨 부인, 당신은 기신이 이를테면 교구의 위임을 받고 봉급을 받으며 일하는 사람이라는 걸 알고 있소?"

"그게 아니라요, 범블 씨, 당신을 무척 좋아하는 우리 귀여운 아이들 한두 명한테 지금 찾아온 분이 바로 당신이라고 말해 주고 있었을 뿐이랍니다." 맨 부인은 아주 겸손하게 대답했다.

---

14) 당시 교구 관리가 형식적으로 들고 다니던 지팡이. 뒤에 나오는 삼각모와 함께 교구 관리의 지위를 나타내는 옷차림의 일부였다.

범블 씨는 자신의 언변과 위엄을 아주 대단하게 여기는 사람이었다. 따라서 조금 전에 언변을 과시하고 위엄을 주장해 보이고 난 뒤였는지라 그는 이제 누그러졌다.

"글쎄, 뭐, 맨 부인." 그는 한결 부드러워진 어조로 말했다. "그렇다면 뭐 또 그랬을 수도 있겠지. 자, 안으로 안내하시오, 맨 부인. 난 공무상 왔소. 할 얘기가 좀 있소."

맨 부인은 바닥에 벽돌이 깔린 자그만 거실로 교구 관리를 안내했다. 그러곤 의자를 당겨 주고, 굽실거리는 태도로 그의 삼각모와 지팡이를 받아 앞에 있는 탁자에 올려놓았다. 범블 씨는 걸어오느라고 이마에 맺힌 땀을 닦아 내고는 만족스러운 얼굴로 삼각모를 바라보며 미소를 지었다. 그렇다, 그건 미소였다. 교구 하급 관리도 결국은 인간에 불과한바, 범블 씨는 분명 미소를 지었다.

"저, 제가 드리는 말씀을 불쾌하게 여기지 마세요." 맨 부인이 다정하고 매혹적인 어조로 말했다. "나리께서 먼 길을 걸어오시지만 않았다면 이런 말씀 드릴 생각은 하지 않았을 거예요. 자, 뭐 좀 한 모금 들지 않으시겠어요, 범블 씨?"

"한 모금이라니 안 되오, 한 모금도." 범블 씨는 위엄 있게, 하지만 차분한 태도로 오른손을 내저으며 대답했다.

"에이, 좀 드시고 싶은 것 같구먼, 뭘." 맨 부인은 범블 씨의 거절하는 어조와 그에 동반된 손짓의 의미를 간파하고 말했다. "찬물 조금과 설탕 한 덩어리를 타서 아주 쪼오끔, 딱 한 모금만 드셔 보세요."

범블 씨는 헛기침을 했다.

"자, 딱 한 모금만 드셔 보세요." 맨 부인은 거절하기 힘든 어조로 권했다.

"뭔데 그러시오?" 교구 관리는 물었다.

"아, 그것 있잖아요, 범블 씨. 우리 귀여운 천사들이 아플 때 대피[15]에 타서 줄 수 있도록 집에 조금 비치해 놓아야 하는 그것 말이에요." 맨 부인은 구석에 있는 찬장을 열고 병과 유리잔을 꺼내며 말했다. "그래요, 진이에요, 범블 씨. 솔직히 말씀드리면 진이에요."

"아이들에게 대피를 먹인단 말이오, 맨 부인?" 범블 씨는 진을 섞는 흥미로운 과정을 눈으로 따라가며 물었다.

"아, 귀여운 것들. 그럼요, 좀 비싸지만 그런답니다." 부인은 대답했다. "아이들이 아파서 괴로워하는 걸 어떻게 눈 뜨고 볼 수 있겠어요, 안 그래요, 범블 씨?"

"그래요." 범블 씨는 맞장구치며 말했다. "그러지 못할 거요, 맨 부인. 당신은 인정 많은 여자이니까 말이오." (그 순간 맨 부인은 잔을 내려놓았다.) "기회가 되는 대로 교구 이사회에 이 사실을 알리겠소, 맨 부인." (범블 씨는 잔을 끌어당겼다.) "아이들을 대하는 마음이 꼭 엄마 같군요, 맨 부인." (그는 잔을 저었다.) "당신의 건강을 빌며 기쁘게 마……마시겠소, 맨 부인." 그런 다음 그는 술잔의 절반을 들이켰다.

"자, 이제 공무로 돌아가서……." 하급 관리는 가죽 지갑을

---

15) 17세기에 토마스 대피 목사가 제조해 낸 약이다. 당시 민간에 널리 쓰이던 약으로 진을 타서 먹였다.

꺼내며 말했다. "이름이 대충 올리버 트위스트인지 뭔지 하는 아이가 오늘로 아홉 살이 되오."

"불쌍한 것 같으니라고!" 맨 부인은 앞치마 한쪽 끝으로 왼쪽 눈을 찍어 대면서 말했다.

"보상금을 10파운드나 걸었다가 나중에 20파운드까지 올렸는데도, 게다가 더할 나위 없는, 아니 초자연적이라고 할 만한 우리 교구의 노력에도 우리는 아직 아이의 아버지가 누군지, 어머니의 이름이나 신분, 가족 상황 등이 어떻게 되는지 전혀 알아내지 못했소."

맨 부인은 놀랍다는 듯이 두 손을 들어 올렸다. 하지만 문득 생각난 듯이 잠시 후 덧붙여 말했다. "그렇다면 대체 누가 그애 이름을 지어 준 거지요?"

하급 관리는 몸을 반듯이 세우며 아주 자랑스러운 얼굴로 말했다. "내가 지어 줬소."

"당신이라고요, 범블 씨!"

"그렇소, 맨 부인. 우린 주워 온 아이들에게 알파벳 순서대로 이름을 지어 주오. 이 애 직전 아이가 S 자라서 스워블이라고 이름을 지었소. 그러니 다음은 T 자, 따라서 트위스트라고 그 애 이름을 지어 준 거요. 다음에 오는 아이는 U 자인 언윈이 되고, 그다음은 V 자인 빌킨스가 될 거요. 이런 식으로 난 알파벳 끝까지 이름을 다 준비해 놓았다오. 그러다가 Z까지 가면 다시 처음부터 시작하는 거요."

"어머나, 당신은 정말 문학적 소양이 풍부하신 분이군요, 범블 씨!" 맨 부인은 말했다.

"글쎄, 뭐……." 하급 관리는 칭찬에 몹시 흐뭇해하며 말했다. "그런 편이지요. 뭐, 그런 편이라고 할 수 있지요, 맨 부인." 그는 잔을 마저 다 비우더니 덧붙였다. "올리버는 이제이곳에 있기에는 나이가 너무 많은지라 이사회는 그를 다시구빈원에 불러들이기로 결정했소. 그래서 내가 직접 데리러온 거요. 아이를 즉시 불러오시오."

"당장 가서 데리고 오겠습니다." 맨 부인은 말하고는 올리버를 데리러 방에서 나갔다. 잠시 후 올리버가 자비로운 맨 부인의 안내를 받아 방으로 들어왔는데 이때쯤 그의 얼굴과 손을 겉껍질처럼 뒤덮었던 때는 한 번의 세수로 문질러 없앨 만큼 최대한 박박 벗긴 뒤였다.

"나리께 인사를 올리거라, 올리버." 맨 부인이 말했다.

올리버는 의자에 앉은 하급 관리와 탁자 위의 삼각모 사이를 향해 어중간하게 절을 꾸벅했다.

"나를 따라서 함께 가겠느냐, 올리버?" 범블 씨는 위엄 있는 목소리로 물었다.

올리버는 누구든지 기꺼이 따라나서겠다고 말하려 했는데, 그 순간 위를 올려다보고 맨 부인이 관리의 의자 뒤에서 무서운 얼굴로 그를 향해 주먹을 흔들어 대는 것을 보았다. 올리버는 당장 그 의미를 알아차렸는바, 그 주먹은 올리버의 몸에 너무나 자주 주먹질을 해서 기억에 깊은 각인을 남겨 놓았기 때문이다.

"아주머니도 함께 가시나요?" 가엾은 올리버는 물었다.

"아니, 못 가신다." 범블 씨가 대답했다. "하지만 이따금씩 너를 보러 오실 거다."

이 말은 올리버에게 그다지 큰 위로가 되지 않았다. 하지만 올리버는 어린 나이임에도 떠나가는 것이 몹시 섭섭하다는 시늉을 할 만큼은 눈치가 있었다. 두 눈에 눈물이 고이게 만드는 것은 이 아이에게 그리 어려운 일이 아니었다. 아이가 울고 싶을 경우 방금 전까지 당한 학대와 굶주림은 훌륭한 도우미가 되는 법, 올리버는 실로 아주 자연스럽게 눈물을 흘리며 울었다. 맨 부인은 올리버를 수백 번 안아 주었을 뿐만 아니라 올리버에게 포옹보다 훨씬 더 필요한 것, 즉 버터 바른 빵까지 한 조각 안겨 주었으니 구빈원에 도착했을 때 너무 배고픈 모습을 보일까 염려했기 때문이다. 그런 뒤 올리버는 한 손에 빵 조각을 들고 머리엔 갈색 천으로 된 조그만 교구 모자를 쓴 채 범블 씨에게 이끌려, 암울한 유년기를 밝혀 주는 친절한 말이나 시선을 단 한 번도 받아 본 적 없는 그 비참한 집을 떠나갔다. 하지만 보육원 문이 등 뒤로 닫혔을 때 올리버는 어린애다운 복받치는 슬픔을 터뜨리고 말았다. 뒤에 남겨 두고 가는 비참한 어린 친구들은 비록 불쌍하기 그지없는 가련한 아이들이었지만 이제껏 그가 알았던 유일한 벗들이었다. 광막한 세상에 이제 나 혼자뿐이라는 고독감이 아이의 마음속에 처음으로 스며들었던 것이다.

범블 씨는 큰 걸음으로 계속 걸어갔고, 어린 올리버는 금빛 레이스가 달린 범블 씨의 옷소매를 꽉 움켜잡은 채 옆에서 종종걸음을 치면서 300미터에서 400미터쯤마다 "이제 다 왔나요?" 하고 물었다. 이 질문에 범블 씨는 짧고 퉁명스럽게 대답했는데 물 탄 진이 간혹 사람들의 마음에 일시적으로 일으키는 부드러움이 그때쯤엔 모두 사라져 버린 상태라 다시 교구 하급 관리로 돌아와 있었기 때문이다.

올리버가 구빈원 구내에 들어선 지 십오 분이 채 안 되고, 또 두 번째 빵 조각을 아직 다 먹어 치우지도 못했을 때다. 그를 어떤 노파에게 잠시 맡겨 두고 갔던 범블 씨가 돌아와 통보하며 말하기를, 그날 저녁 이사회가 열리는데 이사회에서 올리버를 바로 만나 보고 싶어 한다고 했다.

이사회에 대한 명확한 개념이 없어서 그것을 뚜껑이 열리는 살아 있는 밥솥쯤으로 알아들은 올리버는 이 통지를 받고 다소 어리둥절해져서 웃어야 할지 울어야 할지 모른 채 서 있었다. 하지만 이 문제에 대해 생각해 볼 틈이 조금도 주어지지 않았으니 범블 씨가 이내 지팡이로 그의 머리를 한 대 쳐서 정신을 차리게 한 뒤 다시 등짝을 한 대 때려 활기를 불어넣었기 때문이다. 범블 씨는 따라오라고 명령한 뒤 벽을 하얗게 칠한 커다란 방으로 올리버를 데려갔다. 그곳에는 여덟 명에서 열 명쯤 되는 뚱뚱한 신사들이 탁자에 빙 둘러 앉아 있었고, 다른 의자보다 약간 더 높은 제일 상석의 안락의자에는 특히 더 뚱뚱하고 얼굴이 아주 둥그렇고 붉은 신사가 앉아 있었다.

"이사님들께 인사를 올리거라." 범블이 말했다. 올리버는 두 눈에 아직 남아 있던 눈물 두세 방울을 훔쳐 낸 후 바라보았다. 밥솥은 없고 빈 탁자뿐이었지만 다행히도 그는 탁자를 향해 절을 올렸다.

"이름이 뭐냐, 애야?" 높은 의자에 앉은 신사가 물었다.

그렇게 많은 신사들을 보고 겁에 질려 부들부들 떨던 올리버는 하급 관리가 뒤에서 다시 한 대 쥐어박는 바람에 그만 울음을 터뜨리고 말았다. 그래서 아주 작은 목소리로 더듬더듬 대답을 했다. 이것을 보고 흰 조끼를 입은 신사가 올리버에게 바보라고 말했다. 아이의 기운을 북돋고 마음을 편하게 해 주는 참말로 훌륭하기도 한 방법이었다.

"애야." 높은 의자에 앉은 신사가 말했다. "내 말을 잘 들거라. 넌 네가 고아라는 걸 알고 있겠지?"

"고아가 뭔가요, 나리?" 불쌍한 올리버는 물었다.

"이놈 정말로 바보로군. 내 그럴 줄 알았다니까." 흰 조끼를 입은 신사가 단정적인 어조로 말했다. 만약에 어떤 한 계급의 구성원이 같은 종족의 다른 사람을 직관적으로 인식하는 능력을 축복으로 받았다면 아마 흰 조끼를 입은 이 신사야말로 의심할 여지 없이 이런 문제에 대해 의견을 선언할 충분한 자격을 갖춘 사람이었으리라.

"조용히 좀 하십시다!" 올리버에게 말을 건넸던 신사가 말했다. "애야, 넌 네가 아버지도 어머니도 없다는 걸, 그래서 우리 교구에서 널 길러 줬다는 걸 알지, 그렇지?"

"네, 알아요, 나리." 올리버는 대답하고는 아주 구슬프게 울었다.

"아니, 뭣 때문에 우느냐?" 흰 조끼의 신사가 물었다. 정말이지 해괴하기 짝이 없는 일이었다. 대체 이 아이가 울 이유가 뭐가 있단 말인가?

"매일 밤 자기 전에 기도는 드리겠지?" 다른 신사가 퉁명스러운 목소리로 말했다. "널 먹여 주고 보살펴 주는 분들을 위해서도 기도할 테고, 기독교인답게 말이야."

"네, 나리." 올리버는 우물쭈물 대답했다. 방금 말한 신사는 본의 아니게 올바른 말을 한 셈이었다. 만약 피골이 상접할 뿐인 올리버가 자기를 소위 먹여 주고 보살펴 줬다고 하는 자들을 위해 기도를 했다면 그거야말로 매우 기독교인다운, 실로 엄청나게 기독교인다운 행위였을 것이기 때문이다. 하지만 올리버는 그런 기도를 하지 않았으니, 그런 걸 가르쳐 주는 사람도 물론 전혀 없었다.

"좋아! 네가 여기에 온 것은 교육을 받으며 유용한 기술을 배우기 위해서다." 높은 의자에 앉은 붉은 얼굴의 신사가 말했다.

"그래서 넌 내일 아침 6시부터 낡은 밧줄의 실밥 푸는 일을 시작하게 될 거다." 심통 사나운 흰 조끼의 신사가 덧붙였다.

낡은 밧줄의 실밥을 푸는 단순한 한 가지 일에 이런 두 가지 축복을 결합해 준 데 대해 올리버는 하급 관리의 지시에 따라 깊은 절을 올렸다. 그런 다음 널따란 구빈원 숙소로 급히 끌려가서는 거칠고 딱딱한 침상에서 훌쩍이며 울다가 잠이 들었다. 축복받은 이 나라 법률의 자비로움을 증명하는 이 얼마나 숭고한 사례인가! 구빈원 극빈자들을 잠자게 가만 내버려 두다니 말이다!

불쌍한 올리버! 그는 행복하게도 주변을 의식하지 못한 채 깊은 잠에 빠져서, 바로 그날 저녁 이사회가 그의 앞날의 모든 운명에 중차대한 영향을 끼칠 결정을 내렸다는 사실을 전혀 알지 못했다. 하지만 이사회는 결정을 내렸고 그 내용은 다음과 같았다.

이사회의 구성원들은 아주 생각이 깊고 현명하고 철학적인 분들이었다. 그래서 그들은 관심을 가지고 구빈원을 살펴보게 되었을 때 보통 사람들이 결코 발견하지 못했을 한 가지를 즉시 간파해 냈는데, 그건 바로 가난한 사람들이 구빈원을 좋아한다는 사실이었다! 구빈원은 가난한 계급에게 곧 공공 오락을 즐기는 단골 장소요, 돈을 안 내고 먹고 마시는 주막이요, 일 년 내내 아침, 점심, 간식, 저녁까지 공짜로 얻어먹는 곳이었으니 일은 전혀 없고 그저 놀고먹는, 벽돌과 회반죽으로 지은 지상 낙원이었던 것이다. "오호라!" 이사회는 다 꿰뚫어 보았다는 표정을 한껏 지으며 말했다. "우리야말로 바로 이것을 바로잡아야 할 사람들이오. 우린 이 모든 것을 즉각 근절해야 하오." 그리하여 그들은 원칙을 세워 놓았으니 그것은 모든 가난한 사람들에게 구빈원에 들어와 점차적으로 굶어 죽든지, 아니면 구빈원에 들어오지 않고 바깥에서 당장 굶어 죽든지 하는 선택권을(왜냐하면 자신들은 정말 아무에게도 강제하고 싶지 않으므로) 준다는 것이었다. 이런 목적으로 그들은 상수도 업체와 계약을 체결하여 무제한으로 물을 끌어다 공급하는 한편 곡물상과 이따금씩 소량의 귀리를 공급하도록 계약을 맺었다. 그리하여 묽은 죽으로만 된 식사를 하루 세 번 지급하고 일주일에 두 번 양파 하나, 일요일엔 빵 반 덩어리를 각각 추가로 제공하도록 했다. 그들은 이 밖에도 부인네들과

관련하여 여기서 일일이 밝힐 필요가 없는 자비롭고 지혜로
운 규정을 무수히 많이 제정했다. 또한 친절하게도 가난한 부
부들을 이혼시키는 일을 떠맡아 '법학 박사 회관'[16)에서의 엄
청난 이혼 소송 비용을 면하도록 해 주었거니와, 이제까지 남
자가 해 오던 가족 부양의 의무를 남편에게 강요하는 대신 오
히려 남편을 가족들에게서 떼어 놓아 다시 독신으로 만들기
도 했다! 구빈원과 결부되지만 않았다면 이 두 가지 항목을 보
고 사회의 모든 계급에 걸쳐 얼마나 많은 사람들이 구제를 신
청하러 마구 몰려들었을지 정말 가늠하기 어렵다. 하지만 이
사회는 선견지명이 있는 사람들이었던바, 이 어려움을 미리
다 해결해 놓았다. 구제를 받기 위해서는 반드시 구빈원에 들
어와 묽은 죽을 먹어야만 했고, 이것이 사람들로 하여금 무서
워 도망가게 만들었던 것이다.

올리버가 이곳으로 옮긴 후 처음 여섯 달 동안에 이 새로운
체제는 완전하게 잘 작동하는 경지에 올라섰다. 처음엔 비용
이 다소 들이갔는데, 장의사의 대금 청구가 증가한 데다 한두
주일 묽은 죽을 먹고 난 뒤 극빈자들의 몸이 쇠약해지고 쪼그
라드는 바람에 헐렁이며 퍼덕거리는 옷을 줄여 줘야 했기 때
문이다. 하지만 극빈자들이 야위어 가는 만큼 구빈원 수용자
들의 숫자도 신나게 줄어 갔으니 이사회는 그야말로 환희에

---

16) 당시 결혼과 이혼과 유언에 관한 사항을 주관하던 런던의 관청으로 이혼
소송 시 절차가 매우 복잡하고 비용이 많이 들었다. 이에 빗대어 디킨스는 결
혼한 부부를 강제로 분리하여 수용하도록 한 1834년의 새 구빈법 조항을 비
꼬고 있다.

가득 차 있었다.

사내아이들이 밥을 먹는 곳은 석조로 된 커다란 방이었는데 방 한쪽 끝에 가마솥이 있고 끼니때가 되면 주방장이 배식용 앞치마를 두르고는 아낙네들 한두 명의 도움을 받으며 국자로 솥에서 죽을 퍼 주었다. 아이마다 딱 한 그릇씩이었다. 명절이나 잔칫날 같은 때만 약 65그램의 빵이 추가될 뿐 오로지 그게 전부였다. 죽 그릇은 닦을 필요가 전혀 없었다. 아이들이 숟가락으로 반질반질 윤이 나도록 깨끗이 긁어 먹었기 때문이다. 그릇 비우는 일을 완수하고 나면(숟가락이나 그릇이나 크기가 거의 같았으므로 이 일은 결코 오래 걸리는 법이 없었다.) 아이들은 가마솥을 빤히 바라보며 앉아 있었는데 어찌나 간절한 눈길이었는지 정말이지 솥을 앉힌 아궁이의 벽돌이라도 삼킬 듯했다. 그러면서 혹시 어쩌다 잘못 튄 죽이라도 한 방울 묻었을까 하고 손가락마다 구석구석 온 정성을 다해 열심히 빨아 댔다. 사내아이들이란 대개 식욕이 왕성한 법이다. 올리버 트위스트와 그의 동료들이 서서히 굶어 죽는 고문을 겪은 지도 석 달째, 마침내 그들은 너무나 배가 고파 걸신이 들린 듯 사나워졌다. 그리하여 나이에 비해 몸집이 좀 큰 편인 데다 이런 종류의 고통에 익숙하지 않았던(아버지가 조그만 음식점을 운영한 적이 있기 때문이었다.) 한 아이가 동료들에게 은밀히 암시하며 말하기를, 만약 자신이 매일 죽 한 그릇씩을 더 먹지 못한다면 아무래도 어느 날 밤에 옆에서 자는 아이를 잡아먹게 될지도 모른다고 했다. 그 옆은 마침 나이가 어리고 연약한 아이였다. 몸집이 큰 아이는 사납고 굶주린 눈을 부라리며 말했고, 다른 아이들은 그 말을 절대적으로 믿었다. 아이들은 회의를 열었다. 제비뽑기를 해서 그날 저녁 식사 후 주방장 앞으로 걸어가서 죽을 더 달라고 말할 사람을 정했는데 올리버 트위스트가 뽑혔다.

저녁때가 되었고 아이들은 각자 자리에 앉았다. 배식용 앞치마를 두른 주방장이 가마솥 앞에 자리를 잡고 조수로 일하는 극빈자 아낙네들이 그 뒤에 늘어섰다. 죽을 배급하고, 보잘것없는 급식에 대해 긴 감사 기도가 이어졌다. 죽은 순식간에 없어졌다. 아이들은 수군수군거리며 올리버에게 눈짓을 했다. 옆에 앉은 친구들은 팔꿈치로 올리버의 옆구리를 찔러 댔다. 비록 어린아이였지만 올리버는 굶주림과 비참함으로 더 이상 내몰릴 데가 없는 막다른 상태였다. 그는 식탁에서 일어나 죽 그릇과 숟가락을 들고 주방장 앞으로 나갔다. 그러곤 자신의 당돌함에 스스로도 약간 놀라면서 말했다.

"주방장님, 제발 조금만 더 주세요."

주방장은 뚱뚱하고 혈색 좋은 사내였다. 그의 얼굴이 이내 극도로 창백해졌다. 그는 경악하여 넋을 잃은 채 이 꼬마 반란자를 몇 초 동안 물끄러미 바라보았다. 그러곤 쓰러지지 않으려고 가마솥을 꼭 붙잡았다. 도와주던 아낙네들도 놀라서 온몸이 마비되어 서 있었고 아이들은 공포에 사로잡혀 바라보았다.

"뭐라고!" 마침내 주방장이 희미한 목소리로 말했다.

"주방장님." 올리버는 대답했다. "제발 조금만 디 주세요."

주방장은 올리버의 머리를 겨냥해 국자로 한 대 내려치고

죽을 더 달라고 간청하는 올리버.

두 팔로 올리버를 꽉 붙잡은 채 교구 하급 관리를 불러오라고 비명을 지르듯 소리쳤다.

교구 이사회는 마침 엄숙한 비밀회의를 하는 중이었는데 범블 씨가 몹시 흥분한 얼굴로 뛰어 들어와 높은 의자에 앉은 신사를 보며 말했다.

"림킨스 이사님, 죄송합니다! 하지만 나리, 올리버 트위스트가 좀 더 달라고 했답니다!" 모두들 깜짝 놀랐다. 모든 사람의 얼굴에 경악과 공포가 서렸다.

"더 달라고 했다니!" 림킨스 씨가 말했다. "진정하게, 범블. 그리고 내 말에 분명히 대답하게. 방금 올리버가 좀 더 달라고 했다는 말인가? 배급 규정대로 준 저녁을 받아먹고 난 뒤에 말이야?"

"네, 그렇습니다, 나리." 범블은 대답했다.

"그놈은 교수형을 당할 놈이오." 흰 조끼를 입은 신사가 말했다. "장담컨대 그놈은 분명 교수형을 당할 거요."

아무도 이 신사의 예언자적 의견을 반박하지 않았다. 곧 격렬한 토론이 벌어졌다. 올리버를 즉각 가두라는 명령이 내려졌고, 다음 날 아침 구빈원 대문에 누구든지 올리버 트위스트를 교구의 손에서 거둬 가는 사람에게 5파운드를 사례금으로 주겠다는 공고문이 나붙었다. 다시 말해서 직종이나 업종, 또는 직업에 상관없이, 또 남녀 가릴 것 없이 누구라도 도제가 필요한 사람이 있다면 5파운드를 줄 테니 올리버 트위스트를 데려가라는 것이었다.

"내 평생 이보다 더 확신에 찬 적은 결코 없었어." 다음 날 아침 흰 조끼를 입은 신사가 구빈원 대문을 두드리다가 공고 문을 읽으며 말했다. "저놈이 교수형을 당하게 될 거라는 믿음 보다 더한 확신은 내 평생 결코 없었다고."

이 흰 조끼 신사의 말이 맞는지 아닌지는 이어지는 이야기 에서 보여 줄 작정이니, 올리버 트위스트의 인생이 그런 끔찍 한 파국을 맞을지 어떨지에 대한 암시를 필자가 지금 이 자리 에서 하려 든다면 그것은 아마도 이 이야기의 재미(재미가 조 금이라도 있다면 말이지만)를 훼손하는 노릇이 되고 말 것이다.

3장
올리버가 어떻게 일자리를
하나 얻을 뻔했는지 이야기하는데, 그게
편히 놀고먹는 일자리는 아니었을 것이다.

죽을 좀 더 달라고 하는 신성 모독의 불경스러운 범죄를 저지른 뒤 올리버는 지혜롭고 자비로운 이사회가 배정해 준 캄캄한 독방에 일주일 동안 아주 엄중히 감금되었다. 올리버가 흰 조끼 신사의 예언을 존중하는 합당한 마음이 있었더라면 손수건 한쪽 끝을 벽 고리에 묶고 나머지 한끝에 목을 매달아 이 현명한 양반의 예언자적 자질을 단번에 영원히 확고부동한 것으로 입증해 주었으리라는 생각은 얼핏 터무니없어 보이지 않는다. 하지만 이 묘기를 부리는 데 한 가지 장애물이 있었는바, 곧 이사회가 엄정한 명령을 내려 손수건을 의심할 여지가 없는 사치품으로서 극빈자들의 코에서 영원히 추방하도록 조치했다는 점이다. 이사회 소집을 거쳐 결의된 이 명령은 이사들의 서명과 날인을 봉해 임숙하게 제정되고 선포되었다. 한편 한층 더 큰 장애물이 있었으니 올리버가 아직 미숙한 어린아이라는 점이었다. 올리버는 그저 하루 종일 구슬피 울기만 했다. 무섭고 긴 밤이 오면 어둠이 보이지 않도록 조그만 두 손을 펴서 눈을 가리고는 한쪽 구석에 웅크린 채 잠을 청했다. 그러다가 이따금 소스라치게 놀라며 잠에서 깨어났고, 그럴 때마다 벽에 몸을 점점 더 바짝 웅크려 붙였는데 마치 차갑고 딱딱한 벽면이 자신을 에워싼 어둠과 외로움으로부터 보호라도 해 준다고 여기는 듯했다.

새로운 '구빈 제도'의 반대자들은 올리버가 독방에 수감된 동안에 운동의 혜택과 사교의 즐거움, 종교적 위안 등이 허용되지 않았다고 생각하면 오산이다. 운동에 대해 말하자면, 마침 얼얼하게 추운 날씨였고 올리버는 매일 아침 돌이 깔린 안마당 펌프 밑에서 범블 씨의 입회하에 세면식을 거행하도록 강요받았거니와 이때 범블 씨는 지팡이를 반복적으로 사용하여 올리버가 감기에 걸리지 않도록 막는 동시에 따끔한 느낌이 전신에 퍼지도록 도와줬던 것이다. 사교에 대해 말하자면, 올리버는 이틀에 한 번씩 사내아이들이 식사하는 넓은 방에 끌려 나가 공적인 경고이자 본보기로 아이들 앞에서 매질을 당하는 사교를 체험했다. 한편 종교적 위안의 유익함도 박탈당하기는커녕 매일 저녁 기도 시간이면 사교 체험을 하던 방에 다시 발길에 차여 들어가 아이들의 전체 기도를 들으며 마음을 위로하는 특전을 누렸다. 이 전체 기도에는 이 사회의 권한으로 특별 조항이 하나 삽입되었는데, 이에 따라 아이들은 선하고 행실 바르고 만족하고 순종하며 살게 해 주십사고, 그리고 올리버 트위스트의 죄악와 사악함으로부터 지켜 주십사고 간절히 기원했다. 특별 조항은 올리버를 악의 세력이 전적으로 후원하고 보호하는 존재, 사탄이 손수 자신의 공장에서 만들어 낸 악마의 자식으로 분명하게 진술해 놓았다.

올리버의 형편이 이처럼 상서롭고 안락한 지경이던 어느 날 아침, 굴뚝 청소부 갬필드 씨가 우연히 읍내 중앙로를 따라 걸어가고 있었다. 그는 최근 집주인의 독촉을 받기 시작한 밀린 집세를 어떻게 낼지 마음속 깊이 궁리하는 중이었고, 자금 융통에 대해 아무리 낙천적으로 생각해 봐도 필요한 금액보다 꼬박 5파운드 이상 부족했다. 그리하여 일종의 절망적인 수학적 궁지에 빠진 갬필드 씨는 끌고 가던 당나귀와 자기 머리에 몽둥이질을 번갈아 해 댔는데 마침 구빈원 앞을 지나가다가 대문에 붙은 공고문을 보았다.

"워어 워!" 갬필드 씨는 당나귀에게 소리쳤다.

당나귀는 그때 심오한 상념에 빠져 있었다. 아마 뒤쪽 작은 수레에 싣고 가는 검댕 두 자루를 모두 처분하고 나면 배추 줄기 한두 개 정도는 배불리 얻어먹지 않을까 생각하던 참이었을 텐데, 그래선지 주인의 명령을 알아차리지 못한 채 계속 발걸음을 부지런히 놀렸다.

갬필드 씨는 당나귀에게, 특히 당나귀의 눈에 사나운 저주의 말을 내뱉었다. 그러곤 뒤를 쫓아가서 당나귀의 머리통을 한 대 갈겼는데 당나귀가 아닌 다른 두개골이었다면 무엇이라도 여지없이 빠개지고 말았을 가격이었다. 그런 다음 갬필드 씨는 고삐를 쥐고 당나귀의 턱이 홱 뒤틀리도록 날카롭게 잡아당겨 제멋대로 행동하면 안 된다는 사실을 부드럽게 상기시켰다. 이렇게 당나귀를 돌려세운 그는 머리통을 다시 한대 힘껏 갈겼다. 자신이 돌아올 때까지 꼼짝 않고 서 있도록 하기 위해 이러한 모든 조치를 다 취해 놓고 그는 이제 대문으로 다가가 공고문을 읽었다.

마침 그때 흰 조끼 신사가 뒷짐을 진 채 대문 앞에 서 있었다. 그는 이사회 회의실에서 뭔가 심오한 의견을 피력하고 나온 참이었다. 갬필드 씨와 당나귀 사이의 작은 분쟁을 지켜보던 그는 갬필드 씨가 공고문을 읽으러 다가오자 기쁨의 미소를 지었는데, 왜냐하면 갬필드 씨야말로 올리버 트위스트에게 딱 어울리는 주인감이라고 즉시 확신했기 때문이다. 갬필드 씨 역시 공고문을 뜯어보면서 미소를 지었다. 사례금 5파운드는 바로 자신이 간절히 구하던 금액이었다. 게다가 돈과 함께 따라올 아이로 말하자면, 갬필드 씨는 구빈원의 식단이 어떤지 아는지라 그 아이가 몸이 아주 작고 빈약하여 굴뚝을 드나들기에 딱 안성맞춤일 거라는 점을 잘 알았다. 그래서 그는 다시 한번 공고문을 처음부터 끝까지 한 자 한 자 읽어 본 다음 겸손의 표시로 털모자를 만지작거리며 흰 조끼 신사에게 말을 걸었다.

"나리, 교구에서 도제로 보내길 원한다는 여기 이 아이 말입니다요." 갬필드 씨는 말했다.

"흠, 그래." 흰 조끼 신사는 짐짓 호의적인 미소를 띠며 말했다. "그 아이가 어쨌다는 말인가?"

"그 아이가 점잖고 버젓한 굴뚝 청소업계에서 제대로 된 좋은 일을 배우는 걸 교구에서 바라신다면 말입니다." 갬필드 씨가 말했다. "제가 마침 도제가 한 명 필요하고 그러니 그 아이 데려갈 의향이 있습니다요."

"따라오게." 흰 조끼 신사가 말했다. 갬필드 씨는 뒤에 잠시 멈춰서 당나귀에게 자기가 없는 사이에 달아나지 말라는 경고로 머리통을 한 방 더 갈기고 턱도 한 번 홱 잡아당긴 다음, 흰 조끼 신사를 따라 올리버가 이사회와 처음 대면했던 방으로 들어갔다.

"아주 고약한 직업인데." 갬필드 씨가 자신의 희망을 재차 진술했을 때 림킨스 씨가 말했다.

"어린애들이 굴뚝에서 질식해 죽는 일도 있었지요." 다른 신사가 말했다.

"그건 애들을 굴뚝에서 다시 내려오게 한답시고 짚을 물에 적셔서 뗐기 때문입니다요." 갬필드 씨는 말했다. "그럼 불길은 전혀 없이 온통 연기만 날 뿐이지요. 하지만 연긴 아일 내려오게 하는 데 아무런 소용도 없습니다. 그저 잠들게만 할 뿐인데 그렇잖아도 아인 잠자는 걸 좋아하거든요. 아이놈들은 정말 고집이 세고 게으르기 짝이 없답니다, 나리님들. 진짜 뜨거운 불길만큼 그놈들을 냉큼 내려오게 하는 건 없지요. 게다가 인도적인 조치이기도 합니다, 나리님들. 왜냐면 녀석들이 굴뚝에 껴서 꼼짝 못 하는 경우라도 발을 불로 지져 대면 어떻게든 빠져나오려고 안간힘을 쓰거든요."

흰 조끼 신사는 설명을 들으며 몹시 새미있이히는 표정을 지었다. 하지만 그의 즐거움은 림킨스 씨의 시선을 받고 이

내 식어 버렸다. 그 뒤 이사들은 몇 분 동안 자기네들끼리 논의를 주고받았다. 그런데 말소리가 너무나 낮아서 그저 "비용 절감", "장부상으로는 괜찮은데", "출판된 보고서가 있어서" 같은 말들만 들릴 뿐이었고 그나마 몹시 힘주어서 여러 번 반복한 말들이었기 때문에 알아들은 것이었다.

마침내 속삭임이 멈추었다. 이사회 임원들이 다시 자리에 앉아 근엄한 표정으로 돌아갔을 때 림킨스 씨가 말했다.

"우리는 자네의 제안을 숙고해 보았네. 그리고 그 결론은 받아들일 수 없다는 것이네."

"전혀 받아들일 수 없네." 흰 조끼 신사가 말했다.

"결단코 안 되네." 다른 이사들이 덧붙였다.

갬필드 씨는 그때 마침 이미 서너 명 아이들의 상해치사 혐의로 시달리던 차라, 이사들이 아마도 뭔가 설명할 수 없는 변덕에 사로잡혀 이 외적인 별개의 문제를 그들의 결정 과정에 영향을 끼치는 요소로 삼아야 한다고 잘못 판단했을지 모른다는 생각이 문득 들었다. 만약 그렇다면 그건 그들의 통상적인 업무 처리 방식과 아주 달랐다. 하지만 어쨌든 갬필드 씨는 그 소문을 끄집어낼 의사가 특별히 없었으므로 손에 쥔 모자를 비틀어 대며 탁자 앞에서 천천히 물러났다.

"그러니까 나리님들께서는 제가 그 아이를 데려갈 수 없단 말씀이신 거죠?" 갬필드 씨는 문간에서 멈춰 서며 말했다.

"그렇다네." 림킨스 씨가 대답했다. "아니면 그 고약한 직업으로는 최소한 우리가 제시한 사례금보다 적은 금액을 받아야 한다고 생각하네."

갬필드 씨는 안색이 환해지면서 단걸음에 잽싸게 탁자로 돌아와 말했다.

"얼마를 주실 수 있는데요, 나리님들? 자! 이 가난뱅이한테 너무 인색하게 굴지 마십시오. 얼마나 주실 수 있습니까?"

"글쎄, 3파운드 10실링이면 충분하다 생각하네." 림킨스 씨는 말했다.

"10실링이나 더 주는 셈이야." 흰 조끼 신사가 말했다.

"자, 보십시오!" 갬필드 씨가 말했다. "4파운드로 하시지요, 나리님들. 4파운드 주십시오, 그럼 그 아일 눈앞에서 영원히 치워 드리겠습니다. 자, 어떻습니까!"

"3파운드 10실링 주겠네." 림킨스 씨는 단호하게 반복했다.

"좋아요, 그럼 절반씩 양보하기로 하지요, 나리님들." 갬필드 씨는 다그치듯 말했다. "3파운드 15실링 주십시오."

"한 푼도 더 줄 수 없네." 림킨스 씨의 단호한 대답이었다.

"나리님들도 정말 지독하게 구시는군요." 갬필드 씨는 흔들리는 기색을 보이며 말했다.

"흥, 웃기는 소리 하지 말게!" 흰 조끼 신사가 말했나. "그 앤 사례금 한 푼 없이 데려가도 싸게 데려가는 거야. 어서 그 냥 데리고 가기나 해, 이 멍청한 친구야! 자네한테 딱 맞는 놈이야. 가끔씩 매질을 해 줘. 그게 놈에게 이로울 테니까 말이야. 식비도 많이 들일 필요 없네. 태어나서 배불리 먹어 본 적이 한 번도 없는 녀석이니까 말이야. 하, 하, 하!"

갬필드 씨는 탁자에 둘러앉은 얼굴들을 교활하게 둘러보았다. 모두 미소를 띠고 있는 걸 보고 자신도 점차 미소를 짓게 되었다. 이렇게 거래가 성사되었고 그날 오후 올리버와 도제 계약서를 치안 판사한테 보내 서명과 승인을 받도록 하라는 지시가 범블 씨에게 즉각 내려졌다.

이 결정에 따라 어린 올리버는 극도로 놀란 가운데 구금 상태에서 풀려나 깨끗한 옷으로 갈아입으라는 명령을 받았다. 올리버가 지극히 낯선 이 행위를 체조라도 하듯 겨우 마쳤을 때 범블 씨가 두 손으로 직접 죽 한 그릇과 명절 배급품인 65그램짜리 빵을 갖다 주는 것이 아닌가. 이 엄청난 광경을 본 올리버는 아주 비참하게 울어 대기 시작했다. 그도 그럴 것이 이 사회가 뭔가 유용한 목적을 위해 자기를 죽이기로 결정한 게 틀림없다고, 그렇지 않고서야 이런 식으로 살찌울 리가 절대 없다고 생각했던 것이다.

"올리버, 그만 질질 짜고 음식이나 어서 먹으면서 감사하는 마음을 갖거라." 범블 씨가 거드름을 한껏 피우며 근엄한 어조로 말했다. "올리버, 넌 이제 도제가 될 예정이니라."

"도제가 된다고요, 나리?" 아이는 몸을 떨며 말했다.

"그렇단다, 올리버." 범블 씨는 말했다. "부모가 아무도 없는 너에게 여러 명의 부모처럼 대해 주신 자비롭고 복 받으실 이사님들께서 너를 도제로 보내 생활의 자립을 이루고 어엿한 사람이 되게 해 주실 예정이니라. 비록 교구에서 지불해야 하는 돈이 3파운드 10실링이나 되지만 말이다! 무려 3파운드 10실링이란다, 올리버! 실링으로는 무려 70실링이고, 60펜스 짜리로는 무려 140개나 되는 큰돈이지! 이 돈을 아무도 좋아하지 않는 못된 고아 놈을 위해서 지불한다 이 말이다."

범블 씨가 무서운 목소리로 연설하고 난 뒤 잠시 숨을 돌리기 위해 말을 멈췄을 때 불쌍한 아이는 눈물을 주르르 흘리더니 곧 사무치게 흐느꼈다.

"자, 그만." 범블 씨는 약간 누그러진 태도로 말했는데 자신의 웅변이 가져온 훌륭한 효과를 보고 자못 흡족한 기분이 들었기 때문이다. "자, 올리버, 그만! 소매 끝으로 눈물을 닦거라. 죽 그릇에 눈물 떨어진다. 무슨 바보 같은 짓이냐, 올리버." 정말 맞는 말이었다. 왜냐면 이미 충분히 멀겋디멀건 죽이었기 때문이다.

치안 판사에게 가는 도중에 범블 씨는 올리버한테 일러두기를, 그가 할 일이라곤 도제가 되기를 바라느냐는 판사님의 질문에 그저 매우 행복한 표정을 지으며 정말로 간절히 원하는 일이라고 대답하는 것밖에 없다고 했다. 올리버는 이 두 가지 명령에 순종할 것을 약속했는데 만약 어느 하나라도 잘못했다간 무슨 일을 당하게 될지 아무도 모른다는 은근한 암시를 범블 씨가 슬쩍 덧붙였기 때문에 더더욱 그럴 수밖에 없었다. 치안 판사의 사무실에 도착했을 때 올리버는 혼자 작은 방에 남았고 범블 씨는 자기가 데리러 돌아올 때까지 꼼짝 말라고 지시했다.

아이는 가슴을 두근거리며 삼십 분 동안 기다렸다. 삼십 분이 지나자 범블 씨가 삼각모를 쓰지 않은 맨머리를 불쑥 들이밀더니 큰 소리로 말했다.

"자, 귀여운 올리버야, 이리 와서 나리님을 뵈럼." 이렇게 말하는 한편으로 범블 씨는 무섭게 위협하는 표정을 지어 보이며 낮은 목소리로 덧붙였다. "이 악당 녀석아, 내가 아까 한 말 명심해!"

올리버는 서로 상반되는 범블 씨의 말투에 어리둥절하여 얼굴을 빤히 쳐다보았다. 하지만 하급 관리 양반은 뭐라 물어볼 겨를을 주지 않고 문이 열려 있는 옆방으로 올리버를 끌고 갔다. 커다란 창문이 있는 넓은 방이었다. 책상 뒤에는 머리에 분가루를 뿌린 늙은 신사 두 명이 앉았는데 한 사람은 신문을 읽고 다른 한 사람은 거북이 등딱지로 테를 만든 안경의 도움을 받아 가며 앞에 놓인 자그만 문서 조각을 살펴보고 있었다. 림킨스 씨가 책상 앞 한쪽에 서고 다른 쪽에는 갬필드 씨가 세수를 하다 만 얼굴로 서 있었다. 그리고 무뚝뚝해 보이는 사람들 두세 명이 목이 긴 구두를 신은 채 방 안을 서성거렸다.

안경을 쓴 노신사는 자그만 문서 조각을 들여다보다가 꾸벅꾸벅 졸기 시작했다. 그래서 범블 씨가 올리버를 책상 앞에 데려다 세워 놓은 후 시간이 조금 흘렀다.

"나리, 얘가 바로 그 아이입니다." 범블 씨가 말했다.

신문을 읽던 노신사가 고개를 잠시 들더니 졸고 있는 노신사의 소매를 잡아당겼다. 졸던 신사가 정신을 차렸다.

"아, 그래, 얘가 바로 그 아이인가?" 노신사는 말했다.

"예, 그렇습니다, 나리." 범블 씨가 대답했다. "자, 치안 판사님께 절을 올리거라, 얘야."

올리버는 문득 정신을 차리고 최대한 경의를 담아 절을 올렸다. 치안 판사들의 분가루에 시선을 집중한 채 이사님들은 모두 저렇게 머리에 흰 가루 같은 걸 뒤집어쓰고 태어나는 것인지, 그래서 태어날 때부터 이사님이 되는 것인지 궁금히 여기던 중이었다.

"그래." 노신사는 말했다. "이 애는 굴뚝 청소 일을 좋아한다 이 말인가?"

"그냥 좋아하는 정도가 아닙니다요, 나리." 범블이 대답했다. 그러면서 몰래 올리버를 꼬집어 그렇지 않다고 말하는 건 신상에 좋지 못하리라는 암시를 전달했다.

"그러니까 이 애는 굴뚝 청소부가 꼭 되고 싶어 한다 이거지?" 노신사는 물었다.

"혹 내일이라도 다른 직업의 도제로 보내 보십시오, 이 앤 당장 도망쳐 버리고 말 겁니다요, 나리." 범블이 대답했다.

"그리고 이자가 아이의 주인이 될 사람이라, 이거지 ─ 이 보시게, 자네 ─ 자넨 이 애한테 잘 대해 주고 먹여 주고 등등 다 잘해 줄 텐가, 그럴 텐가?" 노신사는 말했다.

"전 한다고 하면 정말로 하는 사람입니다." 갬필드 씨는 확고한 의지로 대답했다.

"자넨 말투가 좀 거칠구만. 그래도 보아하니 솔직하고 확실한 사람 같긴 하군." 노신사는 말했다. 그러면서 올리버의 사례금을 받을 후보자 쪽으로 안경을 향하고 쳐다보았는데, 사실 이 작자의 악당 같은 면상은 누가 보아도 영락없는 잔인함의 보증 수표였다. 하지만 이 치안 판사는 반쯤 눈이 멀고 반쯤 순진한 사람이었던지라, 다른 사람들이 알아보는 것을 똑같이 알아보리라고 기대하는 것은 부질없는 일이었다.

"네, 그런 사람으로 보여야겠지요, 나리." 갬필드 씨는 비열한 웃음을 지어 보이며 말했다.

"자넨 틀림없이 그런 사람이라고 난 믿네." 노신사는 대답하며 안경을 콧등에 좀 더 확실하게 고정하고는 잉크병을 찾아 두리번거렸다.

이 순간은 올리버의 운명에서 중대한 고비였다. 만약 잉크병이 노신사가 생각하는 자리에 놓여 있었더라면 노신사는 펜을 잉크병에 넣고 잉크를 찍어 도제 계약서에 서명했을 테고, 그랬으면 올리버는 그 즉시 갬필드 씨에게 끌려가고 말았을 것이다. 하지만 공교롭게도 잉크병은 노신사의 코 바로 밑에 있었던지라, 그 당연한 결과로 노신사가 잉크병을 찾지 못한 채 책상 위를 온통 둘러보는 일이 발생했다. 그러던 중에 노신사는 우연히 정면을 똑바로 쳐다보았고, 겁에 질려 창백한 올리버의 얼굴에 눈길이 닿았다. 올리버는 범블 씨의 모든 경고의 시선과 꼬집음에도 불구하고 앞으로 주인이 될 자의 혐오스러운 면상을 공포와 두려움이 뒤섞인 표정으로 바라보고 있었는데, 그 표정이 너무나도 분명하여 반소경인 치안 판사조차 알아차리지 않을 수 없었다.

노신사는 동작을 멈추고 펜을 내려놓은 다음, 올리버한테서 시선을 돌려 림킨스 씨를 바라보았다. 림킨스 씨는 태평스럽고 기분 좋은 태도로 막 코담배를 맡으려는 참이었다.

"얘야!" 노신사는 책상 너머로 굽어보며 말했다. 올리버는 이 말소리에 깜짝 놀랐다. 놀라는 건 어느 정도 당연했다. 왜냐면 그가 들은 말은 상냥한 말소리였는바, 낯선 말소리를 들으면 누구나 겁을 집어먹게 마련이기 때문이다. 올리버는 격

올리버가 굴뚝 청소부 조수가 될 운명을 간신히 피하다.

렬하게 몸을 떨다가 울음을 터뜨리고 말았다.

"애야!" 노신사는 말했다. "넌 창백하고 겁에 질린 표정이구나. 왜 그러느냐?"

"이보게, 하급관, 그 아이한테서 좀 비켜서게." 옆에 있던 다른 치안 판사가 신문을 내려놓고 관심 있는 얼굴로 몸을 앞으로 기울이며 말했다. "자, 애야, 뭣 때문에 그러는지 말해 보렴, 두려워하지 말고."

올리버는 무릎을 꿇고 두 손을 꼭 모아 잡고서 간청하기를, 제발 자기를 캄캄한 저 독방에 다시 보내도 좋으니, 그래서 굶기고, 때리고, 또 원하신다면 죽이기까지 해도 좋으니 제발 저무서운 사람과 함께 보내지만은 말아 달라고 했다.

"세상에 이런!" 범블 씨는 엄숙하기 짝이 없는 인상적인 태도로 두 손을 쳐들고 위를 올려다보며 말했다. "세상에 이런! 내가 이제껏 만나 본 음흉하고 교활한 고아 놈들 중에서 올리버, 네놈만큼 뻔뻔한 놈은 결코 없었다."

"입 닥치고 있게, 하급관." 범블 씨가 그렇게 복합적인 형용어구로 감정을 토로했을 때 두 번째 노신사가 말했다.

"죄송합니다만, 나리." 범블 씨는 자기 귀를 믿을 수 없어서 물었다. "저한테 하신 말씀이십니까?"

"그래, 입 닥치라고 했네."

범블 씨는 경악하여 넋이 나간 표정이었다. 교구 관리한테 입 닥치라고 명령을 하다니! 이 무슨 말세란 말인가!

거북 등딱지 테 안경을 쓴 노신사는 자기 동료를 바라보며 의미 있게 고개를 끄덕였다.

"우리는 이 도제 계약서의 인준을 거부하는 바이오." 노신사는 말했다. 그러면서 문서를 한쪽으로 던져 버렸다.

"바라옵건대." 림킨스 씨가 더듬거리며 말했다. "치안 판사님들께서는 한갓 꼬마의 근거 없는 증언을 토대로 구빈원 당국자들이 뭔가 부당한 행위를 했다고 생각하시지 않았으면 합니다."

"치안 판사들이 이 문제에 대해 어떻게 생각하는지는 여기서 이야기할 사항이 아니오." 두 번째 노신사가 날카롭게 말했다. "저 아이를 구빈원으로 도로 데려가시오. 그리고 다정하게 보살펴 주시오. 아이한텐 지금 그게 필요한 것 같소."

그날 저녁에 흰 조끼 신사가 지극히 단호하고 확실하게 선언하기를, 올리버는 교수형뿐만 아니라 능지처참까지 당하게 될 놈이라고 했다. 범블 씨는 뭔가 비밀스럽고 암울한 태도로 고개를 가로저으며 올리버가 좋은 꼴을 당하기를 바란다고 말했다. 이에 대해 갬필드 씨는 올리버가 자기한테 오게 되기를 바란다고 대답했는데, 대부분의 문제에서 그는 교구 하급 관리와 같은 의견이었지만 이 점에서만은 완전히 정반대의 희망을 지닌 듯 보였다.

다음 날 아침, 올리버 트위스트를 다시 도제로 내놓았으니 누구든지 데려가는 자에게는 5파운드의 사례금을 주겠다는 내용의 공고문이 대중 앞에 재차 나붙었다.

4장
올리버는 다른 일자리를 얻어
사회생활의 첫발을 내딛는다.

명문가에서는 한창 자라는 젊은 자제가 소유권이나 귀속 재산, 또는 잉여 상속이나 추정 상속 등을 통해 좋은 지위나 자리를 획득하지 못할 경우에 그를 바다로 보내 해군 장교가 되게 하는 것이 아주 일반적인 관행이다. 이처럼 현명하고 건전한 예를 그대로 본받아 이사회도 올리버를 작은 무역선에 실어서 어디든 살기 힘든 적당한 항구로 보내 버리면 어떨까 하는 방안을 논의해 보았다. 이것은 올리버를 처분할 가장 좋은 방법처럼 보였다. 어느 날 선장이 식사 후 장난삼아 채찍으로 때려서 죽여 버리든지 아니면 쇠막대로 두개골을 박살 내 버릴 가능성이 농후했거니와, 이 두 가지 심심풀이는 아주 널리 알려진 대로 이 부류의 신사들이 몹시 즐겨 하는 일반적인 오락이었기 때문이다. 이런 관점에서 문제를 바라보자 생각하면 할수록 이사회의 눈에는 이 조치의 장점이 점점 더 많아 보였다. 그리하여 마침내 이사회는 올리버의 장래를 효과적으로 마련해 주는 유일한 방법은 그를 지체 없이 바다로 보내는 것이라는 결론을 내렸다.

범블 씨가 곧 파견되어 가족이 없는 아이를 선실 급사로 쓰려는 선장이 어디 없는지 찾아내기 위해 이런저런 사전 조사를 하며 돌아다녔다. 얼마 후 범블 씨는 임무를 수행한 결과를 보고하러 구빈원으로 돌아오고 있었는데, 때마침 구빈원 대문 앞에서 다름 아닌 교구의 장의사 싸워베리 씨와 딱 마주치게 되었다.

싸워베리 씨는 큰 키에 뼈마디가 굵고 야윈 사람으로, 남루한 검정색 양복 차림에 여기저기 기운 검정색 무명 양말과 거기에 어울리는 해진 구두를 신고 있었다. 얼굴은 미소를 짓기 적합하게 타고난 생김새가 아니었다. 하지만 직업상 명랑한 표정을 짓는 습관이 전체적으로 몸에 배어 있었다. 범블 씨에게 다가가는 그의 발걸음은 가벼웠고 얼굴은 유쾌한 기분을 나타내는 표정을 띠었다. 그는 범블 씨와 정중하게 악수를 했다.

"간밤에 사망한 여자 두 명의 치수를 재고 나오는 길입니다, 범블 씨." 장의사가 말했다.

"곧 큰 부자가 되겠소, 싸워베리 씨." 교구 관리는 장의사가 권하는 코담배 갑에 엄지와 검지를 집어넣으며 말했다. 특허가 난 관의 모양을 정교하게 축소한 담뱃갑이었다. "정말이지 곧 큰 부자가 되겠소, 싸워베리 씨." 범블 씨는 장의사의 어깨를 지팡이로 친근하게 툭툭 치며 반복해 말했다.

"그렇게 생각하십니까?" 장의사는 그렇게 될 가능성을 반은 수긍하고 반은 부정하는 어투로 말했다. "이사회에서 책정한 금액이 워낙 작아서요, 범블 씨."

"작은 걸로 치면 관도 마찬가지잖소." 교구 관리는 높으신 관리에게 용납될 만큼의 웃음소리를 정확히 터뜨리며 대답했다.

이 말에 싸워베리 씨는 당연히 그래야만 하듯 웃음보를 크게 터뜨리더니 오랫동안 쉬지 않고 껄껄댔다. "그래요, 그래, 범블 씨." 그는 마침내 말을 이었다. "새 급식 제도가 도입된 이래 관이 예전보다 좁아지고 얇아진 걸 부정하진 않습니다. 하지만 우리도 어느 정도 이윤을 남겨야 하지 않겠습니까, 범블 씨. 건조가 잘된 목재는 비싸답니다요, 나리. 게다가 철제 손잡이들도 전부 운하로 버밍엄[17]에서 실어 와야 하고 말입니다."

"그래요, 그래." 범블 씨가 말했다. "어느 직업이든 다 고충이 있는 법이오. 적당한 이윤이야 당연히 허용되어야 하는 것이고 말이오."

"그럼요, 당연하고말고요." 장의사는 대답했다. "그래서 혹 이런저런 물건에서 이윤을 남기지 못하더라도 결국엔 어떻게든 벌충하게 마련이지요, 나리도 아시다시피 말입니다, 헤헤헤!"

"그야 물론 아니겠소." 범블 씨가 말했다.

"다만 한 가지 말씀드리자면." 장의사는 교구 관리가 끊었던 말의 흐름을 다시 이으며 계속했다. "다만 한 가지 말씀드리자면 범블 씨, 고민스럽게도 아주 크게 불리한 상황이 하나

---

17) 런던의 북서쪽 중부 내륙에 위치한 도시로 철강 공장이 많았다.

있긴 합지요. 뭐고 하면 바로 뚱뚱한 사람들이 제일 먼저 죽어 버린다는 겁니다. 형편이 괜찮아서 세금도 여러 해 동안 내며 잘 살았던 사람들이 막상 구빈원에 들어오면 제일 먼저 쓰러져 버린다 이겁니다. 그러니 자 보십시오, 범블 씨, 계산보다 8센티미터에서 9센티미터나 초과되니 이윤에 커다란 구멍이 생기지 않겠습니까. 특히 저처럼 먹여 살려야 할 가족이 있는 사람한텐 말입니다."

싸워베리 씨가 억울한 일을 당한 사람에게 걸맞은 분노를 토로하며 말하자 범블 씨는 교구의 명예에 다소 손상을 가져올 수 있는 내용이라 느꼈고, 그래서 화제를 바꾸는 게 현명하겠다고 생각했다. 마침 올리버 트위스트가 그의 제일가는 관심사였던지라 즉시 올리버를 화제로 삼았다.

"그런데 말이오." 범블 씨는 말했다. "혹시 사내아이가 하나 필요한 사람 알고 있지 않소? 도제로 보낼 교구의 고아인데, 교구의 목에 매달린 맷돌 같은 놈이라고 할까, 굉장한 골칫덩어리 녀석이 하나 있다오. 아주 후한 조건이라오, 싸워베리 씨, 아주 후한 조건!" 이렇게 말하면서 범블 씨는 지팡이를 들어 올려 머리 위 공고문에 대문짝만 하게 로마자로 써 놓은 '5파운드'라는 글자를 탁탁탁 소리 나게 세 번 두드렸다.

"아, 바로 그겁니다!" 장의사는 범블 씨의 교구관 제복 외투의 금테 두른 옷깃을 잡으며 말했다. "제가 나리께 말씀드리고 싶었던 게 바로 그겁니다. 아시다시피…… 아이고, 범블 씨, 이건 참말로 우아하기 그지없는 단추로군요! 전에는 한 번도 알아차리지 못했습니다만."

"그래요, 나도 꽤 멋지다고 생각한다오." 교구 관리는 외투를 장식한 커다란 황동 단추들을 자랑스레 내려다보며 말했다. "문양이 교구의 도장 문양과 같은 것이오. 선한 사마리아 사람이 상처 입고 쓰러진 사람을 치료하는 모습[18]이오. 이사회에서 새해 첫날 아침에 나에게 선사해 주신 거라오, 싸워베리 씨. 이걸 처음 달고 나갔던 때가 기억나는데, 한밤중에 어느 집 문간에서 죽은 몰락한 장사꾼의 검시에 참석할 때였소."

"저도 기억납니다." 장의사가 말했다. "배심원들이 판결하길 '추위에 노출되고 일반 생필품 결핍으로 인해 사망함.'이라고 하지 않았던가요?"

범블 씨는 고개를 끄덕였다.

"그리고 그걸 특별 평결로 내리면서 몇 마디 덧붙였더랬지요, 아마?" 장의사는 말했다. "이런 취지로 말입니다, 만약 구제 담당 관리가……."

"흥! 터무니없는 소리였소!" 교구 관리가 끼어들며 말했다. "무식한 배심원들이 내뱉는 그런 헛소리에 일일이 귀를 기울인다면 이사회는 아무 일도 못 하게 될 거요."

"지당하신 말씀입니다." 장의사가 말했다. "정말 그럴 겁니다."

"배심원이란 작자들은." 범블 씨는 감정이 끓어오를 때면 늘 그러듯이 지팡이를 꽉 움켜쥐며 말했다. "배심원이란 작자들은 무식하고 천박하고 비굴한 얼간이들이오."

---

18) 『누가복음』 10장 30~37절의 내용이다.

“그렇습니다요.” 장의사가 말했다.

“철학이나 경제학 같은 건 눈곱만큼도 모르는 자들이오.” 교구 관리는 경멸하듯이 손가락 마디를 딱딱 꺾으며 말했다.

“정말로 무식한 자들이지요.” 장의사가 동의하며 말했다.

“난 그들을 경멸하는 바이오.” 교구 관리는 아주 빨갛게 달아오른 얼굴로 말했다.

“저도 그렇습니다.” 장의사가 맞장구를 쳤다.

“제멋대로인 그놈의 배심원들을 구빈원에 한두 주일 처박아 놓았으면 딱 좋겠소.” 교구 관리는 말했다. “그럼 우리 이 사회의 규칙과 규정을 체험하고 금세 기가 꺾여 분수를 알게 될 거요.”

“아무렴요, 저절로 그렇게 될 겁니다.” 장의사가 대답했다. 그렇게 말하면서 그는 동의한다는 뜻의 미소를 지어 보여 격분한 교구 관리의 끓어오르는 분노를 좀 식혀 보고자 했다.

범블 씨는 삼각모를 벗어 그 안에서 손수건을 꺼내더니, 분노로 인해 생긴 이마의 땀을 닦아 낸 다음 모자를 다시 썼다. 그러곤 장의사를 돌아보며 약간 가라앉은 목소리로 밀했다.

“그건 그렇고, 아까 그 아이가 어쨌다는 거요?”

“아, 예!” 장의사는 대답했다. “그러니까 말입니다, 범블 씨, 아시다시피 저도 구빈세를 꽤 내는 셈이 않습니까.”

“흠!” 범블 씨가 말했다. “그래서요?”

“그래서 말입니다.” 장의사는 대답했다. “그만큼 구빈세를 내는 사람이라면 그것으로부터 얻을 수 있는 혜택도 최대한 누릴 권리가 있지 않은가 하는 생각이랍니다, 범블 씨. 그러니까…… 말하자면…… 그 아이를 바로 제가 데려갈까 하는 생각입니다."

범블 씨는 장의사의 팔을 덥석 끌어 잡고 건물 안으로 데려갔다. 싸워베리 씨는 이사회와 오 분 동안 은밀한 면담을 나누었고, 그 결과 올리버를 그날 저녁 싸워베리 씨에게 '시험 삼아' 보내기로 결정되었다. 이 '시험 삼아'라는 표현이 교구 도제의 경우 뜻하는 바는 주인이 짧은 기간 아이를 임시로 써 보고서 만약 음식을 별로 먹이지 않고도 충분히 많은 일을 시킬 수 있다는 확신이 들면 몇 년간 계약을 맺어 마음대로 부려먹을 수 있다는 것이었다.

어린 올리버는 그날 저녁 '이사 나리들' 앞에 불려가서 그날 밤 장의사네 집에 허드렛일꾼으로 가게 되었다는 통보를 받았다. 그리고 만약 그의 처지에 대해 불평을 하거나 교구로 다시 되돌아오거나 하면 즉시 바다로 보내서 물에 빠져 죽든지 머리가 깨지든지 아무튼 되는대로 나자빠지게 만들 것이라는 경고를 받았다. 이때 올리버가 거의 아무런 감정 반응도 보이지 않자 이사 나리들은 하나같이 입을 모아 올리버를 지독한 악당 놈이라고 선언하고, 범블 씨에게 명령하여 그를 즉각 내보내게 했다.

누군가에게 감정이 결핍되었다는 증표가 조금이라도 발견되었을 때 이 세상 모든 사람들 가운데 특히 이사 나리들께서 고결한 경악과 숭고한 공포에 사로잡히는 것은 매우 당연한 일이라 하겠다. 하지만 특별히 이번 경우에는 이사 나리들이 좀 잘못 판단하신 것이었다. 사실을 간단히 말하면 올리버는 감정이 부족한 게 아니라 오히려 너무나 풍부한 아이였고, 그래서 오히려 그간 받아 온 학대로 인해 평생 짐승 같은 무감각과 침울함에 떨어져 버릴 지경이었다. 그는 자신이 갈 곳에 대한 소식을 아무 말 없이 그냥 들었고, 가져갈 짐을 — 짐이랬자 가로세로 약 15센티미터에 깊이가 8센티미터쯤 되는 갈색 종이 꾸러미에 전부 싸 넣을 정도라 들고 가기 별로 어렵지 않았다 — 손에 들려 주자 모자를 눈 위까지 푹 눌러쓴 다음, 다시 한번 범블 씨의 외투 소매에 매달려 이 고관 나리님이 이끄는 대로 새로운 고난의 처소를 향해 걸음을 옮겼던 것이다.

범블 씨는 한참 동안 올리버를 끌고 가면서 그에게 주의를 기울이거나 말을 건네거나 하지 않았다. 왜냐하면 교구 관리가 늘 그래야 하듯이 그는 고개를 꼿꼿이 세운 채 걸어갔기 때문이다. 바람이 많이 부는 날이라 어린 올리버는 범블 씨의 외투 자락이 바람에 날려 젖혀질 때마다 옷자락에 완전히 휩싸였는데, 그때마다 주머니에 윗덮개가 달린 범블 씨의 조끼와 플러시 천으로 된 황갈색 반바지가 한껏 맵시를 뽐내며 드러나곤 했다. 그러나 목적지에 가까워지자 범블 씨는 아이의 상태가 새 주인의 검사를 받기에 적합한지 아이를 한번 확인해 보는 게 좋겠다고 생각했다. 그는 자애롭게 보살펴 주는 듯한 적절하고 잘 어울리는 태도로 아래를 내려다보았다.

"올리버!" 범블 씨가 말했다.

"예, 나리." 올리버는 낮고 떨리는 목소리로 대답했다.

"모자를 눈 위로 좀 밀어 올리고 고개를 들어 보거라."

올리버는 즉시 시키는 대로 했다. 그리고 범블 씨를 잡지 않은 다른 손등으로 두 눈을 재빨리 훔쳤다. 하지만 범블 씨를 올려다보는 두 눈에는 눈물방울이 남아 있었다. 범블 씨가 엄한 얼굴로 노려보자 눈물방울이 볼을 타고 흘러내렸다. 그리고 뒤이어 한 방울 또 한 방울 계속 흘러내렸다. 아이는 눈물을 그치려고 안간힘을 썼지만 헛수고였다. 올리버는 범블 씨를 잡고 있던 손을 가져다가 두 손으로 얼굴을 가리더니 엉엉 울기 시작했다. 가늘고 뼈만 앙상한 손가락 사이로 눈물이 줄줄 흘러나왔다.

"아니 이런!" 범블 씨는 걸음을 멈추더니 자신의 담당인 어린 올리버에게 강렬한 악의를 담은 시선을 던지며 소리쳤다. "아니 이런! 내가 지금껏 본 가장 배은망덕하고 못돼 먹은 꼬맹이들 중에서도 올리버, 넌 정말이지 천하에……."

"아녜요, 나리, 아녜요." 올리버는 지팡이를 쥔 범블 씨의 그 고귀하신 손에 매달리며 흐느꼈다. "아녜요, 나리, 아녜요. 이제부터 정말로 착하게 행동할게요. 정말로, 정말로 그럴게요, 나리! 전 아직 너무 어린 아이잖아요, 나리. 게다가 너무나…… 너무나……."

"너무나 어쨌다는 거냐?" 범블 씨는 크게 놀라며 물었다.

"너무나 외로워요, 나리! 정말이지 너무나 외로워요!" 아이는 울음을 터뜨리며 말했다. "절 미워하지 않는 사람이 아무도 없어요. 오, 나리! 제발 저에게 화내지 말아 주세요!" 아이는 손으로 제 가슴을 쳤다. 그리고 곁에 선 범블 씨의 얼굴을 진정으로 비통한 눈물을 흘리며 바라보았다.

범블 씨는 꽤 놀란 표정으로 올리버의 가련하고 절망적인 얼굴을 몇 초 동안 응시했다. 그러다가 목이 쉰 듯이 서너 번 헛기침을 하더니 "이놈의 성가신 기침" 어쩌고 하며 중얼거리고 나서는 올리버에게 그만 눈물을 닦고 착하게 굴라고 명령했다. 그러곤 다시금 올리버의 손을 잡고 말없이 걸었다.

장의사는 마침 가게의 덧문을 모두 닫아걸고 나서 그의 직업에 더없이 잘 어울리는 음침한 촛불 아래서 장부에 뭔가를 기입하고 있었다. 그때 범블 씨가 가게로 들어왔다.

"여어!" 장의사는 단어 하나를 적던 것을 멈추고 장부에서 고개를 들며 말했다. "범블 씨, 당신이오?"

"그렇소, 나요, 싸워베리 씨." 교구 관리가 대답했다. "자! 여기 아일 데려왔소." 올리버는 꾸벅 인사를 올렸다.

"아! 얘가 바로 그 아이로군요?" 장의사는 머리 위로 촛불을 쳐들고 올리버를 좀 더 잘 살펴보며 말했다. "여보, 싸워베리 부인, 이리 좀 잠깐 나와 봐 주시겠소?"

싸워베리 부인이 가게 뒤편의 작은 방에서 나와 모습을 드러냈는데, 작은 키에 홀쭉하고 아주 깡마른 여자로 심술 사나운 얼굴을 하고 있었다.

"여보." 싸워베리 씨는 공손하게 말을 건넸다. "얘가 바로 내가 이야기했던 그 구빈원의 아이라오." 올리버가 또다시 꾸벅 인사를 했다.

"아이고 이런!" 장의사의 부인이 말했다. "키가 정말 작은 아이군요."

"글쎄요, 뭐, 좀 작은 편이긴 하지요." 범블 씨는 좀 더 크지 않은 것이 올리버의 탓이기라도 하듯 올리버를 바라보며 대답했다. "작은 건 사실입니다. 그걸 부인할 수는 없겠지요. 하지만 곧 자랄 겁니다, 싸워베리 부인. 그럼요, 곧 자랄 겁니다."

"아, 물론 그렇겠지요." 부인은 퉁명스레 말했다. "우리 집 음식과 우리 집 물을 먹고 마시면서 말이에요. 교구의 고아들을 받아 봤자 이득 될 게 하나도 없다니까. 난 한 번도 그런 경우를 본 적이 없어요. 애들로 얻는 이익보다 먹여 살리는 비용이 언제나 더 많이 드니까요. 하지만 남자들은 항상 자기네가 제일 잘 안다고 생각하지요. 야! 말라깽이 꼬맹이, 넌 아래로 내려가!" 이렇게 말하며 싸워베리 부인은 옆문을 열고 가파른 계단으로 올리버를 떼밀었다. 계단 아래에는 축축하고 어두운 돌 감방 같은 지하방이 나타났는데, 석탄 저장실 입구에 있는 작은 방으로 딴에 '부엌'이라고 일컫는 곳이었다. 그곳에는 뒤축이 닳은 신과 파랗고 긴 모직 양말을 신은 단정치 못한 여자아이가 하나 앉아 있었다.

"보거라, 샬럿." 올리버를 따라 내려온 싸워베리 부인이 말했다. "트립한테 주려고 남겨 둔 찬밥 쪼가릴 이 애한테 좀 주거라. 트립은 아침에 나가서 아직 안 돌아왔으니 못 먹어도 싸다. 헌데 너, 설마 입이 너무 고급이라 그런 건 못 먹는다고 하진 않겠지, 그렇지?"

밥이라는 말에 눈이 번쩍 뜨여 어서 빨리 그걸 입에 넣어 삼키고 싶은 욕망에 몸을 부르르 떨던 올리버는 즉각 안 그러겠다고 대답했다. 그러자 허접한 음식물 찌꺼기 한 접시가 올리버 앞에 놓였다.

음식물이 배 속에서 쓰디쓴 독으로 바뀌고 피는 얼음처럼 차갑고 심장은 쇳덩어리인 어떤 살찐 철학자님께서 개조차 거들떠보지 않는 이 산해진미 요리를 올리버 트위스트가 허겁지겁 집어삼키는 모습을 볼 수 있다면 얼마나 좋을까. 굶주림의 화신처럼 사납게 달려들어 음식 쪼가리를 정신없이 뜯어 먹는 올리버의 이 끔찍한 식욕을 그 철학자님이 직접 눈으로 볼 수 있다면 얼마나 좋을까. 이보다 더 보고 싶은 것이 딱 하나 있는데, 그것은 바로 이 철학자님이 이와 똑같은 종류의 식사를 올리버와 똑같이 맛있게 먹어 대는 모습을 보는 것이다.

"자, 그럼." 올리버가 식사하는 모습을 경악에 찬 얼굴로 말없이 지켜보며 올리버의 장래 식욕에 대한 무서운 예감으로 떨던 싸워베리 부인이 올리버가 마침내 먹기를 다 마쳤을 때 말했다. "다 먹었냐?"

손이 닿을 거리에 더 이상 먹을 게 없었으므로 올리버는 그렇다고 대답했다.

"그럼 따라오거라." 이렇게 말하며 싸워베리 부인은 더럽고 희미한 등불을 집어 들고는 계단 위로 앞장서 올라갔다. "네 잠자리는 계산대 밑이다. 관 사이에서 잔다고 싫어하진 않겠지? 하긴 네놈이 싫어하든 좋아하든 아무 상관 없지. 네가 잘 데는 거기밖에 없으니까 말이야. 어서 따라오지 못해? 밤새도록 날 여기다 붙들어 놓을 작정이냐!"

올리버는 더 이상 꾸물거리지 않고 순순히 새 주인 마나님을 따라갔다.

5장
올리버는 새 동료들과 함께 지낸다.
장례식에 처음으로 참석한 뒤 주인의
사업에 대해 비판적인 의견을 품게 된다.

장의사의 가게에 혼자 남게 된 올리버는 등불을 작업대 위에 내려놓고 두려움과 공포를 느끼며 주위를 조심스레 살펴보았다. 올리버보다 훨씬 나이가 많은 사람들은 올리버의 두려움과 공포를 어렵지 않게 이해할 것이다. 가게 한가운데에는 만들다 만 관 하나가 검정색 받침대 위에 놓여 있었는데, 그 모습이 음울하고 섬뜩한 죽음의 느낌을 너무나 강하게 일으켜서 올리버는 그 무서운 물체가 있는 쪽으로 눈길이 향할 때마다 오싹한 전율에 사로잡혔다. 당장이라도 어떤 무시무시한 형상이 거기에서 천천히 머리를 들고 일어나 그를 공포로 미쳐 버리게 만들 것만 같았다. 벽에는 똑같은 모양으로 자른 느릅나무 판자들을 일정한 간격으로 길게 줄지어 세워 놓았는데, 희미한 불빛 속에서 마치 바지 주머니에 양손을 넣고 서 있는 어깨가 높은 귀신들처럼 보였다. 바닥에는 관 뚜껑에

붙일 명패며 느릅나무 판자 조각, 대가리가 반짝거리는 못, 검은 천 조각 등이 여기저기 널려 있었다. 계산대 뒤 벽에는 장식용 그림이 하나 걸렸는데, 어느 가정집의 커다란 문 앞에 장례식 회장꾼[19] 두 명이 장식용 넥타이 깃을 아주 빳빳하게 세운 채 서 있고 저 멀리서 네 필의 검은 말이 영구 마차를 끌고 다가오는 모습을 생생하게 표현한 그림이었다. 가게 안은 답답하고 더웠다. 공기는 관 냄새가 배어 탁하게 느껴졌다. 올리버의 양털 매트리스를 쑤셔 넣은 계산대 밑 공간은 마치 무덤 같았다.

올리버를 짓누르는 음울한 감정은 이것만이 아니었다. 그는 낯선 곳에 혼자 남겨진 것이었는바, 누구나 다 알듯이 아무리 잘난 사람이라도 그런 상황에서는 쓸쓸하고 오싹한 느낌에 사로잡히게 마련이다. 올리버는 우정을 주거나 받던 다정한 친구가 하나도 없었다. 최근에 누구랑 헤어진 슬픔이 마음에 생생히 남아 있는 것도 아니었고 사랑하는 사람의 낯익은 얼굴을 보지 못하는 고통이 가슴 깊이 사무치는 것도 아니었다. 그럼에도 올리버의 가슴은 실로 무거웠다. 그는 비좁은 잠자리에 기어 들어가면서 그게 자신의 관이면 좋겠다고 생각했다. 그리하여 교회 묘지에 누워 키 큰 풀이 머리 위에서 부드럽게 일렁이고 낡은 교회 종소리가 그윽이 마음을 달래 주는 가운데 고요히 영원한 잠에 들었으면 좋겠다고 생각했다.

19) 고용된 장례 일꾼으로 침묵을 지키고 서서 숙연한 애도의 분위기를 표시하는 것이 주된 직무였다.

아침에 올리버는 누군가 밖에서 가게 문을 쾅쾅 걷어차는 소리에 잠에서 깨어났다. 올리버가 급히 옷을 걸치는 동안 그 소리는 화라도 난 것처럼 스물다섯 번가량이나 격렬하게 반복되었다. 올리버가 문고리를 풀기 시작하자 발길질이 그치고 목소리가 들려왔다.

"빨랑 안 열고 뭐 하는 거야, 응?" 문을 걷어차던 다리의 주인이 크게 외쳤다.

"네, 금세 열게요." 올리버는 대답하며 문고리를 풀고 자물쇠를 돌렸다.

"너 새로 온 아이 맞지, 그렇지?" 열쇠 구멍 사이로 목소리가 말했다.

"네, 맞아요." 올리버가 대답했다.

"몇 살이냐?" 목소리가 물었다.

"열 살이에요." 올리버가 대답했다.

"그럼 너 내가 들어가는 대로 채찍질 좀 당할 줄 알아." 목소리는 말했다. "정말인지 아닌지 두고 봐. 자, 어서 열어, 이 구빈원 새끼야!" 이렇게 자비로운 약속을 하고 나더니 목소리는 휘파람을 불기 시작했다.

올리버는 조금 전 기록한 그 강한 격정의 표현이 지칭하는 행위를 너무나 자주 당했던지라 목소리의 소유자가 어떤 사람이든지 간에 자신이 맹세한 바를 한 치의 어긋남 없이 명예롭게 수행하고 말리라는 점을 조금도 의심하지 않았다. 그는 떨리는 손으로 빗장을 당기고 문을 열었다.

올리버는 일이 초 동안 길 위아래와 건너편을 둘러보았다.

그러면서 마음으로 확신하기를, 열쇠 구멍 사이로 말을 걸었던 그 누군지 모르는 사람이 잠시 몸을 풀기 위해 몇 걸음 뒤로 물러났구나 했다. 왜냐하면 눈에 보이는 거라곤 집 앞의 말뚝에 올라앉아 버터 바른 빵 한 쪽을 먹고 있는 키가 큰 자선 학교[20] 학생 하나밖에 없었기 때문이다. 자선 학교 학생은 빵 조각을 주머니칼로 입 크기에 맞게 쐐기 모양으로 자른 뒤 굉장한 속도로 먹어 치웠다.

"저, 죄송한데요." 다른 방문객이 아무도 없는 것을 보고 올리버는 마침내 말했다. "혹시 문을 두드리셨어요?"

"그래, 내가 찼다, 왜?" 자선 학교 학생이 대답했다.

"관이 필요해서 오셨나요?" 올리버는 순진하게 물었다.

이 말에 자선 학교 학생은 몹시 흉포한 표정을 지으며, 그런 식으로 윗사람들에게 건방진 농담을 던진다면 올리버야말로 머지않아 관이 필요한 신세가 될 것이라고 말했다.

"너, 내가 누군지 모르는구나. 그렇지, 구빈원?" 자선 학교 학생은 말을 계속 이으며 덧붙였다. 그러면서 깨우쳐 주겠다는 듯이 말뚝 위에서 엄숙하게 내려왔다.

"네, 몰라요." 올리버가 대답했다.

"난 노어 클레이폴 씨이시다." 자선 학교 학생이 말했다. "그리고 너의 상급자님이시다. 자, 이 게으름뱅이 꼬마 악당아, 가게 덧문이나 어서 열어라!" 이 말과 함께 클레이폴 씨는 올리버를 발로 한 대 걷어차고는 위엄 있게 가게 안으로 들어

---

20) 가난한 아이들을 무료로 가르쳐 주는 학교이며 학생들에게 교복을 입혔다.

갔는데, 위엄을 부린 그 태도란 게 참으로 볼만한 광경이었다. 커다란 머리통에 눈이 조그맣고, 어설프게 큰 체격에 표정은 흐리멍덩한 아이가 위엄 있게 보인다는 것은 어떤 상황에서든 어려운 법이다. 그런데 이런 매력적인 외모에 빨간 코와 노란 반바지 차림이 더해졌으니 얼마나 더 오죽하겠는가.

가게 덧문을 다 걷어 낸 뒤 올리버는 낮 동안에 그것들을 갖다 두는 집 옆의 작은 안뜰로 첫 번째 문짝을 들고 끙끙대며 가다가 그 무게에 눌려 유리창 하나를 깨고 말았다. 그러자 노어가 자비롭게도 거들어 주러 나왔는데, 그는 먼저 "너 된통 혼날 거야."라는 확신에 찬 말로 위로를 해 주고는 올리버에게 도움의 손길을 친히 베풀어 주었다. 곧 싸워베리 씨가 내려왔다. 잠시 후 싸워베리 부인도 나타났다. 올리버는 노어의 예언대로 한바탕 '된통 혼나고' 난 뒤 이 젊은 상급자님을 따라 아침을 먹으러 계단을 내려갔다.

"이리 불 가까이로 와, 노어." 샬럿이 말했다. "주인아저씨 아침상에서 좋은 베이컨 한 조각 살짝 빼냈어. 올리버, 넌 우리 노어 씨 뒤의 그 문이나 닫고, 빵 굽는 냄비 뚜껑에다 덜어 놓은 음식 쪼가리나 먹어. 차도 거기 있으니까 저기 상자 있는 데로 가지고 가서 마셔. 빨리 먹도록 해, 주인이 금세 가게를 보라고 부를 테니 말이야, 알았니?"

"알아들었냐, 인마, 구빈원?" 노어 클레이폴이 말했다.

"아니, 노어!" 샬럿이 말했다. "너도 참 괴상하구나! 저따위 앨 뭣 땜에 건드리는 거니!"

"뭣 땜에 건드리냐고!" 노어는 말했다. "하기야 말이 나왔으니 말이지, 저 앤 정말 건드리는 사람이 아무도 없지. 아빠도 없고 엄마도 없어서 간섭받을 일이 전혀 없고, 친척들도 모두 얘가 제멋대로 살도록 내버려 두니 말이야. 안 그래, 샬럿? 히히히!"

"아, 노어, 넌 참 재미있는 애야!" 샬럿은 한바탕 웃음보를 터뜨리며 말했고, 이어 노어도 거기에 동참했다. 웃음을 그친 후 두 사람은 불쌍한 올리버 트위스트가 방에서 제일 추운 구석에서 오들오들 떨며 상자에 앉아 그를 위해 특별히 남겨 놓은 상한 음식 쪼가리를 먹는 모습을 경멸스럽게 쳐다보았다.

노어는 자선 학교 학생이긴 했지만 구빈원 고아는 아니었다. 또한 사생아도 아니었으니, 혈통과 출생의 근원을 분명하게 확인할 부모가 바로 근처에 살았기 때문이다. 어머니는 세탁부였고, 아버지는 주정뱅이 퇴역 군인으로 한쪽 다리가 나무 의족이었으며 하루당 2.5펜스에 개미 눈곱만큼을 더한 금액을 연금으로 받았다. 동네 가게 점원 아이들은 오래전부터 길거리에서 노어를 만나면 '가죽 바지' 또는 '자선 학교' 같은 불명예스러운 별명으로 그를 일컫는 습관이 있었는데, 노어는 아무 대꾸도 하지 못한 채 그걸 견뎌 왔다. 하지만 이제 운명의 여신이 세상에서 가장 천한 자조차도 손가락질하며 경멸할 수 있는 이름 없는 고아 하나를 그의 앞에 던져 주었으니, 그는 자기가 받은 모욕을 이자까지 얹어서 이 고아에게 앙갚음했던 것이다. 이는 우리에게 아주 흥미로운 사색거리를 제공한다. 즉 인간의 본성이 얼마나 아름다울 수 있는지, 온화하기 그지없는 심성이 높디높으신 귀족 나리와 천하디천한 자선 학교 학생에게서 얼마나 똑같이 공평하게 나타날 수 있는지를 잘 보여 주는 예다.

올리버가 장의사의 집에 와서 머무른 지 세 주쯤인가 한 달 쯤인가 되었을 때였다. 싸워베리 부부는 마침 가게를 닫고 자그만 뒤쪽 거실에서 저녁 식사를 하는 중이었는데, 싸워베리 씨가 부인에게 존경 어린 눈길을 몇 번 건네더니 입을 열어 말했다.

"여보……." 그는 말을 계속해서 이어 나갈 셈이었다. 하지만 그 순간 싸워베리 부인이 유달리 심기가 불편한 얼굴로 쳐다보는 바람에 말을 멈추고 말았다.

"그래, 뭐요?" 싸워베리 부인이 날카롭게 말했다.

"아니오, 여보, 아무것도 아니오." 싸워베리 씨는 말했다.

"어이구, 저런 돼지 같은!" 싸워베리 부인이 말했다.

"천만에요, 여보." 싸워베리 씨는 겸손하게 말했다. "당신이 얘기를 들을 기분이 아닌 듯해서 그랬을 뿐이라오, 여보. 그저 말할 게 좀 있어서 그런데, 뭐냐면……."

"오, 그게 뭔지 나한테 말할 필요 없어요." 싸워베리 부인이 끼어들었다. "난 하찮은 사람이에요. 그러니 제발 나랑 상의하려고 하지 말아요. 나 같은 사람이 어떻게 당신의 비밀에 참견하겠어요." 이렇게 말하며 싸워베리 부인은 히스테릭한 웃음을 한번 터뜨렸는데 이것은 격렬한 사태를 예고하는 위험 신호였다.

"하지만 여보." 싸워베리가 말했다. "난 당신의 조언이 필요하오."

"아니, 아니, 나 같은 사람한테 조언을 구하지 말아요." 싸워베리 부인은 애처로운 어투로 대답했다. "조언은 다른 사람한테 구해요." 여기서 그녀는 다시 한번 히스테릭한 웃음을 터뜨렸고, 이것은 싸워베리 씨를 극심한 공포에 빠지게 했다. 이것은 아주 일반적이고 널리 입증된 부부 관계의 처세술로 대개 그 효과가 아주 훌륭하다. 싸워베리 씨는 즉시 간절히 부탁하는 처지로 떨어져서 부인에게 이야기할 수 있도록 특별한 호의를 베풀어 달라고 싹싹 빌었다. 사실 몹시 듣고 싶어 안달이 난 건 바로 그녀였는데 말이다. 한 시간의 사분의 삼도 안 되는 아주 '짧은' 시간 동안 실랑이를 지속한 끝에 부인은 마침내 지극히 자비롭게도 허락을 내려 주었다.

"그저 어린 트위스트 녀석에 관한 것인데 말이오, 여보." 싸워베리 씨는 말했다. "그 앤 얼굴이 정말 괜찮아 보이지 않소, 여보?"

"당연히 그래야지요, 그만큼 처먹어 대는데." 부인이 쏘아붙였다.

"그 아이 얼굴엔 아주 흥미로운 어떤 우울한 표정이 있다오, 여보." 싸워베리 씨는 말했다. "이 아일 장례식 회장꾼으로 쓰면 꽤 근사할 거요, 여보."

싸워베리 부인은 상당히 어리둥절한 표정으로 쳐다보았다. 그것을 알아차린 싸워베리 씨는 훌륭하신 부인께서 뭔가 말씀하실 틈을 주지 않고 곧바로 이야기를 계속했다.

"어른들 장례에 참석하는 일반 회장꾼을 말하는 게 아니라 여보, 바로 아이들 장례 전용으로 쓰겠다는 뜻이오. 노소를 구분하여 거기에 맞게 회장꾼을 쓰는 건 아주 새로울 거요, 여보. 장담하건대 정말 훌륭한 효과를 낼 거요.”

싸워베리 부인은 장례업의 제반 사항에 관해 상당히 높은 감식안을 지녔는지라 이 참신한 발상에 크게 매료되었다. 하지만 현재 상황에서 그렇게 말했다가는 그녀의 위엄이 손상될 것이므로 단지 그처럼 당연한 생각을 왜 진작 머릿속에 떠올리지 못했냐고, 그것도 아주 날카로운 투로 남편에게 물었다. 싸워베리 씨는 이것을 자기 제안에 대한 암묵적 승인으로 마땅하게 해석했고, 그 결과 올리버에게 즉시 장의사 업무의 비법을 가르치기 시작할 것과 바로 다음번 장례 주문 때부터 주인 싸워베리 씨와 함께하도록 할 것 등을 신속하게 결정했다.

다음 장례 주문은 머지않아 도래했다. 다음 날 아침 식사를 마친 지 삼십 분쯤 되었을 때 범블 씨가 가게로 들어왔다. 그는 지팡이를 계산대에 기대 놓고 커다란 가죽 지갑을 꺼내더니 거기서 자그만 종잇조각을 끄집어내 싸워베리에게 건넸다.

“아하!” 장의사는 생기 넘치는 얼굴로 종잇조각을 훑어보며 말했다. “관 주문이군요.”

“관 주문이 먼저고, 그다음으로 교구 장례식 주문이 있소.” 범블 씨가 가죽 지갑의 끈을 묶으며 대답했다. 지갑도 범블 씨처럼 아주 뚱뚱해 보였다.

“베이튼이라.” 장의사는 종잇조각에서 눈을 들어 범블 씨를 쳐다보며 말했다. “한 번도 못 들어 본 이름인데.”

범블은 고개를 설레설레 저으며 대답했다. “완고한 사람들이라오, 싸워베리 씨. 아주 완고한. 더군다나 거만하기까지 하다오."

"아니, 거만하기까지 하다고요?" 싸워베리 씨가 코웃음을
치며 외쳤다. "흥, 그거 참 너무하군요."

"아, 정말 역겨운 일이오." 교구 관리는 말했다. "구역질이
다 날 지경이라오, 싸워베리 씨!"

"정말 그렇겠군요." 장의사가 맞장구쳤다.

"우리도 그저께 밤에야 그 집안 이야길 들었다오." 교구 관
리는 말했다. "게다가 그때도 우린 그들에 대해 아무것도 알
지 못했을 거요. 같은 집에 사는 여자가 교구 위원회에 와서,
상태가 아주 심각한 여자가 있으니 교구 의사를 보내 좀 살
펴 달라고 요청하지 않았다면 말이오. 의사는 마침 식사하러
나가고 없었는데, 그래도 의사의 도제가(아주 똑똑한 청년이라
오.) 즉석에서 약간의 약을 구두약 병에 담아 보냈답니다."

"아, 신속하게 조치를 취했군요." 장의사가 말했다.

"정말 신속한 조치였지요!" 교구 관리는 대답했다. "하지
만 그 결과가 믿기 아시오? 이 망나니 같은 자들의 배은망덕
한 행위가 뭔지 아시오. 아니 글쎄, 남편이란 작자가 약이 자
기 마누라의 병에 맞지 않으니 먹이지 않겠다는 답장을 보낸
거요, 싸워베리 씨. 마누라에게 약을 먹이지 않겠다는 답장을
말이오! 바로 일주일 전에 아일랜드인 노동자 두 명과 석탄 나
르는 인부 한 사람에게 먹여서 굉장한 효과를 보았던, 약효 강
하고 잘 듣는 훌륭한 약을…… 그것도 구두약 병에 담아 공짜
로 보내 주었건만, 글쎄, 그 작자가 마누라에게 먹이지 않겠다
는 답장을 보낸 거라 이거요, 싸워베리 양반!"

극악무도한 이 만행이 마음속에 강력한 실감으로 생생히 떠오르자 범블 씨는 지팡이로 계산대를 모질게 후려쳤고 얼굴은 분노로 벌겋게 상기되었다.

"거참." 장의사가 말했다. "그런 일은…… 정말……."

"그렇소, 정말 전대미문이오!" 교구 관리는 크게 외쳤다. "그야말로 전대미문의 일이오. 하지만 어쨌든 그 여자가 사망한 이상 우린 묻어 줘야만 하고, 그래서 지시가 내려온 거요. 가능한 한 빨리 일을 해치우면 좋겠소."

이렇게 말한 뒤 범블 씨는 교구 일로 너무나 흥분하고 열광한 탓인지 삼각모를 거꾸로 쓴 채 가게 밖으로 뛰어나갔다.

"어이구, 올리버야, 범블 씨가 얼마나 화가 났는지 네 안부 묻는 것조차 잊고 가 버렸구나!" 큰 걸음으로 길을 따라 걸어가는 교구 관리의 뒷모습을 바라보며 싸워베리 씨가 말했다.

"그렇군요, 주인 나리." 올리버가 대답했다. 그는 두 사람이 대화를 나누는 동안 눈에 띄지 않게 조심스레 숨어 있었는데 범블 씨의 목소리를 생각만 해도 머리끝에서 발끝까지 부들부들 떨렸던 것이다. 하지만 올리버는 범블 씨의 눈을 피해 숨는 수고를 할 필요가 없었다. 왜냐면 흰 조끼 신사의 예언에 아주 강한 인상을 받았던 이 관리 양반은 장의사가 지금 올리버를 시험 삼아 떠맡은 이상, 올리버가 칠 년 계약의 도제로 확실하게 묶이는 그 순간까지, 그럼으로써 그가 교구의 손에 다시 돌아올 모든 위험이 효과적으로 그리고 법적으로 해소되는 그 순간까지 올리버 이야기는 피하는 게 좋다고 생각했기 때문이다.

"그건 그렇고." 싸워베리 씨가 모자를 집어 들며 말했다. "이런 일은 빨리 해치울수록 좋은 법이지. 노어, 넌 가게 좀 보거라. 그리고 올리버, 넌 모자를 쓰고 날 따라오너라." 지시받은 대로 올리버는 직무를 수행하러 가는 주인을 따라나섰다.

두 사람은 읍내에서 인구가 가장 많고 집이 빽빽이 들어선 지역을 한동안 걸어갔다. 그런 다음 그때까지 지나온 곳보다 한층 더럽고 비참한 어느 좁은 골목으로 돌아 들어가 걸음을 멈추고는 그들이 찾는 집이 어디인지 둘러보았다. 길 양편의 집들은 크고 높았지만 몹시 낡았고, 가장 가난한 계급의 사람들이 세 들어 살고 있었다. 이 사실은 아무렇게나 방치된 집들의 모습에서 이미 충분히 알 수 있었지만, 이따금씩 팔짱을 끼고 몸이 반으로 접히도록 잔뜩 웅크린 채 비실비실 걸어가는 몇몇 남녀들의 누추한 몰골을 통해서도 여실하게 드러났다. 많은 셋집들이 앞쪽에 가겟방을 들여 놓았다. 하지만 가게 문은 모두 꽉 닫힌 채 곰팡이가 슬고 위층 방들에만 사람이 살았다. 어떤 집들은 낡고 써이서 금방이라도 쓰러질 것 같았는데, 길거리로 무너져 내리는 걸 막기 위해 한쪽 끝을 길바닥에 단단히 박은 커다란 기둥들로 벽을 받쳐 놓았다. 하지만 이런 위태로운 건물들조차 밤이면 집 없는 불쌍한 인간들의 피신처로 선택되는 듯했으니, 문이나 창문을 이루는 거친 판자들 중 여러 개가 본래의 자리에서 뜯겨져 사람 몸뚱이 하나가 드나들 만한 구멍이 나 있었다. 하수도는 막혀서 더러운 물이 고여 있었다. 그 썩은 시궁창 여기저기에 쓰러져 부패해 가는 쥐들조차도 굶주린 탓에 끔찍한 모양새였다.

올리버와 그의 주인이 멈춰 선 집은 초인종이나 문 두드리는 쇠고리 같은 게 없이 문이 열려 있었다. 장의사는 그대로 어두운 통로를 조심스레 더듬어 올라가면서 올리버에게 무서워 말고 뒤를 바짝 따라오라고 했다. 첫 계단의 꼭대기까지 올라간 그는 층계참에서 문을 발견하고는 주먹으로 두드렸다.

열서너 살쯤 되는 여자아이가 문을 열었다. 장의사는 방 안의 모습을 엿보고는 그곳이 자기가 찾는 집임을 즉시 알아차렸다. 그가 안으로 들어갔고 올리버도 따라 들어갔다.

방 안에는 불기가 전혀 없었다. 하지만 남자 하나가 빈 벽난로 앞에 습관적으로 몸을 웅크린 채 앉아 있었다. 노파 한 사람도 차가운 벽난로 앞에 등받이 없는 낮은 의자를 끌어다 놓고는 남자 옆에 앉아 있었다. 다른 쪽 구석에는 누더기를 입은 아이들이 몇 있었고 문 맞은편 안쪽의 비좁은 공간에는 뭔가가 낡은 담요로 덮여 바닥에 놓여 있었다. 눈길이 그쪽으로 가 닿았을 때 올리버는 부르르 몸서리를 치면서 자기도 모르게 주인에게 더욱 바짝 다가섰다. 비록 담요로 완전히 덮였지만 그것이 시체라는 걸 직감으로 알았던 것이다.

남자는 얼굴이 야위고 몹시 창백했다. 머리카락과 수염은 희끗희끗했으며 두 눈은 충혈되어 있었다. 노파는 얼굴이 쭈글쭈글했고 두 개밖에 남지 않은 이가 아랫입술 위로 불쑥 튀어나와 있었다. 하지만 두 눈은 밝고 날카롭게 빛났다. 올리버는 노파도 남자도 쳐다보기가 겁났다. 그들은 아까 밖에서 본 쥐들과 너무나도 비슷했다.

"아무도 이 사람 가까이에 못 가오." 장의사가 방 안쪽 공간으로 다가가려 하자 남자가 사납게 벌떡 일어서며 말했다.
"물러서시오! 염병할, 죽고 싶지 않으면 물러서란 말이야!"

"아, 이 보시게, 그만하시게." 온갖 형태의 비참한 상황에
충분히 익숙한 장의사가 말했다. "그만 고정하시게!"

"분명히 말하지만." 남자가 두 주먹을 불끈 쥐고 격렬하게
발을 쾅쾅 구르며 말했다. "내 분명히 말하지만 절대로 이 사
람을 땅에 묻게 할 수 없어. 이 사람은 땅속에서 편히 쉴 수 없
을 거야. 구더기들이 먹지 못하고 괴롭혀만 댈 거야…… 너무
야위어 구더기들이 파먹을 살조차 없단 말이야."

장의사는 이런 넋두리에 아무런 대꾸도 하지 않은 채 주머
니에서 줄자를 꺼내서는 여자의 시신 옆에 잠시 무릎을 꿇고
앉았다.

"아아!" 남자가 와락 울음을 터뜨리며 죽은 여자의 발치에
털썩 무릎을 꿇었다. "무릎 꿇으시오, 무릎 꿇어. ……모두들
이 여자 주위에 무릎을 꿇으시오, 그리고 내 말을 들어 보시
오! 이 사람은 굶어 죽었다오. 난 이 사람 몸이 얼마나 나빠졌
는지 몰랐소. 그러다 열이 오르고 마침내 뼈가 살가죽을 뚫고
나올 정도까지 되었소. 집엔 땔감도 없고 양초도 없었소. 그녀
는 어둠 속에서 죽어 갔소…… 깜깜한 어둠 속에서 말이오! 숨
을 헐떡이며 아이들 이름을 힘겹게 불러 댔지만 아이들 얼굴
조차 볼 수 없었소. 난 아내를 위해 길거리로 나가 구걸을 했
소. 그러자 저들은 날 감옥에 가둬 버렸소. 감옥에서 돌아와
보니 아내는 이미 죽어 가고 있었소. 내 심장의 피는 다 말라
버렸소. 저들이 내 아내를 굶어 죽게 한 거요. 모든 걸 다 지켜

보신 하느님 앞에 맹세하건대, 바로 저들이 내 아내를 굶어 죽게 만들었소!" 남자는 두 손으로 머리카락을 쥐어뜯었다. 그러더니 크게 비명을 지르며 바닥에 엎드러져서는 눈동자를 고정한 채 입에 거품을 물고 데굴데굴 굴렀다.

겁에 질린 아이들이 고통스럽게 울어 댔다. 이때까지 완전히 귀가 먹은 것처럼 아무런 반응 없이 잠잠히 있던 노파가 아이들을 마구 윽박질러 울음을 그치게 했다. 그러곤 아직 땅바닥에 사지를 뻗은 채 쓰러져 있는 남자의 넥타이를 풀어 주고 장의사에게로 비틀비틀 걸어갔다.

"이 아인 내 딸이라오." 노파는 시신 쪽으로 고갯짓을 하며 말했다. 그러면서 백치같이 곁눈질을 했는데, 그것은 방 안의 비참한 시신보다도 더 소름 끼치는 기괴한 표정이었다. "아, 이런, 세상에! 참말로 이상한 느낌이군! 저 애를 낳은 나는 ― 그땐 나도 젊은 여자였지 ― 이렇게 팔팔하게 살아서 웃고 떠드는데, 저 앤 저렇게 차갑게 굳어서 저기 누웠다니! 오, 이런, 세상에! 정말이지 생각할수록 꼭 무슨 연극 같다니까, 연극!"

가련한 노파가 끔찍한 명랑함으로 낄낄대며 중얼거릴 때 장의사는 그곳을 떠나려고 돌아섰다.

"잠깐, 멈춰요!" 노파는 큰 소리로 속삭이듯 말했다. "이 아일 내일 묻을 거요? 아님 모레? 아님 오늘 밤? 염은 내가 해 놨소. 물론 장례 행렬에도 따라가야 하겠지. 커다란 외투 하나, 따뜻하고 좋은 걸로 좀 보내 주시구려. 날이 몹시 추우니까 말이우. 그리고 길을 나서기 전에 모두들 빵과 포도주도 좀 먹어야 하지 않겠소! 아니, 그건 관두고, 그냥 빵이나 좀…… 그러니까 빵 한 덩어리하고 물이나 한 컵 보내 주우. 어때, 장의사 양반, 빵 좀 먹게 해 줄 수 있겠지?" 노파는 문을 향해 다시금 걸음을 옮기려는 장의사의 외투 자락을 붙잡고 간절히 말했다.

"아, 그럼요, 물론입니다." 장의사가 말했다. "원하는 건 뭐든지 다 보내 주겠소!" 그는 노파의 손을 힘겹게 뿌리친 뒤 올리버를 잡아끌고 서둘러 빠져나왔다.

다음 날(그사이 죽은 여자의 가족들에게 약 1킬로그램의 빵과 치즈 한 조각이 구제 식량으로 지급되어 범블 씨가 직접 갖다 주었다.) 올리버와 그의 주인은 그 비참한 집으로 다시 갔다. 범블 씨가 구빈원에서 상여꾼으로 쓸 남자 넷을 데리고 미리 와 있었다. 노파와 남자는 누더기 위에다 낡은 검정 외투를 걸치고 있었다. 덮개도 장식도 없는 관에 못질이 끝나자 상여꾼들은 관을 들어 어깨에 메고 길거리로 나섰다.

"자, 할멈, 부지런히 걸어 최대한 빨리 가도록 해요!" 싸워베리기 노파의 귀에 속삭였다 "좀 늦었어요. 목사님을 기다리게 하면 안 되지요. 자, 이보게들, 어서 서두르게, 최대한 빨리 가게!"

이렇게 지시를 받은 상여꾼들은 그들의 가벼운 짐을 메고 빠르게 걸어갔고, 상주인 노파와 남자는 최대한 가까이 뒤를 따라갔다. 싸워베리와 범블 씨는 아주 민첩하고 빠른 걸음으로 맨 앞에서 걸었는데 주인만큼 다리가 길지 않았던 올리버는 그 옆에서 뛰어갔다.

그러나 싸워베리 씨가 예상했던 것처럼 그렇게 서두를 필요는 별로 없었다. 그들이 쐐기풀이 무성한 교회 묘지의 구석진 곳에 도착했을 때 목사는 아직 와 있지 않았기 때문이다. 교회 사무실 난로 옆에 앉아 있던 교회 서기는 목사가 오기까지 한 시간 정도 걸릴 것이 거의 확실하다고 생각하는 듯했다. 그래서 그들은 관과 받침대를 무덤 가장자리에 내려놓았다. 차가운 이슬비가 내리는 가운데 두 상주는 축축한 진흙땅 위에서 참을성 있게 기다렸고, 그동안 장례 행렬에 이끌려 교회 묘지로 모여든 누더기 차림의 동네 조무래기들은 묘비 사이에서 시끄럽게 숨바꼭질을 하거나 장난삼아 관을 앞으로 뒤로 뛰어넘으며 시간을 보냈다. 범블과 싸워베리 씨는 교회 서기와 개인적으로 친분이 있는 터라 그와 함께 사무실 난로 옆에 앉아서 신문을 읽었다.

마침내 한 시간 넘게 지났을 때 싸워베리와 범블 씨와 교회 서기가 무덤으로 달려왔다. 바로 그 직후 목사가 흰 사제복을 걸치면서 걸어오는 것이 보였다. 그러자 범블 씨는 엄숙한 분위기를 조성하기 위해 아이 한둘을 지팡이로 두들겨 팼다. 존 귀하신 목사님께서는 장례식 기도문을 사 분 내로 압축할 수 있는 만큼 죽 읽어 내려간 다음, 사제복을 다시 교회 서기에게 넘겨주고는 총총걸음으로 그곳을 떠나갔다.

"자, 빌!" 싸워베리가 무덤 파는 일꾼에게 말했다. "흙을 덮게!"

이것은 그리 어려운 작업이 아니었다. 무덤이 이미 찰 만큼 꽉 차서 맨 위에 놓인 관과 지면 사이는 몇십 센티미터도 안 되었기 때문이다. 무덤 파는 일꾼은 삽으로 흙을 퍼 넣고는 발로 무덤을 대충 다져 놓은 다음, 삽을 어깨에 메고 가 버렸다. 조무래기들도 그 뒤를 따라가면서 재미있는 일이 그렇게 금방 끝나 버린 데 대해 굉장히 큰 소리로 불평하며 투덜거렸다.

"자, 이보시게!" 범블은 남자의 등을 지팡이로 두드리며 말했다. "묘지 문을 닫아야 한다는구려."

무덤 옆에 자리 잡고 섰을 때부터 그때까지 한 번도 움직이지 않았던 남자는 깜짝 놀라며 고개를 들더니 말을 건넨 사람을 빤히 바라보았다. 그러더니 몇 걸음 걷다가는 푹 고꾸라지며 의식을 잃고 쓰러졌다. 실성한 노파는 외투가 없어진 것을 (장의사가 벗겨 간 것인데) 슬퍼하느라 온 정신이 팔려 남자에게는 아무런 관심이 없었다. 그래서 사람들은 차가운 물 한 통을 남자에게 끼얹은 다음, 그가 정신을 차리자 교회 묘지 밖으로 안전하게 데리고 나왔다. 그러곤 묘지 문을 잠근 뒤 각자제 갈 길을 찾아 떠나갔다.

"그래, 올리버." 함께 집으로 걸어가며 싸워베리가 말했다. "오늘 일을 본 소감이 어떠냐?"

"꽤 괜찮은 것 같아요, 주인님, 감사합니다." 올리버는 한참 망설이다가 대답했다. "아주 좋지는 않지만요, 주인님."

"음, 시간이 지나면 익숙해질 거다, 올리버." 싸워베리는 말했다. "일단 익숙해지기만 하면 아무것도 아니란다, 애야."

올리버는 마음속으로 싸워베리 씨가 이 일에 익숙해지기까지 아주 오랜 시간이 걸렸는지 어땠는지 궁금했다. 하지만 묻지 않는 게 좋겠다 생각했고, 그래서 그냥 가게로 돌아가면서 그날 보고 들은 것들을 하나하나 돌이켜 보았다.

6장
올리버가 노어의 조롱을 받고 화가 나서
행동을 취하자 노어는 다소 놀란다.

한 달간의 견습 기간이 지나자 올리버는 정식으로 도제가 되었다. 마침 그때는 병들어 죽어 나가기 딱 좋은 계절이었다. 상업적인 용어로 말하자면 관의 수요가 급증하는 때였다. 올리버는 몇 주 만에 굉장히 많은 경험을 쌓았다. 싸워베리 씨의 창의적인 방안은 그의 가장 낙관적인 기대마저 넘어서는 커다란 성공을 거두었다. 가장 나이가 많은 주민들조차 이렇게 홍역이 만연하여 어린아이들의 생명에 치명적인 해를 끼친 적은 없다고 했다. 올리버가 인도한 장례 행렬이 부지기수였는데, 무릎까지 늘어진 상장(喪章)을 모자에 달고 행렬 앞에서 걸어가는 어린 올리버의 모습은 읍내의 모든 어머니들에게 형언할 수 없는 찬탄과 슬픔을 불러일으켰다. 또한 올리버는 완벽한 장의업자에게 꼭 필요한 침착한 태도와 온전한 자제력을 습득하기 위해 대부분의 성인 장례식에 주인을 따라

참여했다. 그래서 그는 의지가 강한 몇몇 사람들이 아름다운 체념과 불굴의 용기로 시련과 상실을 견뎌 내는 훌륭한 광경을 여러 차례 관찰할 수 있었다.

예컨대 싸워베리에게 남녀 조카들을 굉장히 많이 둔 어떤 부잣집 노부인이나 노신사의 장례식 주문이 들어왔을 때를 보자. 조카들은 고인이 사망하기 전 병환 중에는 위로할 길 없이 깊은 슬픔을 완벽하게 드러내며 가장 공적인 자리에서조차 비탄의 감정을 조금도 억누르지 않았는데, 장례식 때가 되자 아주 명랑하고 만족한 표정으로 자유롭고 유쾌하게 서로 담소를 나누며 한껏 즐거워하는 것이었다. 마치 가슴 아픈 어떤 일도 전혀 일어나지 않은 것처럼 말이다. 남편 된 자들도 영웅적일 만큼 더없이 차분한 태도로 아내를 잃은 슬픔을 견뎌 냈다. 부인들 역시 죽은 남편을 위해 상복을 차려입을 때 슬픔의 예복을 입고 비탄에 잠기기는커녕 상복이 가능한 한 잘 어울리고 매력적으로 보이도록 하는 데 온 마음을 쏟는 듯했다. 그런 히편께 매장 이시 주에는 비통한 격정에 사로잡혔던 신사 숙녀들이 집에 도착하자마자 즉시 기분을 회복하더니 차를 다 마시기도 전에 완전히 평정을 되찾는 모습도 눈여겨볼 만했다. 이 모든 것들이 바라보기에 매우 즐겁고 유익했으니 올리버는 크게 감탄하며 지켜보았다.

올리버 트위스트가 이 훌륭한 사람들을 본받아 정말로 체념의 경지에 이르게 되었는지 어떤지는 비록 그의 전기를 쓰는 사람임에도 불구하고 필자는 조금도 자신 있게 단언하기 힘들다. 다만 분명하게 말할 수 있는 것은 그가 여러 달 동안 노어 클레이폴의 지배와 학대를 온순하게 계속 받아들였다는 점이다. 노어는 처음보다 훨씬 심하게 올리버를 못살게 굴었는데, 그것은 고참인 자기는 자선 학교의 납작모자와 가죽 바지 차림 그대로 머물러 있는 반면 신참인 올리버는 승진해서 검정 지팡이에 상장이 달린 모자까지 쓰고 다니는 것에 질투심이 발동했기 때문이다. 그런 노어를 따라 샬럿도 올리버를 학대했다. 싸워베리 부인 또한 올리버의 확고부동한 원수였으니, 단지 싸워베리 씨가 올리버에게 잘 대해 주는 경향이 있다는 이유 때문이었다. 그래서 한편으로 세 사람에게 시달리고 다른 한편으로 장례식이 넘쳐 나는 사이에서 올리버는 어쩌다 착오로 양조장의 곡식 창고에 갇히게 된 굶주린 돼지 같은 그런 안락한 처지는 전혀 아니었다.

자, 이제 필자는 올리버의 인생 이야기에서 아주 중요한 대목에 이르렀다. 왜냐면 필자는 여기서 그의 한 가지 행위를 기록해야 하는데 그것은 얼핏 하찮고 사소해 보일지 모르지만 그의 장래의 모든 전망과 진로에 실로 중대한 변화를 간접적으로 일으킨 행위이기 때문이다.

어느 날 올리버와 노어는 보통 때와 같은 오찬 시간에 부엌으로 내려와서 조그만 양고기 뼛조각 — 600그램 정도의 가장 형편없는 목뼈 끝 조각이었다 — 에 붙은 살점을 한바탕 물어뜯을 채비를 하고 있었다. 그런데 마침 그때 샬럿이 부엌에서 불려 나가는 바람에 잠시 시간이 지체되었고, 배가 고픈 데다 심술까지 난 노어 클레이폴은 그 시간을 값지게 보내는 방법으로 올리버를 약 올리고 괴롭히는 것보다 더 좋은 것은 결코 없으리라는 생각을 하게 되었다.

노어는 이 순수한 장난에 몰두하여 두 발을 식탁 위에 걸치고는 올리버의 머리카락을 잡아당기고 귀를 비틀면서 그를 '비열한 놈'으로 생각한다는 의견을 표명했다. 나아가 올리버가 교수형을 당하게 될 때 그 바람직한 사건이 언제 일어나건 꼭 가서 볼 작정이라고 선언했다. 이 밖에도 다른 여러 가지 조잡한 이야기를 마구 해 대며 올리버를 못살게 굴었으니 영락없이 심술궂고 악질적인 자선 학교 학생이었다. 하지만 이 모든 조롱에도 올리버를 울리는 소기의 효과를 거두지 못하자 노어는 한층 더 우스운 작태를 보이기 시작했다. 그 와중에 그는 오늘날까지도 많은 졸렬한 자들이 노어보다 훨씬 더 큰 명성을 지니고도 이따금 우스운 꼴이 되고 싶을 때면 곧잘 저지르는 짓을 범했는바, 바로 다소 개인적인 문제를 건드린 것이다.

"야, 구빈원." 노어는 말했다. "네 엄만 안녕하냐?"

"우리 엄만 돌아가셨어." 올리버가 대답했다 "너 우리 엄마 얘긴 하지 마!"

이 말을 할 때 올리버의 얼굴이 벌겋게 달아올랐고 숨은 가빠졌다. 그리고 입과 콧구멍이 묘하게 뒤틀렸는데 클레이폴 씨는 이것을 격렬한 울음을 터트리기 직전의 신호라고 확신했다. 이런 생각으로 그는 다시 공격을 개시했다.

"뭣 땜에 죽었는데 그러냐, 구빈원?" 노어가 말했다.

"마음이 아파서 돌아가셨대. 간호하던 할머니들이 그러셨어." 올리버는 노어에게 대답하기보다는 혼자 중얼거리듯 말했다. "마음이 아파서 죽는다는 게 어떤 건지 나도 충분히 알 것 같아!"

"얼레리 꼴레리 찔찔 짠대요, 구빈원." 올리버의 뺨에 눈물이 한 방울 흘러내리자 노어가 말했다. "너 뭣 땜에 훌쩍대는 거냐?"

"너 때문은 아냐." 올리버는 급히 눈물을 훔치며 대답했다. "착각하지 마."

"오, 나 때문은 아니라 이거지!" 노어가 비웃으며 말했다.

"그래, 너 때문은 아냐." 올리버는 날카롭게 대답했다. "자, 그만해. 우리 엄마 얘긴 이제 더 이상 하지 마. 안 그러면 혼날 줄 알아!"

"뭐, 혼날 줄 알아!" 노어가 외쳤다. "아니, 뭐! 혼날 줄 알라고! 구빈원, 이놈이 감히 어따 대고! 흥, 꼴에 우리 엄마 좋아하시네! 그래, 네깐 놈의 엄마니 얼마나 훌륭하시겠냐, 얼마나! 아이고 맙소사!" 그러면서 노어는 의미심장한 표정으로 고개를 끄덕거렸다. 그러곤 조그맣고 빨간 코를 근육 운동으로 최대한 끌어당길 수 있는 만큼 치켜 올려 그 의미를 강조했다.

"그러니까 인마, 구빈원." 노어는 올리버가 가만히 있자 더욱 대담해져 세상에서 가장 기분 나쁜 어조인 짐짓 동정하는 어조로 빈정대며 말을 계속 이었다. "그러니까 인마, 구빈원. 지금 그건 어쩔 수 없는 사실인 거야. 물론 네가 그때 어떻게 할 수 있었던 일은 아니지만 말이야. 그 점 나도 참 안타깝게 생각해. 정말이지 사람들 모두 다 그렇게 생각하며 널 몹시 불쌍히 여겨. 하지만 인마, 구빈원, 넌 알아야 돼. 네 엄만 진짜로 완전히 글러 먹은 여자였어.”

“너 지금 뭐라고 했어?” 올리버가 갑자기 고개를 홱 들고 노려보며 물었다.

“진짜로 완전히 글러 먹은 여자라고 했다, 왜, 구빈원.” 노어는 아무렇지도 않게 대답했다. “그래서 말이다, 구빈원, 네 엄만 그때 그렇게 죽어 버린 게 잘돼도 한참 잘된 거였어. 그렇잖았음 감옥이나 수용소에서 중노동을 하거나 유배를 가거나 교수형을 당했을 거라구. 아마 그중에서도 교수형을 당했을 가능성이 제일 클걸, 안 그래?”

올리버는 분노로 얼굴이 시뻘겋게 달아오르며 벌떡 일어났다. 그러곤 의자와 식탁을 뒤엎으며 노어에게 달려들어 목을 콱 움켜쥐고 노어의 이빨이 딸그락대며 부딪칠 정도로 격렬하고 난폭하게 잡아 흔들더니 온 힘을 다해 강력한 주먹을 날려 노어를 바닥에 눕혀 버렸다.

일 분 전까지만 해도 이 아이는 그동안 받은 모진 학대의 결과로 조용하고 온순하며 맥없어 보였다. 하지만 마침내 자극을 받아 성질이 폭발했다. 죽은 어머니에 대한 잔인한 모욕이 피를 끓어오르게 했던 것이다. 그의 가슴은 격정으로 부풀어 올랐고 자세가 꼿꼿해졌으며 눈은 선명한 광채가 번뜩였다. 완전히 달라진 모습으로 그는 그 순간 발밑에 쓰러져 웅크린 비겁한 학대자를 노려보며 서 있었다. 그러곤 자신도 미처 알지 못했던 힘과 기백으로 덤빌 테면 덤벼 보라고 말했다.

“얘가 날 죽이려고 해요!” 노어는 크게 울부짖었다. “샬럿! 주인아주머니! 새로 온 애가 지금 날 죽여요! 사람 살려! 사람

올리버가 발끈하며 달려들다.

살려! 올리버가 미쳤어요! 샬⋯⋯럿!"

노어의 외침에 샬럿의 큰 비명과 싸워베리 부인의 더 큰 비명이 응답했다. 그런데 샬럿은 부엌 옆문으로 즉시 달려 들어온 반면, 싸워베리 부인은 계단에 잠시 멈춰 서서 부엌으로 내려가는 것이 인간의 생명을 보존하는 일과 부합하다는 확신이 완전히 설 때까지 기다렸다.

"야, 이 망할 자식아!" 샬럿은 비명을 지르며 온 힘을 다해 올리버를 붙잡았는데 특별히 훈련을 잘 받은 제법 힘센 남자와 거의 맞먹는 힘이었다. "야, 이 배―은―망―덕―하―고 흉―악―한 살―인―자 악당 놈아!" 한 마디 한 마디 할 때마다 샬럿은 있는 힘을 다해 올리버를 주먹으로 갈겼다. 주먹한 방마다 비명이 한 마디씩 사이좋게 동반되었으니 제법 들을 만한 소리였다.

샬럿의 주먹은 결코 가볍지 않았다. 하지만 그것으로는 올리버의 분노를 효과적으로 가라앉히는 데 부족할까 봐 마침내 싸워베리 부인이 부엌으로 뛰어들었다. 그러곤 한 손으로 올리버를 붙잡고 다른 손으로는 그의 얼굴을 할퀴며 거들었다. 상황이 이렇게 유리하게 돌아가자 노어는 바닥에서 일어나 뒤에서 올리버를 마구 두들겨 팼다.

이것은 오래 계속하기에는 아무래도 너무나 격렬한 운동이었다. 곧 모두 지쳐서 더 이상 쥐어뜯고 두들겨 팰 힘이 없어졌고, 그러자 그들은 아직 조금도 기가 죽지 않은 채 몸부림치며 소리 지르는 올리버를 석탄재 창고로 끌고 가 가둬 버렸다. 그리고 난 뒤 싸워베리 부인은 의자에 털썩 주저앉으며 울음을 터뜨렸다.

"아이고, 마님이 정신을 잃으시네!" 샬럿이 말했다. "어서 물 한 컵 가져와, 노어. 빨리!"

"아! 샬럿!" 싸워베리 부인이 말했다. 그녀는 있는 힘을 다해 간신히 입을 열었는데, 숨이 아직 가쁜 데다 노어가 머리와 어깨 위로 찬물을 잔뜩 쏟아부었기 때문이다. "아! 샬럿, 우리모두 잠자다 살해당하지 않은 게 얼마나 다행이란 말이냐!"

"아, 정말 다행이고말고요, 마님." 샬럿의 대답이었다. "이번 일을 교훈 삼아 태어날 때부터 살인자와 강도인 저런 끔찍한 놈들을 주인어른께서 더 이상 고용하는 일이 없기만을 바랄 뿐이에요. 불쌍한 노어! 제가 들어왔을 때 노어는 거의 죽은 목숨이었어요, 마님."

"불쌍한 것!" 싸워베리 부인은 자선 학교 학생을 동정에 찬 얼굴로 바라보며 말했다.

노어는 조끼 맨 위 단추가 올리버의 머리 꼭대기보다 높을 만큼 큰 아이였지만, 자신에게 이렇게 연민이 쏟아지자 양 손목 안쪽으로 두 눈을 훔치며 얼마간 애처롭게 눈물을 훌쩍이는 연기를 해 보였다.

"자, 이제 어떻게 한단 말이냐!" 싸워베리 부인이 큰 소리로 말했다. "너희 주인님은 집에 안 계시고, 집 안에 남자 어른은 하나도 없고, 저놈은 십 분이면 저 문을 박차고 나올 기세고." 올리버가 문제의 그 문짝을 몸으로 격렬하게 들이받는 상황으로 볼 때 실제로 그렇게 될 가능성이 매우 높아 보였다.

"아이고, 이런, 어쩌지요, 마님?" 샬럿이 말했다. "경찰을 불러야 하지 않을까요."

"아니면 군인들을 부르든지요." 클레이폴 씨가 제안했다.

"아니다, 아니야." 싸워베리 부인이 문득 올리버의 옛 보호자를 떠올리며 말했다. "범블 씨한테 달려가거라, 노어야. 그리고 즉시 이리 오라고, 일 분도 지체 말고 달려오라고 하거라. 모자는 안 써도 된다! 어서 달려가거라! 뛰어가면서 칼을 멍든 눈에 대고 있거라. 그럼 부은 게 가라앉을 거다."

노어는 대답도 하지 않고 즉시 전속력으로 달려 나갔다. 거리를 걷고 있던 사람들은 자선 학교 학생이 모자도 안 쓴 채 한쪽 눈에 접는 칼을 대고는 거리를 정신없이 질주하는 것을 보고 크게 놀라워했다.

7장
올리버는 계속해서 반항한다.

　노어 클레이폴은 최대한 빠른 걸음으로 숨 한 번 돌리지 않고 거리를 내달려 구빈원 대문 앞에 도달했다. 여기서 그는 일 이 분쯤 쉬면서 한바탕 흐느끼는 격정을 불러일으켜 겁에 질리고 눈물범벅인 감동적인 모습을 지어냈다. 그러곤 쪽문을 크게 두드렸다. 문을 열어 준 늙은 극빈자에게 비친 그의 얼굴이 얼마나 가엾었던지 인생에서 제일 좋은 때에도 가엾은 얼굴들만 보며 지낸 그 사람조차 깜짝 놀라서 뒷걸음을 치고 말았다.

　"아니, 이 애가 왜 그러는 게야!" 늙은 극빈자가 말했다.

　"범블 나리! 범블 나리!" 노어는 진짜처럼 꾸민 정신없는 태도로 외쳤다. 어조가 얼마나 크고 흥분에 찼는지 마침 근처에 있던 범블 씨의 귀에 그 소리가 들렸을 뿐만 아니라 아주 깜짝 놀라게 해서 그는 삼각모도 안 쓴 채 마당으로 달려 나왔다. 이는 매우 기이하고 주목할 만한 상황이었으니, 바로 교구 하급 관리 나리조차 갑작스럽고 강력한 충격을 받으면 순간적으로 침착함을 잃고 위엄을 망각하는 지경에 떨어질 수 있음을 보여 주는 것이었다.

"아, 범블 나리님!" 노어는 말했다. "올리버가 말이에요, 나리, 올리버가요……."

"뭐야, 뭐?" 범블 씨가 중간에 끼어들며 말했는데 쇠붙이처럼 무정한 그의 눈에 한 줄기 기쁨의 섬광이 번득이는 듯했다. "달아난 건 아니겠지? 녀석이 달아난 건 아니겠지, 그렇지, 노어?"

"아닙니다, 나리, 아니에요. 달아난 게 아니라요, 나리, 아주 사악해졌답니다." 노어가 대답했다. "그 애가 절 죽이려고 했어요, 나리. 그러곤 샬럿을 죽이려고 했고, 그다음엔 주인아주머니까지 죽이려고 했어요. 아이고, 얼마나 끔찍하고 고통스러웠는지 몰라요! 정말이지 지옥 같은 고통이었어요, 나리!" 여기서 노어는 뱀장어처럼 광범위하고 다양한 형태로 온몸을 비틀며 꼬았다. 그럼으로써 올리버의 피비린내 나는 난폭한 공격으로 자신이 내장에 극심한 부상과 상해를 입었으며, 그로 인해 바로 그 순간에도 더없이 격심한 통증으로 괴로워하고 있음을 범블 씨에게 이해시켰다.

자신이 전달한 소식을 듣고 범블 씨가 너무나 놀라서 완전히 마비된 것을 본 노어는 그 효과를 한층 더 배가하기 위해 이전보다 열 배나 더 큰 소리로 자신이 당한 끔찍한 부상과 상처를 아파하며 울부짖었다. 또한 흰 조끼를 입은 신사가 마당을 지나는 것을 보고는 더욱 비극적으로 통곡을 해 대었는데,

적절하게도 그는 이 신사의 주의를 끌어 분노를 일으키면 매우 유리할 것이라고 판단했기 때문이다.

이 신사의 주의를 끄는 일은 아주 신속하게 달성되었다. 그 신사는 세 걸음도 채 걷지 않아 화난 얼굴로 돌아서더니 저 똥 강아지가 왜 이렇게 울부짖느냐고 물었다. 그러면서 왜 저놈에게 몽둥이찜질 같은 걸 베풀지 않는 거냐고 범블 씨에게 물었는데, 그럴 경우 그가 똥강아지 울음소리라고 일컬은 노어의 연속적인 울부짖음은 자발적인 행위와 정반대의 것이 될 참이었다.

"자선 학교에 다니는 불쌍한 아이랍니다, 나리." 범블 씨가 대답했다. "꼬마 트위스트한테 살해당할 뻔했다고, 아니 살해당한 거나 다름없는 지경까지 갔다고 합니다요, 나리."

"그게 정말이야!" 흰 조끼 신사는 즉시 걸음을 멈추며 큰 소리로 외쳤다. "내 그럴 줄 알았어! 이상하게도 처음부터 그 뻔뻔하고 짐승 같은 꼬마 놈이 교수형을 당할 거란 예감이 들었다니깐!"

"그놈이 하녀까지 살해하려고 했답니다요, 나리." 범블 씨가 창백한 잿빛 얼굴로 말했다.

"주인아주머니도요." 클레이폴 씨가 끼어들었다.

"그리고 주인어른까지도 죽이려 했댔지, 노어?" 범블 씨가 덧붙였다.

"아뇨! 주인님은 나가고 안 계세요. 그렇지 않았으면 주인님도 죽이려고 했을 거예요." 노어가 대답했다. "그러고 싶다고 그랬거든요."

"오, 그래! 그러고 싶다고 했다 이 말이지, 그렇지, 얘야!" 흰 조끼 신사가 물었다.

"네, 나리." 노어가 대답했다. "그래서 말입니다, 나리, 주인 아주머니께서 범블 씨께 여쭤보라고 하셨습니다, 잠깐 시간을 내서 저희에게 달려와 그놈에게 매질을 해 주실 수 없느냐고요…… 주인어른이 안 계시니까 말이에요."

"물론이지, 얘야, 물론이고말고." 흰 조끼 신사는 다정하게 미소를 지으며 말했다. 그러곤 머리를 쓰다듬어 주었는데, 노어의 머리는 그의 머리보다 7센티미터에서 8센티미터나 높았다. "넌 착한 아이구나, 아주 착한 아이. 자, 1페니 받으렴. 이보게, 범블, 당장 지팡일 들고 싸워베리네 집으로 달려가서 최상의 조치를 취하게. 놈을 사정없이 혼내 주게, 범블."

"네, 그러겠습니다, 나리." 교구 관리는 대답하며 교구의 매질 업무에 사용할 목적으로 지팡이 끝부분에 꼬아서 감아 놓은 밀랍 먹인 실밥을 가지런히 조정했다.

"싸워베리한테도 놈을 사정없이 혼내 주라고 이르게, 온몸이 시퍼렇게 멍들도록 매질하지 않고는 놈에게 아무 효과도 없을 걸세." 흰 조끼 신사가 말했다.

"명심하겠습니다, 나리." 교구 관리는 말했다. 이때쯤 해서 범블 씨는 삼각모와 지팡이를 만족스럽게 준비해 갖추었고, 그리하여 범블과 노어 클레이폴은 장의사의 가게를 향해 전속력으로 달려갔다.

그곳은 상황이 전혀 나아지지 않은 상태였다. 싸워베리는 아직 돌아오지 않았고 올리버는 조금도 지친 기색이 없이 창고 문짝에 거센 발길질을 계속 해 대고 있었다. 싸워베리 부인과 샬럿의 설명으로 전해 들은 올리버의 흉포한 행위는 너무나 놀라운 것이어서 범블 씨는 창고 문을 열기 전에 먼저 말로 다스려 보는 편이 현명하겠다는 판단을 내렸다. 이런 마음으로 그는 문을 밖에서 한 번 걸어참으로써 운을 뗀 다음, 열쇠 구멍에 입을 대고는 인상적인 굵은 목소리로 말했다.

"올리버!"

"이봐요, 날 내보내 줘요!" 올리버가 안에서 대답했다.

"이게 누구 목소린지 아느냐, 올리버?" 범블 씨가 말했다.

"네, 알아요." 올리버가 대답했다.

"이놈, 이 목소리가 두렵지 않느냐? 이놈, 내가 말하는 동안 무서워 벌벌 떨리지 않느냐?" 범블 씨가 말했다.

"아뇨!" 올리버가 대담하게 대꾸했다.

범블 씨가 유도하고자 했던 늘 들어 오던 대답과 너무나 다른 올리버의 대꾸에 범블 씨는 적지 않은 충격을 받았다. 그는 열쇠 구멍에서 뒤로 물러나더니 몸을 완전히 펴서 곧게 세웠다. 그러곤 경악한 얼굴로 말문이 막힌 채 세 명의 구경꾼을 차례로 돌아보았다.

"아이고, 저것 보세요, 범블 씨, 저놈이 미친 게 틀림없군요." 싸워베리 부인이 말했다. "정신이 반이라도 있는 애라면 당신한테 감히 저렇게 말하진 못할 거예요."

"미쳐서 그런 게 아닙니다, 부인." 범블 씨가 잠시 깊은 명상에 잠겼다가 대답했다. "고기 때문입니다."

"뭐라구요?" 싸워베리 부인이 큰 소리로 물었다.

"고기 때문이오, 부인, 고기." 범블 씨가 근엄하게 강조하며 대답했다. "당신이 애를 너무 잘 먹인 거요, 부인. 저 애로 하여금 분수에 맞지 않는 부적절한 힘과 기운을 갖게 만든 것이오, 싸워베리 부인. 경험 많은 현실 철학자들이신 이사회 위원님들도 분명 그리 말씀하실 거요. 극빈자들한테 힘과 기운이 무슨 소용이겠소? 그자들은 그저 몸뚱이만 살아 있게 해 주는 걸로 충분하오. 부인이 애한테 죽만 먹였다면 이런 일은 결코 일어나지 않았을 거요."

"세상에 이런!" 싸워베리 부인은 부엌 천장을 경건하게 올려다보며 외치듯 말했다. "이게 다 너그럽게 잘 대해 줘서 생긴 일이라니!"

싸워베리 부인이 올리버에게 베풀었다는 너그러운 대접이란 곧 아무도 먹지 않을 온갖 더러운 음식물 찌꺼기들을 아낌없이 던져 준 것뿐이었다. 따라서 부인이 범블 씨의 엄중한 비난을 자발적으로 인정하고 받아들인 것은 엄청난 자기희생과 온순함의 발로다 여기지 않을 수 없다. 물론 부인이 억울하지 않도록 사실을 말하자면, 그녀는 생각으로나 말로나 행동으로나 그런 비난을 받을 만한 짓을 조금도 한 적이 없었다.

"에헴!" 부인이 시선을 다시 아래로 향했을 때 범블 씨가 말했다. "내가 파악하기에 지금 우리가 할 수 있는 유일한 일은 저놈을 하루 정도 창고에 이대로 가둬 놓고 굶겨 힘이 좀 빠지면 꺼내 주는 것이오. 그러곤 도제 기간 내내 놈에게 죽만 먹이는 것이오. 저놈은 출신이 고약한 놈이오. 게다가 쉽게 흥분하는 성질을 지녔다오, 싸워베리 부인! 간호부와 의사가 모두 말하길, 저놈의 엄만 웬만한 여자라면 이미 몇 주 전에 죽었을 극심한 고통과 어려움을 다 견뎌 내고 이곳까지 왔다고 했소."

범블 씨의 연설이 이 대목에 이르렀을 때 부족하나마 웬만큼 말을 알아들은 올리버는 엄마에 대해 뭔가 새로운 언급을 하고 있다는 사실을 알고는 다른 소리가 전혀 들리지 않을 정도로 아주 격렬하게 다시 발길질을 하기 시작했다. 바로 이 시점에 싸워베리가 돌아왔다. 여인네들은 싸워베리의 분노를 일으키기 가장 적합하다고 여겨지는 방식으로 올리버의 죄악을 한껏 과장하여 설명했고, 싸워베리는 즉각 석탄재 창고 문을 열고 반항하는 도제의 목덜미를 잡아 밖으로 끌어냈다.

올리버의 옷은 그 전에 이미 두드려 맞으면서 찢어진 상태였고, 얼굴은 타박상과 긁힌 자국 투성이였으며, 머리카락은 이마 위로 헝클어져 있었다. 그렇지만 얼굴에는 격분하여 상기된 표정이 그대로 남아 있었으며, 창고에서 끌려 나왔을 때도 노어를 대담하고 매섭게 쏘아보면서 전혀 기가 죽지 않은 모습이었다.

"자, 이놈, 얼마나 못된 녀석인지 어디 한번 보자, 응?" 싸워베리는 올리버를 잡아 흔들고 뺨을 한 대 후려치며 말했다.

"쟤가 우리 엄마를 욕했단 말이에요." 올리버가 대답했다.

"아니, 이 배은망덕한 악당 놈아, 그런들 그게 뭐 어때서?" 싸워베리 부인이 말했다. "네 엄만 그런 욕, 아니 그보다 더 심한 욕을 들어도 싼 여자였어."

"아니에요." 올리버가 말했다.

"아니긴 뭐가 아냐." 싸워베리 부인이 말했다.

"거짓말 말아요." 올리버가 말했다.

싸워베리 부인은 갑자기 울음보를 터뜨렸다.

부인의 울음보에 싸워베리 씨는 다른 도리가 없었다. 만약 여기서 올리버를 아주 가혹하게 벌하는 데 한순간이라도 망설였다가는 모든 경험 많은 독자들이 확실히 알고 있듯이 그는 부부 싸움의 확립된 선례에 따라 짐승 같은 존재, 인류을 저버린 남편, 남을 무시하는 인간, 사람의 탈을 쓴 하등 동물 등등 이 장의 제한된 지면에 열거할 수 없을 만큼 무수히 많은 유쾌한 명칭으로 일컬어지고 말았을 것이다. 공정하게 말해서 싸워베리 씨는 힘이 닿는 한 ─ 그다지 멀리 닿는 힘은 아니었지만 ─ 올리버에게 친절히 대해 주려는 마음이었다. 아마 그러는 것이 자신에게 이익이 되기 때문이었거나 아니면 마누라가 올리버를 싫어하기 때문이었을 것이다. 하지만 마누라가 울음보를 터뜨리자 다른 방도가 없었다. 그래서 즉시 올리버를 한바탕 흠씬 두들겨 팼으니 씨워베리 부인조차 만족했고, 나아가 범블 씨가 뒤를 이어 교구용 지팡이를 휘두를 필요가 없을 정도였다. 그런 뒤 올리버는 빵 한 조각과 함께 펌프가 있는 뒤쪽 부엌에 온종일 갇혀 있었다. 밤이 되자 싸워베리 부인이 문밖에서 돌아가신 그의 어머니에 대해 결코 기분 좋지는 않은 여러 가지 말을 한참 떠들어 댄 뒤 문을 열고 안을 들여다보았다. 그러곤 노어와 샬럿이 조롱하고 손가락질하는 가운데 올리버에게 음울한 그의 잠자리로 올라가 자라고 명령했다.

어두운 장의사 가게의 정적과 고요 속에 혼자 남겨진 뒤에야 비로소 올리버는 그날 받은 학대가 어린아이에 불과한 그에게 자아냈을 감정을 더 이상 억누르지 못하고 눈물을 쏟아 내며 쓰러졌다. 그때까지 올리버는 저들의 비아냥거림을 경멸에 찬 표정으로 꾹 참고 들었으며 매질 또한 비명 소리 하나 내지 않고 견뎌 냈다. 그건 바로 충일한 자존심이 가슴속을 가득 채우고 있기 때문이었다. 산 채로 불에 태워 죽인다 해도 마지막 순간까지 비명을 지르지 않게 해 주었을 그런 자존심이었다. 하지만 이제 그를 보거나 엿들을 사람이 아무도 없자 올리버는 바닥에 털썩 무릎을 꿇고 앉아 두 손으로 얼굴을 가린 채 눈물을 펑펑 쏟았다. 그처럼 어린아이가 어떤 이유로든 그토록 눈물을 흘린 적은 이제껏 거의 없으리라. 신이시여, 우리의 본성이 부끄럽지 않도록 그런 아이가 또다시 없게 하옵소서!

오랫동안 올리버는 꼼짝하지 않고 그 자세 그대로 있었다. 초꽂이에 꽂힌 초가 낮게 타들어 갔을 때 그는 마침내 자리에서 일어났다. 조심스레 주위를 살펴보고 주의 깊게 귀를 기울이던 그는 살며시 문고리를 당겨 풀었다. 그러곤 문밖을 둘러보았다.

춥고 어두운 밤이었다. 아이의 눈에는 별들이 어느 때보다도 지상에서 더 멀리 떨어진 듯했다. 바람은 전혀 불지 않았다. 땅 위에 드리운 우울한 나무 그림자가 너무도 고요해 죽음과 같이 음산해 보였다. 올리버는 가만히 문을 다시 닫았다. 꺼져 가는 촛불에 의지해 얼마 안 되는 옷가지 몇 벌을 손수건에 싸서 묶은 그는 나무 의자에 앉아 아침이 오길 기다렸다.

첫새벽 햇빛이 가게의 덧문 틈새로 비쳐 들었을 때 올리버는 의자에서 일어나 다시 빗장을 풀고 문을 열었다. 두려운 듯 한번 둘러보고 한순간 멈칫하며 망설이더니 다음 순간 등 뒤로 문을 닫고 길거리에 나와 있었다.

올리버는 어디로 도망갈지 마음을 정하지 못한 채 좌우를 둘러보았다. 마차들이 읍내 밖으로 나갈 때 언덕으로 힘들게 올라가는 걸 본 기억이 떠올랐다. 그도 그 길을 택했다. 들판을 가로지르는 샛길이 있는 곳에 이르렀을 때 그 길로 얼마쯤 가면 다시 큰길로 빠진다는 걸 알았던 그는 샛길로 들어서서 빠르게 계속 걸어갔다.

범블 씨가 보육원에서 구빈원으로 처음 데리고 갈 때 옆에서 종종걸음으로 따라가던 길이 바로 이 길이라는 것을 올리버는 생생하게 기억했다. 길은 보육원 바로 앞을 지나게 되어 있었다. 이를 생각하자 올리버의 가슴은 빠르게 뛰었고, 되돌아갈까 싶은 마음이 들었다. 하지만 이미 한참 걸어왔는지라 그러자면 시간을 너무나 많이 잃게 될 것이었다. 게다가 아주 이른 시간이라 사람들 눈에 띌 염려가 거의 없었다. 그래서 그는 계속 걸어갔다.

보육원이 보였다. 아직 이른 시간이라 돌아다니는 아이는 아무도 없었다. 올리버는 걸음을 멈추고 정원을 들여다보았다. 아이 하나가 자그만 화단 한편에서 풀을 뽑고 있었다. 올리버가 걸음을 멈췄을 때 창백한 얼굴을 들고 바라본 그 아이는 올리버의 옛 친구들 중 하나였다. 올리버는 떠나기 전에 이 친구를 만나게 되어 기뻤다. 자기보다 좀 어렸지만 놀이 친구

이자 단짝이었던 것이다. 둘은 수없이 자주 함께 얻어맞고 함께 굶고 함께 갇히곤 했다.

"쉿, 딕!" 아이가 대문으로 달려와 올리버를 향해 쇠막대살 사이로 야윈 팔을 내밀었을 때 올리버가 말했다. "누구 일어난 사람 없니?"

"나 말곤 아무도 없어." 아이가 대답했다.

"날 봤다고 아무한테도 말하면 안 돼, 딕." 올리버는 말했다. "난 지금 도망가는 중이야. 사람들이 하도 때리고 괴롭혀서 그래, 딕. 어디 먼 데로 가서 살길을 찾아볼 생각이야. 그게 어딘지는 모르겠지만 말이야. 너 얼굴이 정말 창백하구나!"

"의사 선생님이 말하는 걸 들었는데, 난 곧 죽을 거래." 아이는 엷은 미소를 지으며 대답했다. "형을 만나 봐서 정말 기뻐. 하지만 그만 머뭇거리고 어서 가, 어서!"

"아냐, 아냐, 너한테 작별 인사는 해야지." 올리버가 대답했다. "딕, 우리 나중에 다시 만나자. 우린 꼭 다시 만날 거야! 넌 건강해지고 행복하게 될 거야!"

"나도 그러길 바라." 아이는 대답했다. "하지만 죽고 난 뒤에나 그럴 수 있을 거야, 그 전엔 아냐. 의사 선생님 말이 맞다는 걸 난 알아, 올리버 형. 왜냐면 꿈에 천국과 천사들이, 그리고 깨어 있을 땐 한 번도 본 적 없는 다정한 얼굴들이 아주 자주 나타나거든. 한번 안아 줘, 형." 아이는 낮은 대문 위로 기어올라 작은 두 팔로 올리버의 목을 감싸 안으며 말했다. "잘가, 형! 하느님께서 형을 지켜 주실 거야!"

이 축복의 말은 비록 어린아이의 입술에서 나온 것이었지

만 올리버에게는 지금까지 받아 본 최초의 축복이었다. 그 후
온갖 고통과 시련, 곤경과 변화를 겪으면서 그는 단 한 번도
이것을 잊은 적이 없었다.

8장
올리버는 런던을 향해 걸어간다.
그리고 도중에 이상한 어린 신사를 만난다.

올리버는 샛길이 끝나는 곳에 이르렀고 울타리를 넘어 다시 큰길로 나왔다. 이제 아침 8시였다. 읍내에서 거의 8킬로미터 이상 떨어졌지만 누군가 뒤를 쫓아와 잡아갈까 하는 두려움 때문에 정오까지 달음질해 가다가 생울타리에 숨었다가 하기를 반복했다. 그런 다음 이정표 옆에 앉아 쉬면서 어디로 가서 살길을 찾는 게 좋을지를 처음으로 생각하기 시작했다.

그가 앉아 있는 옆의 이정표에는 큰 글씨로 그곳에서 런던까지 딱 112킬로미터라고 씌어 있었다. 런던이라는 이름은 아이의 마음에 일련의 새로운 생각들을 불러일으켰다. 런던, 그 엄청나게 넓은 곳! 누구도, 심지어 범블 씨조차도 거기선 결코 그를 찾아내지 못할 것이다! 올리버는 자주 듣던 구빈원 노인들의 말을 떠올렸는데 그것은 용감한 젊은이라면 런던에서 굶주리지 않고 살아갈 수 있으며, 그 넓디넓은 도시에는 시골에서 자란 사람들은 생각지도 못하는 생계 수단이 수없이 많다는 것이었다. 누군가 도와주지 않으면 길거리에서 굶어 죽어야 하는 집 없는 고아에게 그곳은 안성맞춤인 장소였다. 이런 생각들이 머리를 스치고 지나가자 올리버는 벌떡 일어나 다시 걷기 시작했다.

자신과 런던 사이의 거리를 꼬박 6킬로미터쯤 좁히고 났을 때 올리버는 비로소 목적지에 이르기까지 얼마나 많은 어려움을 헤쳐 나가야 하는지에 생각이 미쳤다. 이 문제가 마음을 사로잡자 그는 걸음을 약간 늦추면서 런던에 도달할 방도를 숙고하기 시작했다. 보따리에는 딱딱한 빵 한 조각과 거친 천으로 된 셔츠 한 벌, 긴 양말 두 켤레가 들어 있었다. 호주머니에는 1페니가 있었다. 어느 날인가 맡은 일을 평소보다 잘해 냈다고 장례식이 끝난 뒤 싸워베리가 선물로 준 돈이었다. 올리버는 생각했다. '깨끗한 셔츠는 아주 유용해. 기운 양말 두 켤레도 그렇고, 1페니도 그렇지. 하지만 겨울철에 106킬로미터를 걸어가는 데는 모두 큰 도움이 되지 못하는 것들이야.' 그러나 대부분의 다른 사람들과 마찬가지로 올리버의 생각 역시 자신이 처한 어려움을 지적하는 데는 더할 나위 없이 즉각적이고 신속하게 움직였지만 그 어려움을 극복할 적절한 현실적 방안을 제시하는 일에서는 완전히 속수무책이었다. 그리하여 올리버는 아무런 뾰족한 수도 내지 못한 채 오랫동안 생각만 거듭하고 난 뒤, 결국 조그만 보따리를 다른 쪽 어깨로 옮겨 메고는 터벅터벅 걸어갔다.

올리버는 그날 32킬로미터 정도를 걸었다. 그동안 딱딱한 마른 빵 조각과 길가 오두막집에서 구걸해 마신 물 몇 모금 빼고는 아무것도 먹지 못했다. 밤이 되자 풀밭에 들어가 건초 더미 밑으로 깊숙이 기어들었다. 아침이 될 때까지 거기에 누워 있을 작정이었다. 처음에는 무서웠다. 텅 빈 들판 위로 바람이 음울한 신음 소리를 내며 불었기 때문이다. 그는 춥고 배고팠으며 어느 때보다도 외로움이 더 사무쳤다. 하지만 걷느라고 너무나 지친 나머지 곧 깊은 잠에 빠져 모든 근심을 다 잊어버렸다.

다음 날 아침 잠에서 깼을 때는 춥고 몸이 뻣뻣하게 굳어 있었다. 배가 너무나 고파서 첫 번째로 지나는 마을에서 가지고 있던 페니를 작은 빵 한 덩이와 바꿔야 했다. 20킬로미터 정도밖에 걷지 않았는데 다시 밤이 닥쳤다. 두 발이 온통 까지고 다리는 힘이 빠져 후들후들 꺾일 지경이었다. 싸늘하고 축축한 밤공기 속에서 다시 하룻밤을 보냈고, 그의 상태는 더욱 악화되었다. 아침에 길을 떠나려 했을 때는 거의 기어가기도 힘들 정도였다.

올리버는 가파른 언덕 밑에서 역마차가 오기를 기다렸다. 마차가 오자 바깥에 탄 승객들에게 구걸을 했다. 하지만 주의를 기울이는 사람이 거의 없었다. 그나마 주의를 기울이는 한두 사람조차도 올리버에게 마차가 언덕 꼭대기에 도달할 때까지 기다렸다가 힘껏 뒤를 쫓아 달려오면 0.5페니를 주겠다고 했다. 불쌍한 올리버는 얼마 동안 마차 뒤를 쫓아 안간힘을 쓰며 달려 보았지만 지치고 발이 아파 도저히 따라잡을 수 없었다. 이것을 본 승객들은 0.5페니 동전을 주머니에 다시 집어

넣으며 아무것도 받을 자격이 없는 게으른 놈팡이 녀석이라고 그를 비난했다. 마차는 덜컹거리며 멀어져 갔고 그 뒤로 먼지만 구름처럼 피어올랐다.

어떤 마을에서는 페인트칠을 한 커다란 판자를 붙여 놓고 그 지역 내에서 구걸을 하는 자는 모두 감옥에 집어넣겠다고 경고했다. 올리버는 엄청난 공포에 사로잡혀 가능한 한 빠른 걸음으로 마을을 벗어난 뒤에야 마음을 놓았다. 몇몇 다른 마을에서는 여관 마당에 서서 지나가는 모든 사람들을 애처로운 얼굴로 쳐다보곤 했는데, 대개는 여관 안주인이 근처에 어슬렁거리던 우편배달부 소년에게 저 낯선 아이가 뭔가를 훔치러 온 것이 틀림없으니 쫓아 버리라고 명령하는 것으로 끝나고 말았다. 농가에서 구걸하면 열에 아홉은 개를 풀어 물게 하겠다고 위협했고 가게에 코라도 들이밀면 가게 주인이 교구 관리를 부르겠다는 말로 혼비백산하게 만들었으니, 그는 몇 시간이고 먹은 것 하나 없이 그저 혼비백산만 하기를 밥 먹듯이 했다.

사실 마음씨 좋은 통행세 징수원과 인정 많은 노파가 없었다면 올리버의 고난은 그의 어머니의 고난이 끝난 것과 아주 똑같은 방식으로 짧게 단축되었을 것이다. 다시 말해서 그는 의심할 여지 없이 국도 위에서 쓰러져 죽고 말았을 것이다. 하지만 통행세 징수원이 빵과 치즈로 한 끼 식사를 대접했고, 난파를 당해 이 세상 어딘가 먼 곳에서 맨발로 방랑하는 손자를 둔 노파가 불쌍한 고아인 올리버를 가엾이 여겨 얼마 안 되지만 가지고 있는 모든 걸 털어 나눠 주었다. 게다가 노파는 그 이상의 것을 베풀어 주었으니 바로 한없이 친절하고 다정한 말과 깊은 동정과 연민의 눈물로 그를 위로해 주었는바, 그것은 그때까지 겪은 모든 고통보다 더 깊이 올리버의 영혼에 새겨졌다.

고향을 떠난 지 칠 일째 되던 날 아침 일찍 올리버는 절뚝거리며 바넷이라는 읍으로 천천히 걸어 들어갔다. 집들이 아직 덧창을 걷지 않았고 길거리는 텅 비어 있었다. 일어나서 하루 일과를 시작한 사람은 아직 아무도 없었다. 태양이 아름다운 광채를 한껏 뿌리며 떠올랐다. 하지만 피가 흐르는 두 발에 온통 먼지를 뒤집어쓴 채 어느 차디찬 현관 계단에 앉아 있는 아이에게 햇빛은 오직 외롭고 처량한 그의 처지만을 비춰 줄 뿐이었다.

점차 덧창이 열리고 차양이 걷혔으며 사람들이 이쪽저쪽에서 지나다니기 시작했다. 잠시 걸음을 멈추고 올리버를 바라보거나 아니면 바쁘게 지나쳐 가면서 고개를 돌려 쳐다보는 사람들이 어쩌다 한두 명 있었지만 도움을 주거나 어떻게 그곳에 오게 되었는지 관심을 가지고 물어보는 사람은 아무도 없었다. 올리버는 구걸할 용기를 내지 못한 채 그냥 앉아 있었다.

올리버는 얼마 동안 계단에 웅크리고 앉아 술집이 엄청나게 많은 것(바넷에는 크고 작은 술집이 한 집 걸러 하나씩 있었다.)에 놀라기도 하고, 지나가는 역마차들을 멍하니 바라보기도 하고, 또 자기가 나이에 걸맞지 않은 굉장한 용기와 결심으로 일주일이나 걸려 해낸 일을 마차들이 단 몇 시간 만에 쉽게 해치울 수 있다니 참 신기하구나 하는 생각도 했다. 그러다가 문득 한 소년을 보고 정신을 차렸는데, 그 아이는 몇 분 전에 올리버를 무관심하게 지나쳐 가는가 싶더니 다시 돌아와서는 길 반대편에서 그를 아주 열심히 뜯어보고 있었던 것이다. 올리버는 처음엔 별로 신경 쓰지 않았다. 하지만 아이가 너무나 오래 꼼짝 않고 뚫어져라 바라보아서 올리버는 마침내 고개를 들어 아이의 빤히 쳐다보는 시선을 마주 보았다. 그러자 아이는 길을 건너 걸어오더니 올리버에게 다가와 말을 걸었다.

"이보게, 친구! 무슨 일인가?"

어린 방랑자에게 이렇게 질문을 던진 소년은 올리버와 대충 비슷한 또래였지만 올리버가 이제까지 만나 본 가장 괴상한 모습의 아이였다. 들창코에 이마가 납작하고 얼굴이 상스럽게 생겼으며 어느 아이 못지않게 지저분한 모습이었다. 하지만 태도와 행동은 완전히 어른이나 다름없었다. 나이에 비해 키가 작은 편이었고 다리가 약간 휘었으며 눈은 작고 날카롭고 못생겼다. 모자는 머리 꼭대기에 아주 살짝 얹어 놓아 언제라도 떨어져 버릴 것만 같았다. 실제로 모자 주인이 이따금씩 머리를 홱 움직여 모자를 제자리에 돌려놓는 교묘한 기술을 터득하지 않았더라면 영락없이 계속 굴러떨어지고 말았을 것이다. 그는 어른 외투를 입고 있었는데 길어서 거의 발꿈치까지 닿을 정도였다. 소맷자락을 팔꿈치까지 접어 올려 옷소매 밖으로 양손이 나오게 했는데 그렇게 한 궁극적인 목적은 양손을 코르덴 바지 주머니에 찔러 넣는 데 있는 것이 분명해 보였다. 왜냐면 두 손을 정말로 바지에 찔러 넣고 있었기 때문이다. 전체적으로 보아 그는 가죽 부츠를 신은 키가 겨우 1미터 35센티미터 될까 말까 한 어린 신사 가운데 가장 으스대고 뽐내는 아이였다.

"이보게, 친구! 무슨 일인가?" 이 괴상한 어린 신사가 올리버에게 다시 물었다.

"피곤하고 배가 너무 고파." 올리버는 눈물을 글썽이며 대답했다. "아주 오래 걸었어. 일주일 동안 내내 걸었어."

"일주일 동안 걸었다고!" 어린 신사가 말했다. "아, 그래, 매부리의 명령이구나, 그렇지?" 어리둥절해하는 올리버의 표정을 보고 그는 덧붙였다. "넌 매부리가 뭔지 모르는 모양이구나, 이 똘똘이 친구야?"

올리버는 문제의 그 단어가 언제나 새 주둥이를 가리키는 줄 알았다고 유순하게 대답했다.

"아니, 이거 완전 풋내기구만!" 어린 신사는 소리쳤다. "글쎄, 매부리는 바로 치안 판사를 말하는 거야. 매부리의 명령으로 걷는다는 건 똑바로 나아가지 않고 그저 한없이 위로만 올라가야 하는 걸 뜻해, 절대 다시 내려가는 법이 없이 말이야. 넌 방아[21]를 돌려 본 적도 없냐?"

"방아? 무슨 방아?" 올리버가 물었다.

"무슨 방아냐니! 아니, 그 방아 있잖아, 아주 작아서 콩밥집[22]

---

21) 감옥에서 죄수가 발로 밟아 돌리도록 되어 있는 연자방아 비슷한 형벌 기구를 지칭한다. 앞 문장에서 매부리의 명령으로 한없이 위로 걸어 올라가야 한다는 말은 이 방아를 계속 밟아서 힘들게 돌려야 하는 일을 표현한 것이다.
22) 교도소.

안에서 잘 돌아가고 세상살이가 좋을 때보다 어려울 때 언제나 더 잘 돌아가는 그 방아 있잖아, 세상살이가 좋을 땐 일꾼[23] 을 구하기가 어려우니까 말이야. 그건 그렇고……." 어린 신사는 말했다. "넌 지금 밥통이 텅 비었다고 했는데 내가 좀 채워 주지. 사실 나도 주머니 사정이 썰렁해서 1실링하고 0.5페니 밖엔 없지만 그걸로 어떻게든 한번 최대한 꿍쳐 보자. 자, 벌떡 일어서. 자, 어서! 자릴 뜨자!"

어린 신사는 올리버가 일어나는 것을 도와주고는 근처의 식료품 가게로 그를 데리고 갔다. 거기서 상당량의 훈제 햄과 큰 빵 한 덩어리, 그의 표현을 빌리면 '4페니짜리 겨빵!'[24] 한 덩어리를 샀다. 어린 신사는 빵 속의 일부분을 파내서 구멍을 하나 만든 뒤 거기에다 햄을 채워 넣는 교묘한 방법으로 햄이 더러워지지 않게 잘 처리한 다음, 그 빵을 겨드랑이에 끼고는 자그만 술집으로 들어가서 건물 맨 뒤쪽의 바 안으로 올리버를 안내했다. 그곳에 앉자 이 불가사의한 어린 신사의 지시에 따라 맥주 한 단지가 나왔고, 올리버는 새로 사귄 친구의 권유에 따라 식사를 하기 시작하여 한참 동안 정신없이 먹어 댔다. 그러는 동안 괴상한 소년 신사는 이따금씩 올리버를 매우 유심히 살펴보았다.

"런던에 가는 거냐?" 올리버가 마침내 다 먹고 나자 괴상한 소년이 말했다.

23) 죄수를 의미한다.
24) 겨, 즉 곡식 껍질을 빻아 만든 질 낮은 빵.

"응."

"묵을 곳은 있냐?"

"아니, 없어."

"돈은?"

"없어."

괴상한 소년은 휘파람을 휙 불었다. 그러곤 두 팔을 외투 소매가 허락하는 한 깊숙이 바지 주머니에 찔러 넣었다.

"넌 런던에 사니?" 올리버가 물었다.

"응. 다른 데 돌아다니지 않을 땐 그래." 소년은 대답했다. "너 오늘 밤 잘 곳이 필요하겠구나, 그렇지?"

"응, 사실 그래." 올리버는 대답했다. "시골을 떠난 뒤로 한 번도 지붕 밑에서 자 본 적이 없어."

"그 문제로 애간장 태울 것 없다." 어린 신사가 말했다. "나도 오늘 밤 런던에 가야 하는데 거기 사는 괜찮은 노인 한 분을 알거든. 그분이 공짜로 재워 줄 거야, 한 푼도 안 받고 말이야. 물론 그분을 잘 아는 신사가 널 소개할 때 그렇지. 혹시 그분을 잘 아는 사람이 바로 나 아니냐고? 물론 아니지! 전혀 아니지! 암, 절대 아니지!"

뒷부분의 말이 장난스럽게 던진 반어라는 걸 암시라도 하려는 듯 어린 신사는 한껏 미소를 지으며 맥주잔을 싹 비웠다.

머물 곳을 마련해 주겠다는 뜻밖의 제안은 올리버로서는 거절하기 힘든 너무나 좋은 제안이었다. 특히 그 소년이 바로 뒤이어서 자기가 말한 노신사가 올리버에게 괜찮은 일자리를 지체 없이 얻어 줄 것이라고 확언했기에 더욱 그랬다. 그 결과 좀 더 친밀하고 속을 터놓는 대화가 이어졌는데, 이를 통해 올리버는 자기 친구가 이름은 잭 도킨스이며, 앞에서 언급한 늙은 신사의 특별한 보호와 총애를 받는 아이라는 것을 알게 되었다.

도킨스 씨의 겉모습으로 보건대 그의 후견인이라는 분이 자신이 돌봐 주는 사람들에게 베푸는 관심과 편의가 그다지 훌륭한 것이라고 하기는 좀 어려웠다. 하지만 도킨스 씨가 다소 경박하고 상스러운 말투를 사용하는 데다가 또 스스로 공언하기를 친한 벗들 사이에서는 '약삭빠른 꾀돌이'라는 별명으로 더 잘 알려져 있다고 했기 때문에 올리버는 이 친구가 워낙 성격이 방탕하고 제멋대로인 탓에 그동안 은인의 도덕적인 가르침을 전혀 받아들이지 않은 것이겠구나 하고 결론을 내렸다. 이런 생각에서 그는 속으로 몰래 결심하기를, 가능한 한 빨리 그 노신사란 분에게 좋은 평가를 받은 다음 이 꾀돌이가 구제 불능으로 판단되면 — 아마 그럴 것이 거의 확실해 보였는데 — 그와의 교분은 더 이상 사절해 버리리라 했다.

잭 도킨스가 어두워지기 전에 런던에 들어가는 걸 반대했으므로 두 사람이 이즐링턴[25]의 유료 도로에 도착했을 때는 거의 밤 11시가 다 되었다. 그들은 에인절 여관[26]을 지나 세인트 존스로(路)로 갔고, 거기서 작은 거리를 따라 그 끝에 있는 새들러즈 웰즈 극장까지 간 다음, 엑스머스가(街)와 코피스 로

---

25) 당시 런던에서 북쪽으로 약 2.5킬로미터 떨어진 지역의 이름이다.
26) 1603년에 지은 이즐링턴의 오래된 여관이다.

우를 지나서 구빈원 옆의 좁은 골목으로 접어들었다. 그런 뒤
한때 호클리 인 더 홀이라는 이름으로 불린 유서 깊은 구역을
지나 리틀 새프런 고개로 나아갔고, 이어 그레이트 새프런 고
개에 들어섰다. 꾀돌이는 그곳을 빠른 걸음으로 내쳐 걸어가
며 올리버에게 뒤를 바짝 따르게 했다.[27]

　올리버는 안내자를 놓치지 않고 따라가느라 거의 정신이
없었지만 지나가는 길 양쪽을 몇 번쯤 힐끗힐끗 둘러보지 않
을 수 없었다. 이보다 더럽고 비참한 곳은 본 적이 없었다. 거
리는 아주 좁고 진흙투성이였으며 공기는 악취로 가득했다.
조그만 가게들이 꽤 많았지만 취급하는 품목은 도처에 깔린
아이들밖에 없는 것처럼 보였다. 아이들은 밤늦은 시각인데
도 문 안팎으로 꾸물꾸물 돌아다니거나 집 안에서 비명을 질
러 대고 있었다. 온통 가난에 찌든 그곳에서 유일하게 번창하
는 곳은 술집들인 것 같았는데 거기서는 아일랜드의 최하층
민들이 목이 터져라 악을 쓰며 다투고 있었다. 여기저기 큰길
에서 갈라져 나간 포장된 옆길과 골목 안쪽으로 몇 채씩 다닥
다닥 무리 지어 있는 집들이 보였고, 거기에서는 술 취한 남녀
들이 영락없는 오물 더미 속에 뒹굴고 있었다. 몇몇 집의 문간
에서는 인상이 험악한 건장한 사내들이 슬그머니 나타났다가
뭔가 용무를 위해 사라졌는데 아무리 보아도 선량하고 좋은
의도를 지닌 것은 결코 아닌 듯했다.

　올리버가 도망가는 게 좋지 않을까 하는 생각을 막 하던 참

---

27) 새프런 고개는 당시 불결하고 범죄가 많은 곳으로 유명했다.

에 마침 두 사람은 고개 밑에 다다랐다. 그의 안내자는 올리버의 팔을 잡고 필드 레인 근처의 어느 집 문을 밀고 들어갔다. 그러곤 올리버를 복도로 끌어당긴 뒤 문을 닫았다.

"그래, 뭐냐?" 밑에서 누군가 꾀돌이의 휘파람에 답하며 소리쳤다.

"말짱 깜쪽 끝!" 꾀돌이가 대답했다.

이 말은 모든 게 괜찮다는 암호나 신호인 듯했다. 곧 희미한 촛불이 복도 저쪽 끝 벽면에 비치더니 난간이 부서져 나간 낡은 부엌 계단 입구에서 한 남자가 얼굴을 쑥 내밀었다.

"두 놈이구나." 남자가 촛불을 멀리 내밀고 손으로 눈을 가리며 말했다. "쟨 누구냐?"

"새 친구예요." 잭 도킨스가 올리버를 앞으로 끌며 대답했다.

"어디서 온 애냐?"

"촌에서 온 풋내기예요. 페이긴 영감은 위층에 있나요?"

"그래, 손수건을 분류하고 있어. 올라가 봐!" 촛불이 뒤로 물러나면서 남자의 얼굴은 사라졌다.

올리버는 한 손을 친구에게 꽉 붙잡힌 채 다른 손으로 앞을 더듬으며 깜깜한 부서진 계단을 아주 어렵사리 올라갔다. 반면에 그의 안내자는 능숙하고 재빠르게 올라갔는데 이는 그곳을 잘 안다는 증거였다. 그는 곧 어느 뒷방의 문을 열어젖히고 올리버를 끌고 들어갔다.

방은 벽과 천장이 때가 끼고 오래되어서 완전히 시커먼 색이었다. 벽난로 앞에 전나무 탁자가 하나 있었는데 그 위에는 생강 맥주 병에 촛불이 꽂혀 있고 백랍 단지 두세 개와 버터

바른 빵 한 덩이, 접시 하나가 놓여 있었다. 벽난로 선반에 끈
으로 연결해 불 위에 얹어 놓은 프라이팬에서는 소시지를 요
리하는 중이었다. 긴 구이용 포크를 손에 든 주름살투성이 유
태인 노인이 그것을 구워보며 서 있었는데 악당처럼 보이는
그의 혐오스러운 얼굴은 마구 뒤엉킨 텁수룩한 붉은 수염으
로 가려져 있었다. 그는 목에 아무것도 두르지 않은 채 기름때
가 묻은 플란넬 가운을 걸쳤으며, 프라이팬 말고 굉장히 많은
비단 손수건이 걸린 빨래걸이에도 똑같이 주의를 기울이는
것처럼 보였다. 낡은 곡식 자루로 아무렇게나 만든 침대 몇 개
가 바닥 한쪽에 나란히 놓여 있었다. 탁자 주위에는 꾀돌이 또
래쯤 되어 보이는 사내아이들 네댓 명이 둘러앉아 기다란 사
기 담뱃대를 뻐끔거리며 중년 남자들 같은 모습으로 독한 술
을 마시고 있었다. 그들은 동료인 꾀돌이가 유태인 노인에게
뭐라고 속삭이는 주변으로 모두 몰려들더니 고개를 돌려 올
리버를 쳐다보며 히죽히죽 웃었다. 유태인 역시 손에 포크를
든 채 그렇게 웃어 댔다.

"얘가 바로 그 애예요, 페이긴." 잭 도킨스가 말했다. "올리
버 트위스트라고 해요."

유태인은 히죽 웃더니 허리를 깊이 숙여 올리버에게 절한
다음 손을 잡고는 그와 친해지는 영광을 누리기 바란다고 말
했다. 그러자 담뱃대를 문 어린 신사들이 올리버 주변으로 모
여들어 악수를 하며 그의 두 손을 흔들어 댔는데, 특히 작은
보따리를 든 손을 더욱 세차게 흔들었다. 그중 한 명은 올리버
의 모자를 걸어 주겠노라고 적극 나섰고, 다른 한 명은 올리버

가 매우 피곤할 테니 잠자리에 들 때 호주머니를 비우는 수고를 하지 않게 해 주겠다며 올리버의 양 호주머니에 손을 쑤셔 넣는 친절을 베풀었다. 이런 정중한 대접은 호의를 베푸는 다정한 소년들의 머리와 어깨 위에 유태인 노인이 포크를 아낌없이 휘둘러 대지 않았더라면 아마 훨씬 광범위하게 확대되었을 것이다.

"널 만나서 정말 반갑구나, 올리버, 정말." 유태인 노인이 말했다. "꾀돌아, 소시지를 옮겨 놓거라. 그리고 올리버가 앉게 난롯가에 통을 하나 갖다 놓거라. 아하, 너 저 손수건들을 쳐다보고 있는 게로구나! 그렇지, 애야! 참 많기도 하지, 그렇지? 뭐, 그냥 한번 펼쳐 놓고 살펴보는 거란다, 빨기 전에 말이다. 그뿐이야, 올리버. 그래, 그뿐이지, 하하하!"

이 말의 끄트머리에 명랑한 노신사의 장래가 촉망되는 제자들은 모두 한바탕 요란스럽게 웃음보를 터뜨렸다. 그리고 웃음보가 여전히 이어지는 가운데 저녁 식사가 시작되었다.

올리버는 자기 몫을 먹었다. 유태인이 물을 섞은 따뜻한 진을 한잔 주면서 다른 어린 신사가 써야 하니 곧바로 잔을 비우라고 말했다. 올리버는 시키는 대로 했다. 그리고 난 후 올리버는 몸이 살며시 들려 침대에 눕혀지는 것을 느꼈고, 곧 깊은 잠에 빠져들었다.

존경할 만한 노신사를 소개받은 올리버.

9장
유쾌한 노신사와 장래가 촉망되는 제자들에 대해
좀 더 세부적인 사항이 언급된다.

다음 날 아침 늦게서야 올리버는 깊고 오랜 잠에서 깨어났다. 방에는 유태인 노인 외에는 아무도 없었다. 그는 냄비에 아침 식사용 커피를 끓이는 중이었는데, 쇠숟가락으로 커피를 휘휘 저으면서 작은 소리로 혼자 휘파람을 불었다. 그는 이따금 아래층에서 무슨 조그만 소리가 날 때마다 동작을 멈추고 귀를 기울였다. 그리곤 아무 일도 아니라고 안심이 되면 다시 전처럼 휘파람을 불며 커피를 저었다.

올리버는 비록 잠에서 깨어나긴 했지만 완전히 정신이 든 것은 아니었다. 인간에게는 자는 것도 아니고 깬 것도 아닌 몽롱한 상태가 있다. 이때 우리는 눈을 절반쯤 뜬 상태에서 한편으로는 꿈을 꾸는 동시에 다른 한편으로는 주변에서 일어나는 모든 일들을 절반쯤 의식하는데, 이런 상태로 오 분 동안에 꾸는 꿈이 눈을 꼭 감고 완전한 무의식 상태에 빠져 다섯 밤

동안 자면서 꾸는 것보다 더 많다. 이런 때에 우리 인간은 자기 정신의 작용 능력을 얼마간 깨닫게 되는바, 육체의 결박과 제약에서 벗어난 정신이 시공을 박차고 지상에서 솟아오르며 발휘하는 놀라운 능력을 어렴풋이 인식하는 것이다.

올리버는 정확히 이런 상태였다. 반쯤 뜬 눈으로 유태인을 보았고, 그의 낮은 휘파람 소리를 들었으며, 쇠숟가락이 냄비 안쪽 면을 긁는 소리를 알아차렸다. 하지만 그 순간 이 감각들은 그의 정신세계에서 그가 이제까지 알았던 거의 모든 사람들을 만나 보며 바쁘게 움직였다.

커피가 준비되자 유태인은 냄비를 난로 시렁에 얹었다. 그러고 난 뒤 마치 뭘 해야 할지 모르는 듯 몇 분 동안 망설이며 서 있더니, 돌아서서는 올리버를 바라보며 이름을 한 번 불렀다. 올리버는 대답이 없었거니와 어느 모로 보나 잠들어 있는 모습이었다.

이것을 확인한 유태인은 문 쪽으로 살며시 걸어가 문을 잠갔다. 그런 다음 올리버가 보기에 바닥의 비밀 구멍 같은 데서 작은 상자 하나를 꺼내어 탁자에 조심스럽게 올려놓았다. 뚜껑을 열고 안을 들여다보는 노인의 두 눈은 빛났다. 그는 낡은 의자를 탁자로 당겨다 놓고 앉았다. 그러곤 상자에서 보석이 번쩍이는 멋진 금시계를 꺼냈다.

"그래!" 유태인은 어깨를 들썩이면서 흉측한 미소로 얼굴을 온통 뒤틀어 대며 말했다. "정말 영리한 놈들이었어! 영리한 놈들! 마지막 순간까지 버티다니! 목사 영감탱이[28]한테도

28) 사형수의 상담과 고해를 담당하는 목사를 지칭한다.

어딘지 절대로 말하지 않았지. 이 페이긴 영감을 결코 찔러바치지 않았단 말이야! 하긴 뭣 하러 그러겠어? 그런다고 교수대 밧줄이 느슨해지나, 발판이 일 분이라도 더 늦게 떨어지나. 아니지, 아니고말고! 훌륭한 놈들 같으니라구! 훌륭한 놈들!"

이 말과 함께 비슷한 종류의 또 다른 말들을 생각나는 대로 중얼거리면서 유태인은 시계를 다시 상자 속에 고이 내려놓았다. 그는 상자에서 그런 시계를 적어도 여섯 개쯤 더 꺼내서 똑같이 만족스러운 태도로 살펴보았다. 시계 말고 반지, 브로치, 팔찌와 다른 보석류들도 여러 개 꺼내 보았는데 소재며 세공이 어찌나 훌륭하고 값비싼 것들이었는지 올리버는 그 이름조차 전혀 짐작할 수 없었다.

유태인은 이 장신구들을 집어넣은 뒤 새로운 것을 하나 다시 꺼냈다. 손바닥에 들어갈 정도로 아주 작은 장식물이었는데 표면에 뭔가 미세한 글씨가 새겨진 듯했다. 유태인은 그것을 탁자에 내려놓고 손으로 불빛의 반사를 가리며 오랫동안 열심히 들여다보았다. 한참을 그러더니 마침내 뭔지 알아내기를 포기한 듯이 상자에 도로 집어넣고는 의자에 깊숙이 기대며 중얼거렸다.

"사형이라는 건 참으로 훌륭한 거야! 죽은 놈들이 죄를 뉘우치는 일은 결코 없거든. 죽은 놈들이 곤란한 이야기를 폭로하는 경우도 결코 없고 말이야. 거참, 우리 장사에 아주 좋은 제도라니까! 다섯 놈이 줄줄이 교수형을 당했으니 배반하거나 겁먹고 고자질할 놈이 하나도 남지 않았단 말이야!"

이렇게 말하면서 유태인은 검은 눈동자를 반짝이며 멍하니 앞을 응시하다가 문득 올리버의 얼굴을 바라보았다. 아이의 시선은 말없는 호기심에 가득 찬 채 유태인의 얼굴에 꽂혀 있었다. 비록 시선이 마주친 것은 한순간, 정말 상상할 수 있는 가장 짧은 한순간에 불과했지만 노인에겐 올리버가 자신을 관찰하고 있었다는 것을 깨닫기에 충분했다. 노인은 상자 뚜껑을 쾅 닫았다. 그러곤 탁자에 있던 빵칼을 집어 들며 사납게 자리를 박차고 일어났다. 하지만 그는 심하게 몸을 떨었다. 공포에 사로잡힌 가운데서도 올리버는 노인의 손에 들린 칼이 허공에서 부들부들 떠는 것을 볼 수 있었다.

"뭐냐?" 유태인이 말했다. "뭘 그렇게 지켜보는 거냐? 좀 더 자지 않고 왜 깬 거냐? 네가 본 게 뭐냐? 이놈, 말해 봐라! 어서! 죽고 싶지 않으면 어서 말해라!"

"더 이상 잠이 안 왔어요!" 올리버는 움츠러드는 목소리로 말했다. "방해했다면 죄송해요."

"너 한 시간 전부터 깨어 있었던 것 아냐?" 유태인은 아이를 사납게 노려보며 말했다.

"아니에요! 정말 아니에요!" 올리버는 대답했다.

"참말이냐?" 유태인이 한층 더 사나운 표정을 짓고 협박하는 태도로 소리쳤다.

"맹세코 정말이에요." 올리버는 대답했다. "정말로 안 깨어 있었어요."

"이런, 쯧쯧, 애야!" 유태인은 갑자기 원래의 상냥한 태도로 돌아가며 말했다. 그러곤 칼을 가지고 잠시 장난을 치다가 내려놓았는데, 마치 단순히 놀이 삼아 칼을 집어 들었을 뿐이라는 믿음을 심어 주려는 것 같았다. "물론 나도 알지, 얘야. 그저 한번 놀래 주려고 했을 뿐이란다. 넌 아주 훌륭한 애로구나. 하하! 그래, 넌 참 훌륭한 애야, 올리버!" 유태인은 키득거리며 두 손을 비벼 댔다. 하지만 그러면서도 불안한 표정으로 상자를 흘끗 바라보았다.

"여기 이 안의 예쁜 물건들을 좀 봤니, 얘야?" 유태인은 잠시 가만히 있다가 손으로 상자를 만지며 말했다.

"네." 올리버가 대답했다.

"오, 그래!" 유태인은 다소 창백해지면서 말했다. "이것들은 내 물건이란다, 올리버. 얼마 안 되는 내 전 재산이지. 늙어서 먹고살 거라곤 이게 전부란다. 사람들은 날 구두쇠라고 부른단다, 얘야. 그저 구두쇠라고 말이야, 그뿐이야."

올리버는 노신사가 그토록 많은 시계를 가지고도 이렇게 더러운 곳에서 살다니 정말 구두쇠임에 틀림없구나 하고 생각했다. 하지만 꾀돌이와 다른 아이들을 보살피려면 아마도 굉장히 많은 돈이 들 것이라 생각하고는 공경에 찬 눈으로 유태인을 한번 바라본 뒤 이제 그만 일어나도 되는지 물었다.

"물론이지, 얘야, 물론이고말고." 노신사가 대답했다. "잠깐. 저기 문 옆 구석에 물 주전자가 있단다. 가서 가져오너라. 내가 세숫대야를 내줄 테니 씻으렴, 얘야."

올리버는 일어나 방을 가로질러 갔다. 그리고 주전자를 들기 위해 잠깐 허리를 구부렸다. 그가 다시 돌아섰을 때 상자는 사라지고 없었다.

올리버가 세수를 하고 유태인의 지시에 따라 세숫대야의 물을 창밖에 버림으로써 정리 정돈까지 다 마쳤을 때 꾀돌이가 돌아왔다. 전날 밤 담배를 피우던 아이들 가운데 매우 쾌활한 소년도 함께 와서 정식으로 올리버에게 찰리 베이츠라고 소개했다. 네 사람은 곧 식탁에 앉아 커피와 꾀돌이가 모자 속에 넣어 온 뜨거운 롤빵과 햄으로 아침을 먹었다.

"그래." 유태인이 올리버를 은밀하게 흘끗 바라보며 꾀돌이한테 말을 걸었다. "아침에 일을 좀 하고 왔겠지, 얘들아?"

"열심히 했지요." 꾀돌이가 대답했다.

"빡세게 말이에요." 찰리 베이츠가 덧붙였다.

"잘했다, 잘했어!" 유태인이 말했다. "그래, 꾀돌이, 넌 뭘 가지고 왔니?"

"지갑 두어 개요." 어린 신사는 대답했다.

"꽉 찬 것들이냐?"

"꽤 꽉 찬 것들이에요." 꾀돌이는 지갑 두 개를 꺼내며 말했다. 하나는 초록색이고 다른 하나는 빨간색이었다.

"보기보다는 실하지 않구나." 지갑 안을 자세히 살펴본 뒤 유태인이 말했다. "하지만 아주 멋지게 잘 만들었구나. 얘 솜씨가 아주 훌륭하지 않니, 올리버?"

"네, 정말 그러네요." 올리버는 말했다. 이 말에 찰리 베이츠는 요란스럽게 웃어 댔는데, 이제까지의 상황에서 웃어 댈 만한 요소를 전혀 발견하지 못한 올리버는 몹시 놀라며 어리둥절해했다.

"그래, 넌 뭘 가지고 왔니, 얘야?" 페이긴이 찰리 베이츠에게 말했다.

"손수건이요." 베이츠 군은 대답과 동시에 손수건 네 개를 꺼내 놓았다.

"어디 보자." 유태인은 손수건들을 면밀히 살펴보며 말했다. "아주 좋은 것들이구나, 아주. 하지만 이름을 잘못 수놓았구나, 찰리. 잘못 수놓은 걸 바늘로 뜯어내야 할 텐데, 우리, 올리버한테 어떻게 하는지 가르쳐 주면 어떨까? 어때, 올리버, 괜찮겠니, 응? 하하하!"

"네, 가르쳐 주세요." 올리버가 대답했다.

"너도 찰리 베이츠처럼 손수건을 쉽게 만들 수 있으면 좋겠지, 안 그러니, 얘야?" 유태인이 말했다.

"그럼요, 정말 좋을 거예요. 가르쳐만 주신다면요." 올리버가 대답했다.

베이츠 군은 올리버의 대답에서 뭔가 기막히게 우스꽝스러운 것을 발견했는지 또다시 웃음보를 터뜨렸다. 그런데 이 웃음은 마침 그가 마시던 커피와 부딪쳐 그것을 잘못된 통로로 이끌었고, 그 바람에 하마터면 실식사로 일찌감치 젊은 생애를 마감할 뻔했다.

"얘가 너무나 지독한 숙맥이라서요!" 찰리가 숨을 돌리고 나서는 자신의 무례한 행동을 사과하듯이 말했다.

꾀돌이는 아무 말 없이 가만히 있다가 올리버의 머리를 눈위쪽으로 쓰다듬으며 올리버도 머지않아 잘 알게 될 거라고 말했다. 올리버가 얼굴을 빨갛게 붉히자 이를 본 노신사는 화제를 바꿔 그날 아침 교수형 집행에 구경꾼이 많이 몰려왔는지 물었다.[29] 올리버의 놀라움은 더욱더 커졌다. 왜냐하면 두 아이의 대답으로 보아 둘 다 거기에 갔던 게 분명한바, 당연히 그들이 어떻게 그처럼 부지런히 이것저것 다 할 시간이 있었는지 놀라웠기 때문이다.

아침 먹은 걸 치우고 나자 유쾌한 노신사와 두 소년은 아주 묘하고 특이한 놀이를 했는데, 그것은 다음과 같은 방식으로 수행되었다. 유쾌한 노신사는 바지 주머니 한쪽엔 코담배 갑을, 다른 한쪽엔 지갑을, 조끼 주머니엔 회중시계를 넣었다. 그리고 시곗줄을 목에 걸고 셔츠에는 가짜 다이아몬드 핀을 꽂았다. 그런 다음 외투의 단추를 단단히 채우고 안경집과 손수건을 외투 호주머니에 넣은 뒤, 나이 먹은 신사들이 흔히 낮에 길거리를 걸어 다니는 방식을 흉내 내며 빠른 걸음으로 지팡이를 들고 방 안을 왔다 갔다 했다. 그는 이따금 벽난로 앞에 섰다 문 앞에 섰다 하면서 가게 진열창 안을 열심히 들여다보는 시늉을 했다. 그럴 때마다 그는 도둑을 당할까 두려워하며 계속 주위를 둘러보았고, 주머니마다 돌아가며 톡톡 두드려 봄으로써 아무것도 잃어버리지 않은 것을 확인하곤 했는데, 그 모습이 자연스러우면서도 얼마나 우스꽝스러운지 올리버는 눈물이 얼굴을 타고 흘러내릴 정도로 웃어 댔다. 그러는 내내 두 소년은 노신사 뒤를 바짝 따라다녔다. 노신사가 돌아볼 때마다 재빨리 움직여 눈에 띄지 않았는데, 동작이 어찌나 빨랐는지 눈으로 따라가기 불가능할 정도였다. 마침내 꾀

---

29) 영국에서는 1868년까지 교수형을 공개적으로 집행했다.

돌이가 노신사의 발끝을 잘못 밟은 것처럼 또는 우연히 그의 구두에 발이 걸린 것처럼 행동했고, 그러는 사이 찰리 베이츠가 뒤에서 노인에게 몸을 부딪쳤다. 그리고 그 짧은 순간에 두 소년은 더없이 비상한 속도로 노인에게서 코담배 갑, 지갑, 시계, 시곗줄, 셔츠 핀, 손수건, 심지어 안경집까지 모조리 훔쳐 냈다. 노신사는 어느 한 호주머니라도 손이 닿은 게 느껴지면 즉시 그게 어느 주머니인지 소리쳤다. 그러면 놀이는 처음부터 다시 시작되었다.

이 놀이를 수없이 반복하고 있을 때 젊은 아가씨 두 명이 젊은 신사들을 보러 방문했다. 한 사람은 벳이라고 불렸고, 다른 사람은 낸시라고 했다. 둘 다 머리가 아주 길었는데 뒤에서 대충 아무렇게나 틀어 올리고 구두와 스타킹도 별로 단정하지 못했다. 딱히 예쁘다고 하기는 어렵겠지만 발그레한 얼굴이 매우 건강하고 활기차 보였다. 이들의 행동거지가 몹시 싹싹하고 허물없는 것을 본 올리버는 정말이지 아주 좋은 여자들이구나 하고 생각했다. 기실 의심할 것 없이 그들은 그랬다.

방문객들은 오랫동안 머물렀다. 아가씨 하나가 위장에 냉증이 있다고 호소하자 주인이 독한 술을 대접했고, 그 결과 대화는 대단히 유쾌하고 화기애애한 분위기로 발전했다. 한참 후 찰리 베이츠가 이제 "발바닥 다질" 때가 되었다는 의견을 개진했다. 올리버는 이 말이 '나간다'는 의미의 프랑스어임에 틀림없다고 생각했다. 왜냐하면 그러고 나서 바로 꾀돌이와 찰리, 두 젊은 아가씨들이 친절한 유태인 노인이 다정하게 집어 준 용돈을 받아 가지고는 모두 함께 나갔기 때문이다.

"자, 얘야." 페이긴이 말했다. "참 즐거운 생활 아니니? 저 애들은 이제 일이 없이 나가서 노는 거야."

"오늘 일을 다 끝낸 건가요?" 올리버가 물었다.

"그렇단다." 유태인이 말했다. "돌아다니다가 혹 뜻밖의 일거리를 만나지만 않는다면 말이다. 물론 그럴 경우, 얘야, 쟤들은 정말이지 그냥 넘어가지 않는단다. 저 애들을 네 모범으로 삼거라, 얘야." 유태인은 말을 강조하기 위해 부삽으로 벽난로를 톡톡 두드렸다. "뭐든지 저 애들이 시키는 대로 하고 어떤 일이든지 저 애들의 충고를 따르거라. 특히 꾀돌이 말을 잘 듣거라, 얘야. 걘 훌륭한 사람이 될 거다. 그리고 너도 훌륭한 사람으로 만들어 줄 거다, 네가 그 애를 잘 본받고 따른다면 말이다. 내 손수건이 호주머니 밖으로 삐져나오지 않았니, 얘야?" 유태인이 갑자기 화제를 바꾸며 말했다.

"네." 올리버는 말했다.

"한번 빼내 볼 수 있겠니, 내가 느끼지 못하게 말이야. 아까 놀이할 때 그 애들이 하는 것 보았잖니."

올리버는 꾀돌이가 하던 대로 한 손으로 주머니의 아랫부분을 받쳐 올리고 다른 손으로 손수건을 살며시 잡아당겼다.

"빼냈니?" 유태인이 소리쳤다.

"여기 있어요." 올리버는 손수건을 들어 보이며 말했다.

"넌 참 똘똘하구나, 얘야." 노신사는 유쾌한 어조로 칭찬하며 올리버의 머리를 토닥여 주었다. "너보다 영리한 애는 본적이 없다. 자, 여기 1실링 받거라. 이런 식으로 해 나가면 넌 이 시대에 가장 훌륭한 사람이 될 거다. 자, 이리 오너라, 손수건에 수놓은 이름 뜯어내는 법을 가르쳐 주마."

올리버는 장난으로 노신사의 호주머니를 터는 일이 훌륭한 사람이 되는 것과 무슨 상관인지 의아스러웠다. 그러나 자기보다 나이가 엄청나게 많은 유태인 노인이니 틀림없는 말이겠거니 생각하면서 조용히 탁자로 따라가 곧 새로운 공부에 깊이 빠져들었다.

10장
올리버는 새 친구들의 됨됨이를 좀 더 알게 되며 큰 대가를 치르고 인생 경험을 얻는다. 짧지만 이 이야기에서 아주 중요한 부분이다.

올리버는 여러 날 동안 유태인의 방에 머무르며 손수건(그런데 그곳에 들어오는 손수건은 굉장히 많았다.)의 이름자를 뜯어내는 일을 했다. 그러면서 이따금 앞에서 설명한 놀이에 참여했는데, 유태인과 두 소년 신사들은 매일 아침 규칙적으로 이 놀이를 했다. 마침내 올리버는 신선한 공기를 그리워하기 시작했고, 그래서 기회가 되는 대로 여러 차례 노신사에게 두 친구와 함께 일하러 나가게 해 달라고 간절히 애원했다.

적극적으로 바깥일에 나서고 싶어 하는 올리버의 갈망이 더욱 깊어진 것은 바로 그가 죽 지켜본 노신사의 엄격한 도덕성 때문이었다. 꾀돌이나 찰리 베이츠가 밤에 빈손으로 돌아올 때마다 노신사는 게으르고 나태한 생활 습관이 가져오는 비참함에 대해 굉장히 열렬하고 상세하게 설명했으며, 그러고선 저녁도 먹이지 않고 잠자리에 보냄으로써 근면한 삶의

불가결성을 단단히 주입했다. 한번은 정말이지 아이들을 두
드려 패서 계단 밑으로 굴러떨어지게 만든 적까지 있었다. 하
지만 이것은 그의 도덕적인 가르침이 극단적으로 수행된 예
외적인 경우였다.

마침내 어느 날 아침, 올리버는 그렇게도 간절히 바라던 허
락을 받았다. 손수건이 없어 일을 못 한 지 이삼일쯤 되었고
저녁 밥상이 다소 부실해졌을 때였다. 노신사의 승낙이 떨어
진 것은 아마 이런 이유 때문이었는지도 모른다. 하지만 그게
어느 쪽이든 노신사는 올리버에게 나가도 좋다고 말했고, 찰
리 베이츠와 그의 동료 꾀돌이한테 공동으로 책임지고 올리
버를 보호하라고 했다.

세 명의 소년은 씩씩하게 나갔다. 꾀돌이는 늘 그러듯이 외
투 소매를 접어 올리고 모자를 삐딱하게 썼으며, 베이츠 군은
호주머니에 양손을 넣은 채 어슬렁거리며 걸어갔다. 올리버
는 그들 사이에서 지금 어디로 가는지, 자신이 맨 처음 배울
제조 기술이 어떤 분야일지 궁금해하며 걸어갔다.

그들이 어슬렁거리며 걸어가는 품새가 너무나도 느려 터지
고 한심해 올리버는 곧 동료들이 일하러 갈 생각은 전혀 없이
그저 노신사를 속여 먹을 작정이구나 하는 생각이 들었다. 게
다가 꾀돌이는 어린아이들의 모자를 벗겨 지하실 입구 쪽으
로 던져 버리는 못된 버릇이 있었고, 찰리 베이츠는 하수도 쪽
길가 상점의 진열대에서 사과와 양파를 여러 개 훔쳐 호주머
니에 마구 쑤셔 넣음으로써 재산권에 대한 관념이 아주 느슨
하다는 것을 보여 주었다. 찰리의 호주머니들은 어찌나 용량

이 큰지, 호주머니 속이 양복 전체에 사방팔방으로 퍼져 있는 것 같았다. 이 모든 것들이 너무나 불량스럽게 보여서 올리버는 그냥 돌아가겠다는 의사를 가능한 한 좋은 어조로 분명히 밝히려고 했는데, 바로 그 순간 꾀돌이의 행동이 수상하게 변하는 바람에 올리버의 생각은 갑자기 다른 쪽으로 바뀌고 말았다.

묘하게도 아직까지 말이 안 되는 명칭인 '녹지'라고 불리는 클러큰웰 광장에서 멀지 않은 좁은 골목을 막 빠져나올 때였다. 꾀돌이가 갑자기 멈춰 서더니 입술에 손가락을 댄 채 매우 조심스럽고 신중한 태도로 두 친구를 뒤로 잡아끌었다.

"왜 그래?" 올리버가 물었다.

"쉿!" 꾀돌이가 대답했다. "저기 책방 앞에 늙다리 영감 보이지?"

"저쪽에 있는 노신사 말이야?" 올리버가 말했다. "응, 보여."

"저 사람이면 되겠어." 꾀돌이는 말했다.

"아주 훌륭한 먹잇감이야." 찰리 베이츠 군이 맞장구치며 말했다.

올리버는 더없이 놀란 얼굴로 두 사람을 번갈아 쳐다봤다. 하지만 아무런 질문도 할 수 없었다. 두 친구가 살그머니 길을 건너가서 노신사 뒤로 몰래 다가섰기 때문이다. 노신사를 계속 주목하던 올리버는 두 친구들 뒤따라 몇 걸음 가다가, 계속 따라갈지 물러서야 할지 몰라서 놀란 얼굴로 말없이 바라보며 서 있었다.

노신사는 굉장히 점잖아 보이는 사람으로 머리에 분을 바르고 금테 안경을 썼다. 검정 우단 깃이 달린 암녹색 외투에 흰 바지를 입었으며 대나무로 만든 멋진 지팡이를 겨드랑이에 끼고 있었다. 책방 판매대에서 책을 한 권 집어 든 그는 그 자리에 선 채 마치 자기 서재의 안락의자에 앉은 것처럼 열심히 읽어 내려갔다. 실제로 그가 그곳을 서재로 착각했을 가능성은 아주 컸다. 왜냐면 책에 빠져든 태도로 보건대 책방도, 길거리도, 소년들도, 다시 말해 책을 제외한 어떤 것도 안중에 전혀 없는 것이 분명했기 때문이다. 그는 책을 곧장 쭉 읽어 내려갔는데, 한쪽 면의 끝에 이르면 페이지를 넘겨 다음 쪽의 첫 줄부터 다시 죽 읽기를 규칙적으로 반복하며 큰 관심을 가지고 열중하여 읽었다.

몇 걸음 떨어져서 눈을 있는 대로 크게 뜬 채 바라보던 올리버는 다음 순간 얼마나 큰 공포와 놀라움에 사로잡혔던가! 꾀돌이가 노신사의 호주머니에 손을 쓱 집어넣더니 손수건을 잽싸게 빼내는 것이 아닌가! 그러곤 그것을 찰리 베이츠에게 넘겨주고 곧바로 그와 함께 전속력으로 모퉁이를 돌아 달아나는 것이 아닌가!

그 순간 손수건과 시계와 보석, 유태인에 대한 모든 수수께끼가 올리버의 마음속에 떠오르며 즉시 풀렸다. 그는 잠시 두려움 때문에 마치 타오르는 불길 속에 있는 것처럼 온몸의 핏줄에 바늘로 찌르는 듯한 극심한 아픔을 느끼며 서 있었다. 그러다가 당황하고 겁에 질린 채 도망치기 시작했는데 있는 힘을 다해 최대한 빠른 속도로 정신없이 내달렸다.

이 모든 것이 일 분도 채 안 되는 사이에 벌어졌다. 올리버

꾀돌이가 일을 수행하는 방식에 기겁하는 올리버.

가 달아나기 시작한 바로 그 순간 노신사는 호주머니를 만져 보다가 손수건이 없어진 것을 발견하고는 휙 돌아섰다. 그리고 올리버가 빠른 속도로 내빼는 것을 보고는 당연히 그가 약탈범이라고 결론 내렸다. 그는 온 힘을 다해 "도둑 잡아라!" 하고 외치며 책을 손에 든 채 올리버를 뒤쫓아 달렸다.

그러나 도둑 잡으라고 소리친 사람은 노신사만이 아니었다. 꾀돌이와 베이츠 군은 큰길로 곧장 내달리면 사람들의 주목을 끌까 봐 모퉁이를 돌자마자 첫 번째 집 문간으로 들어가 숨어 있었다. 그러다가 노신사의 외침이 들리는 것과 함께 올리버가 달려가는 모습이 보이자마자 상황이 어떻게 돌아가는지 정확히 알아차리고는 아주 신속하게 길거리로 나왔다. 그러곤 "도둑 잡아라!" 하고 함께 외치며 선량한 시민인 것처럼 추격에 동참했다.

올리버는 비록 철학자들의 양육을 받으며 자랐지만 자기 보존이 자연의 첫째 법칙이라는 아름다운 원리를 이론적으로 알기 못했다. 만약 악아나면 그는 이런 일에 준비가 되어 있었을 것이다. 하지만 그렇지 못했으므로 더욱더 놀라 겁에 질렸고, 그 결과 노신사와 두 소년이 큰 소리로 고함치며 뒤쫓는 가운데 바람처럼 내달렸다.

"도둑이야! 도둑 잡아라!" 이 소리엔 마법이 담겨 있다. 장사꾼이 계산대에서 뛰쳐나오고, 마차꾼은 마차를 버리고, 푸줏간 주인은 쟁반을 내던진다. 빵집 주인은 빵 바구니를, 우유 배달부는 우유 통을, 심부름꾼은 짐 보따리를, 어린 학생은 구슬을, 도로 포장 인부는 곡괭이를, 꼬마는 배틀도어 채를 내던진다. 그러곤 냅다 뛴다, 허둥지둥, 황급히, 마구잡이로. 미친 듯이 질주하며 악쓰고 고함치고, 모퉁이를 돌 때 행인을 쓰러 뜨리고, 개들을 흥분시키고 닭들을 혼비백산케 한다. 길거리 와 광장과 골목이 온통 외치는 소리로 메아리친다.

"도둑이야! 도둑 잡아라!" 수백 명의 목소리가 이어받아 외 치고, 모퉁이를 돌 때마다 군중은 점점 늘어난다. 그들은 정신 없이 내달리며 진흙탕을 튀기고 포장된 보도를 타다닥 울리 며 뛰어간다. 창문들이 열리고 사람들이 뛰쳐나오고 폭도처 럼 앞으로 밀려간다. 「펀치와 주디」30)의 구경꾼들이 극의 절 정 장면을 등진 채 군중에 합류하여 함성을 한층 드높이고 "도 둑이야! 도둑 잡아라!" 하는 외침에 새로운 활기를 더한다.

"도둑이야! 도둑 잡아라!" 인간에겐 사냥에 대한 열정이 가 슴속 깊이 뿌리내리고 있다. 불쌍한 아이 하나가 기진맥진 숨 이 넘어가도록 헐떡이며 공포에 질린 표정으로 두 눈에 고통 을 가득 담은 채 굵은 땀방울을 줄줄 흘리면서 자신을 추격하 는 사람들보다 앞서려고 안간힘을 다한다. 추격자들은 뒤를 쫓아 달려가며 매 순간 그를 점점 따라잡는다. 그리고 점점 힘 이 빠지는 아이를 보고 더욱더 큰 함성을 지르며 환호하고 외 치고 소리 지른다. "도둑 잡아라!" 그래, 제발 이 아이를 잡아 세워 줘라! 자비심으로 그러는 것이기만 하다면!

마침내 잡혔다! 누군가 솜씨 좋게 한 방 갈겼고, 아이는 길 바닥에 쓰러진다. 군중은 앞다투어 몰려들어 그를 둘러싼다.

30) 당시 인기 있던 길거리 인형극.

나중에 도착한 사람은 저마다 아이를 한번 보려고 다른 사람을 밀치며 몸싸움을 한다. "좀 비켜서시오!" "아이에게 숨을 좀 쉬게 해 주시오!" "무슨 소리! 그럴 가치가 없는 녀석이오!" "신사 양반은 어디 있지?" "저기 있소, 이리 오는 중이오." "신사 양반한테 길을 좀 터 줘!" "얘가 맞지요, 나리!" "그렇소."

맨 앞에 있던 추격자들이 과잉 친절을 베풀며 노신사를 원 한가운데로 밀었을 때 올리버는 땅에 쓰러진 채 진흙과 먼지를 뒤집어쓰고 입에서는 피를 흘리며 자신을 둘러싼 수많은 사람들의 얼굴을 숨 가쁘게 둘러보고 있었다.

"그렇소." 신사가 말했다. "안타깝게도 이 아이가 맞는 것 같소."

"안타깝다니!" 군중이 웅성거렸다. "이게 무슨 뚱딴지같은 소리야!"

"불쌍한 녀석!" 신사가 말했다. "다쳤구나."

"제가 갈긴 겁니다, 나리." 체구가 크고 좀 덜떨어진 듯한 사내가 앞으로 나서며 말했다. "주먹으로 놈의 입을 정확히 갈겼지요. 제가 놈을 잡은 겁니다요, 나리."

사내는 씩 웃으며 모자에 손을 대고 인사했다. 수고에 대한 보상을 기대하는 태도였다. 하지만 노신사는 혐오하는 표정으로 그를 바라보고는 초조한 얼굴로 주위를 둘러보았는데, 마치 그곳에서 도망갈 생각이라도 하는 것 같았다. 노신사가 이 생각을 행동으로 옮겨 그 결과 또 다른 추격전이 벌어졌을 가능성은 사실 매우 컸다. 하지만 마침 경관이(이런 경우 경관은 대개 제일 나중에 도착한다.) 군중 사이를 비집고 들어와서는 올리버의 목덜미를 움켜잡았다.

"이놈, 어서 일어나." 경관이 거칠게 말했다.

"나리, 정말이지 전 아녜요. 정말이지 다른 애들 둘이 그랬어요, 정말예요." 올리버는 두 손을 꽉 모아 쥐고 주위를 둘러보며 간절하게 호소했다. "근처 어딘가에 걔들이 있을 거예요."

"헌데 어쩌냐, 걔네들이 아무 데도 없구나." 경관이 말했다. 그는 빈정대는 의도로 한 말이지만 사실이 또한 그렇기도 했다. 왜냐면 꾀돌이와 찰리 베이츠는 도망치기 좋은 골목이 나타나자마자 즉시 줄행랑을 쳤던 것이다. "자, 일어나, 인마!"

"아이가 아프지 않게 다루시오." 노신사가 동정하며 말했다.

"아 그럼요, 안 아프게 다뤄야지요." 경관은 대답하며 그 증거로 아이의 윗도리를 등이 반쯤 벗겨지도록 홱 잡아 젖혔다. "이놈, 네놈 수작 다 알아. 그런 건 안 통해. 어서 벌떡 일어서지 못할까, 이 꼬마 악당 녀석!"

올리버는 서 있을 수도 없는 지경이었지만 가까스로 몸을 일으켜 세웠다. 경관이 즉시 그의 목덜미를 잡고 빠른 속도로 길거리를 따라 질질 끌고 갔다. 신사는 경찰 옆에서 함께 걸어 갔고, 군중 가운데 몇몇은 약간 앞질러 가며 이따금씩 올리버를 돌아보는 용한 재주를 부리기도 했다. 아이들은 신이 나서 함성을 질렀고, 그렇게 행렬은 이어졌다.

11장
치안 판사 팽 씨를 다룬다. 그리고 그가
법을 집행하는 방식의 자그만 사례를 제시한다.

이 범죄가 발생한 곳은 매우 악명 높은 런던 경찰서의 관할
구역, 그것도 경찰서 바로 인근이었다. 군중은 두세 개의 거리
를 지나 머튼 힐이라고 불리는 고개 아래까지 올리버를 따라
가는 것으로 만족해야 했고, 여기서 올리버는 낮은 홍예문 밑
을 지나 더러운 곰목 안쪽의 즉결 재판을 집행하는 경찰서 구
내로 끌려갔다. 그들이 들어간 곳은 경찰서 뒤편의 돌이 깔린
자그만 안마당이었는데, 거기서 얼굴에 구레나룻이 다발처럼
텁수룩하고 손에 열쇠 꾸러미 다발을 든 뚱뚱한 사내와 마주
쳤다.

"뭔가?" 사내는 무심하게 말했다.

"소매치기 꼬마야." 올리버를 체포한 경관이 대답했다.

"선생께서는 도둑맞은 당사자이시오?" 열쇠를 든 사내가
물었다.

"그렇소." 노신사는 대답했다. "하지만 이 애가 정말로 손수건을 훔쳤는지는 확신하지 못하겠소. 그러니까 뭐, 이 일을 꼭 문제 삼을 생각은 없소."

"당장 치안 판사님 앞에 가야 하오, 선생." 사내가 대답했다. "판사님께서 지금 처리 중이신 일은 금방 끝날 거요. 자, 꼬마 교수형감!"

이렇게 말하며 그는 문에 달린 자물쇠를 풀고는 올리버에게 안으로 들어가라고 명했다. 돌로 된 감방으로 통하는 문이었다. 올리버는 여기서 몸수색을 받았는데, 아무것도 발견되지 않았지만 그대로 감금되었다.

감방은 크기와 모양이 지하 부엌 창고 같았다. 하지만 창고보다 훨씬 어두운 데다 무엇보다도 정말 견딜 수 없을 만큼 더러웠다. 그때가 월요일 아침이었는데, 다른 곳에 감금되었다가 이송된 술주정뱅이 여섯 명이 토요일 밤부터 그곳에 머무르고 있었기 때문이다. 그러나 이것은 별것 아니다. 우리나라 경찰서에서는 매일 밤 수많은 남녀가 지극히 사소한 혐의 — 이 단어는 주목할 가치가 있다 — 만으로 지하 감방에 잡혀 들어가는데, 이 감방에 비하면 재판을 통해 유죄 판결을 받고 사형을 선고받은 가장 흉악한 중범죄자들을 수용하는 뉴게이트의 감방은 그야말로 대궐이다. 믿기지 않는 사람은 둘을 한번 직접 비교해 보시라.

노신사는 감방 문의 자물쇠가 다시 잠겼을 때 거의 올리버만큼이나 구슬픈 표정을 지었다. 그는 한숨을 쉬며 영문도 모른 채 이 모든 소동의 원인이 된 책을 바라보았다.

"저 아이 얼굴에 뭔가가 있는 것 같은데." 노신사는 천천히 걸어 나가면서 생각에 잠겨 책 겉표지로 턱을 톡톡 두드리며 혼자 중얼거렸다. "뭔가 내 마음을 끌고 관심을 일으키는 게 있는 듯싶은데. 정말 저 애가 한 짓일까? 그런 애같이 보이지 않았어. 그런데 정말이지 이거!" 노신사는 갑자기 걸음을 멈추고 하늘을 올려다보며 외쳤다. "저런 비슷한 표정을 예전에 대체 어디서 봤지?"

몇 분 동안 곰곰 생각해 보던 노신사는 여전히 생각에 잠긴 얼굴을 한 채 다시 걸음을 옮겨 마당과 통하는 건물 안쪽 대기실로 갔다. 그러곤 방 한구석으로 가서 여러 해 동안 어두운 기억의 장막에 덮여 있던 수많은 얼굴들을 마음속에 차례로 떠올려 보았다. "아니야." 노신사는 머리를 가로저으며 말했다. "상상 속의 착각임에 틀림없어."

그는 다시 기억을 이리저리 더듬어 보았다. 이런저런 얼굴을 눈앞에 떠올려 보려 했으나 그토록 오랫동안 드리워져 있던 장막을 치우는 것은 쉬운 일이 아니었다. 친구와 적의 얼굴이 있었고, 그 사이로 비집고 들어와 제멋대로 얼굴을 들이미는 낯선 사람 같은 수많은 얼굴들이 있었다. 이제는 노파가 되었을 젊고 꽃다운 아가씨들의 얼굴이 있었고, 무덤 속에서 소름 끼치는 죽음의 전리품으로 변해 버린 지 이미 오래인 얼굴들도 있었다. 하지만 죽음의 지배를 뛰어넘는 인간의 마음은 그 얼굴들을 예전의 싱싱하고 아름다운 모습으로 되살려 반짝이는 눈망울과 환한 미소, 육체의 외피를 뚫고 드러나는 눈부신 영혼의 빛을 다시 불러온다. 그리하여 무덤을 넘어 속삭이는 아름다움을, 즉 죽어 사라졌지만 더욱 강렬하게 기억되며, 이 지상에서 불려 갔지만 하늘의 빛이 되어 천국으로 가는 길을 부드럽고 따뜻하게 비춰 주는 그 아름다움을 다시 떠올린다.

그러나 노신사는 올리버와 얼굴 생김새가 비슷한 사람을 아무도 기억해 내지 못했다. 그래서 이제까지 회상했던 얼굴들에 대해 한숨을 한 번 푹 내쉬었다. 다행스럽게도 쉽게 정신이 팔리는 노인이었던지라 그는 들고 있던 낡은 책을 한 장 한 장 넘기다가 그 속에 파묻혀 지난 기억들을 다시 잊어버렸다.

누군가 어깨를 툭 치는 바람에 노신사는 정신을 차렸다. 열쇠 다발을 든 아까 그 사내가 판사 사무실로 따라오라고 했다. 노신사는 책을 황급히 덮고, 즉시 고명하신 팽 씨의 위엄 높으신 면전에 안내되어 들어갔다.

판사 사무실은 건물 앞쪽의 응접실로 벽에 판자를 댄 방이었다. 팽 씨는 방 안쪽 끝에 있는 긴 책상 뒤에 앉아 있었다. 그리고 문 옆에 나무로 만든 우리 같은 것이 있었는데, 그 안에는 가엾은 꼬마 올리버가 이미 끌려와 무서운 상황 앞에서 부들부들 떨고 있었다.

팽 씨는 깡마르고 등이 길고 목을 뻣뻣하게 세운 중키의 남자로 머리카락이 그리 많지 않았으며 그나마도 머리 뒤쪽과 양옆에 약간씩 자라고 있는 정도였다. 얼굴은 근엄했지만 몹시 상기되어 있었다. 자신의 몸에 딱 알맞은 양보다 다소 많은 술을 마시는 습관이 그에게 실제로 있지 않았다면, 그는 자기 얼굴을 명예 훼손으로 고소해 거액의 배상금을 받아 내고 말았을 것이다.

노신사는 정중하게 고개 숙여 인사하고 판사의 책상 앞으로 나아가 명함을 놓으며 말했다. "그게 제 이름과 주소입니다." 그러고는 한두 걸음 뒤로 물러나서 다시 한번 공손하고 신사답게 고개 숙여 인사한 뒤 질문받을 준비를 했다.

그런데 공교롭게도 팽 씨는 바로 그 순간 아침 신문의 사설을 정독하고 있었는데, 그가 최근에 내린 판결을 거론하며 그에게 내무 장관의 이례적인 특별 경고를 내려야 한다고 삼백쉰 번째로 건의하는 내용이었다. 그는 화가 나 있었고, 그래서 잔뜩 찌푸린 얼굴로 노신사를 올려다보았다.

"당신 누구요?" 팽 씨가 물었다.

노신사는 약간 놀라서 명함을 가리켰다.

"담당관!" 팽 씨가 경멸하듯이 신문으로 명함을 툭 치며 말했다. "이 친군 누구야?"

"판사님, 내 이름은." 노신사는 신사다운 태도를 확실히 지어 보이며 밀했다. "판사님, 내 이름은 브라운로입니다. 헌데, 죄송합니다만 판사라는 지위를 구실로 점잖은 신사에게 이유 없이 부당한 모욕을 가하는 치안 판사님께서는 성함이 무엇인지 알고 싶군요." 이렇게 말하면서 브라운로 씨는 자신이 원하는 정보를 알려 줄 사람을 찾기라도 하듯이 사무실을 빙 둘러보았다.

"담당관!" 팽 씨는 신문을 한쪽으로 던지며 말했다. "이 친구 죄목이 뭐야?"

"죄가 있어서 잡혀 온 사람이 아닙니다, 나리." 경관이 대답했다. "저 애의 고소인으로 온 겁니다, 나리."

판사 나리는 이 사실을 아주 잘 알고 있었다. 하지만 이것은 훌륭한 화풀잇감이었고, 또 안전한 대상이기도 했다.

"저 애의 고소인으로 왔다 이 말이지?" 팽은 경멸하는 표정으로 브라운로 씨를 머리끝에서 발끝까지 훑어보며 말했다. "선서시켜!"

"선서를 하기 전에 한마디 꼭 하고 싶은 말이 있소." 브라운로 씨가 말했다. "그게 뭐냐면, 내가 실제로 겪지 않았다면 정말이지 결코 믿지 못했을……."

"입 다무시오, 선생!" 팽 씨가 위압적으로 말했다.

"못 다물겠소, 판사 양반!" 노신사는 대답했다.

"당장 입 다물지 않으면 여기서 쫓아내 버리겠소!" 팽 씨가 말했다. "당신 아주 오만하고 건방진 작자로군. 어디서 감히 치안 판사를 협박하는 거야!"

"뭐요!" 노신사가 얼굴이 벌게지며 외쳤다.

"저 사람 선서시켜!" 팽은 서기에게 말했다. "저 사람 말은 더 이상 듣지 않겠어. 선서시켜."

브라운로 씨는 격렬한 분노가 치밀었다. 하지만 분노를 터뜨렸다가는 아이한테 오히려 해롭기만 할지도 모른다는 생각이 들었는지 감정을 꾹 누르고 즉시 선서에 응했다.

"자." 팽이 말했다. "이 아이의 혐의가 뭐야? 당신 진술은 뭐요, 선생?"

"저는 서점 앞에 서 있었는데……." 브라운로 씨는 이야기를 시작했다.

"입 다무시오, 선생." 팽 씨가 말했다. "경관! 경관 어딨나? 이 사람이야? 그래, 선서시켜. 자, 경관, 어떻게 된 사건인가?"

경관은 겸손한 태도를 적당히 갖추어 어떻게 올리버를 체포하게 됐는지 진술했고, 이어 몸을 수색했으나 아무것도 발견하지 못했으며, 자기가 아는 것은 그게 전부라고 이야기했다.

"증인은 있나?" 팽 씨가 물었다.

"없습니다, 나리." 경관이 대답했다.

팽 씨는 몇 분 동안 말없이 앉아 있었다. 그러더니 고소인을 돌아보고는 벌컥 성을 내며 말했다. "당신 지금 이 아이를 뭣때문에 고소하는지 진술할 거야 말 거야? 선서를 해 놓고 이게 뭐야. 그렇게 거기 서서 계속 증언을 거부하면 법정 모독죄로 벌을 내리겠어. 정말이지, 맹세코⋯⋯."

맹세코 무슨 벌을 어떻게 내릴지 아무도 알 수 없었다. 왜냐면 정확히 그 순간 서기와 간수가 매우 큰 기침을 터뜨렸기 때문이다. 더구나 서기는 무거운 책까지 바닥에 떨어뜨리는 바람에 ─ 물론 그건 우연이었다 ─ 아무도 팽 씨의 말을 듣지 못했던 것이다.

수차례 말을 중단당하고 거듭되는 모욕을 받으면서 브라운로 씨는 간신히 사건을 설명했다. 그는 자신이 아이의 뒤를 쫓아 달려간 것은 놀란 와중에 아이가 도망치는 게 보였기 때문이라고 하면서, 혹시 저 애가 실제 도둑은 아닐지라도 도둑들과 관련이 있다는 게 치안 판사의 믿음이라면 법이 허용하는 한 관대히 처리해 주기를 바란다고 말했다.

"저 애는 이미 몸을 다쳤소." 노신사는 말을 끝맺으며 덧붙였다. "게다가 정말이지." 그는 판사석을 바라보며 크게 강조하여 말했다. "아이가 몹시 아픈 것 같아서 걱정스럽소."

"오호! 물론 그렇겠지, 아마!" 팽 씨는 코웃음 치며 말했다. "자, 이 꼬마 건달 놈아, 허튼수작하지 마. 여기선 안 통해. 이름이 뭐냐?"

올리버는 대답하려고 했지만 혀가 말을 듣지 않았다. 얼굴은 시체처럼 창백하고 천장이 온통 빙글빙글 도는 것 같았다.

"이름이 뭐냐니까, 이 지독한 악당 놈아?" 팽 씨가 호통치며 말했다. "담당관, 저놈 이름이 뭐야?"

이것은 줄무늬 조끼 차림의 무뚝뚝해 보이는 늙은 관리에게 한 말이었다. 판사석 옆에 서 있던 그는 올리버에게 허리를 굽히며 이름이 뭐냐고 다시 물었다. 하지만 올리버가 정말로 질문을 알아들을 수 없는 상태인 것을 알아챘고, 그래서 아이가 대답을 못 하면 판사를 격분시켜 한층 가혹한 형을 선고하게 만들 뿐이라는 것을 알고는 과감하게 이름을 하나 추측해서 지어냈다.

"이름이 톰 화이트랍니다, 나리." 마음씨 착한 경찰 관리는 말했다.

"오호라, 큰 소리로 대답하지 못하겠다 이거지?" 팽이 말했다. "좋아, 아주 좋아. 사는 곳은 어딘가?"

"어디든 되는대로 산답니다, 나리." 담당 관리는 다시 올리버한테서 대답을 들은 것처럼 하면서 말했다.

"부모는 있나?" 팽 씨가 물었다.

"아주 어렸을 때 모두 죽고 없답니다, 나리." 담당관은 대답했다. 이런 경우 늘 듣는 대답을 끌어다 쓴 것이었다.

심문이 이 시점에 이르렀을 때 올리버가 고개를 들었다. 그러더니 애원하는 눈빛으로 주위를 둘러보며 제발 물 한 모금만 달라고 거의 죽어 가는 목소리로 중얼거리듯 간청했다.

"허튼소리 말아!" 팽 씨가 말했다. "날 바보로 아는 거냐?"

"아이가 정말로 아픈 것 같습니다, 나리." 담당관이 조언을 했다.

"모르는 소리 작작 해." 팽 씨가 말했다.

"아이를 좀 부축해 주시오, 담당관." 노신사가 본능적으로 두 손을 들어 올리며 말했다. "애가 쓰러질 것 같소."

"저리 비켜서, 담당관." 팽이 소리쳤다. "쓰러질 테면 쓰러져 보라고 해."

올리버는 팽 씨의 친절하신 허락을 받들어 바닥에 그대로 실신하여 쓰러졌다. 방 안의 관리들은 서로 얼굴을 쳐다보았다. 하지만 감히 도우려고 움직이는 사람은 아무도 없었다.

"녀석이 아픈 체한다는 걸 다 알아." 팽이 반박할 수 없는 증거라도 되는 듯이 말했다. "그렇게 쓰러져 있게 내버려 둬. 금세 제풀에 지치고 말 거야."

"이 사건을 어떻게 처리하실 생각인지요, 나리." 서기가 낮은 목소리로 물었다.

"즉결로 해." 팽 씨가 대답했다. "삼 개월 징역을 내린다. 물론 중노동형이다. 자, 모두 내보내."

이 명령을 받들기 위해 출입문이 열렸고, 두 사람이 달려들어 정신을 잃은 아이를 감방으로 데려갈 준비를 했다. 그 순간이었다. 낡은 검정 양복 차림을 한 점잖지만 가난해 보이는 나이 지긋한 남자가 황급히 판사실로 뛰어 들어오더니 판사석으로 다가갔다.

"잠깐, 멈추시오! 애를 데려가지 마시오! 제발 잠깐 기다리시오!" 달려 들어온 사람은 가쁜 숨을 몰아쉬며 급하게 말했다.

비록 이런 악귀 같은 법정의 주재자가 여왕 폐하의 백성들, 특히 하층 계급 사람들의 권리, 명예, 평판, 심지어 생명에 대해서까지 자의적인 즉결 권력을 마구 휘두를지라도, 그리고 그런 법정에서 하늘의 천사들이 앞을 못 볼 만큼 펑펑 울 정도로 기괴한 작태가 매일매일 자행될지라도 일반 대중은 일간 신문을 통하지 않고서는 그 사실을 전혀 알 수 없다. 당연히 팽 씨는 그토록 불경스러운 소란을 피우며 침입한 불청객을 보고 이만저만 분노한 게 아니었다.

"뭐야 이거? 이자는 누구야? 쫓아 버려. 다 내보내!" 팽 씨가 소리쳤다.

"꼭 해야 할 말이 있습니다." 남자가 말했다. "이대로 쫓겨날 수 없습니다. 난 그 사건을 다 봤습니다. 내가 바로 책방 주인입니다. 선서하고 증언하기를 요청합니다. 묵살하지 마십시오. 팽 판사님, 제 말을 꼭 들어 보셔야 합니다. 거절하지 마십시오."

그 사람 말은 옳았다. 그의 태도는 단호했고, 그냥 깔아뭉개기에는 다소 심각한 상황이 되고 있었다.

"선서시켜." 팽 씨가 아주 마지못해서 으르렁거리듯 말했다. "자, 당신이 진술하겠다는 게 뭐야?"

"사실은 이렇습니다." 남자는 말했다. "저는 이 신사분이 책을 읽고 있을 때 애들 세 명, 그러니까 잡혀 온 저 애하고 다른 애들 둘이 길 반대편에서 어슬렁대는 걸 봤습니다. 도둑질은 이 애가 아닌 다른 애가 했습니다. 제가 똑똑히 봤습니다. 이 애는 도둑질을 보고 너무나 놀라서 어쩔 줄 몰라 했을 뿐입니다." 이렇게 말하면서 가쁜 숨을 약간 진정시킨 훌륭한 책방 주인은 이제 도둑질의 정확한 상황을 좀 더 조리 있게 이야기했다.

"그럼 왜 이제서야 온 거야?" 팽이 잠시 가만히 있다가 말했다.

"가게를 봐줄 사람이 없었습니다." 남자는 대답했다. "부탁할 만한 사람이 모두 저 애를 쫓는 일에 가담해 달려갔거든요. 오 분 전에야 겨우 사람을 구해서 곧장 이리로 달려온 겁니다."

"고소인이 책을 읽고 있었다 이 말이지?" 팽이 다시금 잠시 가만히 있다가 물었다.

"그렇습니다." 남자가 대답했다. "지금 손에 들고 있는 바로 저 책입니다."

"오호, 저 책이라고, 응?" 팽이 말했다. "책값은 냈나?"

"아뇨, 아직 안 냈습니다." 남자는 미소를 지으며 말했다.

"아이고 이런, 까맣게 잊고 있었네!" 미처 깨닫지 못했던 노신사는 정직한 얼굴로 외쳤다.

"그런 주제에 불쌍한 아이를 도둑으로 몰다니, 훌륭하군!" 팽은 인정 많은 듯이 보이려는 우스꽝스러운 노력을 하며 말했다. "이봐, 선생, 난 당신이 그 책을 소유하게 된 상황이 지극히 의심쩍고 부끄러운 것이라고 생각해. 그 책의 주인이 고소하려 들지 않는 것을 천만다행으로 여겨. 이번 일을 통해 잘못을 깨닫고 조심해. 안 그랬다간 즉시 법의 처벌을 받고 말거야. 자, 저 애는 석방이다. 모두 내보내."

"이런 망할······!" 노신사가 오랫동안 참고 참았던 분통을 마침내 터뜨리며 소리쳤다. "이런 망할······! 내가 정말······."

"다 내보내!" 치안 판사가 말했다. "이봐, 담당관들, 내 말 안 들리나? 다 내보내라고!"

담당관들은 명령에 복종했고, 화를 내던 브라운로 씨는 한 손엔 책을 들고 다른 손엔 지팡이를 든 채 밖으로 끌려 나갔다. 격렬한 분노와 반발심으로 거의 이성을 잃은 모습이었다.

하지만 마당에 이르렀을 때 그의 격정은 순식간에 사라졌다. 어린 올리버 트위스트가 마당에 깔린 포석 위에 쓰러져 누워 있었던 것이다. 셔츠 단추는 풀리고 관자놀이가 물에 흠뻑 젖은 채 죽은 듯이 창백한 얼굴로 차디찬 경련을 일으키며 온몸을 부들부들 떨고 있었다.

"아이고 이런 불쌍한 것!" 브라운로 씨는 올리버를 굽어보며 말했다. "누구, 마차 좀 불러 주시오. 제발, 어서!"

마차가 오자 노신사는 올리버를 마차 한쪽에 조심스레 눕힌 뒤 자신도 안으로 들어가 다른 자리에 앉았다.

"제가 따라가도 되겠는지요?" 책방 주인이 들여다보며 말했다.

"아이고 이런, 물론이오, 선생." 브라운로 씨는 재빨리 말했다. "당신을 잊고 있었군요. 나 원, 참! 이 불행한 책을 손에 여전히 들고 있군요! 어서 타시오. 불쌍한 것! 한시도 지체해서는 안 되겠어요."

책방 주인이 마차에 올라탔고, 그들은 달려갔다.

12장
올리버는 어느 때보다 훌륭한
보살핌을 받는다. 그리고 어떤 그림에 관해
약간 상세하게 다룬다.

마차는 덜컹대며 달려갔다. 올리버가 꾀돌이를 따라 런던에 처음 도착했을 때 지나친 곳과 거의 같은 곳을 지나 마차는 이즐링턴의 에인절 여관에 이르자 다른 쪽으로 방향을 틀더니 펜턴빌 근처의 조용하고 그늘진 거리에 있는 아담하고 깨끗한 집 앞에 멈췄다. 집에 들어가자 지체 없이 침대가 준비되었고, 브라운로 씨는 자신이 데려온 어린아이가 조심스레 그리고 편안하게 침대에 눕혀지는 것을 지켜보았다. 여기서 올리버는 한없는 친절과 염려 속에 따뜻한 보살핌을 받았다.

올리버는 새 친구들이 베푸는 모든 친절을 여러 날 동안 알지 못했다. 하루 이틀이 지나고, 그 후로도 해가 여러 번 뜨고 졌다. 하지만 아이는 여전히 병상에 누워 괴로워하며 뜨거운 열병으로 생명이 바짝바짝 타고 소진되는 가운데 점점 야위어 갔다. 서서히 타오르는 열병의 뜨거운 불길은 구더기가 죽은 시체를 갉아 먹는 것보다도 더 확실히 살아 있는 육체를 태워 없애 버리는 법이다.

마침내 올리버는 기운 하나 없이 앙상하고 창백한 모습으로 기나긴 악몽과도 같은 혼수상태에서 깨어났다. 부들부들 떨리는 팔로 머리를 고이며 힘없이 침대에서 몸을 일으킨 그는 불안스레 주위를 둘러보았다.

"이 방은 어디지? 내가 어디에 와 있는 거지?" 올리버는 말했다. "여긴 내가 자던 곳이 아닌데."

몹시 허약하고 기력이 없었던 까닭에 아주 작고 힘없는 목소리로 한 말이었다. 하지만 누군가 즉각 이 소리를 알아차린 사람이 있었다. 침대 머리맡의 커튼이 급히 열리더니 매우 깔끔하고 단정한 옷차림의 상냥한 노부인이 나타났다. 바로 옆 안락의자에 앉아서 뜨개질을 하다가 소리를 듣고 벌떡 일어나며 커튼을 걷었던 것이다.

"쉿, 얘야." 노부인은 부드럽게 말했다. "넌 정말 가만히 있어야 한단다. 안 그럼 병이 도질 거야. 넌 몹시 앓았어. 정말이지 너 이상 그럴 수 없을 만큼 많이 아팠단다. 다시 눕거라. 자, 착하지!" 그렇게 말하며 노부인은 살며시 아주 조심스레 올리버의 머리를 베개 위에 눕혔다. 그러곤 이마의 머리카락을 부드럽게 쓸어 넘겨 주며 올리버의 얼굴을 들여다보았는데, 그 시선이 너무나도 친절하고 다정하여 올리버는 바짝 마른 가냘픈 손으로 그녀의 손을 잡아당겨 자신의 목에 휘감지 않을 수 없었다.

"세상에 이런!" 노부인이 눈물을 글썽이며 말했다. "어쩜 이렇게 고마워하는 애가 다 있지! 귀여운 것! 아이 엄마가 나처럼 옆에 앉았다 이렇게 깨어난 걸 보면 그 심정이 어떨까!"

"아마 보고 계실 거예요." 올리버가 두 손을 모으며 작은 목소리로 말했다. "아마 엄만 제 곁에 죽 앉아 계셨을 거예요. 전 거의 그렇게 느껴져요."

"그건 열 때문일 거야, 아가." 노부인이 상냥하게 말했다.

"아마 그렇겠죠." 올리버가 대답했다. "하늘나라는 아주 먼 곳에 있고, 또 거긴 매우 행복한 곳이니, 저같이 불쌍한 애의 침대 곁으로 내려오는 일은 없겠죠. 그래도 제가 아픈 걸 아신다면 엄만 분명 하늘나라에서라도 절 가엾게 여기실 거예요. 엄마도 돌아가시기 전에 몹시 아프셨거든요. 하지만 엄만 제 일을 전혀 모르고 계실 거예요." 올리버는 잠시 침묵하더니 덧붙이며 말했다. "제가 다쳐서 아픈 걸 보셨다면 엄만 몹시 슬퍼하셨을 거예요. 꿈속에서 만날 때면 엄마는 언제나 다정하고 행복한 얼굴이었어요."

노부인은 아무 대답도 하지 않은 채 두 눈을 훔치더니 이불에 놓아 둔 안경을 들어 마치 두 눈의 핵심부라도 되는 양 열심히 닦았다. 그러더니 올리버에게 시원한 음료수를 갖다 준 다음 올리버의 뺨을 톡톡 두드리며 이제 정말 가만히 누워 있어야 한다고, 안 그러면 병이 도질 거라고 말했다.

올리버는 노부인의 말대로 아주 조용히 누워 있었다. 한편으론 친절한 노부인의 말에 뭐든 기꺼이 순종하고 싶었고, 다른 한편으론 사실 말을 너무 많이 해서 완전히 지쳐 버렸기 때문이었다. 올리버는 곧 곤한 잠에 빠져들었다. 그러다가 촛불이 비치는 것을 느끼고 잠에서 깨어났다. 침대 가까이로 다가온 촛불 아래에 한 신사가 서 있었다. 신사는 아주 큰 소리로 째깍거리는 커다란 금시계를 손에 들고 올리버의 맥박을 재더니 굉장히 좋아졌다고 말했다.

"너 굉장히 좋아졌구나, 그렇지, 얘야?" 신사가 말했다.

"네, 감사합니다, 선생님." 올리버가 대답했다.

"그래, 그럴 줄 알았다." 신사가 말했다. "배도 좀 고프지, 그렇지?"

"아뇨, 선생님." 올리버가 대답했다.

"으흠!" 신사가 말했다. "그래, 안 고플 줄 알았다. 아이는 배가 안 고플 거요, 베드윈 부인." 신사는 아주 현명해 보이는 표정을 지으며 말했다.

노부인은 존경에 찬 태도로 고개를 숙여 보였는데, 의사 선생님을 아주 현명한 분으로 여긴다는 표시 같았다. 의사 선생 자신도 스스로에 대해 거의 똑같은 생각인 듯했다.

"좀 졸립지, 그렇지 않니, 얘야?" 의사가 말했다.

"아뇨, 선생님." 올리버가 대답했다.

"그래." 의사는 매우 통찰력 깊고 만족스러운 표정으로 말했다. "졸립지는 않구나. 목도 안 마르고. 그렇지?"

"아뇨, 선생님, 목이 좀 말라요." 올리버가 대답했다.

"정확히 내가 예상했던 대로요, 베드윈 부인." 의사는 말했다. "아이가 목이 마른 것은 아주 당연한 일입니다. 지극히 당연하지요. 아이에게 차를 좀 갖다 줘도 좋습니다, 부인. 버터를 바르지 않은 토스트 약간도 괜찮습니다. 아이를 너무 덥게 하진 말아요, 부인. 하지만 너무 춥지도 않도록 주의하시오. 잘하실 수 있겠지요?"

노부인은 무릎을 살짝 굽히며 답했다. 의사는 방금 올리버가 마신 시원한 음료수를 맛보고는 조심만 하면 이 정도는 괜찮다고 말한 후 방에서 서둘러 나갔다. 아래층으로 내려가는 그의 구두는 아주 위엄 있고 부유한 양반처럼 삐걱거리는 소리를 냈다.

올리버는 곧 다시 잠들었다. 깨어났을 때는 거의 자정이 다 되어서였다. 잠시 후 노부인은 올리버한테 다정하게 작별 인사를 한 뒤 때맞춰 들어온 뚱뚱한 노파에게 그를 맡기고 방에서 나갔다. 뚱뚱한 노파는 작은 보따리에 조그만 기도서 한 권과 커다란 취침용 모자를 싸 가지고 왔는데, 그 취침용 모자를 쓰고 기도서를 탁자에 올려놓은 뒤 올리버에게 그를 밤새 간호하러 온 것이라고 말했다. 그러더니 의자를 난로 가까이로 바짝 당겨 앉고는 이내 꾸벅꾸벅 졸기 시작했다. 갖가지 모양으로 고꾸라지거나 다양한 신음 소리와 숨 막히는 소리로 연신 끊기는 잠이었지만 그녀는 별 지장 없이 그저 그때마다 코를 세차게 비빈 다음 다시 잠에 빠져들 뿐이었다.

이렇게 밤은 서서히 깊어 갔다. 올리버는 한동안 잠들지 못한 채 골풀 양초의 구멍 난 갓을 통해 천장에 새겨진 작은 불빛의 원을 세어 보고, 지친 눈으로 벽지의 복잡한 무늬를 더듬으며 누워 있었다. 깊은 적막에 싸인 어두운 방은 매우 엄숙한 느낌을 주었다. 이로 인해 올리버의 마음속에는 죽음이 여러 날 동안 그곳을 떠돌았으며, 또 여전히 그 무섭고 끔찍한 검은 그림자가 그곳을 덮칠 수 있다는 생각이 떠올랐다. 올리버는 베개 위의 얼굴을 한쪽으로 돌리고 하느님께 간절한 기도를 올렸다.

올리버는 차츰 평온하고 깊은 잠에 빠져들었다. 고통에서 막 벗어난 사람에게만 찾아오는, 그래서 깨어나는 게 괴로운 그야말로 고요하고 평화로운 휴식 같은 잠이었다. 만약 죽음이 이런 것이라면 어느 누가 다시 깨어나 인생의 모든 아귀다툼과 혼란, 현재의 온갖 근심 걱정, 미래의 불안, 그리고 무엇보다도 과거의 지긋지긋한 기억으로 돌아가고 싶겠는가!

날이 환히 밝고도 여러 시간이 지나서야 올리버는 눈을 떴다. 상쾌하고 즐거운 기분이었다. 병의 위험한 고비는 무사히 넘겼다. 세상으로 다시 돌아온 것이다.

사흘이 지나자 올리버는 베개로 잘 받쳐 주면 안락의자에 앉을 수 있게 되었다. 걷기에는 아직 기력이 너무 없었기 때문에 베드윈 부인은 자신이 쓰는 아래층의 작은 가정부 방으로 그를 안아다 옮겨 놓게 했다. 난로가에 올리버를 앉힌 뒤 친절한 노가정부도 옆에 앉았다. 그러더니 올리버의 건강이 그토록 좋아진 것을 보고 큰 기쁨에 사로잡힌 나머지 곧장 펑펑 울기 시작했다.

"신경 쓰지 말거라, 애야." 노부인은 말했다. "그저 한바탕 시원하게 울어 보는 것뿐이란다. 그래, 자, 이제 됐다. 마음이 아주 편해졌구나."

"할머니는 정말로 제게 너무나 잘해 주셔요." 올리버가 말했다.

"글쎄, 그런 건 신경 쓰지 말거라, 얘야." 노부인은 말했다. "이제 수프를 먹을 시간인데 그런 건 네 고기 수프와 아무 상관도 없단다. 의사 선생님 말로는 브라운로 씨께서 오늘 아침에 널 보러 오실지 모른다고 했어. 그러니 최대한 건강한 모습을 보여 드려야 한다. 건강해 보일수록 브라운로 씨가 기뻐하실 테니까 말이야." 이렇게 말하면서 노부인은 자그만 냄비에 고기 수프를 한가득 데우기 시작했다. 올리버가 생각하기에 표준 농도로 낮춰 묽게 만들면 아무리 적게 잡아도 극빈자 350명분의 풍성한 식사가 될 만큼 진하디진한 국물이었다.

"그림을 좋아하니, 얘야?" 올리버가 맞은편 벽에 걸린 초상화를 아주 유심히 쳐다보는 것을 보고 노부인이 물었다.

"모르겠어요, 할머니." 올리버는 그림에서 눈을 떼지 않은 채 말했다. "그림을 본 적이 거의 없어서 잘 모르겠어요. 저 부인은 얼굴이 참 아름답고 온화하네요!"

"아하!" 노부인이 말했다. "화가들은 언제나 부인네들을 실제보다 더 예쁘게 그린단다, 얘야. 안 그럼 손님이 떨어지니까 말이야. 사진 찍는 기계를 발명한 사람은 결코 성공하지 못하리라는 걸 알아차려야 했어. 그건 너무 정직하거든. 너무 말이야." 노부인은 자신의 날카로운 통찰에 흐뭇한 웃음을 한껏 터뜨리며 말했다.

"저어, 저건 실제 모습 그대로 그린 건가요, 할머니?" 올리버가 말했다.

"그렇단다." 노부인은 잠시 고기 수프에서 눈을 들어 올려다보며 말했다. "저건 초상화야."

"누구 초상환데요, 할머니?" 올리버가 물었다.

"글쎄다, 애야, 사실은 나도 잘 모른단다." 노부인이 상냥하게 대답했다. "뭐, 너나 나나 잘 모르는 사람의 초상화겠지. 그림이 마음에 드는가 보구나, 애야."

"정말 아주 예뻐서요." 올리버가 대답했다.

"아니, 너 저 그림이 무서운 건 아니겠지?" 노부인은 그림을 바라보는 올리버의 표정이 두려움에 차 있는 것을 보고는 크게 놀라며 말했다.

"오, 아녜요, 아녜요." 올리버가 재빨리 대답했다. "하지만 눈이 너무 슬퍼 보여요. 제가 앉은 자리에서 보면 저를 빤히 바라보는 것 같아요. 그래서 가슴이 두근거려요." 올리버는 낮은 목소리로 덧붙였다. "마치 살아 있는 것 같고, 또 저한테 말을 걸고 싶은데 못 하는 것 같아요."

"세상에 이런!" 노부인은 깜짝 놀라며 외쳤다. "그런 식으로 말하지 말거라, 애야. 넌 병을 앓고 난 뒤라 허약하고 예민한 기야. 네 의자를 다른 쪽으로 돌려 주마. 그럼 그림이 안 보일 거야. 자, 됐다!" 노부인은 말한 그대로 의자를 돌려놓으며 덧붙였다. "이제 어떻게 해도 그림이 안 보일 거야."

그러나 올리버는 자리를 옮기지 않은 것처럼 마음속의 눈으로 그림을 분명하게 볼 수 있었다. 하지만 친절한 노부인에게 걱정을 끼치지 않는 게 좋겠다고 생각하여 자기를 바라보는 그녀에게 상냥한 미소를 지어 보였다. 올리버의 상태가 좀 좋아졌다고 안심한 베드윈 부인은 그처럼 엄숙한 식사 준비에 합당한 부산을 있는 대로 다 피우며 고기 수프에 소금을 치고 구운 빵 조각을 부서뜨려 넣었다. 올리버는 비상한 속도로 고기 수프를 먹어 치웠는데, 마지막 한 숟가락을 떠서 삼키는 순간 방문을 살며시 두드리는 소리가 들렸다. "들어오세요." 노부인이 말하자 브라운로 씨가 안으로 걸어 들어왔다.

자, 이 노신사는 충분히 활기찬 모습으로 들어왔다. 하지만 안경을 이마 위로 올리고 두 손을 실내복 자락 뒤에 밀어 넣은 채 올리버를 한동안 자세히 들여다보았을 때 그의 얼굴은 갖가지 괴상한 모습으로 몹시 심하게 일그러졌다. 올리버는 병으로 인해 유령처럼 몹시 수척한 모습이었다. 그는 은인에게 경의를 표하고자 자리에서 일어서려 했지만 그것은 안락의자에 그대로 다시 주저앉고 마는 헛된 노력으로 끝났다. 그 결과 사실대로 말하자면 인정 많은 보통 노신사 여섯 명을 합친 만큼이나 넓은 브라운로 씨의 가슴이, 필자의 부족한 철학적 소양으로는 정확히 설명할 길 없는 묘한 수압 작용을 통해, 그의 눈에 눈물을 한 통 가득 밀어 올렸다.

"불쌍한 것, 불쌍한 것!" 브라운로 씨는 목청을 가다듬으며 말했다. "오늘 왠지 목이 좀 깔깔하군요, 베드윈 부인. 아마 감기라도 걸린 모양이오."

"그건 아닐 거예요, 나리." 베드윈 부인이 말했다. "사용하시는 것들은 모두 환기를 잘 시켰는데요, 나리."

"글쎄, 모르겠소, 베드윈 부인. 잘 모르겠소." 브라운로 씨가 말했다. "아무래도 어제 오찬 때 젖은 냅킨을 사용한 것 같소. 하지만 신경 쓰지 마시오. 기분이 좀 어떠니, 애야?"

"아주 좋아요, 나리." 올리버는 대답했다. "제게 베풀어 주신 친절에 정말이지 깊이 감사드려요, 나리."

"착한 아이로구나." 브라운로 씨는 활기찬 어조로 말했다. "애한테 먹을 음식을 좀 줬소, 베드윈 부인? 죽 같은 거라도?"

"방금 아주 진한 고기 수프를 한 대접 가득 맛있게 먹었습니다, 나리." 베드윈 부인이 몸을 약간 꼿꼿이 세우고 고기 수프란 말에 힘을 강하게 주며 대답했다. 죽과 잘 끓인 고기 수프 사이에는 어떤 공통점이나 관련성이 조금도 존재하지 않음을 암시하는 듯한 태도였다.

"어이쿠!" 브라운로 씨가 몸서리를 살짝 치며 말했다. "포트와인[31] 두어 잔이 차라리 아이한테 훨씬 더 좋았을 텐데. 안 그러니, 톰 화이트, 응?"

"제 이름은 올리버인데요, 나리." 어린 환자는 몹시 놀란 표정으로 대답했다.

"올리버라고?" 브라운로 씨가 말했다. "올리버 뭐냐? 올리버 화이트냐, 응?"

"아니에요, 나리, 트위스트예요. 올리버 트위스트."

"묘한 이름이구나!" 노신사는 말했다. "헌데 어째서 판사한텐 이름이 화이트라고 말했니?"

"전 그렇게 말한 적이 없는데요, 나리." 올리버는 깜짝 놀라며 대답했다.

이 말은 너무나 사실과 다르게 들려서 노신사는 올리버의 얼굴을 조금 무섭게 바라보았다. 하지만 아이를 의심하는 것

---

31) 포르투갈 원산의 적포도주.

열병에서 회복한 올리버.

은 불가능했다. 뾰족하게 야윈 얼굴 어느 구석에도 거짓이 깃들어 있지 않았다.

"뭔가 착오가 있었던 게로군." 브라운로 씨가 말했다. 하지만 그는 올리버를 빤히 쳐다봐야 할 이유가 더 이상 없는데도 올리버의 생김새가 어떤 낯익은 얼굴과 닮았다는 예전 생각이 다시 아주 강하게 떠올라 시선을 거두지 못했다.

"제게 화가 나신 건 아니죠, 나리?" 올리버가 애원하듯이 올려다보며 말했다.

"아니다, 아냐." 노신사는 대답했다. "아니, 세상에, 이런! 베드윈 부인, 저것 좀 보시오, 저것 좀!"

그렇게 말하며 그는 올리버의 머리 위에 걸린 그림과 올리버의 얼굴을 연달아 황급히 가리켰다. 그림이 살아 있는 인간으로 복제되어 앉아 있는 듯했다. 두 눈, 머리, 입, 모든 생김새가 똑같았다. 더구나 그 순간 표정까지 너무나 정확하게 일치하여 아주 미세한 부분까지 소름 끼칠 만큼 정밀한 솜씨로 완벽히 베껴 놓은 것 같았다.

올리버는 노신사가 무엇 때문에 갑자기 소리쳤는지 알지 못했다. 아직 건강을 충분히 회복하지 못한 그는 노신사가 외치는 소리에 깜짝 놀라 그만 기절하고 말았기 때문이다.

13장
유쾌한 노신사와 그의 어린 친구들한테 되돌아간다. 이들을 통해 총명한 독자들께 새 인물을 하나 소개하는데, 이 사람과 관련하여 우리 이야기와 결부된 여러 가지 즐거운 것들을 이야기한다.

앞 장에서 이미 굉장히 명료하게 묘사한 대로 꾀돌이와 그의 유능한 동료 베이츠 군이 브라운로 씨의 개인 재산에 대한 불법 양도를 집행한 결과 올리버를 추격하는 요란스러운 소동이 벌어졌을 때 이 두 친구가 추격에 합류한 것은 역시 앞 장에서 잠깐 언급한 대로 자기 자신을 소중히 여기는 매우 합당하고 칭찬받을 만한 동기에서 나온 행동이었다. 성실한 영국인이 제일 첫 번째로 내세우고 또 가장 자랑스럽게 여기는 것 중 하나가 바로 개인과 주체의 자유이므로 독자들에게 따로 호소할 필요도 없이 두 사람의 행동은 모든 애국적인 대중이 보기에 매우 높이 평가받을 만하다. 또 자기 보존과 안전에 대한 열망의 이 강력한 증거는 심오한 학식과 분별력을 갖춘 몇몇 철학자들이 자연 만물의 모든 행위와 작용을 지배하는 핵심 동기로 규정한 그 작은 법칙[32]을 마찬가지로 매우 훌륭하게 확인하고 확증해 주는 것이다. 이 철학자들께서는 자연이라는 여신의 행동 양식을 아주 현명하게도 공리와 이론의 문제로 축소했으며, 그녀의 드높은 지혜와 분별력을 아주 깔끔하고도 멋지게 찬양함으로써 감성이나 너그러운 충동과 감정의 문제를 우리의 시야에서 완전히 제거해 버렸다. 왜냐하면 이런 것들은 보통의 여자들이 지닌 수많은 사소한 결점이나 약점을 완전히 초월한다고 보편적으로 동의하고 인정하는 여신과 전혀 어울리지 않는 저급한 문제들이기 때문이다.

매우 미묘하고 난감한 처지에서 이 어린 신사들이 취한 행동의 엄밀한 철학적 성격에 대한 또 다른 증거가 혹시 필요하다면, 필자는 당장 (역시 앞 장에서 기록했듯이) 모든 사람들의 주의가 올리버한테 집중되자 이들이 곧바로 추격을 그만두고 가장 빠른 지름길을 이용해 집으로 향했다는 사실을 제시할 것이다. 필자는 위대한 결론에 이르는 길을 짧게 줄이는 것이 저명하고 학식 높은 현자들께서 실천하는 일반적인 관행이라고 여실한 생각은 없다 (사실 그들의 진행 방식은 다양한 말 돌리기와 오락가락하는 장광설 따위로 그 거리를 오히려 연장하는 쪽이다. 마치 술 취한 사람이 너무나 강력하게 밀려드는 생각들을 주체하지 못해 오락가락 제멋대로 나아가는 것처럼 말이다.) 하지만 한 가지 분명히 말해 두고 싶은 것이 있는데, 바로 많은 탁월한 철학자들이 자신의 이론을 실행할 때 영향을 끼칠 것으로 예

---

32) 제러미 벤담을 비롯한 공리주의 철학자들이 인간 행동을 지배하는 두 가지 결정적 요인으로 단정한 '쾌락과 고통'의 원리.

상되는 모든 가능한 우발 요인에 대비하는 훌륭한 지혜와 통찰을 변함없는 관행처럼 보여 준다는 점이다. 따라서 커다란 의를 행하기 위해서라면 조그만 불의를 범할 수 있으며, 이루고자 하는 목표가 정당하다면 어떤 수단이든 사용할 수 있다. 그리고 의와 불의의 양적 척도, 또는 그 둘 사이의 구분 등은 모두 해당 철학자가 전적으로 도맡아 자신의 특수한 상황을 명료하고 종합적이고 공명정대하게 검토하여 판단하고 결정하게끔 되어 있다.

두 소년은 미로처럼 아주 복잡한 좁은 거리와 골목들을 굉장히 빠른 속도로 한참 달려간 뒤 어느 낮고 어두운 굴다리 아래에 멈춰 섰다. 여기서 베이츠 군은 잠시 가만히 서서 숨을 돌리다가는 마침내 말을 할 정도가 되자마자 우스움과 즐거움에 겨운 소리를 질렀다. 그러더니 발작처럼 억누를 수 없는 웃음보를 터뜨리며 근처의 현관 계단에 몸을 던지고 재미있어 죽겠다는 듯이 데굴데굴 굴렀다.

"왜 그래?" 꾀돌이가 물었다.

"으하하하!" 찰리 베이츠는 떠나갈 듯이 웃어 젖혔다.

"조용히 못 해!" 꾀돌이는 조심스레 주변을 둘러보며 경고했다. "잡히고 싶어서 환장했냐, 이 멍청아?"

"우스워서 못 참겠어." 찰리가 말했다. "정말 못 참겠어! 그 녀석이 그렇게 정신없이 줄행랑을 치는 꼴이란! 녀석이 모퉁이를 마구 돌아 내달리다가 여기저기 기둥을 들이박고, 또 자기가 기둥처럼 강철로 된 양 벌떡 일어나 다시 달려가는 꼴이란, 그리고 난 훔친 손수건을 주머니에 넣은 채 녀석 뒤에서 소리쳐 대며 쫓아가던 광경이란! 아, 정말 눈 뜨고 못 볼 지경이었어!" 베이츠 군의 생생한 상상력은 그 장면을 더없이 선명한 색채로 눈앞에 다시 그려 냈다. 마지막 감탄사를 내뱉는데 이르러 그는 다시금 계단에서 뒹굴며 아까보다 더 큰 웃음보를 터뜨렸다.

"페이긴이 뭐라고 할까?" 꾀돌이가 물었다. 베이츠가 웃다가 다시 숨이 넘어가 소리를 못 내는 틈을 타서 문제를 제기한 것이었다.

"뭐라고 하냐니?" 찰리 베이츠가 되풀이해 말했다.

"그래, 뭐라 그러겠냐고?" 꾀돌이가 말했다.

"글쎄, 뭐라고 할까?" 찰리가 돌연 즐거워하던 표정을 지우며 물었다. 꾀돌이의 태도가 심상치 않았기 때문이다. "뭐라고 할까?"

도킨스 씨는 이삼 분 동안 휘파람을 불었다. 그러더니 모자를 벗고는 머리를 긁적거린 뒤 고개를 세 번 끄덕였다.

"무슨 뜻이냐?" 찰리가 물었다.

"투우 룰 롤 루, 베이컨에 시금치 헛소리, 개구린 못 하겠다고 하고, 높은 말타기 놀이." 꾀돌이는 약간 비웃음을 머금은 현학적인 얼굴로 말했다.

이것은 뭔가를 설명하는 듯했지만 만족스러운 답은 아니었다. 베이츠 군은 그렇게 느끼고 다시 한번 물었다. "무슨 뜻이야, 그게?"

꾀돌이는 아무 대답도 없이 모자를 다시 쓰더니 긴 코트 자락을 끌어모아 한쪽 겨드랑이에 끼고 혀로 한쪽 뺨을 불룩하게 한 다음, 친밀하고도 의미심장한 태도로 자기 콧잔등을 예 닐곱 차례 톡톡 두드렸다. 그러고는 몸을 휙 돌려 골목을 살금 살금 걷기 시작했다. 베이츠 군은 생각에 잠긴 얼굴로 뒤따라 갔다.

이런 대화가 있은 지 몇 분 후 유쾌한 노신사는 삐걱거리는 계단을 올라오는 발걸음 소리에 주의를 기울였다. 그는 왼손 에는 말린 양념 소시지 한 개와 작은 빵 한 덩어리를, 오른손에 는 주머니칼을 든 채 벽난로 불 앞에 앉아 있었다. 난로에는 삼 발이 위에 백랍 맥주 단지가 놓여 있었다. 고개를 돌려 짙은 붉 은색 눈썹 밑으로 날카로운 눈빛을 번득이며 문을 향해 귀를 기울이는 그의 하얀 얼굴에는 악당 같은 미소가 어려 있었다.

"아니, 뭐야 이거?" 유태인은 안색이 변하며 중얼거렸다. "두 놈뿐이잖아? 나머지 한 놈은 어디 갔어? 설마 붙잡히거나 한 건 아니겠지. 어디 잘 들어 보자!"

발걸음 소리는 점점 가까워져서 층계참에 이르렀다. 문이 천천히 열리더니 꾀돌이와 찰리 베이츠가 들어왔다. 그들 뒤 로 문이 닫혔다.

"올리버는 어디 있어, 이 개자식들아?" 유태인은 격노한 얼 굴로 위협하듯 무섭게 일어서며 말했다. "그 앤 어디 있어?"

어린 도둑들은 두목의 격렬한 언행에 놀란 듯이 두목을 빤 히 바라보았다. 그러곤 불안스레 서로를 쳐다보았다. 하지만 아무 대답도 하지 못했다.

"그 앤 어떻게 된 거냐니까?" 유태인은 꾀돌이의 목을 콱 움켜잡고는 끔찍한 저주의 말을 퍼부으며 말했다. "말해 봐,

이 망할 놈아. 안 그럼 목을 확 비틀어 버릴 테다!"

페이긴 씨는 정말이지 꼭 그러고 말 것처럼 보였다. 그 결과 어떤 일에서든 안전한 쪽에 서는 것을 신중한 처사로 여기는 찰리 베이츠가 아무래도 다음은 자기 목이 비틀릴 차례일 가능성이 아주 크다고 판단하고는 털썩 무릎을 꿇고 앉아 큰 소리로 울부짖기 시작했다. 목청을 한껏 돋우어 길게 내지르는 그 울음은 미친 황소와 확성기의 중간쯤 되는 소리였다.

"어서 말하지 못해?" 유태인은 크게 고함치며 꾀돌이를 마구 흔들었다. 얼마나 흔들어 댔는지 꾀돌이가 그 큰 외투 안에 그대로 남아 있는 게 완전히 기적처럼 보일 정도였다.

"뭐, 경찰한테 잡혔을 뿐이에요, 그뿐이라구요." 꾀돌이는 뿌루퉁하게 말했다. "자, 이거 그만 놔요, 놔!" 그러면서 몸을 한 번 홱 비틀어 유태인의 손에 큰 외투를 그대로 남겨 둔 채 깨끗이 빠져나왔다. 그러곤 토스트용 긴 포크를 와락 집어 유쾌한 노신사의 조끼를 향해 푹 찔렀는데, 만약 이것이 효력을 발휘했더면 이미도 쉽게 되돌리지 못할 만큼 많은 양의 유쾌함이 노신사로부터 빠져나갔을 것이다.

이 위급한 상황에서 유태인은 그처럼 노쇠해 보이는 사람한테 기대할 수 있는 것보다 훨씬 민첩한 동작으로 한 걸음 물러섰다. 그러더니 백랍 단지를 들어 자신을 공격한 자에게 내던지려는 동작을 취했다. 그러나 그 순간 찰리 베이츠가 더할 나위 없이 끔찍하게 울부짖는 소리로 주의를 끌었고, 노인은 갑자기 목표를 바꿔 찰리 군을 향해 단지를 힘껏 내던졌다.

"아니, 염병할, 이거 웬 지랄들이야!" 굵은 목소리가 으르렁대듯 말했다. "누구야, 나한테 이걸 던진 게? 내가 맞은 게 단지가 아니라 맥주인 걸 다행으로 생각해. 안 그랬으면 누군가 초상 치렀을 거야. 뭐, 누가 그랬는지 뻔하지. 악랄한 부자에 고함쟁이 약탈꾼인 유태인 영감태기 말고 또 누가 맹물이 아닌 마실 것을 마구 내다 버리겠어. 하긴 영감태긴 맹물도 그냥 안 버릴걸, 수도 회사에 매 분기 수도세를 내고 있다면 말이야. 대체 무슨 일이야, 페이긴? 젠장, 이거 목수건이 맥주에 완전히 젖었잖아! 들어와, 이 비겁한 똥개 새끼야. 왜 밖에 그렇게 서 있는 거야, 네 주인이 창피하기라도 한 거야! 들어와!"

이렇게 으르렁거리며 마구 퍼부어 댄 사람은 건장한 체격에 서른다섯 정도 먹은 사내로, 검은 벨벳 상의와 몹시 더러운 황갈색 바지 차림에 끈으로 묶는 반장화와 회색 면양말을 신고 있었다. 양말을 신은 우람하고 굵은 두 다리는 커다란 장딴지가 불룩 튀어나왔는데, 한 쌍의 족쇄를 장식물처럼 차고 있지 않으면 그 같은 옷차림에서는 언제나 뭔가 부족하고 불완전하게 보이는 그런 종류의 다리였다. 그는 머리에 갈색 모자를 쓰고 목에는 알록달록한 더러운 목수건을 둘렀는데, 말하는 동안 목수건의 너덜너덜한 양쪽 끝으로 얼굴에 묻은 맥주를 닦았다. 맥주를 다 닦아 내니 사흘 동안 깎지 않은 턱수염에 두 눈을 무섭게 찌푸린 험악하고 넓적한 얼굴이 드러났다. 한쪽 눈 주변에는 최근에 주먹질을 당한 흔적이 각양각색으로 얼룩덜룩하게 나 있었다.

"어서 들어오라니까, 이 자식아?" 매력적인 이 불량배가 으르렁대며 말했다.

얼굴이 여기저기 한 스무 군데는 긁히고 찢긴 흰 털북숭이 개 한 마리가 방으로 슬금슬금 기어 들어왔다.

"왜 진작 안 들어오고 뭉그적댄 거냐?" 사내가 말했다. "사람들 앞에서 날 주인으로 모시는 게 부끄럽다 이거냐, 응? 엎드려!"

명령과 함께 발길질이 뒤따랐고, 개는 발에 걷어차여 방의 다른 쪽 끝으로 날아갔다. 하지만 개는 그런 것에 상당히 익숙해 보였다. 찍소리 하나 없이 한쪽 구석에 아주 조용히 웅크리고 앉더니 흉하게 생긴 두 눈을 일 분에 스무 번쯤 껌뻑거리며 방 안을 살펴보는 일에 몰두했다.

"무슨 행패를 또 부리는 거야, 이 탐욕스러운 욕심쟁이에 만족할 줄 모르는 장물아비 영감태기야? 애들을 학대하는 거야?" 사내가 느긋이 의자에 앉으며 말했다. "애들이 당신을 죽여 버리지 않는 게 놀랍다니까. 나라면 당장 그럴 텐데. 정말 내가 당신의 도제였더라면 이미 오래전에 그러고 말았을걸. 그런 다음에 시체를 팔아…… 아냐, 그러진 못했을 거야. 당신은 흉측한 골동품으로 유리병에 담아 보존하는 것 말고는 아무 쓸모가 없을 테니까 말이야. 유리병도 그렇게 큰 건 만들지 못할걸."

"쉬, 조용히! 싸익스 씨." 유태인이 벌벌 떨며 말했다. "그렇게 큰 소리로 떠들지 마시게."

"내 성씨는 왜 또 들먹이는 거야." 불량배가 대답했다. "그럴 땐 꼭 흉악한 속셈이 있단 말이야. 당신, 내 이름 잘 알잖아. 그걸로 부르라고! 난 죽는 순간까지 내 이름을 더럽히지 않을 테니까 말이야."

"아, 그래, 뭐, 그럼…… 빌 싸익스." 유태인이 비굴할 만큼 겸손한 태도로 말했다. "기분이 별로 안 좋은 모양이군, 빌."

"그런지도 모르지." 싸익스가 대꾸했다. "당신 역시 기분이 좀 안 좋은 모양이군, 남을 해칠 의도가 아닌데 백랍 단지를 마구 내던지는 건 아닐 테니까 말이야. 하긴 남을 고자질할 때도 그런 의도가 없다고 둘러댈 위인이겠……."

"자네, 미쳤나?" 유태인인 사내의 소매를 움켜잡고 아이들을 가리키며 말했다.

싸익스 씨는 말을 멈춘 채 그냥 왼쪽 귀밑에서 가상의 올가미가 꽉 당겨지며 머리가 오른쪽 어깨 위로 획 젖혀지는 동작을 해 보였다. 이 무언극의 의미를 유태인은 완전히 이해하는 듯했다. 그러더니 사내는 그의 모든 말을 가득 장식하고 있는, 하지만 여기에 그대로 옮겨 적으면 전혀 알아들을 수 없을 은어를 쓰며 술 한잔을 요구했다.

"거기다 독을 타진 말도록 하시오." 싸익스 씨는 모자를 탁자에 내려놓으며 말했다.

이 말은 농담으로 던진 것이었다. 하지만 찬장을 향해 돌아서는 유태인이 창백한 입술을 깨물며 사악한 눈초리로 흘겨보는 것을 보았더라면 그는 그런 주의가 전혀 불필요한 것만은 아니었다고, 또는 그런 식으로 술 제조업자의 솜씨를 어떻게든 향상시켜 보고 싶은 욕망이 유쾌한 노신사의 마음과 동떨어진 것은 아니었다고 생각했을 것이다.

독한 술을 두세 잔 들이켜고 난 싸익스 씨는 어린 신사들을 돌아다보는 은혜를 베풀었다. 이 자비로운 행동은 곧 대화로 이어졌고, 꾀돌이는 올리버가 붙잡힌 원인과 상황을 자세히 묘사하되 지금 처지에서 자신에게 최대한 유리해 보이도록 사실을 좋게 바꾸고 각색하여 이야기했다.

"그 애가 혹시 무슨 말이라도 해서 우릴 곤경에 떨어뜨리지 않을까 걱정이야." 유태인이 말했다.

"충분히 그럴 수 있지." 싸익스가 악의에 찬 미소를 씩 지으며 대꾸했다. "당신은 이제 들통난 거야, 페이긴."

"게다가 걱정스러운 건……." 유태인은 싸익스의 말을 못 들은 것처럼 그저 싸익스를 빤히 응시한 채 덧붙였다. "알다시피 만약 우리가 걸려들면 꽤 많은 사람이 함께 끝장날 수 있다는 거야. 그러면 말이네, 이보게, 아마 나보다도 자네가 더 심한 꼴을 당하지 않을까 걱정이야."

사내는 깜짝 놀라면서 유태인을 돌아보았다. 하지만 노신사는 양 어깨를 귀밑까지 치켜 올린 채 반대편 벽만 멍하니 바라보았다.

긴 침묵이 이어졌다. 이 훌륭한 패거리의 구성원 모두가 저마다 문득 상념에 빠져든 것처럼 보였다. 개도 예외가 아니어서 뭔가 악의적인 표정으로 입술을 핥는 모습이 밖으로 나갔을 때 맨 처음 마주치는 신사나 숙녀의 다리를 공격할 것에 대해 곰곰이 생각하는 듯했다.

"누군가 경찰서에 가서 상황이 어떤지 알아봐야 해." 싸익스 씨가 들어온 이래 지금까지 사용했던 말투보다 훨씬 낮은 어조로 말했다.

유태인은 고개를 끄덕이며 동의했다.

"놈이 고자질을 안 하고 그대로 수감된다면 석방될 때까지 전혀 걱정할 것 없어." 싸익스 씨가 말했다. "놈이 나온 뒤에 잘 돌봐 주면 돼. 어떻게든 녀석을 놓치지만 않으면 돼."

유태인은 다시 고개를 끄덕였다.

이것이 현명한 행동 방침이라는 점은 실로 자명했다. 하지만 불행하게도 이를 실천으로 옮기는 데는 한 가지 아주 강력한 걸림돌이 있었다. 그것은 바로 꾀돌이, 찰리 베이츠, 페이긴, 윌리엄 싸익스 씨 등이 모두 하나같이 어떤 경우, 어떤 일로든 경찰서 가까이 가는 것에 대해서 격렬하고 뿌리 깊은 반감을 지녔다는 사실이다.

별로 유쾌하지 않은 어정쩡한 상태로 그들이 얼마나 오랫동안 그렇게 서로를 바라보며 앉아 있었을지는 추측하기 힘든 일이다. 하지만 이 문제에 대해 아무런 추측도 할 필요가 없는데, 그것은 올리버가 예전에 한번 본 적이 있는 두 젊은 아가씨가 갑자기 들이닥치는 바람에 대화가 다시금 시작되었기 때문이다.

"아, 바로 그거야!" 유태인이 말했다. "벳이 가면 돼. 그래, 벳, 네가 갈 거지?"

"어딜 말예요?" 젊은 아가씨가 물었다.

"그냥 경찰서에 한번 가 보는 것뿐이란다, 얘야." 유태인이 꼬드기며 말했다.

젊은 아가씨에 대해 공정히 말하건대 그녀는 안 가겠다고 단호히 선언하지 않았다. 다만 만약 자기가 간다면 그건 악마가 개과천선하는 날이 될 거라는 '전망'을 강렬하고도 진지하게 표현했을 따름이다. 그런데 그토록 정중하고도 사려 깊게 부탁을 거절하는 것을 보면 이 아가씨는 분명 직접적이고 노골적인 거절로 동료 인간에게 아픔을 주지 못하는 아주 훌륭한 성품을 선천적으로 타고났음에 틀림없다.

유태인은 안색이 어두워지더니 고개를 돌려 다른 아가씨를 쳐다보았다. 빨간색 가운에 초록색 구두를 신고 노란 종이로 머리를 만 아가씨는 호화롭다고는 못 해도 제법 화려한 옷차림이었다.

"얘, 낸시야." 유태인이 살살 달래는 어조로 말했다. "넌 어떠니?"

"소용없어요. 쓸데없이 애쓰지 말아요, 페이긴." 낸시가 대답했다.

"그게 무슨 뜻이야?" 싸익스 씨가 퉁명스레 올려다보며 말했다.

"딸뭔 그대로야, 빌." 아가씨는 차분하게 대답했다.

"아니, 바로 네가 딱 적임자란 말이야." 싸익스 씨가 설득하며 말했다. "이 근처에서 널 아는 사람은 아무도 없잖아."

"사람들한테 알려지고 싶은 생각도 난 없어." 낸시는 변함없이 침착한 태도로 대답했다. "내 말은, 그러니까 아무래도 싫다는 뜻이야, 빌."

"낸시가 갈 거요, 페이긴." 싸익스가 말했다.

"아뇨, 페이긴, 안 가요." 낸시가 소리쳤다.

"아니, 갈 거요, 페이긴." 싸익스가 말했다.

결국 싸익스가 맞았다. 협박과 약속과 뇌물 공세를 번갈아 받은 뒤 문제의 매력적인 아가씨는 결국 설득을 당해 일을 떠맡기로 했다. 사실 그녀는 '상냥한' 그녀의 친구 싸익스와 같은 걱정으로 망설일 필요가 없었다. 최근에 점잖은 외딴 교외인 랫클리프에서 이곳 필드 레인 근처로 이사 왔기 때문에 많은 사람에게 얼굴이 알려진 싸익스와는 달리 누군가 알아볼까 염려하지 않아도 되었던 것이다.

그리하여 낸시 양은 가운 위에 깨끗하고 하얀 앞치마를 두르고 머리를 만 종이를 밀짚 보닛 밑에 밀어 넣고서 ── 고갈될 줄 모르는 유태인의 창고에서 조달된 앞치마와 모자였다 ── 심부름을 떠날 준비를 했다.

"잠깐만, 얘야." 유태인이 보자기로 덮은 자그만 바구니를 꺼내 주며 말했다. "이걸 손에 들고 가거라. 훨씬 점잖아 보일 테니까 말이다."

"현관문 열쇠를 줘서 다른 손에 들고 가게 해, 페이긴." 싸익스가 말했다. "그럼 정말로 진짜같이 보일 거야."

"그래, 그래, 얘야, 정말 그렇겠구나." 유태인은 그렇게 말하면서 젊은 아가씨의 오른손 검지에다 커다란 현관문 열쇠를 걸어 주었다. "자, 아주 훌륭하구나! 정말 아주 훌륭하구나, 얘야!" 유태인은 두 손을 비비며 말했다.

"아이고, 내 동생! 귀엽고 사랑스럽고 순진하고 불쌍한 내 어린 동생!" 낸시 양은 큰 소리로 외치며 울음을 터뜨리고, 극심한 슬픔으로 작은 바구니와 현관문 열쇠를 비틀어 댔다. "그 앤 어떻게 되었지요! 그 앨 어디로 데려간 건가요! 오, 나

리님들, 제발 불쌍히 여기셔서 내 소중한 동생이 어떻게 되었
는지 말씀 좀 해 주세요! 제발 부탁입니다, 나리님들, 제발요,
나리님들!"

이렇게 한껏 구슬프고 가슴 찢어지는 어조로 말을 늘어놓
아 좌중을 한없이 즐겁게 만들고 난 뒤 낸시 양은 말을 멈췄
다. 그러곤 친구들에게 눈짓을 하고 미소 띤 얼굴로 고개를 끄
덕이며 친구들을 둘러본 뒤 문밖으로 사라졌다.

"아, 참 똑똑한 아이야! 그렇잖니, 얘들아." 유태인은 어린
친구들을 돌아보며 말했다. 그러곤 방금 목격한 훌륭한 모범
을 본받으라는 무언의 설교라도 하듯이 엄숙한 얼굴로 고개
를 좌우로 흔들어 댔다.

"모든 여성의 자랑거리야." 싸익스 씨가 잔을 채우고는 엄
청나게 큰 주먹으로 탁자를 쾅 내려치며 말했다. "그녀의 건강
을 위해, 그리고 여자들이 모두 그녀 같기를 바라면서 건배!"

이와 더불어 다른 많은 찬사가 완벽한 낸시 양에게 바쳐지
는 동안 이 젊은 아가씨는 최대한 빠른 걸음으로 경찰서를 향
해 걸어갔다. 보호자 없이 혼자 거리를 걷는 것으로 인해 약간
의 두려움이 어쩔 수 없이 뒤따랐지만, 잠시 후 그녀는 더할
나위 없이 무사히 경찰서에 도착했다.

그녀는 뒷문으로 들어가 열쇠로 유치장 문 하나를 살짝 두
드리고는 귀를 기울였다. 안에서 아무 소리도 나지 않았다. 그
래서 기침을 한번 하고 다시 귀를 기울였다. 여전히 아무 대답
이 없었다. 이번엔 소리를 내어 말했다.

"얘, 놀리, 거기 있니?" 낸시는 부드러운 목소리로 나직이

말했다. "놀리?"

안에는 맨발 차림의 비참한 범죄자 한 사람밖에 없었다. 거리에서 플루트를 불었다는 이유로 체포된 자이며, 사회에 대한 범죄 행위가 명백하게 입증된지라 팽 판사가 지극히 합당하게도 일 개월 교도소형을 선고한 사람이었다. 팽 씨는 선고를 하면서 적절하고도 재미있는 말을 덧붙이기를, 이 사람의 숨이 그토록 많이 남아도니 악기보다는 형벌용 방아를 돌리는 데 숨을 사용한다면 훨씬 건전한 일이 되리라는 것이었다. 죄수는 아무런 대답도 하지 않았는데, 그것은 플루트를 주(州)의 공공 재산으로 압수당하면서 상실의 크나큰 비탄에 젖어 있었기 때문이다. 낸시는 다음 감방으로 가서 문을 두드렸다.

"뭐요?" 힘없고 가냘픈 목소리가 물었다.

"여기 꼬마 아이가 하나 있나요?" 낸시는 예비 조치로 한번 흐느끼고 난 다음 물었다.

"없소." 목소리가 대답했다. "아이가 이런 델 와서는 안 되지."

목소리의 주인공은 예순다섯 살 먹은 부랑자였는데, 플루트를 불지 않은 죄로, 다시 말해 생계를 위해 아무 일도 하지 않고 길거리에서 구걸한 죄로 감옥살이를 하게 된 사람이었다. 그다음 감방에는 부랑자와 똑같은 감옥에 가게 될 사람이 있었는데, 그의 죄는 허가 없이 양철 냄비를 팔고 돌아다닌 것, 즉 세무서의 권위를 무시하고 생계를 위해 뭔가를 한 죄였다.

그러나 이 범죄자들 모두 올리버라는 이름이나 아이에 대해 아무것도 아는 바가 없었으므로 낸시는 곧장 줄무늬 조끼 차림의 무뚝뚝한 늙은 관리에게 갔다. 그러곤 더없이 가련한 통곡과 탄식을 토하며, 특히 손에 든 현관문 열쇠와 작은 바구니를 재빨리 효과적으로 이용하여 한층 더 애처롭게 보이면서 사랑하는 동생이 어디 있는지 물었다.

"여기엔 없단다, 얘야." 늙은 관리가 말했다.

"그럼 어디 있단 말인가요?" 낸시 양은 반쯤 미친 듯이 비명을 질렀다.

"글쎄, 그 신사분이 데려갔단다." 관리가 말했다.

"신사라니요, 누군데요? 오, 하느님 맙소사? 어떤 신사가 데려갔다는 거죠?"

이 두서없는 질문에 대한 답으로 늙은 관리는 깊은 슬픔에 사로잡힌 누이에게 올리버가 경찰서에서 병이 나 아팠다는 것, 증인 한 사람이 나타나 도둑질을 한 게 잡히지 않은 다른 소년들이라는 사실을 증언한 결과 아이가 풀려났다는 것, 고소인인 신사가 의식을 잃은 아이를 자기 집으로 데려갔는데 그곳에 관해서는 신사가 마부에게 주소를 이를 때 들은바 펜턴빌 근처 어디인 듯하지만 그 이상은 모른다는 것 등을 알려 주었다.

비탄에 빠진 젊은 아가씨는 불신과 의심으로 괴로워하면서 문을 향해 비틀비틀 걸어갔다. 그러더니 비틀거리던 발걸음을 잽싼 달음박질로 바꾸어 생각하기에 가장 구불구불하고 복잡한 노선을 택해 유태인의 거처로 돌아갔다.

빌 싸익스 씨는 정탐해 온 이야기를 듣자마자 아주 급히 흰둥이 개를 부르더니 모자를 쓰고는 친구들에게 잘 있으라는 말 한마디 던지지 않은 채 쏜살같이 가 버렸다.

"그 애가 어디 있는지 알아내야 한다, 얘들아. 그 녀석을 꼭 찾아내야 해." 유태인이 굉장히 흥분해서 말했다. "찰리, 넌 녀석의 소식을 알아낼 때까지 아무것도 하지 말고 정탐만 하며 돌아다니거라. 얘, 낸시야, 난 올리버를 꼭 찾아야만 한다. 난 널 믿는다, 얘야. 정말이지 너하고 약삭빠른 꾀돌이만 믿는다! 잠깐, 잠깐." 유태인이 떨리는 손으로 서랍의 자물쇠를 풀면서 덧붙였다. "자, 여기 돈 가져가거라, 얘들아. 오늘은 가게를 닫겠다. 어디로 날 찾아와야 하는지는 다들 알겠지! 일 분도 머뭇거리지 말거라. 당장 떠나거라, 얘들아!"

이렇게 말하면서 유태인은 아이들과 아가씨들을 방에서 밀어냈다. 그러더니 조심스레 문을 이중으로 잠근 뒤 빗장까지 걸고는 예전에 원치 않게 올리버한테 들켰던 상자를 비밀 장소에서 꺼내 시계와 보석들을 옷 밑에다 서둘러 숨기기 시작했다.

그러던 중 똑똑 문 두드리는 소리가 나는 통에 깜짝 놀랐다. "누구야?" 그는 날카로운 목소리로 외쳤다.

"저예요!" 꾀돌이의 목소리가 열쇠 구멍 사이로 들려왔다.

"뭐냐?" 유태인은 짜증스레 소리쳤다.

"그놈을 찾으면 다른 은신처로 납치해야 하는 거냐고 낸시가 묻는데요?" 꾀돌이가 물었다.

"그래." 유태인이 대답했다. "어디서 잡든지 그렇게 해. 그보다 먼저 놈을 찾아내, 찾아내라고. 그게 전부야! 그다음은 내가 알아서 할 테니 아무 걱정 마."

꾀돌이는 알았다고 중얼거리며 대답하고는 동료들의 뒤를

따라 서둘러 계단을 내려갔다.

"놈이 아직까진 불지 않았어." 유태인은 하던 일을 계속하며 말했다. "놈이 새로 만난 친구들한테 우리 이야기를 까발릴 셈이라 하더라도 그 주둥일 닥치게 할 여유는 아직 있어."

14장

브라운로 씨 댁에서 지내는 올리버의 생활을
좀 더 상세히 묘사하고, 올리버가 심부름하러
나간 동안에 그림윅이라는 신사가
그에 관해 던지는 놀라운 예언을 소개한다.

브라운로 씨의 갑작스러운 외침에 놀라 기절했던 올리버는 곧 정신을 차렸다. 노신사와 베드윈 부인은 둘 다 이후의 대화에서 그림에 대한 이야기를 조심스레 피했다. 실제로 그들은 올리버의 과거나 미래에 관련된 대화는 전혀 하지 않고 오직 올리버를 자극하지 않는 재미있는 화제들만 입에 올렸다. 올리버는 아직 아침 식사를 하러 일어나 움직일 만큼 건강한 상태가 못 되었지만 다음 날 아래층 가정부의 방으로 안겨서 내려오긴 했다. 그때 그가 제일 먼저 한 행동은 간절한 시선으로 벽을 쳐다보는 것이었는데, 아름다운 부인의 얼굴을 다시 보고 싶은 마음 때문이었다. 하지만 기대는 좌절되고 말았다. 그림을 치워 버린 것이다.

"아!" 가정부는 올리버의 시선이 벽을 향한 것을 보며 말했다. "그건 치워 놓았단다."

"그러네요, 할머니." 올리버는 한숨을 쉬며 대답했다. "왜 치우신 건가요?"

"브라운로 씨가 치우라고 말씀하셨기 때문이란다, 얘야. 그게 네 신경에 거슬리는 것 같으니 건강을 회복하는 데 방해가 될지 모른다고 하시면서 말이다." 노부인이 대답했다.

"오, 아닌데요, 정말 아닌데요. 전혀 거슬리지 않았어요, 할머니." 올리버가 말했다. "보기 좋았어요. 정말 좋았어요."

"그래, 그래!" 노부인은 상냥하게 말했다. "가능한 한 빨리 건강을 회복하려무나. 그럼 다시 걸어 놓도록 할 테니까. 내가 약속하마! 자, 이제 다른 얘기를 하자꾸나."

이것이 그날 올리버가 그림에 대해 들은 전부였다. 아픈 그에게 그동안 아주 친절히 대해 준 노부인이었으므로 일단 그때만큼은 그림 생각을 더 이상 안 하려고 애썼다. 그래서 그녀가 하는 이런저런 많은 이야기에 열심히 귀를 기울였다. 선량하고 잘생긴 남자와 결혼해서 시골에 살고 있는 마음씨 곱고 예쁜 딸이며, 서인도 제도에서 한 상인의 서기로 일하면서 일 년에 네 번씩 효성 지극한 편지를 써 보내는 훌륭한 젊은이인 아들 이야기 등이었는데, 아들의 편지에 대해 이야기할 때는 그녀의 눈에 눈물이 맺히기도 했다. 노부인이 자식들의 훌륭한 점들에 대해, 뒤이어 이십육 년 전에 안타깝게도 세상을 뜬 다정하고 선량한 남편의 미덕에 대해 한참 동안 소상하게 설명하고 나자 차 마실 시간이 되었다. 차를 마신 후 그녀는 올리버에게 크리비지33)를 가르쳐 주었는데, 올리버는 바로바로 잘 배웠다. 그래서 두 사람은 올리버가 잠자리에 들 때까지 열심히 크리비지를 하며 재미있게 시간을 보냈다. 올리버는 따끈하게 데운 물 탄 포도주 약간과 버터를 바르지 않은 토스트 한 조각을 먹은 다음 편안히 잠자리에 들었다.

올리버가 건강을 회복하며 보낸 며칠간은 행복한 나날들이었다. 모든 것이 아주 조용하고 깨끗하고 잘 정돈되어 있었으며, 사람들은 모두 친절하고 상냥했다. 올리버의 삶을 늘 지배해 온 소란과 소음 뒤에 경험하는 이 생활은 마치 천국과도 같았다. 그가 혼자서도 옷을 제대로 입을 만큼 기력을 충분히 회복하자마자 브라운로 씨는 모든 걸 다 갖춘 새 양복 한 벌과 새 모자와 새 구두를 마련해 주었다. 입고 있던 헌 옷을 마음대로 처분해도 좋다는 말을 들었을 때 올리버는 친절히 대해 준 하녀에게 주며 유태인 옷 장수한테 팔아서 돈으로 바꿔 가지라고 했다. 하녀는 기꺼이 그렇게 했다. 거실 창문으로 밖을 내다보던 올리버는 유태인 옷 장수가 그의 헌 옷을 둘둘 말아 보따리에 넣고 떠나가는 것을 보면서 헌 옷이 안전하게 처분되어 이제 다시는 그것을 입을 위험 같은 건 없겠구나 생각하며 크게 기뻐했다. 사실 그 옷들은 슬프고 초라한 누더기 조각들이었다. 게다가 올리버는 지금껏 새 양복을 입어 본 적이 한 번도 없었다.

그림 사건이 있은 지 일주일쯤 된 어느 날 저녁, 올리버가 베드윈 부인과 이야기를 나누며 앉아 있을 때였다. 올리버 트위스트의 건강 상태가 충분히 괜찮으면 서재에서 잠깐 이야

---

33) 2~4명이 하는 카드놀이.

기를 하고 싶으니 올려 보내라는 브라운로 씨의 전갈이 내려왔다.

"아이고, 이런, 맙소사! 애야, 어서 세수하고 오거라, 가르마라도 예쁘게 타 줄 테니 말이다." 베드윈 부인이 말했다. "어머나 이를 어째! 브라운로 씨가 부르실 줄 알았으면 깨끗한 셔츠를 입히고 새로 찍은 백동전처럼 아주 말쑥하게 차려 놓았을 텐데!"

올리버는 노부인이 시키는 대로 했다. 그러는 내내 노부인은 올리버의 셔츠 목깃 가장자리의 자그만 주름 장식을 잘 잡아 줄 시간조차 없다고 가슴 아픈 한탄을 늘어놓았다. 하지만 그 중요한 치장의 미흡함에도 불구하고 올리버는 아주 우아하고 잘생겨 보였는바, 노부인은 올리버를 머리끝에서 발끝까지 한껏 만족스러운 얼굴로 바라보면서 정말이지 준비할 시간이 아무리 많았어도 아마 이보다 더 훌륭히 보이게끔 하지는 못했을 거라고 말하기에 이르렀다.

이렇게 칭찬을 받은 뒤 올리버는 서재로 올라가 문을 두드렸다. 들어오라는 브라운로 씨의 음성이 들리자 올리버는 안으로 들어갔다. 책이 꽉 차 있고 창문으로는 작은 정원들이 내다보이는 자그만 뒷방이었다. 창문 가까이 탁자가 놓여 있고, 브라운로 씨는 그 앞에 앉아서 책을 읽고 있었다. 그는 올리버를 보자 읽던 책을 밀어 놓고는 탁자 가까이 와서 앉으라고 말했다. 올리버는 시키는 대로 했다. 그러면서 세상을 지혜롭게 만들기 위해 쓰인 것처럼 보이는 이 엄청나게 많은 책들을 읽는 사람들은 다 어디에 있을까 하고 놀라워했다. 사실 이것은 올리버보다 경험이 많은 사람들도 매일매일 살아가면서 늘 경이로워하는 사항이다.

"책이 참 많지, 그렇지, 얘야?" 올리버가 바닥에서 천장까지 닿은 서가를 호기심에 가득 차 살피는 걸 보고 브라운로 씨가 말했다.

"네, 정말 많네요, 나리." 올리버가 대답했다. "이렇게 많은 책은 본 적이 없어요."

"착하게 잘 지내면 다 읽게 해 주마." 노신사는 다정하게 말했다. "겉표지만 보는 것보다는 더 재미있을 거다. 물론 다 그런 건 아니지. 앞뒤 표지만 훌륭한 책들도 꽤 많으니까 말이다."

"저기 무거운 책들이 그런 것들인가 보죠, 나리?" 올리버가 금박을 잔뜩 입힌 커다란 4절판 책들을 가리키며 말했다.

"항상 그런 건 아니란다." 노신사는 올리버의 머리를 토닥여 주고 미소를 띠며 말했다. "크기가 훨씬 작은 책들 가운데도 똑같이 재미없는 것들이 있단다. 네가 자라서 똑똑한 어른이 되어 책을 쓴다면 어떻겠니, 응?"

"전 책을 읽는 게 더 좋을 것 같아요, 나리." 올리버가 대답했다.

"그래! 책을 쓰는 사람이 되고 싶지는 않고?" 노신사가 말했다.

올리버는 잠깐 동안 생각을 해 보았다. 그러더니 마침내 책을 파는 사람이 되는 편이 그보다 훨씬 좋을 것 같다고 말했다. 노신사는 한바탕 기분 좋게 웃으면서 아주 좋은 생각이라고 말했다. 올리버는 뭐가 좋은 생각이라는 건지 전혀 이해를 못 했지만 어쨌든 좋은 생각이라니 기분이 좋았다.

"그래, 그래." 노신사가 웃음을 가라앉히면서 말했다. "걱정 말거라! 정직하게 먹고살 직업을 배우는 한 널 작가로 만들려 하진 않으마. 하다못해 벽돌 만드는 직업을 택한다 해도 말이다."

"감사합니다, 나리." 올리버가 말했다. 진지하게 대답하는 올리버의 태도를 보고 노신사는 다시 웃음을 터뜨렸다. 그러곤 묘한 본능이 어쩌니 저쩌니 하며 말을 덧붙였는데, 올리버는 무슨 뜻인지 알아듣지 못해 별로 주의를 기울이지 않았다.

"자, 애야." 브라운로 씨가 이미 다정할 만큼 다정한 어조였지만 좀 더 다정한 어조로, 하지만 올리버가 이제까지 본 것보다 훨씬 진지한 태도로 말했다. "지금부터 내가 하는 말을 아주 주의해서 잘 듣기 바란다. 네가 나이 많은 사람들만큼이나 내 말을 잘 알아들을 거라고 확신하니까 아무것도 감추지 않고 솔직하게 이야기하마."

"오, 나리, 절 내보낼 거라는 말씀은 하지 말아 주세요, 제발요!" 올리버는 노신사가 진지한 어조로 말을 시작하는 데 놀라서 외쳤다. "절 밖으로 내쫓아 다시 길거리를 방황하게 하지 마세요! 여기 있게 해 주세요. 하인으로 일하게 해 주세요. 제가 있던 그 끔찍한 곳으로 돌려보내지 말아 주세요. 불쌍한 아이에게 자비를 베풀어 주세요, 나리!"

"애야." 갑작스러운 올리버의 열렬한 호소에 노신사가 놀라며 말했다. "내가 널 쫓아낼 걱정은 할 필요 없단다. 네 스스로 그럴 만한 원인을 제공하지 않는 한 말이다."

"절대로, 절대로 그런 일은 없을 거예요, 나리." 올리버가 끼어들며 말했다.

"나도 그렇게 믿는다." 노신사가 대답했다. "나도 네가 그런 일은 절대로 하지 않을 거라고 생각한다. 난 예전에 도움을 주려고 했던 사람들한테 속은 적이 있단다. 그런데 왠지 너만은 믿고 싶은 생각이 강하게 드는구나. 나 자신에게조차 잘 설명할 수 없을 만큼 너에 대해 관심이 많단다. 내가 깊은 사랑을 쏟았던 사람들은 지금 무덤 속에 있단다. 내 인생의 행복과 기쁨 역시 그들과 함께 묻혔지. 하지만 그렇다고 내 가슴까지 관으로 만들어 내 따뜻한 감정을 영원히 봉인해 버리진 않았다. 깊은 고통과 슬픔은 그런 감정을 오히려 더욱 강하고 맑게 만들어 줄 뿐이지."

노신사는 앞에 있는 올리버보다 오히려 자기 자신에게 말하는 듯이 나직한 목소리로 이야기했다. 그러곤 말을 멈춘 다음 잠시 동안 가만히 있었다. 올리버도 말없이 조용히 앉아 있었다.

"그건 그렇고!" 마침내 노신사가 훨씬 명랑한 어조로 말했다. "내가 이런 말을 하는 이유는 오로지 네가 마음이 순수한 어린아이기 때문에, 그래서 내가 큰 고통과 슬픔을 겪었다는 것을 알면 나에게 또다시 상처를 주지 않도록 혹시 좀 더 주의하지 않을까 생각했기 때문이란다. 넌 세상에 친지 하나 없는 고아라고 했는데, 내가 알아본 바에 의하면 그 말이 사실로 보이더구나. 자, 네 이야기 좀 들어 보자꾸나. 어디서 왔고, 누가 널 키웠는지, 그리고 나를 처음 만났을 때 함께 있던 그 패거리들과 어떻게 해서 어울리게 되었는지 어서 말해 보거라. 진실을 말하거라. 그럼 내가 살아 있는 한 넌 내 친구로 보살핌을 받을 게다.”

올리버는 몇 분 동안 훌쩍거리느라 말을 하지 못했다. 마침내 입을 열어 보육원에서 자라다가 범블 씨에게 이끌려 구빈원으로 옮겨 가게 된 상황을 막 이야기하기 시작했을 때 독특한 방식으로 문을 두 번 급하게 두드리는 소리가 아래 현관문 쪽에서 들려왔다. 그러더니 하인이 계단을 뛰어 올라와 그림윅 씨가 오셨다고 알렸다.

“이리 올라오고 계시냐?” 브라운로 씨가 물었다.

“예, 나리.” 하인이 대답했다. “집에 머핀이 좀 있냐고 물어보셔서 그렇다고 말씀드렸더니, 그럼 차나 한잔하러 들렀다고 여쭈라 하셨습니다.”

브라운로 씨는 미소를 지었다. 그러곤 올리버를 돌아보면서 그림윅 씨는 오랜 친구이며, 태도가 좀 거칠어도 신경 쓰지 말라고 말했다. 자기가 충분히 잘 아는데, 그림윅 씨는 본심은 아주 좋은 사람이라는 것이었다.

“전 아래층으로 내려갈까요, 나리?” 올리버가 물었다.

“아니다.” 브라운로 씨가 대답했다. “그냥 여기에 있거라.”

그때 뚱뚱한 노신사가 굵은 지팡이를 짚으며 방으로 들어왔다. 한쪽 다리를 약간 저는 그 신사는 줄무늬 조끼에 파란색 상의를 입고 황갈색 중국제 무명 바지에 각반 차림이었으며, 하얀 모자의 넓은 챙 양옆이 젖혀 올라가 녹색이 드러나 보였다. 주름이 아주 촘촘한 셔츠 장식이 조끼 밖으로 삐져나오고, 그 아래로는 끝에 열쇠만 하나 매단 긴 금속 시곗줄이 느슨하게 늘어져 있었다. 하얀 목수건의 양 끝은 오렌지만 한 크기의 공으로 비틀어 뭉쳐 놓았으며, 다양한 형상으로 뒤틀리는 그의 표정은 뭐라고 말로 표현하기 힘들었다. 말할 때면 머리를 한쪽으로 비틀어 돌리는 동시에 곁눈질로 쳐다보는 습관이 있었는데, 보는 사람은 누구나 어쩔 수 없이 앵무새를 떠올리곤 했다. 그는 나타나자마자 이런 자세로 우뚝 서더니 팔을 쭉 뻗어 자그만 오렌지 껍질 하나를 내보이며 불만에 찬 목소리로 사납게 외쳤다.

"이보게! 자네 이거 보이나! 내가 남의 집에 방문할 때마다 계단에서 이 염병할 가난한 외과 의사 친구 놈[34]을 영락없이 발견하게 되니 도대체 놀랍고 불가사의한 일 아닌가? 이미 오렌지 껍질로 다리를 다쳐 절게 된 적이 있건만 이놈의 오렌지 껍질, 결국 내 목숨까지 뺏고 말 걸세. 정말 그럴 거네. 이놈의 오렌지 껍질 때문에 목숨까지 잃고 말 거란 말일세. 안 그러면 난 기꺼이 내 머리통을 먹어 버리겠네!"

마지막 말은 그림윅 씨가 뭔가를 주장할 때마다 그것을 뒷받침하고 강조하기 위해 거의 언제나 사용하는 호언장담이었다. 그런데 이것은 그의 경우 특히나 기이한 장담이라고 할 수 있다. 왜냐면 논의의 필요상 어떤 신사가 자기 머리통을 정말

---

34) 오렌지 껍질을 잘못 밟아서 다치면 외과 의사에게 가야 하므로 오렌지 껍질을 이렇게 표현한 것이다.

로 먹어 치우고 싶은 마음이 생기는 게 가능하고, 또 그런 행위를 실제 행동으로 옮기게 할 만큼 과학이 발전할 수 있다고 가정하더라도 그림윅 씨의 머리통은 너무나 비범하리만큼 큼지막해서 이 세상 인간들 중 아무리 자신만만한 자라 해도 앉은자리에서 그것을 다 먹어 치우리라는 희망을 품기가 도저히 어려웠을 것이기 때문이다. 머리에 두껍게 잔뜩 뿌려 놓은 분가루를 완전히 논외로 치더라도 말이다.

"정말 내 머리통을 먹어 버리겠네!" 그림윅 씨가 지팡이로 바닥을 내리치며 반복해 말했다. "아니, 이건 뭐야!" 그는 올리버를 보더니 한두 걸음 물러서며 말했다.

"얘가 전에 말했던 올리버 트위스트라는 아이일세." 브라운로 씨가 말했다.

올리버는 허리 숙여 인사했다.

"설마 얘가 열병을 앓았던 그 아이라는 말은 아니겠지?" 그림윅 씨가 좀 더 뒤로 물러서며 말했다. "잠깐! 아무 말 하지 말게! 가만있……." 그림윅 씨는 갑자기 뭔가를 알아냈다는 승리감으로 열병에 대한 두려움도 싹 잊은 채 말을 계속했다. "오렌지를 먹은 애가 바로 이 애로군! 이 애가 오렌지를 먹고 껍질 조각을 계단에 버린 게 아니라면 난 내 머리통뿐만 아니라 이 애 머리통까지 먹어 버리겠네!"

"아니네, 아냐. 이 앤 오렌지를 먹은 적이 없다네." 브라운로 씨가 웃음을 터뜨리며 말했다. "자, 모자를 벗고 이리 오게. 내 어린 친구랑 이야기를 좀 나눠 보게."

"난 이 문제에 대해 확고한 견해를 가지고 있네." 쉽게 흥분하는 노신사가 장갑을 벗으며 말했다. "우리 집 앞 길거리 보도엔 늘 오렌지 껍질이 얼마간씩 떨어져 있다네. 그게 바로 모퉁이 외과 의원에서 일하는 아이가 던져 놓은 것이라는 걸 난 분명히 아네. 어젯밤에도 어떤 젊은 여자가 조그만 조각 하나를 밟고 넘어져서 우리 집 정원 난간에 부딪쳤지. 난 그 여자가 일어나자마자 그 외과 의사 놈의 빨간 병원 등불, 무언극의 불빛 같은 그 저주받을 빨간 등불을 쳐다보는 걸 보았네. '그놈한테 가지 마시오.' 난 창문 밖으로 소리쳤지. '그놈은 살인자요! 사람 잡는 악귀요!' 그놈은 정말로 그렇다네. 만약 안 그렇다면 내 당장……." 여기서 성미 급한 노신사는 지팡이로 바닥을 아주 세차게 쳤다. 그의 친구들은 이것을 그가 습관적인 호언장담을 말로 직접 표현하지 않을 때마다 그것을 대신해 하는 행위로 항상 이해했다. 노신사는 지팡이를 여전히 손에 쥔 채 의자에 앉았다. 그러더니 까만색 넓은 리본에 매달고 다니는 쌍알 코걸이 안경을 쓰고 올리버를 훑어보았다. 자신이 관찰 대상이라는 것을 의식한 올리버는 얼굴을 붉히며 다시 한번 절을 꾸벅했다.

"애가 그 애라 이거지?" 그림윅 씨가 마침내 말했다.

"그렇다네." 브라운로 씨가 대답했다.

"그래, 너 좀 어떠냐?" 그림윅 씨가 말했다.

"아주 많이 좋아졌어요. 감사합니다, 나리." 올리버가 대답했다.

브라운로 씨는 자신의 괴상한 친구가 뭔가 불쾌한 말을 할 것 같은 걱정에라도 사로잡힌 듯 올리버에게 아래층으로 내려가서 베드윈 부인한테 차를 마실 준비가 되었다는 말을 전하라고 일렀다. 방문객의 태도가 조금도 마음에 들지 않았던 올리버는 아주 기꺼이 지시에 따랐다.

"애가 아주 잘생겼지, 안 그래?" 브라운로 씨가 물었다.

"난 잘 모르겠네." 그림윅 씨가 뚱하게 대답했다.

"모르겠다니?"

"그래, 모르겠네. 사내애들은 다 똑같아 보여. 난 그저 두 종류의 아이들밖에 몰라. 푸석푸석한 놈들 아니면 뒤룩뒤룩한 놈들이지."

"그럼 올리버는 어느 쪽인가?"

"푸석푸석한 쪽이야. 내가 아는 한 친구 아들 녀석은 뒤룩뒤룩한 놈이지. 훌륭한 아이라고 다들 말하는데, 둥그런 머리통에 뺨이 빨갛고 눈은 부리부리한 아주 끔찍한 놈이야. 팔다리와 몸통은 부풀어 오른 살이 입고 있는 파란 옷의 솔기 밖으로 터져 나올 듯하고, 목소리가 도선사처럼 커다란 데다 식욕은 늑대 같은 놈이야. 난 녀석이 어떤 놈인지 다 알지! 흉악한 놈이야!"

"자, 이보게." 브라운로 씨가 말했다. "올리버 트위스트, 저 아인 그런 애가 아니잖은가. 그러니 올리버에게 화를 낼 이유는 없잖나."

"그런 애는 아니지." 그림윅 씨가 대답했다. "하지만 성격이 더 못된 애일지도 모르지."

이 말에 브라운로 씨는 못 참겠다는 듯이 기침을 했다. 그러자 그림윅 씨는 아주 짜릿하고 묘한 쾌감을 느끼는 것처럼 보였다.

"그 앤 성격이 더 못된 애일지도 모른다는 말일세." 그림윅 씨는 되풀이해 말했다. "어디서 온 아이인가? 대체 누구이며, 또 뭐 하는 아이인가? 열병을 앓았다고? 그게 뭐 어떻다는 건가? 선량한 사람들만 열병에 걸리는 건 아니잖아, 안 그런가? 나쁜 사람들도 가끔 열병을 앓는 법이야, 안 그런가, 응? 난 자메이카에서 주인을 살해한 죄로 교수형을 당한 놈을 아네. 그놈은 열병을 여섯 번이나 앓았지. 그렇다고 그놈한테 자비를 베푸는 일은 없었단 말이야. 흥! 말도 안 되지!"

자, 사실을 말하자면 이렇다. 그림윅 씨도 가슴속 저 깊은 구석에서는 올리버의 외모와 태도가 남달리 큰 호감을 준다는 점을 인정하고 싶은 마음이 몹시 강했다. 하지만 남의 말에 반대하는 걸 즐기는 성벽이 아주 강한 데다 그날은 특히 오렌지 껍질을 발견한 것 때문에 악취미가 더욱 날카롭게 도진 상태였다. 게다가 아이가 잘생겼는지 아닌지에 대해 누구의 지시도 받지 않겠다고 내심 작정한 터라 이미 처음부터 친구의 말을 부정하기로 굳게 결심했던 것이다. 브라운로 씨는 친구의 질문에 대해 어느 한 가지도 만족스럽게 대답할 수 없음을 인정하면서 과거사에 대한 조사는 올리버가 그걸 감당할 만큼 튼튼해졌다고 판단될 때까지 미룬 상태라고 말했다. 그림윅 씨는 악의적인 미소를 지으며 낄낄거렸다. 그러고는 조롱하는 투로 가정부가 밤마다 접시의 개수를 세서 확인하는지 물었다. 어느 화창한 날 아침에 숟가락 한두 개가 없어진 걸 발견하지 않는다면 정말이지 그는 기꺼이 자기 머리통을……

기타 등등 하고 말리라는 것이었다.

브라운로 씨는 비록 자신도 다소 성미가 급한 신사였지만 친구의 독특한 성격을 잘 알았기에 이 모든 것을 매우 유쾌하게 잘 참고 받아 주었다. 게다가 차를 마시면서 그림윅 씨는 기분이 좋아져서 자비롭게도 머핀에 대해 전적인 칭찬을 베풀었으니 상황은 아주 부드럽게 이어졌다. 함께 차를 마시며 앉아 있던 올리버도 이 사나운 노신사의 면전에서 아까보다 한결 편안하게 느끼기 시작했다.

"그럼 자넨 언제 '올리버 트위스트의 생애와 모험에 대한 진실되고 상세하고 완전한 설명'35)을 들을 예정인가?" 다과를 다 들었을 때 그림윅 씨가 올리버를 곁눈질로 바라보면서 다시 이야기를 꺼내며 브라운로 씨에게 물었다.

"내일 아침에 할 생각이네." 브라운로 씨가 대답했다. "그때는 나하고 아이, 단둘이서만 있었으면 하네. 애야, 내일 아침 10시에 내 방으로 올라오려무나."

"네, 니리." 올리버가 대답했다. 그는 그림윅 씨가 너무 빤히 노려보는 바람에 좀 당황하여 약간 머뭇거리며 대답했다.

"내 말 잘 듣게." 그림윅 씨가 브라운로 씨에게 속삭였다. "저 앤 내일 아침에 자네한테 올라오지 않을 걸세. 애가 머뭇거리는 걸 보았네. 저 앤 자넬 속이고 있어, 이 친구야."

"맹세코 그럴 리 없네." 브라운로 씨가 흥분하며 대답했다.

"만약 속이는 게 아니라면." 그림윅 씨가 말했다. "내 기꺼

---

35) 18세기 영국 소설에서 흔히 사용하던 제목의 형식을 흉내 낸 것이다.

이……." 그러곤 지팡이가 바닥을 내리쳤다.

"저 애가 진실하다는 데 내 목숨을 걸겠네!" 브라운로 씨가 탁자를 주먹으로 내리치며 말했다.

"난 저 애가 거짓되다는 데 내 머리통을 걸겠네!" 그림윅 씨도 탁자를 내리치며 대꾸했다.

"어디, 두고 보세." 브라운로 씨가 끓어오르는 화를 억누르며 말했다.

"그래, 두고 보세." 그림윅 씨가 약 올리는 듯한 미소를 지으며 대답했다. "두고 보자구."

운명이 그렇게 정해 놓았는지 공교롭게도 바로 그 순간 베드윈 부인이 자그만 책 꾸러미를 가지고 들어왔다. 브라운로 씨가 그날 아침 이 이야기에 이미 등장했던 서점 주인한테서 구입해 배달시킨 책이었다. 베드윈 부인은 탁자에 책을 내려놓은 뒤 돌아서서 방을 나가려 했다.

"책방 애 좀 붙잡아 두시오, 베드윈 부인!" 브라운로 씨가 말했다. "돌려보낼 것이 좀 있소."

"벌써 떠났는데요, 나리." 베드윈 부인이 대답했다.

"쫓아가서 불러 봐요." 브라운로 씨가 말했다. "꼭 필요한 일이오. 가난한 친구인데 책값을 아직 지불하지 않았소. 게다가 되돌려 보낼 책도 몇 권 있소."

현관문이 열렸고, 올리버가 한쪽 방향으로 달려가고 하녀가 다른 쪽으로 달려갔다. 베드윈 부인은 층계에 서서 큰 소리로 책방 아이를 불러 댔다. 하지만 아이는 어디에도 보이지 않았다. 올리버와 하녀는 숨을 헐떡거리며 돌아와 아이를 찾지 못했다고 말했다.

"허, 이거 참 아주 낭패인걸." 브라운로 씨가 외쳤다. "책들을 오늘 밤 꼭 돌려주고 싶었는데."

"올리버한테 들려 보내지그래." 그림윅 씨가 비꼬는 듯한 미소를 지으며 말했다. "저 애가 틀림없이 안전하게 잘 전달할 것 아닌가?"

"네, 나리, 제가 가도 괜찮다면 절 시켜 주세요." 올리버가 말했다. "제가 단숨에 달려갔다 오겠어요, 나리."

브라운로 씨는 어떤 일이 있어도 올리버가 밖에 나가서는 안 된다고 말하려던 참이었다. 그런데 그 순간 그림윅 씨가 낸 지극히 악의적인 기침 소리를 듣고 그만 올리버를 보내기로 결정하고 말았다. 올리버로 하여금 이 심부름을 신속히 수행하게 하여 적어도 이 문제에서만큼은 그림윅 씨의 의심이 부당하다는 것을 즉각 증명해 보여야겠다고 작정한 것이다.

"그래, 네가 갔다 오거라, 애야." 노신사는 말했다. "책들은 내 빙 딕지 옆 의기에 있다. 가서 가지고 내려오거라."

올리버는 뭔가 도움이 되는 일을 한다는 기쁨에 가득 차서 책들을 겨드랑이에 끼고는 잔뜩 부산을 떨며 내려왔다. 그러곤 한 손에 모자를 든 채 서점 주인에게 전할 말이 무엇인지 기다렸다.

"가서 이렇게 말하거라." 브라운로 씨가 흘긋흘긋 그림윅 씨를 줄곧 바라보며 말했다. "그 책들을 돌려주러 왔으며, 또 내가 내야 할 4파운드 10실링을 지불하러 왔다고 하거라. 이게 5파운드짜리 지폐니까 거스름돈 10실링을 받아서 가지고 돌아와야 할 거다."

"십 분도 안 걸려서 다녀오겠습니다, 나리." 올리버는 의욕이 가득한 태도로 대답했다. 그는 저고리 주머니에 지폐를 넣고 단추를 채운 다음 겨드랑이에 책들을 조심스레 끼고는 공손히 절을 한 뒤 방에서 나갔다. 베드윈 부인이 현관문까지 따라 나와 가장 가까운 길이 어딘지, 그리고 서점 주인의 이름과 서점이 있는 거리 이름 등에 대해 이것저것 가르쳐 주었다. 올리버는 모든 것을 분명히 잘 알아들었다고 말했다. 그래도 노부인은 알려 준 걸 확실히 기억하라는 다짐과 감기 안 걸리도록 주의하라는 훈시를 한참 덧붙인 뒤에야 비로소 올리버가 떠나는 걸 허락했다.

"어쩜 저렇게 얼굴이 귀여운지!" 노부인은 올리버의 뒷모습을 바라보며 말했다. "그런데 저 앨 눈앞에서 떠나보내려니 왠지 견디기 힘드네."

이 순간 올리버가 쾌활하게 뒤를 돌아보더니 고개를 끄덕여 보였다. 막 모퉁이를 돌기 직전이었다. 노부인은 미소를 지으며 그의 인사에 응답한 뒤 현관문을 닫고 자기 방으로 돌아갔다.

"어디 보자. 아무리 늦어도 이십 분이면 돌아오겠지." 브라운로 씨가 시계를 꺼내서 탁자에 놓으며 말했다. "그때쯤이면 날도 어두워지겠군."

"아니! 자네 정말로 그 애가 돌아올 거라고 기대하나, 응?" 그림윅 씨가 물었다.

"자넨 안 그런가?" 브라운로 씨가 미소를 띠며 되물었다.

반대하기를 즐기는 기질이 그 순간 그림윅 씨의 가슴속에서 다시 강하게 발동했다. 그리고 친구의 확신에 찬 미소를 보자 더욱 강하게 솟구쳤다.

"난 기대 안 하네." 그는 주먹으로 탁자를 쾅 내리치며 말했다. "기대 안 해. 그 앤 등짝에 새 양복을 걸치고, 겨드랑이에 값비싼 책을 한 질 낀 데다, 주머니엔 5파운드 지폐까지 들어 있다고. 옛 도둑놈 친구들한테 돌아가서 자넬 비웃어 댈 게 뻔해. 정말이지 만약 그 애가 이 집에 돌아온다면 내 이 머리통을 먹어 버리겠네."

이렇게 말하면서 그는 의자를 탁자로 더 가까이 끌어당겼다. 그리고 두 친구는 시계를 가운데 놓고 말없이 기다리며 탁자 앞에 앉아 있었다.

한 가지 언급할 만한 사실이 있는데, 그것은 우리가 스스로의 판단을 얼마나 중요시하는지, 우리가 지극히 경솔하고 성급한 결론조차 얼마나 자존심을 세워 고집하는지를 잘 보여 주는 데다. 비록 그림윅 씨가 심성이 악한 사람이 절대 아니며, 또 자신의 존경스러운 친구가 사기를 당하고 속는 것을 보면 진심으로 마음 아파할 사람임에 틀림없지만 그는 그 순간 정말로 올리버가 돌아오지 않기를 아주 강렬하고도 열렬하게 바랐던 것이다.

시계판의 숫자들을 거의 알아볼 수 없을 만큼 날이 몹시 어두워졌다. 하지만 두 노신사는 여전히 시계를 가운데 둔 채 말없이 앉아 기다렸다.

15장
유쾌한 유태인 영감과 낸시 양이
얼마나 올리버를 좋아하는지 보여 준다.

리틀 새프런 고개에서 가장 지저분한 곳에 자리 잡은 허름한 주점의 컴컴한 객실, 겨울엔 온종일 가스등이 불빛을 너울거리며 타고 여름에도 햇빛 한 오라기 비쳐 드는 법이 없는 어둡고 음침한 소굴에 한 사내가 작은 백랍 술병과 자그만 유리잔을 굽어보며 생각에 잠긴 채 앉아 있었다. 온몸에서 술 냄새를 강하게 풍기는 그는 벨벳 상의와 황갈색 반바지 차림에 반장화와 스타킹을 신었는데, 경험 많은 경찰 끄나풀이라면 누구든지 희미한 불빛으로도 그가 윌리엄 싸익스 씨인 것을 지체 없이 알아차렸을 것이다. 그의 발치에는 털이 희고 눈이 빨간 개가 앉아 있었다. 개는 제 주인을 바라보며 두 눈을 동시에 깜박이고 주둥이 한쪽에 새로 생긴 커다란 상처를 핥아 대느라 바빴는데, 상처는 아마 최근에 주인과 겪은 갈등의 결과인 것처럼 보였다.

"조용히 해, 이 똥개 새끼야! 조용히 해!" 싸익스 씨가 갑자기 침묵을 깨며 말했다. 그의 명상이 너무나 심오한 나머지 개의 눈 깜박임조차 방해가 되었던 것인지, 아니면 어떤 생각에 기분이 너무나 상해 죄 없는 짐승을 걷어차는 데서 얻는 위안으로 기분을 달랠 필요가 있었던 것인지 이는 논쟁과 숙고를 요하는 사항이다. 하여간 원인이야 어찌 됐든 그 결과는 개한테 동시에 가해진 한차례의 발길질과 욕설이었다.

개들은 주인한테 받은 상해에 앙갚음을 하지 않는 게 일반적인 성향이다. 하지만 싸익스 씨의 개는 주인과 똑같이 뒤틀린 기질을 지녔고, 또 아마도 그 순간 너무 심하게 당한다는 느낌이 강하게 들었는지 더 이상 돌아볼 것 없이 주인의 반장화 한쪽을 이빨로 꽉 물었다. 그러곤 그대로 구두를 한바탕 크게 흔들어 대고 난 뒤 긴 의자 밑으로 달아나 싸익스 씨가 머리를 향해 내던진 백랍 술병을 살짝 피하면서 으르렁거렸다.

"한번 해보겠다 이거지, 응?" 싸익스가 한 손으로는 부지깽이를 집어 들고 다른 손으로는 호주머니에서 꺼낸 커다란 주머니칼을 천천히 펴면서 말했다. "이리 와, 이 망할 놈의 악마 새끼! 이리 와! 안 들려?"

개가 못 들었을 리는 만무했다. 왜냐하면 싸익스 씨는 지극히 사나운 목소리 가운데서도 가장 사나운 어조로 말했기 때문이다. 하지만 목이 잘리는 것에 대해 뭔가 설명할 수 없는 거부감이라도 품고 있는 듯이 개는 의자 밑에 그대로 숨어 전보다 더 맹렬하게 으르렁댔다. 그러면서 동시에 부지깽이 끝을 이빨로 꽉 물고는 난폭한 야수처럼 잡아 뜯었다.

이런 저항은 싸익스 씨를 더욱더 격분하게 만들었을 뿐이니 그는 무릎을 꿇고 앉아 개를 미친 듯이 공격하기 시작했다. 개는 오른쪽에서 왼쪽으로, 왼쪽에서 오른쪽으로 날뛰면서 물어뜯고 으르렁대고 짖어 댔으며, 사내는 찌르고 욕하고 후려치고 쌍소리를 해 댔다. 그리하여 싸움은 어느 쪽한테든 아주 위험한 순간에 이르렀는데, 바로 그때 갑자기 문이 열렸다. 개는 그 틈을 타서 쏜살같이 달아나고 빌 싸익스만 부지깽이와 주머니칼을 손에 쥔 채 혼자 남게 되었다.

옛말에도 있듯이 싸움이란 언제나 상대가 있어야 하는 법이다. 개가 싸움을 포기하고 사라져 버린 데 실망한 싸익스 씨는 즉시 개가 맡았던 역할을 새로 온 사람에게 넘겼다.

"젠장, 왜 나랑 내 개 사이에 끼어들고 지랄이야?" 싸익스가 사나운 몸짓을 하며 말했다.

"여보게, 난 몰랐네, 몰랐다구." 페이긴이 비굴하게 대답했다. 새로 온 사람은 바로 이 유태인이었다.

"몰랐다고, 이 겁쟁이 도둑놈아?" 싸익스가 으르렁댔다. "소리가 그렇게 크게 났는데?"

"그럼 정말이지 맹세코, 전혀 못 들었네, 빌." 유태인이 대답했다.

"오, 그렇지! 당신은 아무것도 못 듣지, 그렇지." 싸익스가 심하게 비꼬며 대꾸했다. "어떻게 오고 가는지 아무도 모를 만큼 살그머니 들랑날랑하는 위인이니 아무렴 그렇겠지! 페이긴, 당신이 삼십 초 전의 내 개였더라면 정말 좋았을 텐데."

"왜지?" 유태인이 억지 미소를 지으며 물었다.

"왜냐면 이 나라에선 똥개 새끼만큼의 용기도 하나 없는 당신 같은 인간의 목숨은 신경 쓰지만 개는 마음대로 죽여도 상관 않거든." 싸익스가 아주 의미심장한 표정으로 칼을 접으며 대답했다. "바로 그게 이유야."

유태인은 두 손을 비볐다. 그러곤 탁자 앞에 앉아 친구의 농담을 웃어넘기는 체했다. 하지만 몹시 불편해하는 기색이 역력했다.

"어디 웃어 보시지." 싸익스가 부지깽이를 제자리에 놓고 무지막지한 경멸의 시선으로 유태인을 훑어보며 말했다. "실컷 웃어 보라고. 하지만 눈가리갤 쓰고 교수대에 서는 막장이라면 모를까 당신은 날 결코 비웃지 못할걸. 내가 당신 목줄을 쥐고 있으니까 말이야, 페이긴. 빌어먹을, 어디 내가 줄을 놓나 봐라. 이봐! 내가 절단 나면 당신도 절단 나는 거야, 알아! 그러니 날 잘 보살피라구."

"그래, 그래, 이 사람아." 유태인이 말했다. "다 잘 알고 있네. 우린…… 우린   상부상조하는 관계지, 빌. 상부 상조하는 관계."

"흥." 싸익스는 그 상부상조 관계가 자기보다는 유태인한테 더 기울었다고 생각하는 듯이 대꾸했다. "그래, 나한테 할 말이 뭐요?"

"물건을 전부 안전하게 도가니로 처리했네." 페이긴이 대답했다. "자네 몫을 가져왔지. 이보게, 정해진 것보다 꽤 많이 쳐준 금액이라네. 자네가 다음에 또 나한테 잘해 줄 걸 믿으니까, 그리고……."

"허튼소린 집어치우쇼." 강도가 짜증 내며 말을 잘랐다. "돈이나 내놓으쇼! 어디 있소?"

"알았네, 빌, 알았어. 시간을 좀 주게, 시간을 좀." 유태인이 달래듯이 대답했다. "자, 여기 있군! 아무 탈 없이!" 이렇게 말하면서 그는 가슴팍에서 낡은 면 손수건을 꺼내서는 한쪽 끝의 커다란 매듭을 풀고 자그만 갈색 종이 꾸러미 하나를 끄집어냈다. 싸익스는 그것을 와락 낚아채더니 급하게 풀어 헤쳤다. 그러곤 안에 든 금화를 세기 시작했다.

"이게 전부요, 응?" 싸익스가 물었다.

"그러네." 유태인이 대답했다.

"이리로 오면서 꾸러밀 풀고는 한두 닢 삼켜 버린 건 아니겠지, 응?" 싸익스가 의심스러운 듯이 물었다. "억울하게 의심받는다는 표정 짓지 마쇼. 이미 여러 번 그랬잖아. 딸랑이나 땡기쇼."

마지막 말은 쉽게 말해서 종을 울리라는 명령이었다. 종을 울리자 또 다른 유태인이 들어왔는데, 페이긴보다 젊지만 외모는 거의 똑같이 비열하고 혐오스러운 자였다.

빌 싸익스는 말없이 빈 술병만 가리켰다. 그게 암시하는 바를 완전히 이해한 유태인은 술병을 채우러 다시 나갔는데, 방에서 나가기 전에 페이긴과 교묘하게 시선을 주고받았다. 페이긴은 마치 이를 예상이라도 한 듯 한순간 시선을 들고 대답으로 고개를 살짝 흔들어 보였다. 아무리 주의 깊은 사람이라도 제삼자는 거의 알아채지 못했을 지극히 미미한 고갯짓이었다. 마침 몸을 구부리고 개가 물어뜯은 구두끈을 묶던 싸익스 역시 눈치채지 못했다. 그가 만약 이 짧은 신호의 교환을 보았더라면 아마도 자신에게 전혀 좋은 징조가 아니라고 생각했을 것이다.

"누가 와 있는가, 바니?" 페이긴이 물었다. 이제 싸익스가 바라보고 있었으므로 그는 시선을 바닥으로 향한 채 말했다.

"아무도 업더요." 바니가 대답했다. 그의 말은 가슴에서 우러나오는 것이든 아니든 언제나 코맹맹이 소리였다.

"아무도 없다고?" 페이긴은 놀라는 어조로 물었는데, 아마 사실대로 말해도 괜찮다는 암시인 듯했다.

"낸띠 양 마곤 암또 업더요." 바니가 대답했다.

"낸시라고!" 싸익스가 외쳤다. "어디 있어? 비상한 재주를 타고난 그 앨 내가 존경하지 않는다면 내 눈깔을 쳐서 빼 버려도 돼."

"빠에서 삼믄 쇠고길 머꼬 인는 듕임다." 바니가 대답했다.

"이리 들여보내." 싸익스가 잔에 술을 따르며 말했다. "이리 들여보내라고."

바니는 허락을 구하는 듯 페이긴을 슬쩍 쳐다보았다. 유태인 영감이 시선을 바닥에서 거두지 않은 채 말없이 앉아 있자 바니는 방에서 나가 곧 낸시를 데리고 돌아왔다. 낸시는 보닛, 앞치마, 바구니, 현관문 열쇠 등 모든 걸 다 갖춘 차림이었다.

"낸시, 너 뭔가 냄새를 맡았구나, 그렇지?" 싸익스가 술잔을 내밀며 물었다.

"응, 그래, 빌." 젊은 아가씨가 술잔을 비우며 대답했다. "그런데 지겹고 피곤해 죽겠어. 그 꼬맹이 새끼가 아파서 집 안에 꼼짝 않고 틀어박혀 있었거든, 그래서⋯⋯."

"아니, 낸시, 애야!" 페이긴이 고개를 들고서 쳐다보며 말했다.

자, 유태인 영감이 붉은 눈썹을 묘하게 찌푸리며 움푹 들어간 두 눈을 반쯤 감은 것이 낸시 양에게 너무 많이 떠벌리는 경향이 있다고 경고하는 것이었는지 아닌지는 그리 중요한 문제가 아니다. 우리가 신경 쓸 것은 오로지 사실뿐인데, 즉 낸시 양이 갑자기 말을 멈췄으며 싸익스 씨에게 우아한 미소를 몇 번 던지고 나서는 대화를 다른 데로 돌렸다는 것이다. 십 분쯤 지났을 때 페이긴 씨가 갑자기 한바탕 기침 발작을 일으켰다. 그러자 낸시는 숄을 어깨 위로 당겨 올리며 그만 가봐야겠다고 말했다. 싸익스 씨는 자기도 가는 길이 낸시와 얼마간 같다며 동행해 주겠다는 의향을 표시했다. 그래서 두 사람은 함께 떠났고, 주인이 사라지자마자 뒷마당에서 살그머니 기어 나온 싸익스의 개가 약간 떨어진 거리에서 그들의 뒤를 따랐다.

싸익스가 방에서 나가자 유태인은 방문 밖으로 머리를 쑥 내밀고 어두운 길을 걸어가는 싸익스의 뒷모습을 바라보았다. 그러곤 주먹을 불끈 쥐고 흔들어 대며 심한 욕을 중얼거렸다. 그런 다음 그는 흉측한 미소를 지으며 탁자 앞에 다시 앉았는데, 금세 주간 경찰 관보(官報)에 실린 흥미로운 부분들을 읽는 데 깊이 빠져들었다.

그사이 올리버 트위스트는 자신이 이 명랑한 노신사와 아주 가깝디가까운 거리에 있다는 사실을 꿈에도 생각하지 못한 채 책방을 향해 달려가고 있었다. 클러큰웰로 접어들었을 때 그는 어쩌다 잘못하여 약간 다른 길로 빠졌다. 길을 반쯤 간 뒤에야 잘못을 깨달았지만 결국 올바른 방향으로 이어질 게 틀림없으니 굳이 되돌아갈 필요는 없다고 생각했다. 그래서 그는 겨드랑이에 책을 낀 채 가능한 한 빠른 걸음으로 계속 나아갔다.

올리버는 자신이 얼마나 행복하고 만족스러운지 생각하고, 그 순간에도 굶주리고 매 맞으며 쓰라린 고통의 눈물을 흘릴 불쌍한 꼬마 딕을 한번 볼 수만 있다면 뭐든지 하겠다는 생각을 하며 길을 따라 걸어갔다. 그때였다. 한 젊은 여자가 아주 크게 비명을 내질렀다. "아이고, 동생아!" 깜짝 놀라 무슨 일인가 하고 고개를 드는데 누군가 두 팔로 와락 목을 꽉 휘감으며 그를 멈춰 세웠다.

"놔요." 올리버는 몸부림치며 외쳤다. "날 놓아줘요. 누구세요? 왜 못 가게 잡는 거예요?"

이에 대한 대답으로 돌아온 것은 올짐 *l*를 껴안은 젊은 여자가 큰 소리로 내뱉는 무수한 한단뿐이었다. 여자는 한 손에 자그만 바구니와 현관문 열쇠를 들고 있었다.

"아이고, 하느님!" 젊은 여자가 말했다. "애를 드디어 찾았어요! 아이고! 올리버, 올리버, 이 녀석아! 아이고, 이 못된 녀석아, 너 땜에 내가 얼마나 애를 태웠는지 아니! 자, 애야, 집에 가자. 아이고, 드디어 애를 찾았어요. 자비로우신 하느님, 감사합니다, 애를 찾았어요!" 이렇게 종잡을 수 없는 소리를 외쳐 대던 젊은 여자는 한바탕 다시 울음보를 터뜨렸다. 그러더니 히스테리를 일으켰는데, 얼마나 끔찍했던지 때마침 그곳을 지나던 여자 두 명이 역시 옆에서 구경하던 쇠기름으로 머리가 반들반들 빛나는 푸줏간 집 소년한테 어서 달려가 의사를 불러와야 하지 않느냐고 물어볼 정도였다. 이에 대해 게으르다고는 할 수 없지만 좀 빈둥대는 성격으로 보이는 푸줏간 집 소년은 그럴 필요는 없는 것 같다고 대답했다.

"오, 아니에요, 아니에요, 괜찮아요." 젊은 여자가 올리버의 손을 꼭 잡으며 말했다. "전 이제 괜찮아졌어요. 자, 어서 당장 집으로 가자, 이 무정한 녀석아! 어서!"

"무슨 일인가요, 아가씨?" 여자들 중 하나가 물었다.

"아, 글쎄 말예요." 젊은 여자가 대답했다. "얘가 한 달 전쯤 집에서 도망쳤답니다, 열심히 일하는 점잖은 부모님을 버리고 말이에요. 그러곤 도둑놈들이랑 악당 패거리 따위하고 어울려서 어머니 가슴을 찢어 놓다시피 했답니다."

"아주 못된 꼬마 녀석이네!" 한 여자가 말했다.

"어서 집에 돌아가거라, 이 배은망덕한 꼬마야." 다른 여자가 말했다.

"그게 아니에요." 올리버는 크게 놀라서 대답했다. "전 이분이 누군지 몰라요. 전 누나도, 아빠도, 엄마도 아무도 없단 말이에요. 전 고아예요. 그리고 펜턴빌에 살아요."

"저 말하는 것 좀 보세요, 어쩜 저렇게 뻔뻔한 거짓말을!" 젊은 여자가 외쳤다.

"아니, 낸시 아냐!" 그때서야 비로소 젊은 여자의 얼굴을 처음으로 쳐다본 올리버가 외쳤다. 그러곤 경악을 금치 못하며 뒤로 펄쩍 물러섰다.

"저것 보세요, 절 알아보네요!" 낸시는 구경꾼들에게 호소하며 외쳤다. "도저히 숨길 수가 없는 거죠. 저 애가 집에 가게 도와주세요, 훌륭하신 여러분. 안 그럼 쟤 땜에 사랑하는 우리 엄마 아빠가 돌아가시고, 제 가슴은 찢어지고 말 거예요!"

"도대체 무슨 일이야?" 한 사내가 맥줏집에서 불쑥 튀어나오며 말했다. 흰 개가 그 뒤를 바짝 따랐다. "꼬마 올리버 아냐! 이 꼬맹이 자식, 어서 불쌍한 네 엄마한테 돌아가자! 당장 집으로 가!"

"전 이 사람들과 아무 관계 없어요. 전 이 사람들 몰라요. 도와주세요! 도와주세요!" 올리버는 사내의 억센 손아귀에 잡힌 채 발버둥 치며 외쳤다.

"도와 달라고!" 사내가 되풀이하며 말했다. "그래, 내가 도와주마, 이 꼬마 악당 놈아! 이건 웬 책들이야? 이놈, 너 이런 걸 훔치고 다녔구나, 그렇지? 이리 내놔." 이렇게 말하며 사내는 책들을 올리버한테서 비틀어 빼앗고는 머리를 후려갈겼다.

"옳거니!" 다락방 창문으로 내다보던 구경꾼 한 사람이 소리쳤다. "그놈을 정신 차리게 하는 방법은 그것밖에 없지!"

"맞소, 정말 그렇소!" 졸린 듯한 얼굴을 한 목수가 다락방 창문을 쳐다보며 소리 질러 맞장구를 쳤다.

"저 애한테 좋은 약이 될 거예요!" 두 여자가 말했다.

"이놈은 혼도 좀 나야 하오!" 사내가 다시 한 방을 갈기며 대꾸했다. 그러곤 올리버의 멱살을 꽉 움켜쥐며 말했다. "자, 가자, 이 꼬마 도적놈아! 야, 황소 눈깔, 너, 이놈 잘 지켜야 돼,

사랑하는 가족이라고 주장하는 사람들에게 붙잡힌 올리버.

알았어! 잘 지켜!"

최근에 병을 앓아 쇠약해진 데다 갑작스레 공격을 당하고 두들겨 맞아 얼이 빠지고, 사납게 으르렁대는 개와 포악한 사내로 인해 겁에 질리고, 또 구경꾼들이 낸시의 말대로 자신을 정말 무정하고 악랄한 꼬마로 확신하는 것에 당황하고 기가 막힌 이 불쌍한 아이가 혼자 뭘 어떻게 하겠는가? 날은 이미 어두워졌고, 불량한 동네였으며, 도와줄 사람은 아무도 없었고, 저항해 봐야 소용없었다. 순식간에 그는 미로처럼 엉킨 어둡고 좁은 뒷골목으로 잡혀갔고, 곧 골목길을 따라 빠르게 끌려갔다. 힘을 내서 몇 차례 도와 달라고 소리쳐 봤지만 끌려가는 빠른 속도로 인해 아무도 알아들을 수 없었다. 사실 알아들을 수 있었는지 아니었는지는 별로 중요하지 않았다. 설령 분명히 알아들었다 하더라도 신경 쓸 사람이 아무도 없었기 때문이다.

거리의 가스등이 밝혀졌다. 베드윈 부인은 현관문 앞에서 걱정스럽게 기다리고, 하인은 벌써 스무 번이나 저만치 길로 달려 올라가 올리버의 모습이 보이지 않나 살폈다. 두 노신사는 어두워진 거실에서 여전히 시계를 사이에 놓고 참을성 있게 앉아 있었다.

16장
낸시가 올리버를 동생이라고 주장한 뒤
올리버한테 어떤 일이 있어났는지 이야기한다.

마침내 좁은 거리와 뒷골목이 끝나고 넓은 공터가 나왔다. 짐승 우리를 비롯해 가축 시장임을 말해 주는 흔적들이 여기저기 흩어져 있는 곳이었다. 이 지점에 이르러 싸익스는 걸음을 늦췄다. 그때까지 걸어온 빠른 속도를 낸시가 더 이상 감당하기 힘들었던 것이다. 싸익스는 올리버를 돌아보더니 낸시의 손을 잡으라고 사납게 명령했다.

"이 자식아, 안 들려?" 올리버가 머뭇거리며 주위를 둘러보자 싸익스가 으르렁댔다.

그들은 행인들이 다니는 길에서 완전히 벗어난 어두운 구석에 있었다. 올리버는 저항해 봤자 아무 소용이 없으리라는 것을 너무나 분명히 알았다. 그가 손을 내밀자 낸시가 꽉 움켜쥐었다.

"다른 손은 이리 내." 싸익스가 말하며 올리버의 나머지 한 손을 잡아 줘었다. "야, 황소 눈깔!"

개는 위를 올려다보며 으르렁거렸다.

"여길 봐!" 싸익스는 다른 손을 올리버의 목에 대고 거칠게 욕을 내뱉으며 말했다. "이 자식이 찍소리 한마디라도 내면 그대로 여길 콱 물어 버리는 거야! 알았지!"

개는 다시 으르렁댔다. 그러곤 혀로 입술을 핥으며 당장이라도 물어뜯고 싶어 안달이 난 것처럼 올리버를 노려봤다.

"이놈 기독교 광신자처럼 안달이 났군. 아니면 내 눈깔을 쳐서 빼 버려도 돼!" 싸익스가 일종의 잔인하고 흉포한 칭찬을 담은 표정으로 개를 바라보며 말했다. "자, 도련님, 어떤 대접을 받으실지 잘 알겠지. 그러니 어디 마음껏 소리쳐 보시게. 개가 즉시 그런 장난을 절단 내 줄 테니까. 자, 어서 가자, 우리 흰둥아!"

황소 눈깔은 전에 없이 다정한 싸익스의 말투에 답례라도 하듯 꼬리를 흔들어 보였다. 그러고는 올리버를 향해 한 번 더 으르렁님으로써 똑바로 행동하는 게 신상에 좋을 거라는 경고를 던진 후 앞장서서 걸어갔다.

그들이 지나는 곳은 스미스필드[36]였다. 물론 정반대인 그로브너 광장[37]과 마찬가지로 올리버는 모르는 곳이었다. 밤은 어둡고 안개가 짙었다. 상점의 불빛이 짙은 안개를 뚫지 못해 거의 보이지 않았고, 안개가 매 순간 점점 짙어져 거리와 집들

---

36) 런던 동북부의 가축 시장이 있던 자리로 지저분하고 열악한 지역이다. 근처에 뉴게이트 감옥이 있었다.
37) 런던 서부의 고급 주택가.

을 어둠의 장막으로 덮어 버렸다. 이로 인해 올리버의 눈에는 낯선 장소가 더욱더 낯설어 보였고, 그의 불안은 더욱 암담하고 암울한 것으로 바뀌었다.

그들이 서둘러 몇 걸음 나아갔을 때 시간을 알리는 교회 종소리가 낮게 울리기 시작했다. 첫 번째 종소리가 들려오자 올리버를 끌고 가던 두 사람은 걸음을 멈추고 소리가 나는 방향으로 고개를 돌렸다.

"8시야, 빌." 종소리가 그치자 낸시가 말했다.

"말 안 해 줘도 다 알아. 누군 귀가 없는 줄 아는 거야 뭐야!" 싸익스가 대꾸했다.

"걔네들한테도 저 소리가 들릴까?" 낸시가 말했다.

"물론 들리고말고." 싸익스가 대답했다. "내가 빵깐에 잡혀 들어가던 때가 성 바돌로매 축제 기간[38]이었는데, 장터에서 끽끽거리며 불어 대는 싸구려 나팔 소리 하나까지 안 들리는 게 없었지. 밤이 되어 감방 안에 갇히고 나서는 밖에서 나는 시끌벅적한 소리가 그 빌어먹을 낡은 감옥을 얼마나 조용하게 만들었는지, 정말이지 대갈통을 감방 철문에 들이박고 죽어 버리고 싶은 심정이었다고."

"불쌍한 녀석들!" 종소리가 들린 쪽으로 여전히 얼굴을 향한 채 낸시가 말했다. "아, 빌, 정말이지 참 멋지고 괜찮은 애들이었는데!"

---

38) 예수의 열두 제자 중 한 사람인 성 바돌로매를 기념하는 축제. 원래 축일인 8월 24일에 시작했으나 당시에는 9월 3일에 시작했다.

"그래, 너희 여자들은 오직 그런 것만 생각하지." 싸익스가 대답했다. "흥, 멋지고 괜찮은 애들이라고! 하긴 뭐, 죽은 목숨이나 다름없는 애들이니 맘대로 부르라지."

이런 말로 자신을 위로하면서 싸익스는 끓어오르는 질투심을 억누르는 듯했다. 그는 올리버의 손목을 한층 꽉 쥐고는 어서 다시 서둘러 걸으라고 명령했다.

"잠깐만!" 낸시가 말했다. "빌, 다음번 8시 종이 울릴 때 교수형 당하러 끌려 나올 사람이 만약 빌 당신이라면 난 그렇게 서둘러 지나가지 않을 거야. 난 쓰러질 때까지 이곳을 계속해서 돌고 또 돌 거야, 땅에 눈이 쌓이고 몸을 덮을 숄 하나 없어도 말이야."

"그래 봤자 무슨 소용이 있다고?" 무정한 싸익스가 물었다. "줄칼과 20미터짜리 튼튼하고 좋은 밧줄이라도 던져 준다면 모를까, 별 도움도 안 되면서 얼씬거리느니 차라리 80킬로미터 밖에 떨어져 있든지 아예 나다니질 말든지 하는 게 훨씬 나을걸. 사, 서기 시시 쓸데없이 주전대지 말고 어서 가자고."

여자는 웃음을 한번 터뜨리더니 숄을 당겨 좀 더 꽉 휘감고는 그들과 함께 걷기 시작했다. 그러나 올리버는 그녀의 손이 떨리는 것을 느꼈고, 가스등을 지나며 올려다보았을 때는 그녀의 얼굴이 무서울 정도로 하얗게 질려 있었다.

그들은 인적이 드문 지저분한 길을 꼬박 삼십 분가량 계속해서 걸어갔다. 마주치는 사람이 거의 없었는데, 설령 있다 해도 외모로 보건대 싸익스 씨와 동일한 사회적 지위를 차지할 법한 사람들뿐이었다. 마침내 중고 옷가게들로 꽉 차다시

피 한 아주 더럽고 비좁은 거리로 들어섰다. 개가 마치 더 이상 감시할 필요가 없는 것을 알아차리기라도 한 듯이 앞으로 곧장 달려가 문이 닫히고 겉보기에 아무도 살지 않는 것 같은 가게 앞에 멈춰 섰다. 무너지기 직전 상태에 있는 집이었는데, 문에 세를 놓는다고 적은 판자가 걸려 있었다. 꼴을 보아하니 그런 지도 이미 여러 해가 넘은 듯했다.

"이상 없어." 싸익스가 조심스레 주변을 살피고 말했다.

낸시가 덧문 아래쪽으로 몸을 구부렸고 올리버는 종이 울리는 소리를 들었다. 그들은 길 반대편으로 건너가 가로등 밑에 잠시 서 있었다. 내리닫이창을 살며시 들어 올리는 것 같은 소리가 들리나 싶더니 곧이어 문이 살그머니 열렸다. 싸익스가 겁에 질린 올리버의 목덜미를 사정없이 꽉 움켜쥐었고, 다음 순간 세 사람은 모두 집 안에 들어와 있었다.

복도는 칠흑처럼 어두웠다. 문을 열어 준 사람이 문고리를 걸고 빗장을 지르는 동안 그들은 기다렸다.

"누구 온 사람 없어?" 싸익스가 물었다.

"없어요." 올리버가 전에 들어 본 듯한 목소리가 대답했다.

"영감태기는 있겠지?" 강도, 즉 싸익스가 물었다.

"네, 있어요." 목소리가 대답했다. "기가 팍 죽어 자빠진 꼴로 말예요. 아저씰 보면 아마 뒈지게 기뻐할걸요! 정말 뒈지게 그럴 거예요!"

말하는 목소리는 물론이고 대답하는 말투 역시 올리버의 귀에 무척 익었다. 하지만 너무 어두워서 말하는 사람의 형체조차 구분하기 힘들었다.

"인마, 불 좀 밝히자." 싸익스가 말했다. "깜깜해서 모가질 부러뜨리든지 개를 밟든지 하고 말겠다. 네가 개를 밟고 다릴 물려도 난 몰라, 알아서 해!"

"잠깐만 그대로 서 있어요. 불을 가져올 테니." 목소리가 대답했다. 목소리의 주인공이 뒤로 물러나는 발소리가 들리더니 조금 뒤 잭 도킨스 씨, 다시 말해 약삭빠른 꾀돌이가 형상을 드러냈다. 그는 끝이 갈라진 막대기에 끼운 수지 양초를 오른손에 들고 있었다.

어린 신사는 올리버한테 익살스럽게 씩 미소를 지어 보이는 것 말고는 달리 알은체를 하지 않았다. 그저 곧바로 돌아서더니 방문객들에게 자기 뒤를 따라 계단을 내려오라고 손짓했다. 그들은 아무도 없는 부엌을 지나 좁은 뒷마당에 짓기라도 했는지 흙냄새가 풀풀 나고 천장이 낮은 방에 이르렀다. 방문을 열자 커다란 웃음소리가 그들을 맞았다.

"아이고, 내 배꼽이야, 배꼽!" 찰리 베이츠 군이 외쳤다. 웃음소리는 바로 그의 허파에서 터져 나온 거이었다 "드디어 왔구나! 오, 만세, 드디어 왔어! 오, 페이긴, 쟤 좀 봐요! 페이긴, 제발 쟤 좀 봐요! 못 참겠어. 이렇게 웃기는 일이 있다니 정말 못 참겠어. 누구 나 좀 붙잡아 줘요, 웃다가 숨넘어가지 않게."

억누를 수 없이 끓어오르는 환희로 인해 베이츠 군은 급기야 방바닥에 벌렁 나자빠져서는 오 분 동안이나 격렬하게 발을 굴러 대며 익살스러운 쾌락의 황홀경을 한껏 즐겼다. 그러더니 벌떡 일어서서는 꾀돌이한테서 끝이 갈라진 막대기를

올리버를 반갑게 맞이하는 페이긴과 소년들.

낚아챘다. 그리고 올리버한테 다가가 주위를 빙 돌며 살펴보았는데, 그사이 유태인은 잠잘 때 쓰는 모자를 벗고 어쩔 줄 모르고 서 있는 올리버에게 허리를 잔뜩 굽히며 연신 절을 해 댔다. 한편 성격이 다소 무뚝뚝한 편인 데다 아무리 흥겨운 일이라도 업무에 방해가 될 때는 한눈을 파는 법이 거의 없는 약삭빠른 꾀돌이는 꼿꼿한 자세로 올리버의 호주머니를 하나하나 부지런히 뒤졌다.

"이 애 옷 좀 봐요, 페이긴!" 찰리가 올리버의 새 저고리에 불이 붙을 만큼 촛불을 바짝 갖다 대면서 말했다. "이 애 옷 좀 보라니까요! 최고급 옷감에다 최신 유행으로 쭉 뽑은 거예요! 아이고, 눈부셔라, 못 봐 주겠어요! 게다가 이 책들까지 또! 완전 신사 나리예요, 페이긴!"

"이렇게 훌륭하게 차려입은 네 모습을 보니 참으로 기쁘구나, 얘야." 유태인이 겸손하게 절하는 시늉을 하며 말했다. "꾀돌이가 다른 옷을 갖다 줄 거다, 얘야, 그 좋은 양복을 행여 망치기라도 하면 안 될 테니 말이다. 편지라두 보내서 알리지 그랬니, 얘야, 오고 있는 중이라고 말이야. 그럼 저녁 식사로 뭐 따뜻한 거라도 준비해 놨을 텐데."

이 말에 베이츠 군은 다시 웃음보를 터뜨렸는데, 어찌나 요란스럽게 웃어 댔던지 페이긴은 거짓 태도를 약간 풀었고 꾀돌이조차 빙그레 미소를 지었다. 하지만 꾀돌이는 그 순간 올리버의 호주머니에서 5파운드짜리 지폐를 막 끄집어내던 참이었으므로 그가 웃은 것이 찰리의 익살 때문이었는지 아니면 돈을 발견해서였는지 확실치 않다.

"어이! 그게 뭐냐?" 싸익스가 앞으로 나서며 묻는데 유태인이 지폐를 낚아챘다. "그건 내 거야, 페이긴."

"아니네, 아냐, 이보게." 유태인이 말했다. "내 거네, 빌, 내 거라고. 자넨 책을 가지게."

"만약 그게 내 것이 아니라면!" 빌 싸익스는 모자를 쓰며 결연한 태도로 말했다. "그러니까 나와 낸시 것이 아니라면 난 이 애를 다시 돌려줘 버리겠어."

유태인은 놀라서 움찔했다. 그와는 전혀 다른 이유였지만 올리버 역시 놀라며 움찔했다. 이 분쟁이 정말로 자기를 되돌려 보내는 것으로 끝날지도 모른다는 희망 때문이었다.

"자! 이리 내시지, 응?" 싸익스가 말했다.

"이건 정말 부당해, 빌. 정말 부당하다구, 안 그래, 낸시?" 유태인이 물었다.

"부당하든 말든 어서 이리 내라니까그래!" 싸익스가 대꾸했다. "낸시랑 내가 소중한 시간을 써 가며, 당신 잘못으로 잡혀간 아이들을 이리저리 찾아서 납치해 올 만큼 그렇게 할 일이 없는 줄 알아? 이리 내놔, 이 탐욕스러운 늙은 뼈다귀야, 이리 내놔!"

이렇게 부드러운 충고를 던지며 싸익스 씨는 유태인의 엄지와 검지 사이에서 지폐를 획 잡아챘다. 그러곤 늙은이의 얼굴을 천연스레 쳐다보면서 지폐를 작게 접은 뒤 목수건 속에 묶어 넣었다.

"이건 우리가 수고한 대가야." 싸익스가 말했다. "그 절반도 못 되지만 말이야. 책은 당신이 가져도 좋아, 책 읽는 걸 좋아한다면 말이야. 아니면 팔든지.”

“아주 훌륭한 책들인데!” 문제의 책들 중 한 권을 갖가지 찌푸린 표정을 지어 가며 읽어 보는 척하던 찰리 베이츠가 말했다. “아주 잘 썼군, 그렇지, 올리버?” 괴롭히는 사람들을 쳐다보는 올리버의 낙담한 표정을 보고 타고난 익살기가 넘쳐흐르는 베이츠 군은 다시금 아까보다 더욱 격렬한 황홀경에 빠져들고 말았다.

“그 책들은 노신사분의 것이에요.” 올리버는 두 손을 비틀며 말했다. “열병으로 거의 죽어 가는 나를 집으로 데려가서 보살펴 주신 선하고 친절하신 노신사분의 것이라고요. 아, 제발 그것들을 돌려보내 주세요. 책과 돈을 그분께 돌려보내 주세요. 저를 평생 여기에 잡아 두셔도 좋으니 제발, 제발 그것들만은 돌려보내 주세요. 그분은 내가 그것들을 갖고 도망갔다고 생각할 거예요. 그 할머니랑, 나한테 정말 잘 대해 주신 모든 분들이 내가 그것들을 갖고 도망갔다고 생각할 거예요. 아, 제발 실 불쌍히 여거서 그것들만은 돌려보내 주세요!”

강렬한 비탄이 자아내는 모든 힘을 다해 올리버는 이렇게 말하며 유태인의 발밑에 무릎을 꿇었다. 그러곤 필사적으로 두 손을 비비며 호소했다.

“얘 말이 맞아.” 페이긴이 은밀히 주위를 둘러보고 숱이 많은 눈썹을 한껏 찌푸리며 말했다. “네 말이 맞다, 올리버, 네 말이 맞아. 그들은 정말로 네가 그것들을 가지고 도망갔다고 생각할 거다. 하하하!” 유태인은 킬킬거리며 두 손을 비벼 댔다. “일부러 시간을 골라서 했어도 이보다 더 일이 잘되지는 않았을 거야!"

"그야 물론이지." 싸익스가 대답했다. "난 이 녀석이 겨드랑이에 책을 끼고 클러큰웰로 오는 것을 보자마자 바로 알았다구. 이제 다 잘됐어. 그 사람들은 인정이 남아도는 예수쟁이들이야. 그렇지 않고선 애당초 애를 데려갔을 리 없어. 그들은 애를 찾으려는 수소문조차 안 할 거야, 애를 고소해서 감옥에 보내야만 할까 봐 두려워서 말이야. 애는 이제 안전해."

이런 말들이 오가는 동안 올리버는 마치 당황하여 무슨 말인지 거의 이해하지 못하는 것 같은 표정으로 이 사람 저 사람을 번갈아 쳐다보았다. 하지만 빌 싸익스의 말이 끝나는 순간, 갑자기 벌떡 일어서더니 사납게 방에서 뛰쳐나가며 살려 달라고 비명을 질렀다. 비명 소리는 텅 빈 낡은 집의 지붕 꼭대기까지 울려 퍼졌다.

"개를 잡아, 빌!" 유태인과 그의 두 제자가 뒤쫓아 달려 나갔을 때 낸시가 문 앞으로 와락 달려들어 문을 닫아 버리며 말했다. "개를 잡아. 안 그럼 애를 갈가리 물어뜯을 거야."

"그래도 마땅한 놈이야!" 빌이 여자의 손을 뿌리치려고 애쓰면서 말했다. "저리 물러서, 안 그럼 네 대갈빡을 벽에다 부딪쳐 빠개 버릴 테다."

"맘대로 해, 빌, 난 상관없어, 맘대로 해." 여자는 격렬하게 사내를 붙잡고 늘어지며 소리를 질렀다. "개가 애를 물어뜯게 해선 안 돼. 그러느니 날 먼저 죽여."

"뭐, 안 된다고!" 싸익스가 사납게 이를 악물면서 말했다. "어서 안 떨어져, 정말 네년부터 죽이기 전에!"

집털이 전문 강도, 즉 싸익스는 여자를 방 저쪽 끝으로 내던 졌다. 그때 유태인과 두 소년이 올리버를 질질 잡아끌면서 돌아왔다.

"여긴 또 무슨 일이야!" 유태인이 방을 둘러보며 말했다.

"저년이 미친 것 같소." 싸익스가 흉포하게 말했다.

"아냐, 안 미쳤어." 낸시가 몸싸움 때문에 창백하고 숨이 가빠진 얼굴로 말했다. "미친 게 아니에요, 페이긴. 그렇게 생각하지 말아요."

"그렇담 조용히 굴지 못해, 엉?" 페이긴이 위협하는 표정으로 말했다.

"못 해요, 난 그렇게 못 하겠어요." 낸시는 아주 큰 소리로 외치며 대꾸했다. "그래! 어쩔 거예요?"

페이긴 씨는 낸시가 속한 그 특이한 인류의 행동 방식과 습성을 충분히 잘 아는지라 현재 상태에서 낸시와 대화를 지속하는 것은 별로 안전하지 못하다는 걸 꽤 확실히 느꼈다. 그는 사람들의 주의를 다른 데로 돌리려는 의도로 올리버한테 고개를 돌렸다.

"그래, 애야, 도망치고 싶었다 이거지, 그렇지?" 유태인은 벽난로 구석에 놓인 울퉁불퉁하게 마디가 진 몽둥이를 집어들며 말했다. "안 그래?"

올리버는 아무 대답도 하지 않았다. 그는 가쁜 숨을 몰아쉬며 유태인의 움직임을 지켜보았다.

"도움을 구하고, 경찰을 부르고, 그러고 싶었다 이거지?" 유태인은 조롱하며 아이의 팔을 잡았다. "그런 병은 우리가 잘 고쳐 주지, 우리 꼬마 도련님."

유태인은 몽둥이로 올리버의 어깨를 호되게 한 대 내리쳤다. 그리고 한 대 더 치려고 몽둥이를 들어 올렸는데 그 순간 여자가 달려 나오며 몽둥이를 잡아챘다. 그러곤 몽둥이를 벽난로의 불길 속에 획 내던졌다. 얼마나 세게 던졌는지 빨갛게 달아오른 석탄 몇 개가 방 안으로 투두둑 튀겨 날릴 정도였다.

"이런 건 가만히 못 보겠어요, 페이긴." 여자가 소리쳤다. "애를 잡았으면 됐지 뭘 더 바라는 거예요? 앨 그냥 놔둬요. 그냥 놔두라고요. 안 그럼 내가 교수형을 당해 일찍 죽는 한이 있더라도 당신들 몇 명을 경찰에 확 불어 버릴 거야."

여자는 이렇게 협박을 토해 내며 난폭하게 발을 쾅쾅 굴러 댔다. 그리고 입을 꽉 악다물고 두 주먹을 불끈 쥔 채 유태인과 강도를 번갈아 노려보았다. 강렬한 분노에 휩싸여 점점 격앙된 그녀의 얼굴은 몹시 창백했다.

"아니, 낸시야!" 잠시 당황한 표정으로 싸익스 씨와 서로 멍하니 쳐다보더니 유태인이 달래는 듯한 어조로 말했다. "넌…… 넌, 오늘 밤 그 어느 때보다도 끼가 넘치는구나. 하하하! 애야, 정말 연기를 훌륭하게 잘하는구나."

"잘한다고?" 여자가 말했다. "흥, 내 연기가 너무 지나치지 않도록 조심해야 할걸. 안 그럼 페이긴, 당신만 더 손해일 테니까. 그러니 미리 말하는데, 날 건드리지 말라고."

성이 잔뜩 난 여자한테는 뭔가 무시할 수 없는 게 있는 법이다. 특히 그녀의 다른 여러 불같은 성정에 거의 모든 남자가 자극하기를 꺼려하는 자포자기의 무모하고 사나운 충동이 덧붙는 경우 그렇다. 유태인은 낸시 양의 격분이 진짜가 아닌 양 대해 봐야 소용없는 일이라는 것을 알아차렸다. 그는 자신도 모르게 몇 발자국 뒤로 물러서면서 반쯤 겁먹고 반쯤 간청 어린 시선으로 싸익스를 바라보았다. 마치 대화를 계속 이어갈 적임자는 싸익스 당신뿐이라고 암시하는 듯한 얼굴이었다.

이러한 무언의 호소에 싸익스 씨는 아마도 낸시 양으로 하여금 즉각 이성을 되찾게 만드는 것이 자신의 자존심과 영향력에 관계되는 일이라고 느꼈는지 대략 사오십 가지의 욕설과 협박을 속사포처럼 터뜨렸다. 순식간에 욕을 쏟아 내는 그 속도는 풍부한 창의력을 보여 주는 훌륭한 증거라 할 만했다. 그렇지만 퍼부어 댄 욕설과 협박이 목표 대상에 아무런 가시적 영향을 끼치지 못하자 그는 좀 더 실질적인 설득의 방법을 택했다.

"너 지금 무슨 생각으로 이러는 거야?" 싸익스는 말했다. 그러면서 인간 신체의 가장 아름다운 부분에 관한 아주 일반적인 욕설[39]로 실문을 딧받치했는데, 만약 지상에서 내뱉은 이 저주를 저 위 하늘나라에서 들어준다면, 5만 번에 한 번씩만 들어줘도 시력 상실이 홍역만큼이나 흔한 장애가 되고 말 것이다. "너 지금 무슨 생각으로 이러는 거야? 이런 우라질! 너 지금 네가 누군지 주제를 까먹어 버린 거냐?"

"아니, 전혀, 조금도 안 까먹었어." 여자는 신경질적으로 웃

---

39) 신이 내(또는 네) 눈깔을 뽑아 버리길 바란다는 것과 같은 눈에 관한 저주의 말.

음을 터뜨리며 대답했다. 그러면서 고개를 좌우로 흔들며 그런 건 상관하지 않는다는 듯한 태도를 어설프게 지어 보였다.

"그래, 그럼 입 닥치고 있어." 싸익스가 자기 개한테 말할 때 그러듯이 으르렁대는 어조로 대꾸했다. "안 그러면 주둥이를 영원히 못 놀리게 만들어 버릴 테다."

여자가 다시 웃었다. 아까보다 훨씬 불안한 모습이었다. 그러곤 싸익스를 한번 흘끗 쳐다보더니 얼굴을 돌리고 피가 날 정도로 입술을 꽉 깨물었다.

"웃기는 년 같으니라구." 싸익스는 경멸에 찬 얼굴로 여자를 훑어보며 덧붙여 말했다. "분수도 모르고 인정 많고 고결한 척하다니! 이 애의 친구도 못 될 만큼 형편없는 주제에 애한테 다정하게 굴어!"

"그래, 난 그렇게 형편없다, 어쩔래!" 여자가 격정적으로 외쳤다. "그래서 내가 오늘 밤 저 애를 데려오는 일을 돕기 전에 차라리 길거리에서 벼락이나 맞고 죽어 버렸더라면, 또는 오늘 밤 우리가 바로 옆을 지나온 감옥의 그 친구들 대신 잡혀 들어갔더라면 하는 심정이다! 저 앤 오늘 밤 이 시간부터 도둑 놈에, 거짓말쟁이에, 악당에 온갖 나쁜 짓을 한 놈이 되고 말았어. 그걸로 모자라서 저 비열한 영감태긴 애를 패는 거냐?"

"자, 자, 싸익스." 유태인이 타이르는 듯한 어조로 싸익스에게 충고하는 한편 아이들 쪽을 가리키며 말했다. 아이들은 벌어지는 모든 것들을 주의 깊게 열심히 지켜보고 있었다. "우리 점잖은 말로 하자고. 점잖은 말로 말이야, 빌."

"뭐, 점잖은 말!" 여자가 소리쳤다. 격정에 찬 그녀는 보기에도 무서울 정도였다. "점잖은 말로 하자고, 이 악당아! 그래, 당신, 어디 그럼 나한테서 점잖은 말 좀 들어 봐. 난 어린애였을 때부터 당신을 위해 도둑질을 했어, 이 애 나이의 반도 안 돼서 말이야!" 그녀는 올리버를 가리키며 말했다. "그리고 그 뒤로 십이 년 동안 똑같은 일로 똑같은 봉사를 해 왔어. 당신도 다 잘 알지? 말해 봐! 당신도 다 잘 알지?"

"그래, 그래." 유태인이 진정시키려는 태도로 대답했다. "그런데 그렇다 해도 그건 네 밥벌이잖니!"

"그래, 맞아!" 여자가 대꾸했다. 말을 한다기보다는 격렬한 비명을 연달아 질러 대듯이 말을 마구 쏟아 냈다. "내 밥벌이지. 춥고 더럽고 젖은 길거리는 내 집이고 말이야. 그런데 나를 오래전에 그런 길거리로 내몬 악당이 바로 당신이야! 날 죽을 때까지 밤이고 낮이고 길거리에 붙잡아 둘 악당도 바로 당신이고!"

"이게 보자 보자 하니까!" 여자의 비난에 발끈하며 유태인이 끼어들었다. "그만 입 닥치지 않으면 더 심한 꼴을 당하게 해 줄 테다!"

여자는 더 이상 말하지 않았다. 그 대신 광적인 격정에 사로잡혀 자신의 머리카락과 옷자락을 쥐어뜯으며 유태인을 향해 맹렬히 달려들었는데, 그 순간 싸익스가 그녀의 손목을 잡지 않았더라면 아마 뚜렷한 복수의 흔적을 유태인에게 맘껏 새겨 놓았을 것이다. 싸익스에게 잡힌 그녀는 몇 번 의미 없는 저항을 해 보다가 실신해 버렸다.

"이제 잠잠해졌군." 싸익스가 여자를 구석에 눕히면서 말했다. "이렇게 흥분할 때면 애 팔 힘이 희한할 정도로 세단 말이야."

유태인은 이마를 닦으며 소란이 끝나서 안심이라는 듯 미소를 지었다. 하지만 유태인이든 싸익스든 개든 소년들이든 아무도 이 소동을 사업상 흔히 뒤따르는 일 이상으로 달리 여기지 않는 것 같았다.

"여자들을 상대하는 데 이게 가장 고약한 일이라니까." 유태인이 몽둥이를 제자리에 갖다 놓으며 말했다. "하지만 여자들은 영리하지. 그래서 우리 장사에서 여자들이 없으면 힘들단 말이야. 찰리, 올리버를 침대에 데려다줘라."

"내일 얘가 이 좋은 양복을 입지 않는 게 좋겠지요, 그렇죠, 페이긴?" 찰리 베이츠가 물었다.

"그야 물론이지." 찰리가 질문하며 지은 히죽이는 미소를 똑같이 지어 보이며 유태인이 대답했다.

베이츠 군은 자신의 임무를 몹시 즐거워하며 갈라진 막대기에 꽂힌 촛불을 집어 들고 옆에 있는 부엌으로 올리버를 데려갔다. 부엌에는 올리버가 전에 잤던 것과 같은 침대가 두세 개 놓여 있었다. 여기서 베이츠 군은 참지 못하고 여러 차례 웃음을 터뜨리면서 옷을 한 벌 꺼냈다. 올리버가 브라운로 씨의 집에서 그토록 축하하며 벗어 던졌던 바로 그 낡은 옷이었다. 이 옷을 산 유태인이 우연히도 그것을 페이긴에게 보여 주었고, 그 결과 올리버의 행방을 알아내는 첫 번째 단서가 되고 말았던 것이다.

"그 멋들어진 옷일랑은 벗어 주시지." 찰리가 말했다. "페이긴한테 갖다 줘서 잘 보관할 테니까. 아이고, 이거 웃겨 죽겠네!"

불쌍한 올리버는 어쩔 수 없이 하라는 대로 했다. 베이츠 군은 새 옷을 둘둘 말아 겨드랑이에 끼고는 어둠 속에 올리버를 남겨 둔 채 방에서 나갔다. 그리고 밖에서 문을 잠가 버렸다.

찰리의 웃음소리와 마침 그곳에 도착하여 낸시에게 물을 끼얹는 등 친구가 정신을 차리도록 이런저런 여성스러운 조치를 수행하는 벳 양의 목소리는 올리버보다 행복한 처지에 놓인 사람들 여럿을 잠 못 들게 할 만큼 아주 요란했다. 하지만 올리버는 병약하고 지친 상태였는지라 곧 깊은 잠에 빠져들었다.

17장
올리버의 운명이 계속 불길하게 이어지는 가운데 한 위대한 존재가 런던에 나타나 올리버의 평판을 더욱 해친다.

훌륭한 잔혹 멜로드라마에서는 언제나 비극적인 장면과 희극적인 장면을 베이컨 옆면의 붉은색과 흰색 줄무늬 층처럼 규칙적으로 번갈아 가며 무대 위에 펼쳐 보이는 것이 일반적이다. 남자 주인공이 인생의 질곡과 불행에 짓눌리다가 마침내 밀짚 침상에 쓰러지면 그다음 장면에서는 충직한 하인이 그 사실을 모른 채 희극적인 노래로 관객을 즐겁게 해 준다. 우리는 여주인공이 거만하고 무자비한 남작의 손아귀에 떨어지는 것을 두근거리는 가슴으로 지켜보는데, 정조와 목숨을 모두 잃어버릴 처지에 놓인 그녀는 목숨을 희생해서라도 정조를 지키고자 품 안에서 비수를 꺼내 든다. 우리의 불안한 마음이 최고조에 달하는 순간, 호루라기 소리가 휘리릭 들리면서 장면이 홀연 성(城)의 커다란 홀로 바뀌고, 백발의 늙은 집사가 한 무리의 하인들과 우스꽝스러운 합창곡을 부르는 장면이 펼쳐진다. 그런데 노래보다 더 우스꽝스러운 이 하인 무리는 교회 지하 무덤에서 궁궐에 이르기까지 온갖 곳을 떼를 지어 자유롭게 휘젓고 다니면서 끊임없이 노래를 불러 댄다.

이런 전환들은 일견 말도 안 되는 것처럼 보인다. 하지만 그것들은 처음 생각만큼 그렇게 부자연스러운 것들이 아니다. 실제 인생에서도 떡 벌어지게 차려 놓은 식탁에서 임종의 자리로 옮겨 가거나 눈물 젖은 상복에서 휴일의 화려한 나들이옷으로 바꿔 입는 것 같은 놀라운 일들이 조금도 다르지 않게 일어나기 때문이다. 다만 이 경우 우리는 수동적인 구경꾼이 아니라 배우로 직접 참여하고, 여기에서 커다란 차이가 생길 뿐이다. 인생이라는 극장에서 배우로 연기할 때 우리는 상황의 급격한 전환이나 정열과 감정의 갑작스러운 분출을 전혀 의식하지 못하지만, 그저 구경하는 관객으로 바라볼 때는 그것들을 터무니없고 해괴하다고 비난하게 되는 것이다.

돌연한 장면 전환이나 시간과 공간의 급속한 이동은 이야기책에서 오랜 관례로 용인해 왔을 뿐만 아니라 많은 비평가들이 작가의 훌륭한 재주로 여기는 것들이기도 하다. 비평가들이 작가의 글쓰기 기량을 평가할 때 작가가 소설의 각 장 말미에서 인물들을 궁지에 버려두고 다른 데로 옮겨 가는 방식에 주목하는 것도 바로 이 때문이다. 그런 점에서 이번 장에 짧게 붙인 이 서론은 사실 불필요하다고 여길 수 있다. 그럼에도 본 작가가 이 서론을 붙인 것은 우리가 곧 올리버가 태어난 읍으로 되돌아간다는 것을 조심스럽게 암시하고자 함이었으니 독자들께 이해를 구한다. 그리고 이렇게 귀향하는 데는 분명 합당하고 실질적인 이유가 있으리라는 점 또한 믿고 받아 들여 주기를 바라는바, 그렇지 않고는 이번 여정을 함께하자 고 독자를 초대할 리 없기 때문이다.

이른 아침 구빈원 대문을 나선 범블 씨는 당당한 몸가짐과 위엄 있는 발걸음으로 하이 스트리트를 걸어갔다. 그는 한창 물이 오른 교구 관리의 훌륭한 풍채를 과시하고 있었다. 삼각 모와 외투가 아침 햇살에 눈부시게 빛나고 지팡이를 힘차게 꽉 움켜쥔 손은 건강미와 활력이 넘쳤다. 범블 씨는 늘 고개를 높이 쳐들고 걸었지만 이날 아침에는 보통 때보다 더욱 높이 고개를 쳐들었다. 멍한 눈빛에 어딘지 고양된 분위기를 풍겼 는데, 모르는 사람이 보았다면 말로 표현할 수 없는 위대한 생 각들이 그의 머릿속을 스쳐 지나고 있구나 하는 경외감으로 조심스럽게 행동했을 것이다.

범블 씨는 그에게 공손히 말을 건네는 조그만 가게의 주인 들이나 다른 사람들과 대화를 나누기 위해 걸음을 멈추지 않 았다. 그저 손을 한번 흔들어 그들의 인사에 답한 뒤 위엄에 찬 발걸음을 늦추지 않고 계속 나아갔는데, 그가 마침내 도착 한 곳은 맨 부인이 교구의 위탁을 받아 유아 극빈자들을 돌보 는 보육원이었다.

"저 망할 놈의 관리 자식!" 마당 대문을 흔들어 대는 귀에 익은 그 특유의 소리를 듣고 맨 부인이 말했다. "아침 일찍 이 시간에 나타날 인간은 저 작자밖에 없지! 아이고, 범블 나리. 세상에 이렇게 방문해 주시다니! 아, 정말이지 반갑기 그지없 군요! 자, 어서 응접실로 들어오세요, 나리."

앞부분의 말은 하녀 수전에게 한 것이었고 뒤의 기뻐하며 떠벌리는 큰 소리는 대문을 열며 범블 씨한테 건넨 것이었다. 훌륭하신 맨 부인은 커다란 존경심을 표하며 정중히 범블 씨를 집 안으로 안내했다.

"맨 부인." 여느 천박한 건달처럼 의자에 털썩 주저앉거나 내려앉지 않고 조금씩 몸을 낮춰 천천히 의자에 기대앉으며 범블 씨가 말했다. "부인, 맨 부인, 안녕하시오?"

"네, 덕분에 안녕하답니다. 나리께서도 안녕하시지요?" 맨 부인이 한껏 미소를 지으며 대답했다. "물론 편안히 잘 지내고 계시겠지요, 나리!"

"뭐, 그럭저럭 지내오, 맨 부인." 교구 관리가 대답했다. "교구 생활이 꽃방석처럼 편안한 건 아니니까 말이오, 맨 부인."

"아, 그래요, 정말 그래요, 범블 씨." 부인이 맞장구를 쳤다. 만약 그곳의 극빈 유아들이 이 말을 들었다면 그들 역시 한목소리로 맨 부인과 똑같은 대답을 너무나도 훌륭하게 외쳤을 것이다.

"교구 생활이란 게 말이오, 맨 부인." 범블 씨가 지팡이로 탁자를 치며 말을 이었다. "번뇌와 옘려와 고란[40]의 삶이라오. 그런데도 말이오, 모든 공직자는 늘 박애[41]만 받기 일쑤라오."

맨 부인은 교구 관리가 하는 말을 잘 알아듣지 못했지만 두 손을 들어 공감의 표정을 지어 보이고는 한숨을 내쉬었다.

---

40) '염려'와 '고난'을 범블이 잘못 발음한 것.
41) '박해'를 잘못 발음한 것.

"아, 그렇소! 한숨이 나오는 게 당연하오, 맨 부인!" 교구 관리가 말했다.

자기 행동이 적절했다는 걸 알아챈 맨 부인은 다시 한번 한숨을 내쉬었고, 공직자 나리께서도 이를 만족스럽게 여기는 게 분명했다. 하지만 나리께서는 자신의 삼각모를 엄하게 바라봄으로써 흡족해하는 미소를 짐짓 억누르며 말을 계속했다.

"맨 부인, 난 런던에 갈 예정이오."

"어머나, 범블 씨!" 맨 부인은 깜짝 놀라 뒤로 물러서며 소리쳤다.

"런던에 말이오, 부인." 교구 관리는 조금도 동요하지 않고 말을 이었다. "역마차를 타고, 극빈자 두 명을 데리고 가오, 맨 부인! 법적 분쟁이 한 건 진행 중인데, 극빈자의 거주지 지정 건이오. 이사회가 클러큰웰 하급 법원에 가서 이 문제에 대해 증언할 사람으로 나를 지명한 거요…… 나를 말이오, 맨 부인. 내 감히 말하건대." 범블 씨는 몸을 꼿꼿이 펴며 덧붙였다. "클러큰웰 하급 법원은 날 잘못 상대하다가는 얼마 못 가서 큰 코를 다치고 말 거요."

"오! 나리, 그 사람들을 너무 심하게 다루진 마세요." 맨 부인이 구슬리듯 말했다.

"이건 클러큰웰 하급 법원이 자초한 일이오, 부인." 범블 씨가 대답했다. "클러큰웰 하급 법원이 자기네 예상보다 불리한 꼴을 당한다면 그 책임은 전적으로 그들한테 있을 것이오."

이렇게 말을 토해 내는 범블 씨의 위협적인 태도에는 투철한 목표 의식과 깊은 결의가 너무나 강렬하게 배어 있어 맨 부인은 그야말로 경외감에 완전히 사로잡힌 듯했다. 마침내 그녀가 말했다.

"역마차로 가신다고요, 나리? 극빈자들은 언제나 수레에 실어서 보내는 걸로 알았지요."

"그건 그자들이 아플 때요, 맨 부인." 교구 관리는 말했다. "비 오는 날에 병든 극빈자들은 덮개 없는 수레에 태워 보낸다오, 감기에 안 걸리도록 말이오."

"아, 그래요!" 맨 부인이 말했다.

"상대편 교구의 마차와 계약을 맺어서 이 둘을 데려가도록 했소. 저렴한 비용으로 말이오." 범블 씨가 말했다. "둘 다 아주 건강이 나쁜 상태인데, 땅에 묻는 것보다 다른 데로 보내는 편이 2파운드나 싸게 든다는 것이 우리 계산인 거요. 물론 다른 교구에 떠넘길 수 있을 때 그렇다는 건데, 내 생각엔 충분히 떠넘길 수 있을 거요. 그자들이 우리한테 앙심을 품고 도중에 죽어 버리지만 않는다면 말이오. 하하하!"

범블 씨는 김새 소리 내어 웃다가 우연히 삼각모에 다시 시선이 닿자 즉시 엄숙해졌다.

"이런, 할 일을 깜박했소, 부인." 교구 관리가 말했다. "자, 여기 부인의 이번 달 교구 급여요."

범블 씨는 종이에 말아 싼 은화 몇 개를 지갑에서 내놓고 영수증을 요구했다. 맨 부인은 영수증을 써 줬다.

"잉크 얼룩이 좀 많습니다만, 범블 나리." 보육원 여원장이 말했다. "형식은 충분히 갖췄다고 하겠습니다. 감사합니다, 범블 씨. 정말이지 나리께 얼마나 많은 신세를 지는지 모르겠습니다."

범블 씨는 맨 부인이 무릎을 굽히며 올리는 인사에 온화하
게 고개를 끄덕이며 답례했다. 그러곤 아이들이 어떻게 지내
는지 물었다.

"아이고 그 귀엽고 예쁜 것들!" 맨 부인이 감정에 겨운 듯
이 말했다. "아무렴요, 아주 잘 지내고 있지요, 귀여운 것들!
물론 지난주에 죽은 두 아인 빼고요, 그리고 꼬마 딕도요."

"그 녀석은 조금도 나아지지 않았소?" 범블 씨가 물었다.

맨 부인은 그렇다고 고개를 저었다.

"못되고 사악하고 비뚤어진 구빈아 녀석 같으니라고. 내 이
놈을." 범블 씨가 화를 내며 말했다. "이놈 지금 어디 있소?"

"일 분 내로 불러오겠습니다, 나리." 맨 부인이 대답했다.
"딕! 얘, 너 어딨니?"

몇 번 불러 댄 끝에 마침내 딕을 찾아냈다. 맨 부인은 딕의
얼굴을 펌프 주둥이 아래에 처박았다가 옷자락으로 문질러
닦은 뒤 마침내 무시무시한 교구 관리 범블 나리 앞에 세웠다.

아이는 창백하고 야위었으며, 홀쭉한 두 뺨에 두 눈만 커다
랗게 반짝였다. 교구의 빈약한 누더기 옷을 그의 불행을 나타
내는 제복처럼 가냘픈 몸뚱이에 헐렁하게 걸쳤고, 어린 손발
은 늙은이의 손발처럼 말라 비틀어져 있었다.

이것이 범블 씨가 내려다보는 가운데 벌벌 떨며 서 있는 작
은 아이의 모습이었다. 아이는 감히 바닥에서 눈을 들지 못한
채 교구 관리의 목소리만 들어도 겁을 먹고 쓰러질 것 같았다.

"이 고집쟁이 꼬마야, 어서 나리님을 쳐다보지 못하겠니?"

맨 부인이 말했다.

아이는 조심스레 두 눈을 들어 범블 씨의 시선을 마주 바라보았다.

"어이, 구빈 소년 딕, 자넨 뭐가 문제인고?" 범블 씨가 딴에 적절한 농담이랍시고 명랑하게 물었다.

"아무 문제도 없습니다, 나리." 아이가 희미하게 대답했다.

"내 생각도 그렇다." 맨 부인이 말했다. 물론 범블 씨의 익살에 한참 동안이나 웃어 준 뒤에 한 말이었다. "넌 부족한 게 아무것도 없지, 정말로 말이야."

"한 가지 바라는……." 아이가 망설이며 말했다.

"아니, 뭐야!" 맨 부인이 끼어들었다. "너 지금 뭔가 부족한 게 있다고 말하려는 거야, 응? 아니, 이 망할 꼬맹이 자식이……."

"잠깐, 맨 부인, 잠깐 조용하시오!" 교구 관리가 손을 들어 권위를 표시하며 말했다. "그래, 바라는 게 있다고, 자네, 응?"

"저, 그러니까요." 아이는 머뭇머뭇 말했다. "누군가 글씨를 쓸 줄 알면 절 위해 종이에다 몇 자 적어 주었으면 해요. 그래서 그걸 접고 봉해서 제가 땅에 묻힌 뒤 저 대신 보관해 줬으면 해요."

"아니, 이 애가 무슨 말을 하는 거지?" 범블 씨가 큰 소리로 말했다. 이런 일을 익숙하게 겪은 그였지만 아이의 진지한 태도와 창백한 모습에 깊은 인상을 받은 것이다. "무슨 말을 하는 건가, 자네?"

"저, 그러니까요." 아이가 말했다. "불쌍한 올리버 트위스

트 형한테 제 진실한 사랑의 말을 남기고 싶어요. 그리고 도와
줄 사람 하나 없이 깜깜한 밤에 홀로 헤매는 형을 생각하며 제
가 얼마나 자주 혼자 앉아 울었는지 형에게 알려 주고 싶어요.
그리고 또." 아이는 자그만 두 손을 꼭 모아 쥐고 아주 열정적
으로 말했다. "이렇게 아주 어릴 때 죽는 걸 저는 기쁘게 여긴
다고 형한테 말하고 싶어요. 왜냐면 만약 제가 혹시라도 안 죽
고 살아서 어른이 되고 늙는다고 해 봐요. 그럼 천국에 있는
제 누이동생이 절 잊어버리든지 아니면 저하고 전혀 다른 모
습일 거 아니겠어요. 우리가 둘 다 어린아이로 천국에서 만나
는 게 정말이지 훨씬 더 행복할 거예요."

범블 씨는 형언할 수 없이 놀라워하는 표정으로 어린아이를
머리끝에서 발끝까지 훑어보았다. 그러곤 곁에 있는 맨 부인
을 돌아보며 말했다. "이놈들 모두 한 패거리요, 맨 부인. 저 숭
악한 올리버 놈이 이놈들을 모두 패둔아[42]로 만들어 놓았소!"

"정말 믿기지 않는군요, 나리!" 맨 부인이 두 손을 치켜들
고 악의에 찬 눈으로 딕을 바라보며 말했다. "이렇게 모진 꼬
마 악당 놈은 정말 처음이라니까요!"

"놈을 데려가시오, 부인!" 범블 씨가 위압적으로 말했다.
"이건 이사회에 보고해야 할 일이오, 맨 부인."

"이게 제 잘못이 아니라는 걸 이사님들께서 잘 이해해 주시
겠죠, 나리?" 맨 부인은 애처롭게 훌쩍이며 말했다.

"그리될 테니 걱정 마시오, 부인. 이사님들께 사태의 진상

---

42) '흉악한'과 '패륜아'를 범블이 잘못 발음한 것.

을 정확히 전달해 올리도록 하겠소." 범블 씨가 뻐기듯이 말했다. "자, 놈을 데려가시오, 녀석을 쳐다보기도 싫소."

덕은 즉시 끌려 나가서 석탄 저장실에 갇혔고, 잠시 후 범블 씨는 런던에 갈 준비를 하러 돌아갔다.

다음 날 아침 6시에 범블 씨는 삼각모를 둥근 모자로 바꿔 쓰고 망토가 달린 파란색 외투로 몸을 푹 감싼 뒤, 거주지 지정에 대한 분쟁을 초래한 두 극빈자를 동반하고 역마차의 바깥 자리에 올라가 앉았다. 그리고 예정된 시간에 따라 런던에 도착했다. 도중에 그는 두 극빈자의 타락한 행동에서 비롯된 어려움 말고는 별다른 시련을 겪지 않았는데, 둘이 고집스럽게도 부들부들 떨며 춥다고 계속 불평했던 것이다. 그들이 얼마나 떨어 댔는지 범블 씨는 그 때문에 자기까지 머리가 흔들리도록 이를 덜그럭덜그럭 부딪칠 만큼 몹시 불편한 기분이었다고 단언했다. 그 자신은 두툼한 외투를 뒤집어쓰고 있었음에도 불구하고 말이다.

심성이 사악한 이 두 사람을 숙소에 처박아 놓은 범블 씨는 역마차가 멈춘 집에 자리를 잡고 앉아 스테이크와 굴 소스, 그리고 흑맥주로 조촐한 저녁 식사를 들었다. 그러곤 물과 진을 섞은 뜨거운 칵테일 한 잔을 벽난로 위에 올려놓고 의자를 불가로 바짝 끌어당긴 후 너무나 만연한 이 불평불만의 죄악에 대해 다각적인 도덕적 사색을 펼치다가 마침내 정신을 가다듬고 신문을 읽기 시작했다.

범블 씨의 시선에 맨 처음으로 들어온 기사는 바로 다음과 같은 광고문이었다.

보상금 5기니

올리버 트위스트라는 사내아이가 지난 목요일 저녁, 펜턴빌의 집에서 실종 내지는 유괴를 당한 뒤 아직까지 행방이 묘연함. 상기한 올리버 트위스트를 찾는 데 도움이 되거나, 본 광고주가 여러 가지 이유로 깊은 관심을 지닌 이 아이의 지난 내력을 밝혀 줄 정보를 제공하는 사람에게 상기한 보상금을 지불하겠음.

이어서 올리버의 인상착의와 실종된 정황 등이 자세히 설명되어 있고 브라운로 씨의 성명과 주소가 생략 없이 전부 기재되어 있었다.

범블 씨는 두 눈을 번쩍 뜨고 광고문을 천천히, 주의 깊게 여러 번 읽었다. 그로부터 오 분 남짓 지났을까, 범블 씨는 펜턴빌을 향해 가고 있었다. 흥분한 탓에 뜨거운 칵테일 잔을 정말이지 맛도 안 본 채 그대로 남겨 두고서 말이다.

"브라운로 씨 계시냐?" 범블 씨는 문을 열어 준 어린 하녀에게 물었다.

흔히 그러듯이 하녀는 이 물음에 "잘 모르겠는데요, 어디서 오셨는지요?" 하고 다소 애매한 대답을 했다.

범블 씨가 용건을 설명하고자 올리버의 이름을 입 밖에 내자마자 거실 문 앞에서 귀를 기울이고 있던 베드윈 부인이 숨 가쁘게 현관으로 달려 나왔다.

"들어오세요, 어서 들어오세요." 노부인은 말했다. "그 애

소식을 듣게 될 줄 알았어. 아, 불쌍한 것! 내 이럴 줄 알았어, 틀림없이 이럴 줄 알았다니까! 아, 하느님 그 앨 보호하소서! 이럴 거라고 난 처음부터 말했지.”

선량한 노부인은 이렇게 말하더니 거실로 급히 되돌아갔다. 그러곤 소파에 앉아 울음을 터뜨렸다. 그러는 사이에 노부인처럼 감정이 여리지 않은 하녀가 위층으로 달려 올라갔다가 내려와 범블 씨에게 즉시 따라 올라와 주길 바란다는 주인의 말을 전했고, 범블 씨는 즉시 이에 응했다.

범블 씨는 작은 뒷방 서재로 안내되었는데, 그곳에는 브라운로 씨와 친구 그림윅 씨가 포도주 병과 유리잔을 앞에 두고 앉아 있었다. 그림윅 씨가 즉각 큰 소리로 외쳤다.

“교구 관리로군! 하급 교구 관리! 아니라면 내 머리통을 기꺼이 먹어 버리겠어!”

“제발 잠깐만 가만히 있어 주게.” 브라운로 씨가 말했다. “자, 좀 앉으시겠소?”

범블 씨는 그림윅 씨의 괴상한 태도에 크게 당황한 채 가리에 앉았다. 브라운로 씨는 교구 관리의 얼굴을 분명하게 잘 들여다볼 수 있도록 등불을 옮겨 놓은 뒤 약간 초조한 듯한 태도로 입을 열었다.

“자, 선생, 광고를 보고 찾아왔다 이 말씀이지요?”

“네, 그렇습니다.” 범블 씨가 말했다.

“당신은 하급 교구 관리가 맞지, 안 그렇소?” 그림윅 씨가 물었다.

“맞습니다, 전 어엿한 교구 관리입니다. 나리님들.” 범블 씨가 자랑스럽게 대답했다.

"그거 보라고." 그림윅 씨가 친구에게 말했다. "내 그럴 줄 알았다니까. 영락없는 하급 교구 관리야!"

브라운로 씨는 점잖게 머리를 가로저어 친구에게 조용히 해 달라는 표시를 한 뒤 다시 말을 이었다.

"그 불쌍한 아이가 지금 어디 있는지 당신은 아시오?"

"그건 나리나 마찬가지로 저도 모릅니다." 범블 씨가 대답했다.

"그렇다면 그 아이에 대해 뭘 알고 있소?" 노신사는 물었다. "자, 이보시오, 뭐든지 좋으니 말할 만한 게 있으면 어서 해 보시오. 당신은 그 아이에 대해 뭘 알고 있소?"

"설마 그 아이의 좋은 점을 안다고 하진 않겠지, 안 그렇소?" 그림윅 씨가 범블 씨의 용모를 주의 깊게 살펴본 뒤 신랄하게 말했다.

범블 씨는 이 질문에 아주 재빨리 반응하여 불길하고 엄숙한 태도로 고개를 흔들며 그렇다고 동의했다.

"자네도 봤지?" 그림윅 씨가 의기양양하게 브라운로 씨를 바라보며 말했다.

브라운로 씨는 근심스러운 표정으로 범블 씨의 찌푸린 얼굴을 바라보았다. 그러곤 올리버에 대해 아는 바를 가능한 한 짧게 요약해서 이야기해 달라고 요청했다.

범블 씨는 모자를 내려놓고는 외투 단추를 풀고 팔짱을 끼더니 고개를 살짝 기울여 과거를 회상하는 자세를 취했다. 그리고 잠시 생각에 잠겼다가 이야기를 시작했다.

교구 관리의 말은 이십 분가량이나 길게 이어졌는바, 이를 그대로 전하면 지루한 일이 될 것이다. 따라서 요점만 말하면 올리버는 주워 온 아이로 하층 계급의 사악한 부모에게서 태어났고, 태어날 때부터 배반, 배은망덕, 악의 같은 못된 성질만 보였으며, 죄 없는 한 소년을 비겁하고 잔인하게 공격한 뒤 야간에 주인집에서 도망침으로써 출생지에서 짧은 경력을 끝내고 사라졌다는 것이었다. 올리버가 정말로 자신이 묘사한 그런 아이라는 걸 증명하는 일환으로 범블 씨는 런던에 오면서 가져온 서류들을 탁자에 꺼내 놓았다. 그러곤 다시 팔짱을 끼고서 브라운로 씨가 말하기를 기다렸다.

　"안타깝게도 모두 사실인 것 같군!" 노신사가 서류를 훑어본 뒤 슬프게 말했다. "자, 얼마 안 되지만 당신이 알려 준 정보의 대가가 여기 있소. 그 아이에 대해 좋게 말하는 정보였다면 이 보상금의 세 배라도 기꺼이 내주었을 텐데 아쉽소."

　범블 씨가 이 사실을 좀 더 일찍 알았더라면 그는 자신의 그 짧은 이야기를 신의 다른 빛깔로 친해서 전달했을 게 거의 틀림없다. 하지만 이제 와서 그러기에는 너무 늦었으니 범블 씨는 근엄하게 고개만 가로저었다. 그러곤 5기니를 호주머니에 넣은 뒤 떠나갔다.

　브라운로 씨는 몇 분 동안 방 안을 왔다 갔다 했는데, 교구 관리의 이야기를 듣고 착잡해하는 모습이 역력했다. 그림윅 씨조차 더 이상 그를 자극하며 괴롭히기를 삼갈 정도였다.

　마침내 브라운로 씨가 걸음을 멈추더니 초인종을 격렬하게 울렸다.

"베드윈 부인." 가정부가 나타나자 그는 말했다. "그 아이, 올리버 말이오, 그 앤 사기꾼이오."

"그럴 리 없습니다, 나리. 절대 그럴 리 없어요." 노부인이 강하게 반대했다.

"분명히 말하지만 그렇소." 노신사가 날카롭게 대꾸했다. "그럴 리 없다니 그게 무슨 말이오? 방금 우린 그 애가 태어날 때부터의 이야기를 전부 들었소. 그 앤 철저히 못된 꼬마 악당으로 일관했다는 거요."

"전 절대로 믿지 못하겠어요." 노부인이 결연하게 대답했다. "절대로요!"

"당신네 늙은 여자들은 돌팔이 의사나 거짓 이야기책 말고는 아무것도 믿는 게 없지!" 그림윅 씨가 퉁명스레 말했다. "난 진작부터 다 알았어. 왜 처음에 내 충고를 안 받아들였는지 모르겠군. 그 애가 열병에 걸리는 바람에 그랬던 건가, 응? 그래, 뭐, 그 애가 관심을 끈다고? 관심을? 흥, 웃기고 있네!" 그러더니 그림윅 씨는 한바탕 요란하게 난롯불을 쑤셔 댔다.

"그 앤 사랑스럽고 착하고 은혜를 아는 아이였다구요, 나리." 베드윈 부인은 분개하며 쏘아붙였다. "전 아이들이 어떤지 잘 압니다, 나리. 지난 사십 년간 아이들을 겪어 온 사람이니까요. 그런 경험이 없는 사람들은 아이들에 대해 말할 자격이 없어요. 그게 바로 제 의견입니다!"

노총각인 그림윅 씨에게 이건 강력한 한 방이었다. 하지만 이 신사 양반은 미소만 지을 뿐 아무 반응을 보이지 않았다. 그러자 노부인은 고개를 홱 젖히고 앞치마 주름을 잡아 펴며 다시 한번 연설을 퍼부을 준비를 취했는데, 그때 브라운로 씨가 제지하고 나섰다.

"조용히 해요!" 노신사는 실상은 전혀 그렇지 않으면서 짐짓 화난 태도를 지으며 말했다. "다시는 내 앞에서 그 애 이름을 언급하지 마시오. 그걸 말해 두려고 불렀소. 절대로 하지 마시오. 아시겠소? 어떤 구실로도 절대 안 되오. 그만 나가 봐요. 명심하시오, 베드윈 부인! 진심으로 하는 말이오."

브라운로 씨의 집에는 그날 밤 가슴 아픈 사람들이 많았다.

올리버 역시 친절하게 잘 대해 준 그들을 생각하며 비통한 심정에 빠져 있었다. 그날 그들이 무슨 이야기를 들었는지 모르는 것이 그나마 다행이었다. 만약 알았다면 그의 가슴은 즉시 갈기갈기 찢어지고 말았을 것이다.

18장
올리버가 평판 좋은 친구들과 유익한
교제를 나누며 어떻게 지내는지 보여 준다.

다음 날 정오 무렵, 꾀돌이와 베이츠 군이 그들의 일상적인 직무를 수행하러 나가고 없을 때 페이긴 씨는 기회를 잡아 올리버에게 배은망덕의 심각한 죄악에 대해 긴 설교를 들려주었다. 그는 올리버가 자신을 걱정해 주는 친구들과의 교제를 고의적으로 피하고, 더 나쁘게는 그토록 큰 수고와 비용을 들여 그를 찾아내 친구들 곁으로 데려왔는데도 다시 도망가려고 시도함으로써 엄청난 배은망덕의 죄악을 범했음을 아주 명료하게 설파했다. 페이긴 씨는 올리버가 굶어 죽을 뻔할 때 자신이 시기적절하게 그를 받아들여 도와주고 보살펴 주었다는 사실을 크게 강조했다. 또 올리버와 유사한 형편이었지만 그가 자비를 베풀어 구원해 준 한 소년의 음울하고 가련한 이야기를 들려주었는데, 그 아이는 페이긴의 신뢰를 받을 자격이 없는 행동을 하며 경찰과 내통하려는 마음까지 드러내더니 결국 불행하게도 어느 날 아침 올드 베일리[43]에서 교수형을 당하고 말았다는 것이다. 페이긴 씨는 이 비극적 파멸에서 자신이 한 역할을 숨기려 하지 않고, 오히려 소년의 비뚤어진 배신행위 때문에 그 자신이 어쩔 수 없이 법정에서 모종의 반대 증언을 하는 희생을 감수해야 했다고 두 눈에 눈물을 글썽이며 개탄하듯 말했다. 그리고 그 증언은 엄밀히 말해 진실한 것이 아니었으나 페이긴 자신과 친구의 소중한 안전을 위해 절대적으로 꼭 필요한 것이었다고 했다. 페이긴 씨는 교수형 당할 때의 고통을 다소 불쾌한 언어로 묘사함으로써 이야기를 마무리한 뒤, 아주 다정하고 정중한 태도로 자신이 올리버를 그 같은 험한 지경으로 몰아가는 일이 없기를 간절히 바란다고 말했다.

유태인이 하는 이야기를 들으며 그 속에 담긴 음험한 협박의 의미를 불완전하게나마 알아들은 어린 올리버의 피는 차갑게 얼어붙었다. 죄 없는 사람과 범죄자가 우연히 동행하게 될 때 법과 경의조가 둘 사이를 혼동할 가능성이 있다는 것을 올리버는 이미 알고 있었다. 그리고 이 늙은 유태인이 불편할 정도로 내막을 많이 아는 사람이나 지나치게 입이 가벼운 사람을 파멸시키려는 은밀한 계획을 고안하고 실제로 여러 차례 실행에 옮긴 것도 그와 싸익스 씨 사이에 오간 말다툼의 전체적인 성격을 돌이켜 볼 때 결코 불가능한 일은 아니라고 생각했다. 왜냐면 그 말다툼은 그런 종류의 과거의 음모들과 관

---

43) 런던의 중앙 형사 재판소.

련이 있는 듯했기 때문이다. 올리버는 겁먹은 표정으로 유태인의 날카로운 시선을 올려다보았다. 그는 자신의 얼굴이 창백해지고 손발이 떨리는 것을 이 세밀한 노신사가 놓치지 않고 바라보며 내심 즐기고 있음을 느꼈다.

유태인은 흉측한 미소를 짓고 올리버의 머리를 토닥토닥 두드려 주면서, 말썽 안 피우고 잘 지내고 열심히 일을 배우면 모두들 친구처럼 아주 잘 대해 줄 것이라고 말했다. 그런 다음 모자를 집어 들고는 여기저기 기운 낡은 외투를 뒤집어쓰고 밖으로 나갔다. 그러곤 방문을 잠갔다.

그리하여 올리버는 그날 하루 종일, 그리고 그 뒤로 여러 날 동안 대부분의 시간을 방 안에 갇혀 보냈다. 아침 일찍부터 한밤중까지 아무도 만나는 사람이 없이 기나긴 시간을 혼자 생각하며 지내도록 버려졌다. 그는 언제나 친절하게 대해 준 사람들 생각으로, 그들이 틀림없이 오래전에 그에 대해 나쁜 평가를 내리고 말았을 것이라는 생각으로 되돌아가곤 했으니 정말이지 슬픈 광경이었다.

일주일가량 지났을 때 유태인이 더 이상 방문을 잠그지 않았다. 그리고 올리버가 집 안을 자유롭게 돌아다니도록 내버려 두었다.

아주 더러운 집이었다. 위층 방들은 커다랗고 높은 목제 벽난로 선반이 있고, 큼지막한 방문에 벽마다 판자를 덧대었으며, 천장에는 돌림띠 장식이 있었다. 이들은 비록 오랫동안 방치되고 먼지가 쌓여 시커맸지만 다양한 모양으로 장식되어 있었다. 모든 표식들을 둘러본 올리버는 오래전 유태인 영감이 태어나기 전에는 이 집이 지체 높은 사람들이 살던 집이었고, 그래서 지금은 음침하고 황량해 보여도 그때는 굉장히 화려하고 멋있는 곳이었을 거라는 결론을 내렸다.

벽과 천장의 모서리마다 거미들이 집을 쳐 놓았고, 이따금 올리버가 조용히 방 안으로 들어갈 때면 생쥐들이 겁에 질려 바닥을 가로질러 제 구멍으로 황급히 달아나곤 했다. 이런 것들 말고 생명체라곤 아무것도 보이지도 들리지도 않았다. 날이 어두워지고 이 방 저 방 돌아다니다 지친 올리버는 자주 현관문 옆 복도 한구석에 웅크리고 앉아 있었다. 살아 있는 사람들에게 최대한 가까이 다가가기 위해서였는데, 유태인이나 다른 소년들이 돌아올 때까지 그렇게 몇 시간이고 앉아 귀를 기울이며 시간을 세곤 했다.

방이란 방은 모두 곰팡내 나는 덧문으로 꼭꼭 닫혀 있었고, 덧문을 고정하는 쇠막대들은 꽉 죄고 비틀린 채 나무 문짝에 단단히 박혀 있었다. 방 안에 비쳐 드는 빛이라곤 문짝 상단부의 동그란 구멍 몇 개를 통해 새어 드는 게 전부였는바, 이로 인해 오히려 더 어둡고 우울한 느낌이었고 이상한 그림자들이 방 안을 가득 채웠다. 덧문으로 막지 않고 밖에 녹슨 쇠막대들만 쳐 놓은 뒤쪽 다락방 창문이 하나 있었는데, 올리버는 자주 이 창문을 통해 우울한 얼굴로 몇 시간이고 계속해서 밖을 내다보곤 했다. 하지만 보이는 거라곤 무질서하게 밀집한 주택의 지붕 꼭대기와 시커먼 굴뚝과 박공벽뿐이었다. 이따금 멀리 어느 집 난간 너머로 머리 희끗희끗한 사람이 내다보는 게 보이기도 했지만 그 사람은 금세 들어가 버리곤 했다.

올리버의 이 전망대 창문은 못질로 고정되어 있는 데다 오랜 세월 비와 연기 등으로 더러워진 탓에 할 수 있는 것이라곤 그저 창문 너머로 보이는 여러 가지 형체를 분간하는 게 다였으며, 다른 사람에게 모습을 보여 주거나 목소리를 전한다는 것은 성 바오로 대성당의 꼭대기 지붕 아래 사는 것이나 다름없이 애초부터 불가능한 일이었다.

어느 날 오후, 두 젊은 신사 꾀돌이와 베이츠 군한테 저녁에 외출할 약속이 생겼다. 두 사람 중 꾀돌이가 왠지 자신의 몸치장에 대해 약간 우려를 표명하고 싶은 생각이 들었다.(공정하게 말하건대 이것은 꾀돌이가 습관적으로 보이는 약점이 결코 아니었다.) 그리하여 이런 목적과 의도를 가지고 꾀돌이는 올리버에게 즉시 자신의 치장을 도우라고 자선이라도 베풀듯 명령을 내렸다.

올리버는 뭔가 도움 되는 일을 한다는 게 너무나 기뻤고, 또 아무리 못된 악당이라 할지라도 마주 대할 얼굴이 있다는 게 너무나 행복했다. 게다가 그는 정직하게 할 수 있는 일이라면 주변 사람들의 호감을 사기 위해 무엇이든 하려는 마음이 간절했으므로 꾀돌이의 제안에 어떤 반대도 제기하지 않았다. 그래서 그는 기꺼이 그러겠노라는 의사를 즉각 표명하고 바닥에 무릎을 꿇고 앉았다. 그리고 꾀돌이가 탁자 위에 걸터앉아 한쪽 발을 그의 무릎에 올리자 도킨스 씨, 즉 꾀돌이가 '족발 상자 광칠하기'라고 일컫는 일을 열심히 하기 시작했다. 쉽게 말해서 구두를 닦았다는 뜻이다.

이성을 지닌 동물이 먼저 구두를 벗는 수고를 할 필요 없이,

또 나중에 다시 신는 고생도 할 필요 없이 신고 있는 그대로 남에게 구두를 맡기고 탁자 위에 내내 편한 자세로 걸터앉아 파이프를 물고 한쪽 다리를 태평스레 앞뒤로 흔들어 댈 때 느끼게 마련인 자유와 독립의 느낌 때문이었는지, 아니면 기분을 달래 주는 좋은 담배 맛 때문이었는지, 아니면 생각을 부드럽게 녹이는 순한 맥주 맛 때문이었는지 어쨌든 꾀돌이는 그 순간 잠시 자신의 전체적인 본성과 어울리지 않는 낭만과 열정의 기분에 살짝 젖어 든 게 분명했다. 그는 생각에 잠긴 얼굴로 잠깐 동안 올리버를 내려다보더니, 고개를 쳐들면서 부드러운 한숨을 내쉬고는 반쯤은 혼잣말로 반쯤은 베이츠 군을 향해 "얘가 빵재비가 아니라니 참 애석한 일이야!" 하고 말했다.

"그래!" 찰리 베이츠 군이 말했다. "자기한테 좋은 게 뭔지를 모르는 애라니까."

꾀돌이는 다시 한번 한숨을 쉬더니 파이프를 물었다. 찰리 베이츠 역시 그렇게 했다. 둘은 몇 초 동안 말없이 담배를 피웠다.

"넌 아마 빵재비가 뭔지도 모르겠지?" 꾀돌이가 안타깝다는 듯이 말했다.

"대충 뭔지 알아." 올리버가 올려다보며 말했다. "그건 소매치…… 그러니까 네가 그거잖아, 그렇지?" 올리버는 하려던 말을 바꿔 다른 말로 물었다.

"그래, 맞아." 꾀돌이가 대답했다. "그리고 그보다 더 훌륭한 직업은 없지." 도킨스 씨는 이렇게 자부심을 표현한 뒤 모자를 거칠게 홱 젖혀 보이며 베이츠 군을 바라보았는데, 마치 반박하는 말을 얼마든지 해 봐라, 그럼 대단히 고맙게 여기겠다는 투였다.

"그래, 맞아." 꾀돌이는 되풀이하며 말했다. "찰리도 그렇고, 페이긴도 그렇고, 싸익스도 그렇고, 낸시도 그렇고, 벳도 그래. 우리 모두가 다 그렇지, 싸익스의 개까지 포함해서 말이야. 사실 우리 중 제일 교활한 고수는 그 개일걸!"

"입이 제일 무거운 놈이기도 하고 말이야." 찰리 베이츠가 덧붙였다.

"녀석은 증인석에서 꼬투릴 안 잡히려고 짖어 대지도 않을 놈이지. 그래, 증인석에다 묶어 놓고 두 주 동안 먹을 걸 안 줘도 입도 뻥끗 안 할걸." 꾀돌이가 말했다.

"정말 조금도 뻥끗 안 할 거야." 찰리가 맞장구를 쳤다.

"아주 별난 개야. 낯선 사람이 자기 앞에서 웃어 대거나 노랠 불러 대도 사납게 노려보는 법이 없거든!" 꾀돌이가 말을 계속했다. "깽깽이 켜는 소릴 들어도 전혀 으르렁대질 않고 말이야! 게다가 자기와 종자가 다른 개들을 조금도 싫어하지 않는다니까! 정말이야!"

"그야말로 철저한 기독교도지." 찰리가 말했다.

이 말은 단지 그 개의 특출한 능력에 대한 찬사로 던진 것에 불과했다. 하지만 베이츠 군이 잘 몰랐을 뿐 그것은 다른 의미에서 꽤 적절한 말이었다. 왜냐하면 철저한 기독교인이라고 자처하는 신사와 숙녀분들 가운데 싸익스 씨의 개와 희한하고 강력한 여러 유사점을 지닌 사람들이 꽤 많기 때문이다.

"자, 그만." 꾀돌이가 엇나간 말을 원래의 지점으로 되돌리며 말했다. 이런 꼼꼼함은 그의 모든 행동에 영향을 끼치는 직업상의 주도면밀함에서 나온 것이었다. "그건 여기 이 풋내기 꼬마하곤 아무 상관 없어."

"그래, 맞아." 찰리가 말했다. "야, 올리버, 너 페이긴 밑에서 일하는 게 어때?"

"당장 큰 부자가 될 수 있는데 말이야." 꾀돌이가 씩 웃으며 덧붙였다.

"그럼 모아 둔 재산으로 은퇴해서 신사처럼 살 수도 있고. 사실 나도 그럴 작정인데, 앞으로 다가오는 다섯 번째 윤년의 삼위일체 축제 주간, 마흔 두 번째 화요일에 말이야."[44] 찰리 베이츠가 말했다.

"난 싫어." 올리버가 겁먹은 어조로 대답했다. "날 그냥 보내 주면 좋겠어. 난…… 난…… 여길 떠나고 싶어."

"페이긴은 절대 안 보내 줄걸!" 찰리가 대답했다.

올리버는 이 사실을 너무나 잘 알고 있었다. 하지만 자기 생각을 더 이상 분명하게 표현하면 위험할 것 같아 그저 한숨만 한 번 내쉬고 구두 닦는 일을 계속했다.

"떠난다고!" 꾀돌이가 소리쳤다. "아니, 넌 배알도 없냐? 넌 자존심도 하나 없냐고? 네 친구들한테 돌아가서 얹혀살고 싶다는 거냐?"

---

44) 삼위일체 축제 주간에는 마흔두 번째 화요일이 없으므로 찰리는 부자가 되어 은퇴하는 게 불가능하다는 뜻을 감춰 놓고 있다.

"제기랄!" 베이츠 군이 호주머니에서 비단 손수건을 두세 장 꺼내 벽장에다 던져 넣으며 말했다. "그건 너무 비열한 짓이다, 정말."

"나라면 그런 짓 못 해." 꾀돌이가 말하며 역겹다는 태도를 거만하게 지어 보였다.

"하지만 너희는 친구들을 버리고 가잖아." 올리버가 희미하게 미소를 지으며 말했다. "그래서 너희가 한 일로 그들이 대신 벌을 받게 하잖아."

"그건." 꾀돌이가 파이프를 흔들어 대며 대답했다. "그건 다 페이긴을 생각해서 그런 거야. 우리가 함께 일한다는 걸 경찰이 다 알기 때문에 우리가 줄행랑을 치지 않았으면 페이긴이 곤경에 빠지고 말았을 거라고. 바로 그래서 그랬던 거야, 안 그러냐, 찰리?"

베이츠 군은 고개를 끄덕여 동의를 표하고는 뭔가 말을 덧붙이려고 했다. 하지만 올리버가 도망치던 장면이 갑작스레 다시 생각나는 바람에 막 들이마시던 담배 연기가 웃음과 뒤엉켜 머리 쪽으로 올라갔다가 목구멍으로 내려왔고, 그 결과 기침을 하고 발을 굴러 대는 발작이 오 분가량이나 지속되었다.

"자, 봐!" 꾀돌이가 1실링짜리와 0.5페니짜리 동전을 한 움큼 꺼내면서 말했다. "여기 바로 신나는 인생이 있어! 이게 어디서 생기든 상관없는 거라고! 자, 받아. 그걸 가져온 곳에서 얼마든지 더 가져올 수 있어. 뭐, 안 받는다고, 안 받겠다고! 에라, 이 바보 천치 같은 놈!"

"그건 못된 짓이지, 그렇지, 올리버?" 찰리 베이츠가 물었

베이츠 군이 직업적인 전문 용어를 몸짓으로 설명해 주다.

다. "쟤는 모가지 줄에 매달리고 말 거야, 그렇지?"

"그게 무슨 말인지 잘 모르겠어." 올리버가 대답했다.

"이런 거 말이야, 이 친구야." 찰리가 말했다. 그렇게 말하면서 베이츠 군은 목에 두른 자신의 목수건 한쪽 끝을 잡아당겨 공중에 뻣뻣하게 세워 올리는 것과 동시에 고개를 어깨 위로 툭 떨구고 이빨 사이로 괴상한 비명 소리를 내뱉었다. 말하자면 모가지 줄에 매달리는 것과 교수형을 당하는 것이 하나의 동일한 사건임을 생생한 무언극으로 보여 준 것이다.

"그게 바로 그 뜻이야." 찰리가 말했다. "잭, 저 녀석 휘둥그레 쳐다보는 꼴 좀 봐! 저렇게 기막힌 친구는 내 평생 처음 본다니까. 난 저 녀석 땜에 웃다가 죽고 말 거야. 정말 그러고 말 거야." 베이츠 군은 다시 한번 신나게 웃어 대더니 눈에 눈물을 글썽이며 담배 파이프를 다시 물었다.

"넌 이제까지 잘못 자랐어." 올리버가 구두를 다 닦았을 때 꾀돌이는 만족스럽게 살펴보며 말했다. "하지만 페이긴이 널 쓸 만하게 만들어 줄 거야. 아니면 넌 그가 데리고 있는 애들 중에 처음으로 쓸모없는 애로 판명 나겠지. 당장 시작하는 게 좋을 거다. 네가 미처 생각하기도 전에 이 직업에 발을 들여놓게 될 텐데 괜히 시간 낭비할 필요 없으니까 말이다, 올리버."

베이츠 군은 자기 나름의 이런저런 도덕적 훈계를 통해 꾀돌이의 충고를 뒷받침했다. 그리고 이 훈계가 끝나자 그의 친구 도킨스 씨과 베이츠 군은 자신들이 영위하는 삶에 수반되는 수많은 즐거움을 화려하게 묘사하기 시작했다. 그러면서 올리버가 할 수 있는 최선의 일은 지체 없이 페이긴의 환심을 사는 것이며, 그것은 바로 자신들이 사용했던 수단을 통해서 가능하다는 여러 가지 암시를 그 사이사이에 끼워 넣었다.

"그리고 언제나 이걸 머릿속에 명심해 두거라. 올리버." 유태인이 밖에서 문을 따고 들어오는 소리가 날 때 꾀돌이가 말했다. "네가 손닭개랑 째깍이를 안 가져가면…….."

"그런 식으로 말하면 무슨 소용이야?" 베이츠 군이 끼어들었다. "앤 그게 무슨 말인지 모르잖아."

"네가 손수건과 손목시계를 안 가져가면." 꾀돌이는 올리버의 능력에 맞게 대화의 수준을 낮추며 말했다. "누군가 다른 놈이 가져갈 거야. 그래서 그걸 잃어버린 놈은 여전히 똑같은 손해를 보는 거고 너도 손해라 이거야. 아무도 땡전 한 푼 이익을 못 보고, 그걸 가져간 녀석만 이득을 보는 거지. 그러니 너도 그 다른 놈과 마찬가지로 그걸 가져갈 똑같은 권리가 있다 이 말씀이야."

"물론이지, 물론이고말고!" 올리버가 모르는 사이에 방에 들어온 유태인이 말했다. "모든 실 한마디로 잘 요약했구나, 올리버야. 한마디로 말이다. 꾀돌이 말을 믿고 따르거라. 하하하! 꾀돌이는 자기 직업의 핵심을 알거든."

유태인 영감은 이렇게 꾀돌이의 논증을 확고히 지지하며 아주 즐거운 듯이 두 손을 비벼 댔다. 그러곤 제자의 능숙한 달변을 기뻐하며 낄낄거렸다.

대화는 그 순간 더 이상 진행되지 않았는데, 그것은 유태인이 벳 양과 함께 꾀돌이가 톰 치틀링이라고 부르며 인사한 올리버가 전에 보지 못한 한 신사를 동반하고 돌아왔기 때문이다. 이 신사는 계단에서 꾸물거리며 벳 양과 정중하게 몇 마디 교제를 나누고 난 뒤에야 비로소 방에 들어왔다.

치틀링 씨는 꾀돌이보다 나이가 많았다. 아마 열여덟 살은 족히 되어 보였는데, 그럼에도 이 어린 신사를 대하면서 어느 정도 존경하는 태도를 보였으니, 직업적인 재능과 성취의 측면에서 자신이 약간 뒤떨어진다는 의식을 드러내는 징표 같았다. 그는 작고 반짝이는 눈에 얼굴에는 마마 자국이 있었고, 모피 모자에 짙은 코르덴 웃옷과 기름때 묻은 능직 바지를 입었으며, 그 위에 상인들이 걸치는 앞치마를 둘렀다. 사실 그의 옷차림은 손질이 잘 안 된 상태였다. 하지만 그는 방 안의 사람들에게 자기가 겨우 한 시간 전에야 빵깐살이를 끝내고 나왔으며, 지난 여섯 주 동안 빵깐 제복을 입고 지낸 탓에 사복에 전혀 신경을 쓸 수가 없었다고 변명했다. 그러면서 치틀링 씨는 강력한 불만을 터뜨리며 덧붙이기를, 그곳 빵깐에서는 옷을 훈증 소독하는 새로운 방법을 쓰는데 이것은 법에 어긋나는 악랄한 소행이라고 했다. 왜냐면 옷이 타서 구멍이 나도 관할 당국인 주(州)에 아무런 배상 청구도 못 하기 때문이었다. 그는 머리를 깎는 규정도 똑같은 비난을 받아 마땅하다며, 그것도 명백한 불법이라고 주장했다. 끝으로 치틀링 씨는 죽도록 중노동하며 보낸 기나긴 사십이 일 동안 술 한 방울도 맛보지 못했다며, "자신의 몸이 석회 가루 바구니만큼 바싹 말라 있지 않다면 자기를 완전히 작살내도 좋다."라고 선언하면서 열변을 마쳤다.

"이 신사분이 어디서 오신 것 같으냐, 올리버야." 다른 아이들이 술병을 탁자에 가져다 놓는 동안 유태인이 씩 웃으며 물었다.

"잘…… 잘…… 모르겠는데요, 나리." 올리버가 대답했다.

"앤 누구죠?" 톰 치틀링이 올리버에게 경멸을 가득 담은 시선을 던지며 물었다.

"내 어린 친구란다, 애야." 유태인이 대답했다.

"그렇다면 운이 좋은 친구로군." 젊은이가 의미심장하게 페이긴을 바라보며 말했다. "내가 어디서 왔는지 상관 마라, 꼬마야. 5실링짜리 은화를 걸고 장담하는데, 너도 틀림없이 곧 거기 가게 될 테니 말이다!"

이 재치 있는 말에 소년들은 모두 웃었다. 그들은 같은 주제를 가지고 좀 더 농담을 하더니 페이긴과 짧게 속삭이는 말을 주고받았다. 그러곤 자리를 떴다.

마지막에 들어온 젊은이와 페이긴은 자기들끼리 따로 몇 마디 말을 나누고 난 뒤 의자를 불 가까이로 끌어당겨 앉았다. 유태인은 올리버에게 옆에 와서 앉으라고 말하고는, 듣는 사람들의 흥미를 끌기 위해 계산된 화제들로 대화를 이끌었다. 이 직업의 큰 이점들, 꾀돌이의 능숙한 재주, 찰리 베이츠의 명랑함, 유태인 자신의 넉넉한 인심 등이 화제였다. 마침내 화제들이 완전히 고갈되는 징조가 나타나기 시작했고, 치틀링 씨 역시 기력이 다했다는 징조를 보이기 시작했다. 교도소 생활은 한두 주일만 하고 나와도 몹시 피곤한 법이기 때문이다. 따라서 벳 양은 치틀링 씨와 나머지 사람들이 쉴 수 있도록 자리에서 일어섰다.

이날 이후로 올리버는 혼자 남는 경우가 거의 없이 거의 항상 다른 두 소년들을 상대하며 그들과 어울려 지내야 했는데, 이들 두 소년은 전에 유태인과 하던 놀이를 매일 반복했다. 이게 그들의 솜씨를 향상시키기 위해서였는지, 아니면 올리버를 가르치기 위해서였는지는 페이긴만이 알 일이었다. 유태인 영감은 간혹 자기가 젊은 시절에 저지른 강도질 이야기를 아이들에게 해 주었는데, 기이하고 우스꽝스러운 내용이 어찌나 많은지 올리버는 그러면 안 된다고 느끼면서도 터져 나오는 웃음을 참지 못하고 자기도 모르게 재미있어하는 모습을 보이곤 했다.

요컨대 교활한 유태인 영감은 올리버를 올가미에다 걸어둔 것이었다. 아이를 외롭고 우울한 상태에 빠지게 함으로써 황량한 그곳에서 혼자 슬픈 생각들을 벗하며 지내기보다는 차라리 어떤 사람이든 함께 있으면 좋겠다는 마음을 갖도록 만든 다음, 이제 아이의 영혼에 시커먼 독을 서서히 주입하기 시작했다. 그리하여 영혼을 영원히 시커멓게 물들여 놓을 심산인 것이다.

19장
한 가지 주목할 만한 계획을
의논하고 결정한다.

싸늘하고 습하고 바람 부는 밤이었다. 유태인은 쭈글쭈글한 몸에 커다란 외투를 걸치고 단추를 단단히 잠근 뒤 얼굴 아래쪽을 완전히 가릴 만큼 깃을 귀 위까지 잡아 올리고는 자신의 소굴을 나섰다. 그는 등 뒤로 문에 걸쇠가 채워지고 쇠사슬 고리까지 걸리는 동안 계단에 잠시 멈춰 서 있었다. 그러곤 소년들이 모든 걸 확실하게 잠글 때까지 귀를 기울이며 듣다가 그들이 안으로 물러가는 발걸음 소리가 더 이상 들리지 않자 마침내 살그머니 길을 따라 최대한 빠른 걸음으로 걷기 시작했다.

올리버가 납치된 집은 화이트 채플[45] 근처에 있었다. 유태

---

45) 런던 동부에 있는 지역으로 디킨스가 살던 당시 인구 밀도가 높은 하층 계급 거주 지역이었다.

인은 길모퉁이에서 한순간 걸음을 멈췄다. 그러곤 의심스러운 듯이 주변을 살펴본 다음 길을 건너서 스피탈필드[46] 쪽을 향해 나아갔다.

돌이 깔린 길바닥은 진흙탕이고 거리는 시커먼 안개에 휩싸여 있었다. 추적추적 비가 내리고 손에 닿는 모든 것이 차갑고 끈적끈적했다. 유태인 영감 같은 존재가 돌아다니기에 딱 알맞은 밤 같았다. 건물들의 담벼락이나 현관의 그늘진 곳에 몸을 숨겨 가며 은밀하게 미끄러지듯 걸어가는 이 가증스러운 영감은 흡사 자신이 지나는 그 진흙탕과 어둠에서 태어난 어떤 흉측한 파충류 같았다. 그래서 밤에 끼닛거리로 영양가 높은 고기 찌꺼기 따위를 뒤지러 기어 나온 것처럼 보였다.

유태인은 좁고 구불구불한 길을 수없이 지나 계속 나아가다가 베스널 그린에 이르렀다. 거기서 갑자기 왼쪽으로 방향을 튼 그는 곧 더럽고 초라한 미로 같은 거리로 들어섰는데, 비좁고 인구 밀도가 높은 그 지역에는 그런 거리들이 흔했다.

유태인은 자신이 통과하는 지역을 아주 잘 아는 게 분명했다. 캄캄한 밤인 데다 복잡하게 뒤엉킨 길이었지만 당황하는 기색이 전혀 없었다. 골목과 거리 몇 개를 빠르게 지나쳐 간 그는 마침내 길을 비추는 가로등이 길 저 끝에 하나밖에 없는 어느 거리로 접어들었다. 그는 어느 집 앞에 이르러 문을 두드렸다. 그러곤 문을 열어 준 사람과 몇 마디 속삭이는 말을 주고받은 후 위층으로 올라갔다.

---

46) 당시 런던의 악명 높은 범죄 빈민가였다.

그가 방문 손잡이를 잡는 순간 안에서 개가 으르렁거리며 짖었고, 그와 동시에 누구냐고 묻는 사내의 목소리가 들렸다.

"날세, 빌. 이보게, 그저 나일 뿐이네." 유태인이 고개를 들이밀며 말했다.

"그럼 몸뚱이까지 어서 들여놓으슈." 싸익스가 말했다. "그만 자빠져 누워, 이 멍청한 똥개야! 커다란 외투 입었다고 저 악당 영감을 못 알아보는 거야, 인마?"

개는 페이긴 씨의 겉옷 때문에 오해를 한 게 분명했다. 왜냐면 유태인이 단추를 풀고 의자 등받이에 외투를 벗어 던지자 꼬리를 흔들어 대며 원래 앉았던 방구석으로 되돌아감으로써 자신의 천성에 합당한 만큼 상황이 충분히 만족스럽다는 뜻을 표시했던 것이다.

"그래, 어떻소!" 싸익스가 말했다.

"뭐, 괜찮네, 이보게." 유태인이 대답했다. "오, 낸시!"

나중의 인사말을 하는 유태인의 약간 어색한 어조에는 상대방이 인사를 받아 줄까 하는 의심이 살짝 깃들어 있었다. 이 젊은 아가씨가 올리버를 위해 페이긴에게 대든 이후로 두 사람은 아직 만난 적이 없었기 때문이다. 하지만 이 문제에 관한 모든 의심은 그게 얼마만큼이든지 간에 젊은 아가씨의 행동에 의해 즉각 사라졌다. 그녀는 벽난로 망에서 발을 떼고는 앉아 있던 의자를 뒤로 밀치더니 페이긴에게 의자를 당겨 앉으라고 권하며 정말로 추운 밤이라고만 했을 뿐 그 문제에 관해 아무 말도 하지 않았던 것이다.

"그래, 정말 춥구나, 낸시야." 유태인이 비쩍 마른 두 손을 불에 녹이면서 말했다. "추위가 온몸을 꿰뚫는 것 같구나." 영감은 옆구리를 쓸며 덧붙였다.

"영감의 심장을 뚫고 지나갈 정도라면 정말 날카로운 추위인 게 틀림없지." 싸익스 씨가 말했다. "낸시, 영감한테 마실 것 좀 갖다 줘. 이런 젠장, 빨리 좀 못 움직여! 송장 뼈다귀 같은 저 홀쭉한 영감태기가 무덤에서 방금 나온 쭈그렁 귀신마냥 저렇게 달달 떠니 그냥 보기만 해도 병이 날 지경이야."

낸시는 재빨리 찬장에서 술병 하나를 가져왔다. 찬장에는 병이 많았는데, 그 다양한 모양으로 보아 술의 종류가 여러 가지인 것 같았다. 싸익스는 브랜디를 한잔 따라 주며 유태인한테 어서 들이켜라고 재촉했다.

"이 정도면 충분하네, 아주 충분해. 고맙네, 빌." 유태인은 술잔을 그냥 입술에 대기만 하고 내려놓으며 대답했다.

"뭐야! 우리가 당신을 속일까 봐 겁내는 거요, 응?" 싸익스가 유태인을 노려보며 물었다. "나 원 참!"

싸익스 씨는 경멸에 찬 불만의 소리를 거칠게 내뱉으며 술잔을 홱 잡아채더니 그 내용물을 난로의 재에다 뿌려 버렸다. 이것은 자신을 위해 다시 한잔 채우기 위한 예비 조치였던바, 그는 즉시 잔을 채웠다.

유태인은 동료가 두 번째 잔을 입에 털어 넣을 때 방 안을 흘긋 둘러보았다. 전에 자주 와 본 곳이었으므로 호기심 때문은 아니었고, 매사에 불안해하고 의심스러워하는 습관에서 비롯된 행동이었다. 보잘것없이 가구를 갖춰 놓은 방이었다. 옷장의 내용물만 제외하면 어느 모로 보나 평범한 노동자가 거주하는 방이 틀림없다고 여길 만한 곳으로, 구석에 세워 놓은 두세 개의 묵직한 몽둥이와 벽난로 선반 위에 걸린 호신용 단장 말고는 눈에 띄는 의심스러운 물건들도 없었다.

"자." 싸익스가 입맛을 다시며 말했다. "난 준비됐소."

"사업 이야기 말인가?" 유태인이 물었다.

"그렇소." 싸익스가 대답했다. "그러니 할 말이 뭔지 해 보시오."

"처씨에 있는 그 집에 관해서 말인가?" 유태인이 의자를 앞으로 당기며 아주 낮은 목소리로 말했다.

"그렇소. 그게 어떻다는 거요?" 싸익스가 물었다.

"하하! 이보게, 내가 무슨 말을 하려는지 다 알면서 왜 이러나?" 유태인이 말했다. "낸시, 이 친군 내가 무슨 말을 하려는지 다 알면서 이러는 거지, 그렇지?"

"아니오. 난 모르오." 싸익스가 비웃으며 말했다. "아니면 알려고 하지도 않겠소. 그 말이 그 말이지만. 그러니 당신 입으로 똑바로 분명하게 말하시오. 거기 그렇게 앉아서 눈을 껌벅거리고 애매하게 암시나 하면서 마치 이번 강도짓을 제일 먼저 생각한 게 당신이 아닌 것처럼 굴지 말란 말이오! 빌어먹을 그놈의 눈짓은 왜 자꾸 해 대는 거요! 뭐요, 대체?"

"조용히, 빌, 쉿!" 화를 터뜨리며 마구 내뱉는 빌을 막으려고 애썼지만 아무런 효과가 없자 유태인이 결국 말했다. "누가 듣겠네, 이 사람아. 누가 듣겠어."

"들을 테면 들으라지!" 싸익스가 말했다. "난 상관없어." 그러나 사실 싸익스는 상관없지 않았다. 그래서 다시 생각해 보고는 이내 목소리를 낮추고 조용해졌다.

"자, 자." 유태인이 달래듯이 말했다. "그저 조심하느라고 그런 거네. 다른 건 없네. 자, 이보게, 처씨의 그 집 말이야. 언제 할 건가, 빌, 응? 언제 할 거냐구? 기막힌 은그릇들이라네, 이보게, 기막힌 은그릇!" 유태인은 두 손을 비벼 대고 황홀한 기대감으로 두 눈썹을 추켜세우며 말했다.

"할 생각이 전혀 없소." 싸익스가 냉정하게 대답했다.

"할 생각이 전혀 없다고!" 유태인이 의자 깊숙이 등을 기대며 반복해 말했다.

"그렇소, 전혀 없소." 싸익스가 대꾸했다. "최소한, 우리가 기대했던, 미리 내통해서 하는 털이는 불가능하오."

"그렇담 그동안 일을 제대로 추진하지 않은 거잖아." 유태인이 화가 나서 창백해진 얼굴로 말했다. "그따위 소린 하지 마, 듣기도 싫어!"

"싫어도 들으시오." 싸익스가 쏘아붙였다. "빌어먹을, 당신이 뭔데 듣기 싫다는 거야? 잘 들으쇼, 토비 크래킷이 두 주 동안이나 그곳을 얼씬거려 봤지만 하인 놈 하나 끌어들일 수 없었소."

"그러니까 빌, 자네 말은 지금." 싸익스가 발끈하자 유태인이 태도를 누그러뜨리며 말했다. "그 집에 있는 두 녀석 중 한 놈도 끌어들이지 못했다 이건가?"

"그렇소. 바로 그 말이오." 싸익스가 대답했다. "주인 노파가 그놈들을 이십 년이나 데리고 있었기 때문에 500파운드를 준다고 해도 우리와 내통하지 않을 놈들이라는 거요."

"하지만 이보게, 그러니까 자네 말은 지금." 유태인이 항의하듯 말했다. "하녀 하나도 끌어들일 수 없다는 겐가?"

"그렇소, 조금도 가능성이 없소." 싸익스가 대답했다.

"그 수완 좋은 토비 크래킷이 못 하다니?" 유태인이 믿기지 않는다는 듯이 말했다. "여자란 다 뻔하잖아, 빌?"

"아니오, 수완 좋은 토비 크래킷조차도 실패했소." 싸익스가 대답했다. "그의 말에 의하면 가짜 구레나룻에 카나리아 빛 노랑 조끼를 입고 두 주 동안 꼬박 그곳을 열심히 얼쩡거렸어도 전혀 소용이 없었다고 했소."

"콧수염에 장교 바지 차림을 시도해 보지 그랬나, 이보게." 유태인이 말했다.

"그것도 다 해 봤소." 싸익스가 대답했다. "하지만 다른 꾐수나 똑같이 아무 소용이 없었소."

유태인은 이 말을 듣고 멍한 표정이 되었다. 몇 분 동안 가슴에 턱을 박은 채 곰곰이 생각하던 그는 고개를 들고 깊은 한숨을 쉬며, 만약에 수완 좋은 토비 크래킷의 보고가 제대로 된 거라면 아무래도 이번 일은 틀린 모양이라고 말했다.

"하지만 이보게." 영감은 두 손을 무릎에 떨구면서 말했다. "우리가 마음먹고 준비해 온 일인데 그렇게 많은 걸 그냥 놓치다니 참 슬픈 일이네."

"동감이오." 싸익스가 말했다. "재수 옴 붙었는지 원!"

긴 침묵이 이어졌다. 그동안 유태인은 주름진 얼굴을 그야말로 사악한 악마 같은 표정으로 일그러뜨린 채 생각에 잠겨 있었고, 싸익스는 그런 그를 이따금 훔쳐보곤 했다. 낸시는 싸익스의 비위를 자극할까 봐 겁이 나는지 오가는 이야기를 전혀 못 들은 것처럼 난롯불에 시선을 고정시킨 채 가만히 앉아 있었다.

"페이긴." 싸익스가 방 안을 지배하던 정적을 깨트리며 갑자기 말했다. "만약 내통 없이 그냥 침입해 안전하게 일을 해치운다면 50기니를 추가로 더 낼 수 있소?"

"그럼, 낼 수 있지." 유태인도 퍼뜩 정신을 차리며 말했다.

"합의한 거요?" 싸익스가 물었다.

"그래, 이보게, 합의한 거네." 유태인이 싸익스의 손을 잡으며 응답했다. 싸익스의 질문이 불러일으킨 흥분 때문에 두 눈은 반짝거렸고 얼굴의 모든 근육이 씰룩거렸다.

"그렇다면." 싸익스가 약간 경멸하는 태도로 유태인의 손을 밀쳐 내며 말했다. "당신이 원하는 대로 즉시 일을 해치우겠소. 토비와 난 그저께 밤에 정원 담장을 넘어 들어가서 출입문과 덧문의 판자 두께를 살펴봤소. 그 집은 밤에 감옥처럼 꽁꽁 잠가 놓지만 우리가 안전하게 조용히 부수고 들어갈 만한 곳이 한 군데 있소."

"그게 어딘데, 빌?" 유태인이 조르듯이 물었다.

"그러니까 말이오." 싸익스가 속삭였다. "정원 잔디밭을 건너면……."

"그래, 건너면?" 유태인은 그렇게 말하며 머리를 앞으로 숙였는데, 두 눈이 머리통에서 거의 튀어나올 지경이었다.

"흥!" 싸익스가 갑자기 이야기를 그치며 크게 외쳤다. 낸시가 머리를 거의 움직이지 않은 채 시선만 갑자기 돌려 한순간 유태인의 얼굴을 가리켰던 것이다. "그게 어딘지는 알 것 없소. 당신이 나 없인 이 일을 못 한다는 걸 잘 알지. 하지만 당신과 거래할 땐 안전하게 구는 게 상책이야."

"좋을 대로 하게나, 이보게, 좋을 대로." 유태인이 대답했다. "뭐 도움이 필요하진 않은가? 자네와 토비면 되겠나?"

"필요 없소." 싸익스가 말했다. "그저 타래송곳하고 꼬마 아이 하나만 있으면 되오. 송곳은 우리 둘 다 있으니 꼬마나 하나 구해다 주시오."

"꼬마라!" 유태인이 큰 소리로 말했다. "그렇담 쪽창을 이용하는 거군, 응?"

"어떻게 하든 상관 마시오!" 싸익스가 대답했다. "그저 꼬마나 구해 오시오. 덩치가 큰 놈은 안 되오. 젠장!" 싸익스 씨는 생각에 잠기며 말했다. "굴뚝 청소부 네드의 그 꼬맹이 아들놈이면 딱 좋은데! 네드는 일부러 그 애를 못 자라게 만들어서 건당 얼마씩 받고 빌려줬지. 하지만 네드가 어쩌다 체포된 뒤에 비행 청소년 선도 협회란 게 끼어들더니 그 돈 잘 버는 일을 애가 못 하게 해 버렸소. 그러곤 글을 읽고 쓰는 법을 가르쳐서는 얼마 후 도제로 들어가게 한 거요. 게다가 그들의 그런 행태는 계속되고 있소." 싸익스 씨는 자신이 당한 손해를 생각하고 분노가 치밀어 말했다. "그들의 그런 행태가 계속되고 있단 말이오. 그들이 자금만 충분하면(다행히 하늘의 섭리로 충분하지 않지만) 일이 년 안에 우리 업계에는 일할 애가 여섯 명도 남지 않을 거요."

"그래, 그럴 거야." 유태인이 무덤덤하게 동조하며 말했다.

그는 싸익스가 열변을 하는 동안 다른 생각에 빠졌다가 마지막 말만 겨우 알아들은 참이었다. "이보게, 빌!"

"왜 또 그러는 거요?" 싸익스가 물었다.

유태인은 여전히 난롯불만 바라보고 있는 낸시를 고갯짓으로 가리켰다. 그리고 낸시를 방에서 내보내라는 뜻을 표시했다. 싸익스는 그렇게까지 조심할 필요 있냐는 듯 귀찮아하는 얼굴로 어깨를 으쓱해 보였다. 하지만 그러면서도 유태인의 뜻을 받아들여 낸시 양한테 맥주 좀 한 단지 가져오라고 말했다.

"맥주 마시고 싶은 거 아니잖아." 낸시가 팔짱을 끼고는 의자에 그대로 차분히 앉은 채 말했다.

"마시고 싶다니까!" 싸익스가 대답했다.

"웃기지 마." 여자가 차갑게 대꾸했다. "페이긴, 어서 얘기 계속해요. 빌, 난 저 영감이 무슨 말을 하려는지 다 알아. 괜히 나한테 신경 쓸 것 없어."

유태인은 여전히 망설였다. 싸익스는 조금 놀란 표정으로 두 사람을 번갈아 바라보았다.

"글쎄, 페이긴, 서로 잘 아는 사이에 그리 신경 쓸 필요 없잖소, 응?" 싸익스가 마침내 말했다. "그렇게 오랫동안 알고 지내고도 못 믿는다면 그건 정말 염병할 일 아뇨? 낸시는 나불대고 다닐 여자가 아니오. 안 그래, 낸시?"

"그걸 내가 꼭 말해야 아나!" 젊은 여자는 의자를 탁자 앞으로 바짝 끌어당기고 두 팔꿈치를 탁자 위에 얹으며 말했다.

"그래, 그래, 낸시야, 난 네가 그런 여자가 아니란 걸 잘 알아." 유태인이 말했다. "하지만⋯⋯." 그러더니 영감은 다시 말을 멈췄다.

"하지만 뭐요?" 싸익스가 다그쳤다.

"난 그저 낸시가 혹시 기분이 언짢은 상태는 아닌가 해서 그랬을 뿐이네, 이보게, 저번 날 밤처럼 말이야."

이 같은 고백에 낸시 양은 크게 웃음을 터뜨렸다. 그러더니 브랜디 잔을 들이켠 뒤 도전적인 태도로 고개를 흔들어 대고는 "계속 몰아대라!" "포기하지 마라!" 같은 여러 가지 구호를 외쳐 댔다. 이것은 두 신사 양반을 안심시키는 효과를 낸 듯했다. 왜냐면 유태인은 만족스러운 태도로 고개를 끄덕인 뒤 자리에 다시 앉았고, 싸익스 역시 그랬던 것이다.

"자, 페이긴!" 낸시가 소리 내어 웃으며 말했다. "어서 빌한테 말해요, 올리버에 관해 말예요!"

"하하! 낸시야, 넌 참 영리하기도 하구나. 난 너처럼 예리한 아가씬 본 적이 없다!" 유태인은 낸시의 목덜미를 토닥이며 말했다. "그래, 내가 말하려던 게 올리버에 관한 것이 맞다, 정말로 말이다. 하하하!"

"그 아이에 대해 뭘 말이오?" 싸익스가 물었다.

"이보게, 그 애가 바로 자네가 필요한 아이라네." 유태인이 손가락을 코 옆에 갖다 대고 소름 끼치는 미소를 지으며 쉰 목소리로 속삭였다.

"그 애가!" 싸익스가 소리쳤다.

"그래, 빌, 그 앨 데려가는 거야!" 낸시가 말했다. "내가 당신이라면 그렇게 하겠어. 그 앤 다른 애들만큼 일에 그렇게 능숙하진 않겠지만 당신이 필요한 건 그런 게 아니잖아. 그저 당신을 위해 문을 열어 주는 것뿐이잖아. 염려 마, 빌, 그 앨 써도 안전할 거야."

"나도 그렇게 생각하네." 페이긴이 맞장구를 쳤다. "그 앤 지난 몇 주 동안 훈련을 잘 받은 데다 이제 밥벌이를 시작할 때가 되기도 했네. 더구나 다른 애들은 다 덩치가 너무 크잖나."

"글쎄, 몸집이 딱 내가 바라는 크기이긴 하지." 싸익스 씨가 생각에 잠기며 말했다.

"그리고 빌, 자네가 원하는 건 뭐든 다 할 걸세." 유태인이 끼어들며 말했다. "안 할 수가 없을 거네. 협박만 충분히 하면 말일세."

"협박을 한다!" 싸익스가 되풀이해 말했다. "잘 들으쇼, 내 협박은 결코 가짜가 아닐 거요. 만약 일에 착수한 뒤 그 녀석한테 조금이라도 수상한 기미가 보이면 가차 없이 끝장내 버리겠소. 그 녀석이 살아 있는 꼴을 다신 못 보게 될 거라 이거요, 페이긴. 그 앨 보내기 전에 그 점 잘 생각하시오. 내 말 명심하시오!" 강도는 이렇게 말하며 침대 밑에서 꺼낸 쇠지레를 꽉 쥐고 자세를 취해 보였다.

"나도 다 생각해 봤네." 유태인이 힘 있게 말했다. "이보게들, 난 말이네…… 그동안 그 앨 잘 살펴보았다네. 자세히…… 아주 자세히 말이야. 일단 그 애로 하여금 우리와 한패가 되었다는 느낌만 갖게 하면, 일단 그 애 마음속에 자기가 도둑놈이 되었다는 생각만 집어넣으면 그럼 그 녀석은 우리 것이 되는 거네! 평생 말이야. 야호! 일이 이보다 더 잘될 수는 없을 거네!" 영감은 너무나 기쁜 나머지 두 팔을 가슴 위에 교차시키고 머리와 어깨를 한 덩어리가 되도록 끌어당겨 말 그대로 자기 몸을 꼭 껴안았다.

"우리 것이 된다고!" 싸익스가 말했다. "당신 게 된다는 말이겠지."

"뭐, 그렇다고 할 수도 있지." 유태인이 한차례 날카롭게 낄낄대더니 말했다. "그래, 자네가 원한다면 그렇다고 해 두세, 빌."

"그런데 뭣 때문이오?" 싸익스는 흔쾌히 시인하는 동료를 잔뜩 찌푸린 얼굴로 사납게 노려보며 말했다. "뭣 때문에 영감은 얼굴 창백한 그까짓 꼬맹이 한 놈을 위해 그렇게 공을 들이는 거요? 코벤트 가든 야채 시장에 가면 매일 밤 하릴없이 졸고 있는 꼬맹이들이 오십 명이나 널려 있어 그중에 아무나 골라잡으면 되는데 말이오?"

"왜냐면 이보게, 그놈들은 나한테 아무 쓸모가 없기 때문이네." 유태인이 약간 당황한 기색으로 대답했다. "데려다 쓸 만한 가치가 없다 이 말이네. 그놈들은 일이 잘못되어 걸려들기라도 하면 얼굴 생김새만으로 즉시 죄인이란 판결을 받는단 말이야. 그럼 난 놈들을 모두 잃어버리고 말지. 하지만 이 앤 말이네, 이보게들, 잘 다루기만 하면 그런 놈들 스무 명 갖고도 못 하는 일을 할 수 있다네. 게다가 말이네." 유태인은 침착한 태도를 되찾으며 말했다. "이 아인 이제 또다시 도망치기만 하면 우릴 끝장낼 수 있는 아이네. 따라서 반드시 우리와 한배를 타도록 만들어야만 하네. 그걸 어떻게 하는지는 상관없네. 그저 이 아이가 강도질에 가담했다는 사실만 있으면 애를 옭아매는 데 충분하네. 내가 원하는 건 그뿐이네. 더구나 어리고 불쌍한 꼬마를 처치해 버려야 하는 것보다는 이게 훨씬 더 선량한 방법 아닌가? 애를 없애는 건 위험한 데다 그만큼 손해 보는 셈이기도 하고 말이야."

"언제 감행할 거야?" 낸시가 싸익스 씨 쪽에서 터져 나온 거친 욕설을 중단시키며 물었다. 인정 있는 것처럼 가장한 페이긴의 말에 싸익스 씨가 난폭하게 소리치며 강한 혐오감을 드러냈던 것이다.

"그래, 정말이지." 유태인이 말했다. "언제 할 건가, 빌?"

"토비와 약정한 게 모레 밤이오." 싸익스는 퉁명스러운 목소리로 대꾸했다. "나한테서 다른 말이 없으면 토비는 그렇게 준비할 거요."

"잘됐군." 유태인이 말했다. "달도 안 뜨는 때이고."

"그렇소." 싸익스가 대답했다.

"장물을 운반하는 문제도 다 정해 놓았겠지, 응?" 유태인이 물었다.

싸익스가 그렇다고 고개를 끄덕였다.

"그리고 또……."

"아, 거참, 다 정해 놓았다니까." 싸익스가 말을 끊으며 대답했다. "구체적인 것은 신경 쓰지 마쇼. 당신은 내일 밤 애나 이리 데려오시오. 동트고 한 시간 뒤 런던을 빠져나갈 예정이오. 그러니 당신은 입 닥치고 물건 녹일 도가니나 잘 준비해 두고 있소. 당신이 할 일은 그게 전부요."

세 사람 모두 적극적으로 참여한 의논이 얼마 동안 벌어진 끝에 다음 날 저녁 어두워질 무렵 낸시가 유태인의 집에 가서 올리버를 데려오기로 결정했다. 이는 페이긴이 교활하게 말한 대로 혹시 올리버가 이 일을 하기 싫어하는 마음을 드러낸다 하더라도 최근에 그토록 자신을 위해 나선 적이 있는 낸시라면 다른 누구보다 기꺼이 따라나설 것이기 때문이었다. 그 자리에서 엄숙하게 정한 또 다른 사항은 계획 중인 원정을 위해 불쌍한 올리버에 대한 보호와 관리를 윌리엄 싸익스 씨에게 전적으로 위임한다는 것이었다. 아울러 상기한 싸익스는 자신이 적절하다고 판단한 대로 올리버를 다루며, 올리버한테 일어날 수 있는 불행이나 재난에 대해, 그리고 필요에 따라 그에게 가할 수도 있는 징벌 행위에 대해 유태인에게 하등의 책임을 지지 않기로 결정했다. 다만 이 점과 관련하여 계약이 구속력을 지니려면 싸익스 씨가 돌아와서 설명하는 모든 중요한 세부 사항은 수완 좋은 토비 크래킷의 증언을 통해 확인과 뒷받침이 이루어져야 한다고 상호 간에 합의했다.

이런 예비 사항들을 조율한 뒤 싸익스 씨는 맹렬한 속도로 브랜디를 마시기 시작했고, 쇠지레를 놀라운 방식으로 휘둘러 대는 것과 동시에, 전혀 음악적이지 않은 노래 구절들을 상스러운 욕설을 뒤섞어 가며 마구 외쳐 댔다. 마침내 그는 직업적인 열광에 사로잡혀서 자신의 집털이용 도구 상자를 보여 주겠다고 주장하기에 이르렀는데, 비틀비틀 상자를 찾아낸 그는 안에 들어 있는 다양한 도구들의 특징과 속성, 독특하고 아름다운 구조 등을 설명할 목적으로 뚜껑을 열었으나, 그 즉시 상자 너머 바닥으로 푹 고꾸라지더니 그대로 잠이 들어 버렸다.

"잘 자거라, 낸시야." 유태인이 들어올 때처럼 다시 몸을 꽁꽁 싸매며 말했다.

"잘 가요."

두 사람의 눈이 마주쳤고, 유태인은 낸시의 얼굴을 뜯어보듯 세밀히 살폈다. 여자는 움츠러드는 기색을 조금도 보이지 않았다. 그녀는 토비 크래킷만큼이나 이번 일에 대해 확실하고 열의 있는 모습이었다.

유태인은 다시 한번 낸시에게 작별 인사를 했다. 그러곤 낸시가 등을 돌린 틈을 타 엎어져 있는 싸익스 씨의 몸에 몰래 발길질을 한 번 하고는 더듬더듬 어두운 층계를 내려갔다.

"늘 이런 식이지!" 유태인은 집을 향해 걸어가며 혼자 중얼거렸다. "이런 여자들의 제일 나쁜 점은 아주 조그만 자극에도 오랫동안 잊고 지내던 감정을 되살려 낸다는 거야. 하지만 제일 좋은 점은 그 감정이 결코 오래가지 않는다는 거지. 하하하! 한데 한 보따리 재산 때문에 꼬마를 망쳐 달라 이거지!"

이런 즐거운 사색거리들로 시간을 보내며 페이긴 씨는 진흙과 진창 사이로 자신의 음울한 거처를 향해 계속 걸어갔다. 집에서는 꾀돌이가 아직 자지 않고 그가 돌아오기를 초조하게 기다리고 있었다.

"올리버는 자냐? 할 얘기가 좀 있는데." 꾀돌이와 함께 계단을 내려가면서 그가 던진 첫마디였다.

"몇 시간 됐어요." 꾀돌이가 대답하며 방문을 열어젖혔다. "자, 보세요!"

아이는 바닥에 놓인 허름한 침대에 누워 깊이 잠들어 있었다. 걱정과 슬픔, 답답한 감금 생활로 인해 창백해진 얼굴은 너무나 창백해서 마치 죽은 것처럼 보였다. 수의를 입고 관에 누운 시체에게서 보이는 죽음이 아니라 막 생명이 떠나간 아이의 얼굴에 나타나는 엷은 휘장 같은 죽음의 모습이었다. 어리고 연약한 영혼이 천국으로 날아간 지 한순간밖에 안 되어 영혼이 성스럽게 깃들었던 육체를 한 줌 흙으로 변하게 할 이 세상의 더러운 공기가 미처 닿기 직전인 그런 죽음의 모습이었다.

"지금은 안 되겠구나." 유태인이 조용히 돌아서면서 말했다. "내일 하지, 뭐. 내일."

20장
올리버는 윌리엄 싸익스 씨의 손에 넘겨진다.

다음 날 아침, 잠에서 깬 올리버는 자기가 신던 낡은 신발이 어디론가 사라지고 그 대신 밑창이 두껍고 튼튼한 새 신발 한 켤레가 침대 곁에 놓인 것을 보고 크게 놀랐다. 신발을 발견하고 처음에는 그것이 풀려날 것을 예고하는 표시일지도 모른다고 기대하면서 기뻐했다. 하지만 이런 기대는 유태인과 함께 아침 식탁에 앉았을 때 즉시 사라져 버렸는데, 유태인이 올리버를 더욱 두렵게 만드는 무서운 어조와 태도로 그날 밤 그를 빌 싸익스의 집으로 데려갈 예정이니 그리 알라고 말했던 것이다.

"그…… 그럼…… 거기서 지내는 건가요?" 올리버는 불안에 찬 얼굴로 물었다.

"아니란다, 얘야, 아냐. 거기서 지내는 건 아냐." 유태인이 대답했다. "우린 널 잃고 싶지 않단다. 걱정 말거라, 올리버,

넌 우리한테 다시 돌아올 거다. 하하하! 우린 널 보내 버릴 만큼 그렇게 잔인하지 않단다, 얘야. 그럼, 아니지, 아니고말고!"

유태인 영감은 불 위로 허리를 구부리고 빵 한 쪽을 굽다가 올리버를 돌아보면서 이렇게 놀렸다. 그러곤 올리버가 아직도 할 수만 있다면 기꺼이 도망치고 싶은 마음이라는 것을 잘 안다는 듯이 킬킬거리며 웃었다.

"넌 아마." 유태인이 올리버를 응시하며 말했다. "뭣 때문에 빌네 집에 가는 건지 알고 싶겠지? 그렇지, 얘야?"

올리버는 이 늙은 도둑이 자기 생각을 훤히 들여다보고 있다는 것을 알고 저도 모르게 얼굴이 빨개졌다. 하지만 용기를 내어 "네, 알고 싶어요." 하고 대답했다.

"네 생각엔 왜 가는 것 같니?" 페이긴이 즉답을 피하며 물었다.

"정말이지 전 모르겠어요." 올리버가 대답했다.

"쳇!" 유태인이 아이의 얼굴을 자세히 살펴보더니 실망한 듯한 얼굴로 돌아서며 말했다. "그럼, 빌이 말해 줄 때까시 기다려라."

유태인은 올리버가 그 문제에 대해 좀 더 강한 호기심을 보이지 않는 것에 꽤 짜증이 난 것 같았다. 하지만 사실 올리버는 비록 알고 싶은 마음이 간절했지만 페이긴의 진지하고 교활한 표정으로 인해, 또 자기 나름대로 추측해 보느라 너무나 혼란스러운 상태라서 그 순간 더 이상 아무런 질문도 할 수 없었던 것이다. 질문할 기회는 다시 오지 않았다. 왜냐면 유태인이 밤이 될 때까지 몹시 뿌루퉁하니 말이 없었기 때문이다. 밤이 되자 유태인은 외출할 준비를 했다.

"촛불을 켜도 된다." 유태인이 초 한 자루를 탁자에 놓으며 말했다. "이건 널 데리러 올 때까지 읽을 책이다. 잘 있거라!"

"안녕히 다녀오세요!" 올리버가 작은 소리로 대답했다.

유태인은 문으로 걸어갔다. 그러면서 어깨너머로 올리버를 돌아보았는데, 갑자기 걸음을 멈추더니 "올리버야!" 하고 불렀다.

올리버는 고개를 들고 쳐다보았다. 유태인은 초를 가리키며 거기에 불을 붙이라고 몸짓을 해 보였다. 올리버는 시키는 대로 했다. 촛대를 탁자에 내려놓던 올리버는 유태인이 눈살을 잔뜩 찌푸린 채 어두운 방구석에서 자기를 빤히 응시하고 있는 것을 알아차렸다.

"조심하거라, 올리버! 조심해!" 노인이 경고하는 투로 오른손을 앞으로 내밀고 흔들며 말했다. "그는 난폭한 사람이라서 화가 뻗치면 피 흘리는 것쯤은 아무렇지도 않게 생각한단다. 무슨 일이 일어나든 아무 소리도 말고 그저 시키는 대로만 하거라. 알겠니!" 노인은 마지막을 강하게 힘주어 말한 뒤 점차 얼굴 표정을 풀고는 소름 끼치는 미소를 씨익 지었다. 그러더니 고개를 끄덕거려 보인 다음 방에서 나갔다.

노인이 사라지자 올리버는 손으로 턱을 괴고 떨리는 가슴으로 방금 들은 노인의 말을 깊이 생각해 보았다. 유태인의 경고에 대해 생각을 하면 할수록 더욱더 혼란스러워져서 그 말의 진정한 의도와 뜻을 파악할 수가 없었다. 자신을 특별히 싸익스에게 보냄으로써 이루려고 하는 나쁜 목적이 뭔지 생각해 낼 수 없었다. 그 어떤 목적도 자신을 페이긴과 함께 그대로 있게 해도 똑같이 잘 달성할 수 있을 것이었다. 오랫동안 숙고한 끝에 내린 결론은 그 집털이 강도가 그의 목적에 더 적합한 다른 아이를 고용할 수 있을 때까지 올리버 자신이 그 강도를 위해 이런저런 하찮은 잡일을 수행하도록 뽑혔다는 것이었다. 올리버는 고생스러운 삶에 너무나 익숙해진 데다, 또 지금 있는 곳에서 그동안 너무나 많은 어려움은 겪었기 때문에 이런 변화의 가능성을 그다지 심하게 슬퍼하지 않았다. 그는 몇 분 동안 생각에 잠겨 앉아 있었다. 그러다가 깊은 한숨을 내쉬고는 타 버린 촛불 심지를 잘라 내어 불빛을 밝게 한 뒤 유태인이 두고 간 책을 집어 들고 읽기 시작했다.

그는 책장을 넘겼다. 처음에는 별 관심 없이 넘겼지만 흥미를 끄는 구절을 발견하고는 곧 깊이 빠져들었다. 악명 높은 범죄자들의 생애와 재판을 기록한 책이었는데, 책장은 여러 사람의 손때가 묻어 더러웠다. 이 책에서 그는 피를 얼어붙게 하는 끔찍한 범죄들과 한적한 길가에서 은밀하게 벌어진 살인 사건들, 사람들 눈에 띄지 않게 깊은 구덩이나 우물에다 숨겨 둔 시체 등에 대해 읽었다. 이 시체들은 아무리 깊은 구덩이와 우물에 숨겨도 그대로 묻히지 않고 여러 해 뒤에 마침내 위로 솟아올라 모습을 드러냈으며, 이를 본 살인자들은 극심한 발광을 일으키고 공포에 빠져서는 죄를 자백한 뒤 어서 빨리 교수대에 목을 매달아 자신들의 고통을 끝내 달라고 외쳐 댔다. 책에는 또 한밤중에 침대에 누웠다가 (그들의 말에 의하면) 스스로 떠올린 사악한 생각의 유혹에 이끌려 생각만 해도 온몸

288

이 오싹하고 손발이 오그라들 만큼 끔찍한 잔악 행위를 저지르게 되었다는 사람들의 이야기도 있었다. 이 무시무시한 묘사들은 너무나도 사실적이고 생생하여 누렇게 바랜 책장마다 시뻘건 핏덩이로 물든 듯하고, 그 위에 쓰인 글자들은 마치 죽은 자들의 혼령이 올리버의 귀에 웅얼웅얼 속삭이는 공허한 하소연 소리 같았다.

올리버는 극심한 두려움에 휩싸여 책을 덮었다. 그러곤 그것을 옆으로 밀쳐 버렸다. 그런 다음 그는 무릎을 꿇고 자신이 이런 악행을 저지르는 일이 없도록 해 달라고, 만약 이렇게 끔찍하고 소름 끼치는 끔찍한 범죄를 저지를 운명이라면 차라리 그 자리에서 당장 죽게 해 달라고 하늘에 기도했다. 그는 조금씩 안정을 되찾았고, 더듬거리는 낮은 목소리로 그가 처한 현재의 위험에서 구원해 달라고, 친구나 친척의 사랑을 전혀 모르고 살아온 불쌍한 고아에게 혹시라도 도움의 손길을 주실 예정이라면 바로 이 순간에, 즉 악덕과 범죄의 세계 한가운데에 쓸쓸히 버림받은 채 홀로 절망하는 지금 이 순간에 그래 주시면 안 되겠느냐고 간절히 빌었다.

올리버는 기도를 마치고도 여전히 두 손에 머리를 파묻은 채 가만히 있었다. 그러다 문득 부스럭거리는 소리에 고개를 들었다.

"무슨 소리지?" 깜짝 놀라며 외친 그는 문 옆에 서 있는 사람의 모습을 보았다. "거기 누구세요?"

"나야, 애, 나." 누군가 떨리는 목소리로 대답했다.

올리버는 촛불을 머리 위로 쳐들고 문 쪽을 바라보았다. 낸시였다.

"촛불을 내려놔." 낸시가 고개를 돌리며 말했다. "눈이 부시구나."

올리버는 그녀의 얼굴이 창백한 것을 보고 어디 아프냐고 상냥하게 물었다. 여자는 의자에 몸을 던지며 앉더니 등을 돌린 채 두 손을 비틀어 대면서 아무 대답도 하지 않았다.

"하느님, 절 용서해 주세요!" 잠시 후 그녀는 외쳤다. "아, 이런 건 정말 생각지도 못했어."

"무슨 일이에요?" 올리버가 물었다. "제가 도와 드릴 일이라도 있나요? 도울 수 있다면 도와 드릴게요. 정말요."

낸시는 몸을 이리저리 흔들어 대더니 목을 움켜쥐고는 꿀럭꿀럭 숨 막히는 소리를 내며 헐떡거렸다.

"낸시!" 올리버가 소리쳤다. "무슨 일이에요?"

여자는 두 손으로 무릎을 치며 두 발로 바닥을 쾅쾅 굴렀다. 그러더니 갑자기 멈추고는 몸에 두른 숄을 바짝 끌어당겼다. 그러곤 추위하며 벌벌 떨었다.

올리버는 난롯불을 쑤셔 불길을 돋우었다. 낸시는 의자를 난로 가까이 당기고는 잠깐 동안 아무 말 없이 앉아 있었다. 하지만 이윽고 고개를 들더니 주위를 둘러보았다.

"난 가끔 내가 왜 그러는지 모를 때가 있어." 그녀는 옷매무새를 바로잡느라 열심인 척하면서 말했다. "아마 이 더럽고 습한 방 때문일 거야. 자, 얘, 꼬맹아, 준비됐니?"

"아줌마를 따라가게 되어 있나요?" 올리버가 물었다.

"그렇단다. 난 빌이 보내서 온 거야." 여자가 대답했다. "날 따라오면 돼."

"뭣 때문에 가는 건가요?" 올리버는 뒷걸음치며 물었다.

"뭣 때문이냐고?" 여자는 되물으며 고개를 들어 바라보았는데, 올리버와 시선이 마주치자 즉시 얼굴을 돌렸다. "아 뭐, 해로운 일은 아냐."

"전 그 말 못 믿겠어요." 여자의 얼굴을 자세히 살펴보던 올리버가 말했다.

"맘대로 생각해." 여자가 소리 내어 웃는 척하며 대꾸했다. "그럼 좋은 일이 아니라고 하자, 뭐."

올리버는 자신에게 낸시의 선한 마음을 움직일 수 있는 힘이 있음을 알아차리고 한순간 자신의 절망적인 처지에 대한 그녀의 동정심에 호소해 볼까 생각했다. 하지만 다음 순간, 아직 11시도 안 넘었으니 길거리에 사람들이 많이 지나다닐 테고, 그러면 그중에 틀림없이 자신의 이야기를 믿어 줄 사람이 몇 명은 있을 거라는 생각이 머리에 퍼뜩 떠올랐다. 그런 생각이 들자 올리버는 앞으로 다가서면서 따라갈 준비가 됐다고 다소 서두르듯이 말했다.

올리버의 동행자는 올리버의 이 순간적인 궁리와 속셈을 모두 간파했다. 그가 말하는 동안 주의 깊게 살펴보던 그녀는 그 마음속에 무슨 생각이 지나갔는지 다 짐작했다는 것을 충분히 보여 주는 의미심장한 시선을 올리버에게 던졌다.

"쉬잇!" 여자는 올리버에게 몸을 구부리며 말했다. 그러곤 조심스럽게 주위를 둘러보고 문 쪽을 가리켰다. "그래 봤자 헛수고야. 내가 널 위해 몹시 애써 봤지만 아무 소용도 없었어. 넌 사방으로 완전히 포위되어 있어. 네가 혹 여기서 도망칠 수 있다 하더라도 지금은 때가 아냐."

그녀의 단호한 태도에 올리버는 크게 놀라며 그녀의 얼굴을 올려다보았다. 그녀는 진실을 말하는 것처럼 보였다. 그녀는 흥분하여 안색이 하얗게 질려 있었고, 진지한 감정을 역력히 드러내며 몸을 부들부들 떨었다.

"난 얼마 전 네가 끔찍한 꼴을 당할 뻔했을 때 널 구해 줬고, 앞으로도 그럴 거야. 사실 지금 이 순간에도 그러고 있는 셈이야." 그녀는 큰 소리로 말을 계속했다. "만약 내가 아닌 다른 사람이 널 데리러 왔다면 넌 훨씬 더 거칠게 다뤄졌을 거야. 난 네가 소란 피우지 않고 조용히 따라오도록 하겠다고 약속했어. 만약 네가 조용히 따라오지 않으면 너 자신은 물론 나까지 피해만 보게 돼. 난 아마 죽게 될지도 몰라. 자, 이걸 봐! 난 이미 너를 위해 이 모든 걸 감수했어. 모든 걸 다 지켜보시는 하느님께 맹세코 정말이야."

그녀는 재빨리 목과 팔에 난 시퍼렇게 멍든 상처를 가리켜 보였다. 그러곤 아주 빠른 속도로 다시 말을 이었다.

"이 상처들을 기억해 줘! 그리고 지금 당장은 너 때문에 내가 더 이상 고통당하지 않게 해 줘. 할 수만 있다면 널 돕고 싶어. 하지만 지금 나에겐 그럴 힘이 없어. 그들이 널 해칠 작정을 한 건 아냐. 그리고 무슨 일이든 그들이 시켜서 하는 것이니 네 잘못이 아냐. 쉿, 말하지 마! 네가 하는 말은 한 마디 한 마디가 나한텐 가슴을 찢는 고문이 될 거야. 자, 내 손을 잡아. 어서! 손을 잡아!"

그녀는 올리버가 반사적으로 내민 손을 잡고 촛불을 입으로 훅 불어 끈 뒤 그를 이끌고 계단을 올라갔다. 어둠 속에서 누군가 재빨리 문을 열어 주더니 두 사람이 밖으로 나가자 다시 재빨리 문을 닫았다. 이륜 전세 마차 한 대가 기다리고 있었다. 낸시는 좀 전에 올리버에게 말할 때와 똑같은 격정적인 태도로 올리버를 마차 안으로 잡아끌곤 커튼을 획 닫아 버렸다. 마부는 지시도 받지 않고 지체 없이 전속력으로 말을 몰기 시작했다.

여자는 여전히 올리버의 손을 꼭 잡은 채 그의 귀에다 떠나기 전에 이미 했던 경고와 다짐의 말을 계속해서 퍼부었다. 모든 게 너무나 빠르고 급하게 진행되어서 전날 저녁 유태인의 발길이 향했던 집 앞에 마차가 멈췄을 때 올리버는 자기가 어디에 있는지, 또 어떻게 그 자리에 있게 되었는지 생각해 볼 겨를조차 거의 없었다.

아주 짧은 한순간 올리버는 텅 빈 거리 쪽으로 급히 시선을 던졌다. 도와 달라고 외치는 소리가 그의 입술까지 올라와 있었다. 하지만 고뇌에 찬 어조로 그의 귀에다 자기 사정을 생각해 달라고 간청하는 여자의 목소리가 너무나 간절하여 차마 소리 지를 용기가 나지 않았다. 망설이는 사이에 기회는 사라졌다. 그는 이미 집 안에 들어섰고 문은 닫혀 버렸다.

"이쪽으로." 여자는 그제야 비로소 잡았던 손을 놓으며 말했다. "빌!"

"여어!" 싸익스가 촛불을 들고 계단 꼭대기에 나타나며 대답했다. "그래! 일을 똑바로 했나 보군. 자, 어서 올라와!"

이것은 아주 강한 칭찬의 표현으로 싸익스 같은 기질의 사람한테서는 좀처럼 듣기 어려운 진심 어린 환영 인사였다. 낸시는 큰 만족을 표시하며 싸익스에게 다정히 인사했다.

"황소 눈깔은 톰과 함께 집에 가고 없어." 싸익스가 두 사람에게 불을 비춰 주며 말했다. "녀석은 있어 봤자 방해만 될 거거든."

"그래, 맞아." 낸시가 맞장구를 쳤다.

"그래, 애를 잘 데리고 왔다 이거지." 다 함께 방에 이르렀을 때 싸익스가 말했다. 그러면서 문을 닫았다.

"응, 여기 이렇게." 낸시가 대답했다.

"따라오면서 소란 피우지는 않았고?" 싸익스가 물었다.

"양처럼 순했어." 낸시가 대꾸했다.

"그렇다니 다행이군." 싸익스가 말했다. "안 그랬음 이 꼬맹이 녀석은 내 손에 작살나서 송장 신세가 되고 말았을걸. 자, 이리 와라, 꼬맹아. 당장 확실히 알아 두는 게 좋을 주의 사항을 가르쳐 줄 테니 잘 들어라."

싸익스 씨는 이렇게 자신의 새 제자에게 말을 건네면서 올리버의 모자를 벗겨 구석에다 던졌다. 그러고는 올리버의 어깨를 잡고 탁자 옆에 앉아 그를 자기 앞에 세웠다.

"자, 먼저, 너 이게 뭔지 아느냐?" 싸익스가 탁자에 놓여 있던 소형 권총을 집어 들면서 물었다.

올리버는 안다고 대답했다.

"좋아. 그럼 여길 봐라." 싸익스가 말을 계속했다. "이건 화약이고 저기 저건 총알이다. 그리고 이건 낡은 모자 조각인데 총알을 장전할 때 쓰는 거다."

올리버는 싸익스가 언급한 각각의 물건들이 뭔지 이해했다고 중얼거리듯 말했다. 그러자 싸익스는 아주 정밀하고 신중하게 권총에 총알을 장전하기 시작했다.

"자, 이제 장전이 됐다." 싸익스가 동작을 마치고 말했다.

"네, 봤어요, 아저씨." 올리버가 대답했다.

"좋아." 강도는 올리버의 손목을 꽉 잡고는 총구를 그의 관자놀이에 바짝 들이대며 말했다. 그 순간 아이는 깜짝 놀라 움찔하고 말았다. "나랑 같이 밖에 나갔을 때 내가 말을 걸 때 외에 네가 한마디라도 말을 하면 그 즉시 이 장전한 총알이 네 머리통에 박힐 거다. 그러니 혹시라도 내 허락 없이 말을 하기로 맘을 먹는다면 기도부터 먼저 올려라."

경고의 대상인 올리버를 향해 험악한 표정을 한번 지어 보임으로써 협박의 효과를 높인 뒤 싸익스 씨는 다시 말을 이었다.

"내가 아는 한 네놈을 진짜 해치워 버린다 해도 특별히 널 찾거나 안부를 물을 사람은 세상에 아무도 없어. 그러니 내가 이렇게 별 필요도 없이 빌어먹을 놈의 수고를 하며 상황을 설명해 주는 것은 다 널 위해서야. 알아들어?"

"당신이 말하는 요점은 그러니까 이거지?" 낸시가 싸익스의 심각한 의도를 자기 말에 반영하기라도 하려는 듯이 올리버를 향해 인상을 살짝 찌푸리고 강하게 힘주어 말했다. "당신이 이번에 하는 일에 이 애가 만약 방해를 놓는다면 나중에 입을 열지 못하도록 애 머리에 총을 쏴서 죽여 버리겠다는 거지, 그 때문에 목 매달릴 위험을 감수하고서도 말이야. 평생 수많은 다른 일거리를 처리하며 그랬듯이."

"그래, 그거야!" 싸익스가 잘했다고 칭찬하듯이 말했다. "여자들은 언제나 몇 마디로 상황을 아주 간단하게 요약할 줄 안단 말이야. 물론 화를 터뜨릴 땐 한없이 주절대지만. 자, 이 녀석이 확실히 잘 알아들었을 테니 이제 저녁 요기를 하고 출발하기 전에 눈이나 좀 붙이자구."

이 요청에 따라 낸시는 서둘러 식탁보를 깔았다. 그러곤 잠시 사라지는가 싶더니 금세 흑맥주 한 단지와 양 머리 고기 한 접시를 들고 돌아왔다. 양 머리 고기는 싸익스로 하여금 몇 가지 유쾌한 재담을 늘어놓게 만들었는데, '양 머리'를 의미하는 그들의 은어가 그가 직업상 즐겨 사용하는 정교한 도구인 쇠 지레를 지칭하기도 한다는 기묘한 우연의 일치에 근거한 것들이었다. 정말이지 이 훌륭한 강도님께서는 임박한 작업 개시에 대한 기대로 자극을 받았는지 아주 활력이 넘치고 기분도 한껏 좋았다. 그가 익살스러운 태도로 맥주를 단숨에 끝까지 들이켜고 식사하는 내내 욕지거리를 대강 계산하여 채 니든 번도 하지 않았다는 사실은 그 역력한 증거라고 하겠다.

식사를 끝낸 후 — 물론 올리버가 식욕이 별로 없었다는 점은 쉽게 짐작할 수 있을 것이다 — 싸익스 씨는 물 탄 독주 두어 잔을 해치우고 침대에 몸을 던졌다. 그러곤 낸시한테 정확히 5시에 깨울 것을 지시하고, 만약 지시를 어길 시 끔찍한 응징을 당하리라는 저주와 욕설을 퍼부었다. 올리버도 싸익스의 명령에 따라 바닥의 매트리스 위에 옷을 입은 채 누웠다. 낸시는 난롯불을 지펴 놓고 그 앞에 앉아 지정된 시간에 그들을 깨울 준비를 하고 기다렸다.

오랫동안 올리버는 잠을 자지 않고 누워 있었는데, 혹시 낸시가 기회를 잡아 몇 마디 충고의 말을 더 속삭여 줄지도 모른다고 생각했기 때문이다. 하지만 낸시는 불을 내려다보며 골똘히 생각에 잠긴 채 가끔 촛불 심지를 자를 때 말고는 꼼짝하지 않고 앉아 있었다. 불안한 마음으로 그녀를 지켜보다가 지친 올리버는 마침내 잠이 들고 말았다.

올리버가 잠에서 깨어났을 때 탁자에는 찻잔과 접시가 놓여 있었고, 싸익스는 의자 등받이에 걸쳐 놓은 커다란 외투에 여러 가지 도구들을 쑤셔 넣고 있었다. 낸시는 아침 식사를 준비하느라 바쁘게 움직이고 있었다. 아직 날이 완전히 밝지는 않았다. 촛불이 아직 켜져 있었고 바깥은 상당히 어두웠다. 게다가 날카로운 빗줄기가 유리창을 때리고 하늘은 시커멓게 구름이 덮여 있었다.

"자, 이봐!" 올리버가 벌떡 일어나 앉았을 때 싸익스가 으르렁대듯 말했다. "5시 30분이야! 빨리 서둘러, 안 그럼 아침도 못 얻어먹을 줄 알아. 이미 한참 늦었다구."

올리버는 나갈 채비를 갖추는 데 오래 걸리지 않았다. 아침을 조금 먹고 난 뒤 그는 싸익스의 통명스러운 물음에 준비가 다 되었다고 대답했다.

낸시는 올리버를 거의 쳐다보지 않은 채 그에게 목에 두를 손수건을 던져 주었고, 싸익스는 단추를 채워 어깨에 걸치는 커다란 거친 망토를 주었다. 이렇게 차려입은 올리버는 강도가 내민 손을 잡았다. 강도는 잠시 멈춰 서서 자기 외투 옆 주머니에 지난밤에 보여 줬던 그 권총이 들었다고 위협적인 동작을 해 보인 뒤 올리버의 손을 꽉 쥐었다. 그러곤 낸시와 작별 인사를 나누고서 올리버를 끌고 나갔다.

올리버는 문을 나서기 전에 낸시와 시선을 한번 마주칠 수 있지 않을까 하는 희망으로 한순간 돌아다보았다. 하지만 그녀는 어느새 벽난로 앞의 자기 자리로 돌아가 꼼짝 않고 앉아 있었다.

21장
여정(旅程).

두 사람이 거리로 나왔을 때는 음울한 아침이었다. 비바람이 심하게 몰아치고 잔뜩 흐린 구름은 폭풍우를 몰고 올 것 같았다. 밤새 비가 많이 내려서 길 곳곳에 큰 물웅덩이가 고이고 여기저기 하수구가 넘쳐흘렀다. 하늘에 희미하게 밝아 오는 새벽빛이 비쳤지만 주변 풍경의 우울함을 덜어 주기보다는 오히려 더 악화시킬 뿐이었다. 음침한 새벽빛은 가로등 불빛을 희미하게만 만들 뿐 비에 젖은 지붕이나 황량한 거리에 따뜻하고 밝은 색조를 조금도 더해 주지 못했다. 그 지역에 지금 일어나 움직이는 사람은 아무도 없는 것 같았다. 집집마다 창문은 모두 굳게 닫혀 있고, 두 사람이 지나가는 거리는 아무런 소리도 없이 텅 비어 있었다.

베스널 그린로(路)에 접어들었을 즈음 날이 상당히 밝아오기 시작했다. 가로등은 이미 많이 꺼져 있었다. 시골 짐마차

몇 대가 느릿느릿 런던 시내 쪽으로 힘겹게 나아가고 있었다. 이따금 진흙에 뒤덮인 역마차가 덜컹덜컹 요란스레 지나갔다. 역마차 마부는 지나가며 굼뜬 짐마차꾼에게 경고조로 채찍을 한차례 휘둘렀는데, 짐마차가 길의 잘못된 쪽을 차지하는 바람에 역마차 사무실에 사분의 일 분이나 늦게 도착하게 생겼다는 것이었다. 주막과 여인숙은 벌써 문을 열었고, 안에서는 가스등이 타고 있었다. 점차 다른 가게들도 문을 열기 시작했고, 지나다니는 사람들도 간간이 눈에 띄었다. 그러더니 일터로 가는 노동자들이 띄엄띄엄 무리 지어 지나가고, 뒤이어 생선 바구니를 머리에 인 남자와 여자들, 채소를 실은 당나귀 수레, 살아 있는 가축이나 도살한 가축을 통째로 실은 이륜마차, 우유 통을 든 우유 배달부 여자 등 여러 가지 생필품과 물자를 가지고 런던의 동쪽 교외 주거지를 향해 터벅터벅 나아가는 사람들이 줄지어 나타나 군중을 이루었다. 시내 상업 주심 지구에 가까워지면서 소음과 교통량이 증가했다. 쇼어디치와 스미스필드 사이의 거리를 헤치고 지나실 때는 이주 요란하고 시끌벅적했다. 거리는 활기를 띨 만큼 띠었고, 다시 밤이 올 때까지 그럴 것이었다. 런던 인구의 절반이 분주한 아침을 맞이한 것이다.

싸익스 씨는 썬가(街)와 크라운가(街)로 돌아서 내려가다 핀스베리 광장을 건넌 다음, 치스웰가(街)를 경유해 바비컨으로 들어섰다. 다시 거기서 롱레인을 거쳐 스미스필드로 나아갔는데, 스미스필드에서 발생하는 귀에 거슬리는 시끄러운 소음은 올리버를 놀라서 얼이 빠지게 할 정도였다.

장이 서는 날 아침이었다. 땅은 거의 발목이 빠질 만큼 오물과 진흙탕으로 덮여 있고, 김을 뿜는 가축들의 몸에서 끊임없이 피어오르는 짙은 수증기가 굴뚝 꼭대기에 내려앉은 듯한 안개와 뒤섞여 무겁게 드리워 있었다. 넓은 장터 한가운데에 있는 가축우리들마다, 그리고 빈터에 최대한으로 빽빽이 설치한 임시 우리들마다 양들이 가득 차 있었다. 배수로 도랑 옆의 기둥에는 소와 여러 가축들이 묶인 채 서너 줄씩 겹쳐 길게 늘어서 있었다. 시골 농부, 도살꾼, 소몰이꾼, 행상인, 사내애들, 도둑놈들, 건달들, 온갖 종류의 저급한 떠돌이들이 함께 뒤섞여서 무리를 이루었다. 소몰이꾼들의 휘파람 소리, 개 짖는 소리, 소들이 뒷발질하며 크게 울어 대는 소리, 양들이 매애 우는 소리, 돼지들이 꿀꿀대거나 꽥꽥거리는 소리, 행상인들이 외쳐 대는 소리, 고함 소리, 욕지거리하는 소리, 사방에서 싸우는 소리, 주막마다 종소리를 울리며 크게 질러 대는 목소리, 뒤죽박죽 몰려서 서로 밀치고 몰고 치고 박고 와아! 외치고 고함지르는 소리, 장터 구석구석에서 울려 퍼지는 소음의 끔찍한 불협화음, 끊임없이 이리저리 뛰어다니며 군중 속으로 뛰어 들어갔다가 뛰쳐나오는 세수도 면도도 안 한 지저분하고 더러운 형상들, 이 모든 것들이 장터를 사람의 얼을 빼는 아수라장으로 만들어 감각을 완전히 마비시켰다.

　싸익스 씨는 올리버를 잡아끌며 군중이 제일 빽빽하게 들어찬 곳을 팔꿈치로 헤치고 나아갔다. 그는 올리버를 놀라게 만든 수많은 광경과 소리들에 거의 아무런 주의도 기울이지 않았다. 지나치는 친구들에게 두세 번 고개를 끄덕이긴 했으나 그때마다 해장술 한잔하자는 초대를 거절한 채 흔들림 없이 앞으로 나아갔고, 마침내 혼잡한 장터를 빠져나간 두 사람은 호저 레인을 통해 홀번으로 접어들었다.

"자, 꼬맹아!" 싸익스가 성 앤드루 교회의 시계를 올려다보며 말했다. "벌써 거의 7시다! 좀 빨리 걸어라. 자, 이 느림뱅이 녀석, 뒤처지지 말고 어서 걸어!"

싸익스 씨는 이렇게 말하며 어린 동행자의 손목을 휙 잡아끌었다. 빠른 걷기와 달음질의 중간인 일종의 속보로 뛰다시피 하며 올리버는 성큼성큼 내닫는 집털이 강도의 빠른 발걸음에 최대한 보조를 맞춰 따라갔다.

두 사람은 이런 속도로 계속 진행하다가 마침내 하이드 파크 모퉁이를 지나서 켄싱턴 쪽을 향해 나아갔다. 여기서 싸익스 씨는 저만치 약간 뒤떨어져 오던 빈 짐마차가 다가올 때까지 걸음을 좀 늦추었다. 짐마차에 '하운즐로'라고 적힌 것을 본 그는 마부에게 최대한 정중한 태도로 아이슬워스까지 좀 태워 줄 수 있느냐고 물었다.

"올라타시오." 마부가 말했다. "쟨 당신 아들이오?"

"그렇소, 아들이오." 싸익스는 올리버를 노려보는 동시에 한 손을 권총이 든 호주머니에 슬며시 집어넣으며 대답했다.

"아버지가 걷는 게 너한텐 좀 너무 빠르겠구나, 안 그러니, 얘야?" 숨이 차서 헐떡이는 올리버를 보고 마부가 물었다.

"천만의 말씀." 싸익스가 끼어들며 대답했다. "이 앤 그런 것에 익숙하오. 자, 네드, 내 손 잡아라. 훌쩍 뛰어올라라!"

이렇게 말하며 싸익스는 올리버가 짐마차에 타는 것을 도

와주었다. 마부는 자루 더미를 가리키며 올리버한테 거기에
누워 쉬라고 말했다.

여러 개의 이정표를 지나쳐 가는 동안 올리버는 싸익스가
자신을 어디로 데려가는지 점점 더 궁금해졌다. 켄싱턴, 해머
스미스, 치즈윅, 큐 브리지, 브렌트퍼드 등을 모두 지나쳤지만
그들은 이제 막 길을 떠난 사람마냥 꿋꿋하게 계속 나아갈 뿐
이었다. 마침내 '역마차'라는 이름의 어느 주막에 이르렀다.
조금만 더 가면 갈림길이 나올 듯한 지점이었다. 이곳에서 짐
마차가 멈췄다.

싸익스는 올리버의 손을 계속 잡은 채 마차에서 신속하게
뛰어내렸다. 그리고 곧 올리버를 들어 땅에 내려놓더니 험악
한 눈으로 한번 노려본 다음, 주먹으로 옆 주머니를 의미심장
하게 툭툭 두드렸다.

"잘 가거라, 얘야." 마부가 말했다.

"녀석이 좀 뿌루퉁하다오." 싸익스가 마부와 악수를 하며
대답했다. "좀 뿌루퉁한 놈이오. 망할 놈 같으니라구! 그러니
신경 쓰지 마시오."

"내가 신경 쓸 게 뭐 있겠소!" 마부는 마차에 올라타며 대
답했다. "어쨌든 날씨 한번 좋소이다." 그리고 그는 마차를 몰
고 떠나갔다.

싸익스는 마부가 완전히 사라질 때까지 기다렸다. 그러더
니 올리버에게 원한다면 주변을 둘러보아도 좋다고 말한 뒤
다시금 그를 이끌고 여행을 계속했다.

그들은 주막을 조금 지나서 왼쪽으로 방향을 돌려 나아갔

다. 그런 다음 오른쪽 길로 접어들어 길 양쪽으로 큰 정원과 신사 계급 저택을 여럿 지나치며 오랫동안 걸어갔다. 맥주를 한 모금 마시기 위해 잠시 멈춘 것 말고는 읍내에 이를 때까지 계속 걸었다. 여기서 올리버는 어느 집 담벼락에 상당히 큰 글씨로 '햄튼'이라고 씌어 있는 것을 보았다. 두 사람은 몇 시간 동안 들판을 돌아다니며 시간을 보냈다. 그러다 마침내 읍내로 돌아와서는 간판의 이름이 지워진 낡은 주막에 들어가 부엌 난롯가에 자리를 잡고 식사를 주문했다.

부엌은 천장이 낮은 낡은 방이었다. 커다란 대들보가 천장 한가운데를 가로지르고, 난롯가에는 등받이가 높은 긴 의자들이 놓여 있었다. 작업복 차림의 거칠게 생긴 사내 몇 명이 거기에 앉아서 술을 마시며 담배를 피우고 있었다. 그들은 올리버한테 전혀 관심을 보이지 않았고, 싸익스에 대해서도 별로 신경을 쓰지 않았다. 싸익스 또한 그들에게 거의 주의를 기울이지 않았던지라 싸익스와 어린 동행자는 주위 사람들한테 별다른 방해를 받지 않고 단둘이 구석에 앉아 있었다.

두 사람은 차가운 고기 요리 약간을 오찬으로 먹었다. 그런 다음 싸익스는 파이프 담배 서너 대를 즐기며 느긋하게 앉아 있었는데, 너무나 오랫동안 그러고 있어서 올리버는 이젠 더 이상 어디로 가지 않는구나 하고 확신하기 시작했다. 오랫동안 걷느라 많이 지친 데다 아침 일찍 일어난 탓에 그는 꾸벅꾸벅 졸았다. 그러다가는 결국 피곤함을 이기지 못하여, 그리고 담배 연기의 영향으로 완전히 잠이 들어 버렸다.

싸익스가 그를 흔들어 깨웠을 때 밖은 상당히 어두워져 있었다. 올리버가 정신을 충분히 차리고 일어나 앉아 주위를 둘러보니 그 강도 양반은 어떤 품팔이 일꾼 한 사람과 맥주 1파인트를 놓고 아주 친밀하게 대화를 나누고 있었다.

"그래, 당신은 로워 핼리퍼드까지 가는 길이라 이거지, 그렇소?" 싸익스가 물었다.

"그렇소." 사내가 대답했는데, 술 때문에 기분이 나빠졌는지 좋아졌는지 어쨌든 좀 취한 듯했다. "게다가 꽤 빠른 속도로 갈 거요. 집으로 돌아가는 길이라 아침에 올 때처럼 말 뒤에 끌고 가는 짐도 없소. 그러니 말이 가볍게 잘 달릴 거요. 자, 내 말을 위해 건배! 정말이지 아주 훌륭한 말이라오!"

"우리 애랑 날 거기까지 좀 태워다 줄 수 있겠소?" 싸익스는 맥주 단지를 새로 사귄 친구 쪽으로 쓱 밀면서 물었다.

"곧장 그리로 가는 거라면 그럴 수 있소." 사내는 맥주 단지 너머로 바라보며 말했다. "당신도 핼리퍼드까지 가는 길이오?"

"셰퍼튼까지 가오." 싸익스가 대답했다.

"좋소, 내가 가는 데까지 태워 드리리다." 상대방이 대답했다. "베키, 술값은 다 계산되었냐?"

"네, 저분이 다 내셨습니다." 여자가 대답했다.

"아니!" 사내는 얼큰하게 취한 얼굴에 근엄한 표정을 지으며 말했다. "그럼 안 되는 줄 아실 텐데."

"안 될 게 뭐 있소?" 싸익스가 대꾸했다. "댁이 우릴 태워다 주기로 했는데 맥주 1파인트쯤 못 살 게 뭐 있단 말이오?"

낯선 사내는 아주 심오한 표정으로 싸익스의 이 주장을 곰곰이 음미했다. 그러더니 싸익스의 손을 와락 붙잡고는 진정으로 훌륭한 친구를 만났노라고 선언했다. 이에 싸익스 씨는 농담하지 말라고 대답했는데, 사실 사내가 맑은 정신이었다면 농담이라고 생각할 만한 이유가 충분히 있었을 것이다.

두 사람은 서로 칭찬하는 말을 몇 마디 더 주고받은 뒤 방 안에 있던 사람들과 작별 인사를 하고는 밖으로 나갔다. 그러는 동안 베키는 맥주 단지와 잔을 모아 양손에 잔뜩 들고 어슬렁거리며 문간으로 나가서는 싸익스 일행이 떠나는 것을 바라보았다.

당사자가 없는 자리에서 건배의 대상이 되었던 일꾼의 말이 마구를 갖추고 마차에 묶인 채 밖에 서 있었다. 올리버와 싸익스가 더 이상 격식을 차리지 않고 마차에 올라탔다. 말 주인 사내는 자기 말을 '추어올리고', 또 이 말과 견줄 말이 있으면 어디 한번 데려와 보라고 말구종을 비롯한 온 세상 사람들한테 허세를 부리느라 일이 분가량 지체하다가 역시 마차에 올랐다. 그런 다음 그는 말구종에게 말머리를 놓아주라고 일렀는데, 머리가 놓여난 말은 아주 불쾌한 방식으로 자신의 머리를 사용했는바, 굉장히 거만한 태도로 머리를 높이 쳐들더니 길 건너편 객실 창문을 향해 달려갔다. 이렇게 재주를 부리던 말은 잠시 앞다리를 벌떡 들고 일어서기도 하더니 마침내 굉장한 속도로 달리기 시작했다. 그러고는 아주 요란스럽고 호기롭게 읍내를 빠져나갔다.

매우 어두운 밤이었다. 축축한 안개가 강과 주변 습지대에서 피어올라 황량한 들판 위로 퍼졌다. 게다가 살을 에는 듯이 추운 날씨였다. 세상은 온통 캄캄하고 음울했다. 아무도 말 한 마디 하지 않았다. 마부는 아까부터 졸았고 싸익스 또한 그에 게 말을 시킬 기분이 아니었다. 올리버는 불안과 공포에 사로 잡힌 채 마차 한구석에 잔뜩 웅크리고 앉아, 비쩍 마른 나무들 이 음산한 풍경에 기괴한 즐거움이라도 느끼는 듯이 가지를 이리저리 소름 끼치게 흔들어 대는 것을 보며 이상한 형상을 떠올렸다.

그들이 썬베리 교회를 지날 때 7시를 알리는 시계 종소리가 들렸다. 교회 맞은편에 있는 나루터 건물의 창문에서 불빛이 새어 나왔는데, 길 건너로 흘러든 불빛은 시커먼 교회 묘지의 무덤을 굽어보는 한 그루의 주목을 더욱 음침한 어둠 속에 잠 기게 했다. 멀지 않은 곳에서 흘러 떨어지는 물소리가 흐릿하 게 들려오고, 늙은 주목의 잎사귀들이 밤바람에 부드럽게 살 랑거렸다. 마치 죽은 자들의 안식을 위한 조용한 음악 같았다.

썬베리를 지나 다시금 한적한 길로 들어섰다. 4킬로미터에 서 5킬로미터쯤 더 가서 마차가 멈췄다. 싸익스는 마차에서 내려 올리버의 손을 잡아끌었다. 그리고 두 사람은 다시 걷기 시작했다.

셰퍼튼에 도착했지만 지친 올리버의 기대와 달리 싸익스는 아무 집에도 들어가지 않고 계속 걸었다. 진흙탕과 어둠 속에 서 음울한 오솔길과 황량한 추운 벌판을 지나 얼마 동안 걸어 가자 마침내 그리 멀지 않은 곳에 읍내 불빛이 나타났다. 앞을 열심히 살피던 올리버는 바로 저 아래에 물이 흐른다는 것을, 자신들이 다리 어귀를 향해 나아가고 있다는 것을 알았다.

다리 바로 근처에 이르기까지 싸익스는 곧장 나아갔다. 그러더니 갑자기 왼쪽 둑을 따라 내려가기 시작했다.

　'아, 물!' 올리버는 두려움으로 하얗게 질리며 생각했다. '저기서 날 죽여 없애려고 이 외딴 곳까지 데려왔구나!'

　올리버는 자신의 어린 목숨을 지키기 위한 마지막 발버둥이라도 한번 쳐 보고자 땅바닥에 몸을 던지려고 했다. 그 순간 그는 폐허가 되어 다 쓰러져 가는 어느 외딴 집 앞에 자신들이 서 있다는 것을 알아차렸다. 허물어진 입구 양쪽에 창문이 하나씩 있고 위층에도 창문이 있었지만 불빛은 전혀 보이지 않았다. 집은 어둡고 여기저기 뜯겨 나가 황폐했으며, 어느 모로 보나 사람이 사는 것 같지 않았다.

　싸익스는 여전히 올리버의 손을 붙잡은 채 낮게 내려앉은 현관으로 가만히 다가가서는 빗장을 들어 올렸다. 문을 밀자 그대로 열렸고, 두 사람은 함께 안으로 들어갔다.

22장
강도질.

"거기 누구야?" 두 사람이 복도에 들어서자마자 누군가 쉰 목소리로 크게 외쳤다.

"그렇게 소란 피우지 마." 싸익스가 문을 잠그며 말했다. "불이나 밝히게, 토비."

"아하, 자네구만!" 쉰 목소리가 소리쳤다. "불 좀 켜게, 바니, 어서! 내 친구분을 안내해 드리게, 바니. 잠부터 먼저 깨고 말이야, 젠장."

말하는 사람은 그러면서 장화 벗는 기구인지 그 비슷한 것을 던져 상대방의 잠을 깨우는 것 같았다. 나무로 된 물건이 격렬하게 바닥에 떨어지는 소리가 들리더니, 그 뒤를 이어 비몽사몽을 헤매는 사람이 뭐라고 중얼대는 소리가 들려왔다.

"내 말 안 들려?" 쉰 목소리가 소리쳤다. "빌 싸익스가 복도에 와 있건만 정중히 모실 사람 하나 없이 네놈은 밥에다 아편이라도 타 먹은 놈처럼 자빠져 자고 있다니. 그것도 겨우 아편 정도 갖고 말이야. 자, 이제 좀 정신이 들었냐, 아님 쇠촛대로 확실히 깨워 줄까?"

이런 심문이 가해지는 가운데 양쪽 신을 질질 끌며 황급히 방바닥을 가로질러 건너오는 발소리가 들렸다. 그러더니 오른편 문으로 먼저 희미한 촛불이 나타났고, 그 뒤를 이어 사람의 형상이 나타났다. 그는 예전에 코맹맹이 소리를 내는 질환에 시달리는 사람으로, 그리고 새프런 고개 주막에서 일하는 종업원으로 묘사된 적이 있는 자였다.

"싸익스 시!" 바니는 진짜인지 가짜인지 모르겠지만 반가워하며 외쳤다. "드더오세요, 어서 드더오세요."

"자! 너 먼저 들어가." 싸익스가 올리버를 앞세우며 말했다. "좀 더 빨리! 뒤꿈치를 밟히고 싶지 않으면."

꾸물댄다고 욕설을 중얼거리며 싸익스가 올리버를 앞으로 밀었고, 두 사람은 천장이 낮은 어두운 방으로 들어갔다. 연기가 많이 나는 벽난로와 부서진 의자 두세 개, 탁자, 아주 낡은 소파가 있는 방이었다. 소파에는 한 사내가 두 다리를 머리보다 한참이나 높이 올려놓은 채 큰대자로 누워 기다란 사기 파이프를 피우고 있었다. 그는 커다란 놋쇠 단추가 달린 맵시 있는 고동색 상의에다 오렌지색 목수건과 거칠지만 눈에 확 띄는 화려한 무늬의 조끼, 담갈색 반바지를 입고 있었다. 크래킷 씨(그가 바로 이 사람이었는바)는 머리에든 얼굴에든 털이 그다지 많지 않았다. 하지만 조금 있는 털은 모두 붉은색이었고 기다란 타래송곳 모양으로 꼬불꼬불 비틀어져 있었다. 그리고 그 사이로 커다란 싸구려 반지들을 낀 아주 지저분한 손가락들을 이따금씩 쑤셔 넣곤 했다. 몸집은 중간보다 약간 더 컸지만 다리가 좀 약해 보였다. 하지만 그런 사정이 그가 자신의 목이 긴 구두에 대해 느끼는 감탄의 마음을 조금도 감소시키지 않았으니, 그는 발을 높이 올려놓고는 자기 구두를 아주 만족스럽게 감상하고 있었던 것이다.

"어이, 빌!" 이 작자가 문 쪽으로 고개를 돌리며 말했다. "자넬 보니 반갑네. 자네가 일을 포기했구나 하고 거의 생각했거든. 그럴 경우 나 혼자서 일을 감행했겠지만 말일세. 아니, 뭐야!"

토비 크래킷 씨는 올리버를 발견하고 크게 놀란 어조로 이렇게 외치면서 몸을 일으켜 앉더니 아이가 누군지 물었다.

"데려온다고 했던 애 있잖아. 바로 걔야." 싸익스는 난롯가로 의자를 끌어당기며 대답했다.

"베이긴 시 애들 중 하나예요." 바니가 히죽 웃으며 큰 소리로 말했다.

"페이긴네 애라고, 응!" 토비가 올리버를 바라보며 외쳤다. "야, 이거 굉장히 쓸모가 있을 녀석인걸. 예배당에서 늙은 부인네들의 주머닐 털 때 말이야! 면상이 한밑천 되겠어."

"자, 자, 그만." 싸익스가 끼어들며 짜증스레 말했다. 그러더니 재차 드러누운 동료에게 몸을 구부려 귓속말로 몇 마디 속삭였다. 그러자 크래킷 씨는 한바탕 요란스레 웃음을 터뜨리더니 놀랍다는 표정으로 오랫동안 올리버를 응시하는 예의를 표했다.

"자." 싸익스가 다시 자리에 앉으며 말했다. "기다릴 동안 뭐라도 좀 먹고 마실 걸 갖다 줘야 기운이 나지 않을까 싶은 데. 저 앤 어쨌든 나라도 말이야. 꼬맹아, 넌 불 옆에 앉아서 좀 쉬거라. 오늘 밤 우리랑 함께 다시 나가야 할 테니까 말이야, 그렇게 멀리는 안 가겠지만."

올리버는 겁먹고 놀란 표정으로 말없이 싸익스를 쳐다보다 가 의자를 난롯가로 끌어당겨 앉았다. 그는 지금 어디에 와 있 는지, 자기 주변에서 무슨 일이 벌어지는지 거의 모른 채 지근 지근 쑤시는 머리를 두 손으로 받치고 앉아 있었다.

"자⋯⋯." 젊은 유태인이 음식 쪼가리 약간과 술병을 탁자 에 갖다 놓자 토비가 말했다. "이번 집털이의 성공을 위해 건 배!" 그는 건배의 예를 갖추느라 소파에서 일어나더니 들고 있던 빈 담배 파이프를 한구석에 조심스레 내려놓고는 탁자 앞으로 걸어가 술잔에 독주를 가득 채워 단숨에 들이켰다. 싸 익스 씨도 똑같이 했다.

"얘도 한 모금 줘야지." 토비가 술잔을 반쯤 채우며 틀렸다. "쭉 들이켜거라, 순진한 꼬맹아."

"정말이지⋯⋯." 올리버가 사내의 얼굴을 애처롭게 올려다 보며 말했다. "정말이지 전 못⋯⋯."

"쭉 들이켜라니까!" 토비가 반복해서 말했다. "너한테 뭐가 좋은지 내가 모를까 봐 그러는 거야? 빌, 이 녀석보고 마시라 고 좀 하게."

"너 순순히 마시는 게 좋을걸!" 싸익스가 손으로 호주머니 를 두드리며 말했다. "젠장, 꾀돌이 패거리 전체보다도 이 자식 하나가 더 힘들게 한다니까! 어서 마셔, 이 못된 꼬맹이 새끼야, 어서 마셔!"

두 사내의 위협하는 몸짓에 겁먹고 놀란 올리버는 황급히 술잔에 든 것을 쭉 들이켰다. 그러자마자 격렬한 발작을 일으키며 한바탕 기침을 터뜨렸는데, 이것을 보고 토비와 바니는 즐거워했으며 뚱한 싸익스 씨조차 빙그레 미소를 지었다.

그리고 난 뒤 싸익스가 식욕을 채우고 나서(올리버는 그들이 억지로 먹인 자그만 빵조각 하나 외엔 아무것도 먹지 못했다.) 두 사내는 잠깐 눈을 붙이기 위해 의자에 드러누웠다. 올리버는 난롯가 의자에 그대로 앉아 있었고, 바니는 담요로 몸을 감싼 채 난로의 불똥 막이 울 바로 바깥쪽 바닥에 다리를 뻗고 누웠다.

얼마 동안 그들은 잠을 자거나 아니면 자는 척했다. 바니가 벽난로에 석탄을 던져 넣기 위해 한두 차례 일어난 것 말고는 아무도 꼼짝하지 않았다. 올리버는 혼곤한 졸음에 빠져서 음침한 골목길을 헤매고 어두운 교회 묘지 주변을 방황하는 상상을 하거나 지난 하루 동안 보았던 이런저런 장면을 돌이켜 더듬어 보았다. 그러다가 토비 크래킷이 벌떡 일어나며 1시 30분이라고 하는 소리에 깨어났다.

나머지 두 사람도 즉각 일어나 모두 바쁘게 준비를 시작했다. 싸익스와 동료는 커다란 검정 숄로 목과 턱을 감싸고 큰 외투를 걸쳤다. 바니는 찬장을 열더니 이런저런 물건을 몇 개 꺼내 호주머니에 급하게 쑤셔 넣었다.

"빵빵포 이리 주게, 바니." 토비 크래킷이 말했다.

"여기 있어요." 바니가 권총 두 자루를 꺼내며 말했다. "직접 장전해 놓으신 것들이에요."

"그래, 좋아!" 토비는 권총을 집어넣으며 대답했다. "비상용 몽둥이는?"

"내게 있어." 싸익스가 대답했다.

"얼굴 가리는 천, 열쇠, 타래송곳, 차광등(遮光燈)…… 하나도 잊은 거 없지?" 토비가 작은 쇠지레를 외투 자락 안쪽의 고리에 걸어 고정하며 물었다.

"그래, 다 있어." 그의 동료가 응답했다. "자, 그 작대기 쪼가리들 이리 주게, 바니. 이제 떠날 시간이야."

그는 이렇게 말하며 바니의 손에서 굵은 지팡이 하나를 받았다. 바니는 또 다른 지팡이 하나를 토비에게 건네주고 서둘러 올리버의 어깨 망토를 매 주었다.

"자, 그럼!" 싸익스가 손을 내밀며 말했다.

올리버는 처음 대하는 그들의 행동과 분위기, 그리고 억지로 마신 술 때문에 완전히 얼빠진 상태가 되어 싸익스가 내민 손에 기계적으로 자기 손을 맡겼다.

"애의 다른 쪽 손을 잡게, 토비." 싸익스가 말했다. "밖을 한번 살펴봐, 바니."

바니는 문간으로 갔다가 돌아와서 모든 게 조용하다고 알렸다. 두 강도는 올리버를 사이에 두고 밖으로 나갔다. 바니는 모든 문을 단단히 걸어 잠근 다음, 전처럼 담요로 몸을 둘둘 감싸고는 다시 누워 곧 잠에 빠졌다.

밖은 이제 칠흑같이 깜깜했다. 안개가 초저녁보다 훨씬 짙게 껴 있었다. 그리고 대기가 매우 축축해서 비가 오지 않는데도 올리버의 머리카락과 눈썹은 집을 나선 지 몇 분도 안 되어 공기 중에 떠다니는 반쯤 얼어붙은 습기로 뻣뻣해졌다. 그들은 다리를 건넌 뒤 어제 오면서 보았던 읍내의 불빛을 향해 계속 걸어갔다. 불빛은 그리 멀리 떨어져 있지 않았다. 게다가 꽤 빠르게 걸었기 때문에 곧 그곳, 즉 처씨에 도착했다.

"읍내로 질러서 가세." 싸익스가 속삭였다. "이런 밤에 나다니며 우릴 볼 사람은 아무도 없을 거야."

토비는 동의했고, 그들은 작은 읍의 중앙로를 빠르게 지나갔다. 과연 늦은 시각이라 거리는 인적이 완전히 끊겨 있었다. 이따금 어느 침실 창문에서 희미한 불빛이 새어 나오거나 개들이 짖어 대는 쉰 목소리가 밤의 적막을 깼다. 하지만 돌아다니는 사람은 아무도 없었다. 교회의 종이 2시를 쳤을 때 그들은 읍내를 빠져나왔다.

그들은 걷는 속도를 좀 더 빠르게 하며 왼쪽 길로 접어들었다. 400미터쯤 걸어간 뒤 담으로 둘러싸인 어느 단독 주택 앞에 멈춰 섰는데, 토비 크래킷은 숨을 돌릴 여유도 거의 갖지 않은 채 눈 깜짝할 사이에 담장 위로 기어 올라갔다.

"애를 먼저 올려." 토비가 말했다. "녀석을 밀어 올리게, 내가 잡아당길 테니."

올리버가 주위를 둘러볼 틈도 없이 싸익스가 겨드랑이를 잡아 올렸고, 올리버는 삼사 초 만에 토비와 함께 담장 반대편의 잔디밭에 떨어져 누워 있었다. 싸익스가 곧바로 뒤따라 넘어왔다. 그들은 곧 건물을 향해 살금살금 다가갔다.

올리버는 그제야 처음으로 비록 살인은 아니지만 집털이

와 강도질이 이 여행길의 목적이라는 것을 깨닫고 슬픔과 두려움으로 거의 이성을 잃었다. 그는 두 손을 꽉 마주 쥐며 자기도 모르게 나직이 공포에 찬 비명을 질렀다. 두 눈이 뿌옇게 흐려지고, 창백한 얼굴은 식은땀이 맺혔으며, 두 다리에 힘이 쭉 빠져 무릎을 꿇고 털썩 주저앉았다.

"일어나!" 싸익스가 화가 나서 부르르 떨며 낮은 목소리로 말했다. 그러곤 주머니에서 권총을 꺼내 들었다. "어서 일어나지 못해! 안 그럼 이 잔디밭에다 네 골통을 터트려 버릴 테다!"

"오, 제발 절 보내 주세요!" 올리버가 소리쳤다. "그냥 멀리 들판으로 달아나서 죽게 해 주세요. 다시는 런던 근처에 오지 않을게요. 정말 다시는 안 올게요! 오, 제발 절 불쌍히 여기셔서 도둑질만은 하지 않게 해 주세요. 하늘에 계신 빛나는 천사님들을 생각해서라도 제발 절 불쌍히 여겨 주세요!"

이렇게 애절한 호소에도 사내는 끔찍한 욕설을 내뱉으며 권총의 공이치기를 당겼다. 그 순간 토비가 싸익스의 손에서 총을 잡아채더니 아이의 입을 손으로 틀어막고 집 쪽으로 날고 갔다.

"입 닥쳐!" 토비가 소리쳤다. "여기서 그래 봤자 소용없어. 한 마디만 더 지껄여 봐라, 그럼 내가 직접 네 대갈통을 빠개서 끝장내 주마. 그게 소리도 안 나고, 똑같이 확실하면서 훨씬 점잖은 방법이지. 자, 빌, 덧문을 비틀어 열게. 이 녀석은 이제 문제없네, 내 보장하네. 얘 나이 땐 경험 있는 애들도 추운 밤이면 일이 분 동안 그렇게 발작을 일으킨다네."

싸익스는 이런 일에 올리버를 보낸 페이긴의 머리 위에 무시무시한 저주가 떨어지길 빌고는 기운차게, 하지만 거의 소리 없이 쇠지레를 놀리기 시작했다. 잠시 지체되고 토비가 조금 도운 후에 토비가 언급한 덧문은 경첩이 돌아가며 열렸다.

그것은 땅에서 160센티미터에서 170센티미터쯤 되는 집 뒤의 조그만 격자창으로 복도 끝의 설거지 칸이나 술 담그는 작은 방에 나 있는 창이었다. 창구멍이 아주 작았기 때문에 그 집 사람들은 더 이상 확실하게 막아 놓을 필요가 없다고 생각한 듯싶었다. 하지만 올리버만 한 아이를 들여보내기에는 충분했다. 격자창의 걸쇠를 푸는 일은 싸익스 씨가 아주 잠깐 기술을 발휘하는 것으로 충분했는바, 격자창 역시 곧 활짝 열어젖혀졌다.

"자, 잘 들어, 이 꼬맹이 녀석아." 싸익스가 주머니에서 차광등을 꺼내 올리버의 얼굴에 불빛을 환히 비추며 속삭였다. "이제 널 저 창문으로 집어넣을 거다. 이 등을 가지고 바로 앞에 있는 계단을 살그머니 올라가서 작은 현관홀을 지나 현관문으로 곧장 가거라. 그리고 문을 따고 우릴 들여보내거라."

"문 위쪽에 빗장이 하나 걸려 있는데 네 손이 안 닿을 거다." 토비가 끼어들었다. "현관 의자 하나를 놓고 올라가거라. 의자가 세 개라네, 빌. 의자엔 아주 큰 파란색 일각수와 황금빛 갈퀴가 새겨져 있는데, 주인 마나님네 가문 문장(紋章)이지."

"조용히 좀 못 해!" 싸익스가 위협하는 표정으로 대답했다. "방문은 열려 있겠지, 응?"

"활짝 열려 있네." 토비가 안을 들여다보고 확인한 뒤 대답했다. "재미있는 건 이자들이 항상 문을 열고 고리에다 걸어

둔다는 거야. 집에서 키우는 개가 잠이 안 올 때 복도를 왔다 갔다 하라고 말이야. 하하! 오늘 밤은 바니가 그놈을 꼬드겨서 다른 데로 보냈지. 아주 깔끔하게 말이야!"

비록 크래킷 씨가 거의 들릴락 말락 한 목소리로 말하면서 소리 없이 웃었지만 싸익스는 위압적인 태도로 입 닥치고 어서 일이나 시작하라고 명령했다. 토비는 명령에 따라 먼저 차광등을 꺼내 땅바닥에 내려놓은 다음, 머리를 창문 아래 벽에다 바짝 대고 두 손을 무릎에 얹어 자세를 단단히 취한 뒤 등으로 발판을 만들었다. 토비가 그렇게 하자마자 싸익스는 그를 밟고 올라서서 올리버를 발부터 먼저 들어가게 창 안으로 살며시 밀어 넣었다. 그러곤 올리버의 목깃을 움켜잡은 채로 집 안쪽 바닥에 안전하게 내려놓았다.

"이 등을 가지고 가." 싸익스가 방을 들여다보며 말했다. "저기 앞에 있는 계단 보이지?"

올리버는 거의 사색이 되어 숨 막히는 목소리로 "네." 하고 대답했다. 싸익스는 권총 총구로 현관문 쪽을 가리키며 거기까지 다 사정거리 안에 있다는 것과 만약 머뭇대고 주저하면 그 순간 죽어 자빠지게 되리라는 것을 명심하라고 짤막하게 충고했다.

"일 분이면 해치울 수 있어." 싸익스가 여전히 낮게 속삭이는 목소리로 말했다. "내가 널 놓아주자마자 바로 행동을 개시해. 잠깐!"

"저게 무슨 소리지?" 토비가 속삭였다.

그들은 바짝 귀를 기울였다.

"아무것도 아니야." 싸익스가 올리버를 잡은 손을 놓으며 말했다. "자, 가거라!"

정신을 차릴 틈이 있었던 그 짧은 순간 동안 올리버는 비록 노력을 해 보다 죽게 된다 할지라도 현관에서 층계로 뛰어 올라가 그 집 사람들을 깨우려는 시도를 한번 꼭 해 보기로 굳게 결심했다. 이 생각으로 가득 차서 올리버는 즉시, 하지만 아주 가만가만 앞으로 나아갔다.

"돌아와!" 갑자기 싸익스가 크게 소리쳤다. "돌아와! 돌아오라고!"

쥐 죽은 듯하던 집 안의 정적이 갑자기 깨지는 바람에, 뒤이어 누군가 커다랗게 고함을 지르는 바람에 올리버는 겁에 질려 들고 있던 등을 떨어뜨리고는 앞으로 나아가야 할지 도망가야 할지 모른 채 서 있었다.

고함 소리가 계속되었고, 불빛이 비쳤고, 옷을 반쯤 걸치고 겁에 질린 채 계단 꼭대기에 나타난 두 남자의 형상이 올리버의 시야에 어른거리며 들어왔다. 불빛이 번쩍하더니 꽝 하는 큰 소리가 났고, 연기가 피어올랐으며, 어딘지는 모르지만 와르르 무너지는 소리가 났다. 그리고 올리버는 비틀비틀 뒤로 물러났다.

싸익스는 한순간 사라지는가 싶더니 다시 나타나서 연기가 걷히기 전에 올리버의 목깃을 움켜잡았다. 그는 이미 뒤로 물러나기 시작한 두 사내를 향해 권총을 발사하고는 올리버를 끌어 올렸다.

"팔을 좀 더 꽉 쥐어!" 올리버를 창문으로 끌어내며 싸익스

강도야!

가 말했다. "숄 좀 이리 주게. 녀석이 놈들 총에 맞았어. 빨리! 피가 철철 흐르고 있어!"

　다음 순간 종소리가 크게 울리는 가운데 총소리와 사람들이 외치는 소리가 한데 뒤섞여 들려 왔고, 누군가에게 안겨 울퉁불퉁한 지면 위를 빠른 속도로 달아나는 느낌이었다. 그러더니 소리가 점점 멀어지며 혼미해졌고, 곧 죽음처럼 차가운 느낌이 아이의 심장에 스며들었다. 그리고 더 이상 아무것도 보이거나 들리지 않았다.

23장
범블 씨와 어느 부인이 즐거운 대화를 나누고,
교구 관리조차 어떤 점에서는
다감해질 수 있음을 보여 준다.

　지독하게 추운 밤이었다. 땅 위를 덮은 눈은 단단하고 두꺼운 등껍질처럼 얼어붙었고, 골목과 모퉁이에 쌓인 눈 더미만이 날카롭게 울부짖는 바람에 눈발을 흩날렸다. 바람은 마치 쌓였던 분노를 쏟아 낼 먹잇감을 찾아낸 야수처럼 눈발을 난폭하게 잡아채 구름처럼 솟구치게 한 뒤, 수천 개의 뿌연 소용돌이를 만들어 허공에 어지럽게 흩뿌렸다. 황량하고 어둡고 살을 에는 듯이 추운 밤이었으니, 아늑한 집과 먹을 것이 있는 자들은 활활 타는 난롯가에 둘러앉아 집에 편안히 있는 것을 하느님께 감사드리고 집 없고 굶주린 불쌍한 자들은 길바닥에 쓰러져 죽어 가야 하는 그런 밤이었다. 바로 이런 밤이면 지치고 허기진 수많은 버림받은 자들이 우리의 거리에서 쓸쓸히 눈을 감노니, 그들이 저지른 죄가 무엇이건 이보다 더 모진 세상에서 눈을 뜨는 일은 아마 없으리라.

문밖의 형편이 바로 이런 상황일 때 이미 독자들에게 올리버 트위스트의 출생지로 소개한 바 있는 구빈원의 간호부장 코니 부인은 자신의 작은 방에서 환한 난롯불 앞에 앉아 적잖은 만족감을 담은 표정으로 작고 동그란 식탁을 바라보고 있었다. 식탁 위에는 비슷한 넓이의 쟁반이 놓여 있었는데, 간호부장들이 가장 즐겨 먹는 식사에 필요한 모든 것들이 갖춰져 있었다. 사실을 말하건대 코니 부인은 차를 한잔 들며 기분을 풀려는 참이었다. 그녀는 탁자에서 벽난로로 시선을 돌렸는데, 난로에서는 이 세상에서 가장 작은 주전자가 작은 소리로 작은 노래를 부르고 있었는바, 그 순간 그녀의 내적인 만족감은 뚜렷하게 증가했다. 실제로 얼마나 만족감이 컸던지 코니 부인은 빙그레 미소를 짓고 말았다.

"그래!" 간호부장은 팔꿈치를 탁자에 올려놓고 사색에 잠긴 표정으로 난롯불을 바라보며 말했다. "정말이지 우리 모두에겐 감사해야 할 것이 아주 많아! 몰라서 그렇지 알고 보면 참으로 많아. 아아!"

코니 부인은 마치 이 사실을 모르는 극빈자들의 정신적 무지가 개탄스러운 듯이 슬픈 표정으로 고개를 흔들었다. 그러곤 60그램짜리 양철 차통의 가장 깊숙한 구석에 은수저(그녀의 개인 소유였다.)를 집어넣고서 차를 끓일 준비를 했다.

얼마나 조그만 것으로도 우리 연약한 인간의 마음은 평정을 잃고 마는가! 코니 부인이 이렇게 도덕적 성찰을 하는 동안 아주 작은, 그래서 쉽게 가득 차는 검은 찻주전자가 넘쳐흘렀고, 그 바람에 코니 부인은 뜨거운 물에 손을 살짝 데었다.

"망할 놈의 주전자!" 벽난로 시렁에 황급히 주전자를 내려놓으며 훌륭하신 간호부장은 말했다. "바보 코딱지 같은 놈, 겨우 차 두 잔 분량밖에 안 되는 자식! 이따위 게 대체 누구한테 쓸모 있겠어!" 코니 부인은 잠시 멈췄다가 말했다. "나처럼 불쌍하고 쓸쓸한 인간 말고는 말이야! 아이고, 팔자야!"

이렇게 말하며 간호부장은 의자에 털썩 주저앉았다. 그러곤 다시금 팔꿈치를 탁자에 올려놓고서 자신의 고독한 운명에 대해 생각했다. 조그만 찻주전자와 혼자 놓인 찻잔이 그녀의 마음에 (죽은 지 겨우 이십오 년밖에 안 된) 코니 씨에 대한 슬픈 기억을 불러일으켰던 것이다. 그녀는 이내 북받치는 감정에 사로잡혔다.

"결코 다시는 가질 수 없을 거야!" 코니 부인은 토라진 목소리로 말했다. "결코 다시는 가질 수 없을 거야…… 그와 같은 건!"

이 말이 그녀의 남편에 대한 것인지 아니면 찻주전자에 대한 것인지는 확실하지 않다. 아마도 후자일 가능성이 높은데, 왜냐하면 그 말을 하면서 코니 부인은 찻주전자를 바라보았을 뿐만 아니라 그 후에 그것을 집어 들었기 때문이다. 막 첫번째 잔을 따라서 맛을 보았는데, 바로 그때 방문을 살며시 두드리는 소리가 그녀를 방해했다.

"이런 망할, 들어와!" 코니 부인은 날카롭게 말했다. "할망구 하나가 또 숨이 넘어가는가 보군. 꼭 내가 식사 좀 하려고 할 때만 골라서 죽는다니까. 거기 서서 찬 바람 들어오게 하지 말고 빨랑 들어와. 그래, 무슨 일이야, 엉?"

"아무 일도 아니오, 부인, 아무 일도." 남자 목소리가 대답했다.

"에구머니나!" 간호부장은 훨씬 다정한 어조로 소리쳤다. "범블 씨이신가요?"

"소인 문안드리오, 부인." 범블 씨가 말했다. 밖에서 신을 닦고 외투에 묻은 눈을 털어 내느라 지체하다가 마침내 모습을 드러낸 그는 한 손엔 삼각모를 들고 다른 손엔 보따리 하나를 들고 있었다. "문을 닫을까요, 부인?"

부인은 정숙하게도 대답을 망설였는바, 닫힌 방 안에서 범블 씨와 단둘이 대화를 나누는 것에 혹시라도 부적절한 점이 있지 않을까 염려했던 것이다. 범블 씨는 그녀가 망설이는 틈을 타서, 그리고 사실 자신이 몹시 추웠기 때문에 허락을 받지 않고 문을 닫았다.

"지독한 날씨군요, 범블 씨." 간호부장이 말했다.

"그래요, 정말 지독하오, 부인." 교구 관리가 대답했다. "이 건 말이오, 부인, 교구를 거역하는 날씨요. 바로 오늘 오후는 말이오, 코니 부인, 우리가 2킬로그램짜리 빵 스무 개하고 치즈 한 개 반을 듬뿍 나눠 준 지극히 행복한 오후였단 말이오. 그런데도 저 극빈자 놈들은 만족스러워하질 않는 거요."

"당연히 그럴 거예요. 그들이 언제 만족하는 거 보셨어요, 범블 씨?" 간호부장은 차를 한 모금 마시며 말했다.

"맞아요, 정말 그렇소, 부인." 범블 씨가 맞장구치며 말했다. "글쎄, 한 사내가 있는데, 마누라가 있는 데다 대가족인 걸 고려해서 2킬로그램짜리 빵하고 500그램은 족히 되는 치즈를

에누리 없이 그대로 배급해 줬소. 자, 그가 고맙게 여기겠소, 부인? 고맙게 여기겠냐고요? 천만에, 동전 반 닢만큼도 고마워하지 않는다오! 이 작자가 뭐라는지 아시오, 부인? 석탄을 달라는 거요. '손수건에 담을 만큼만요.' 하면서 말이오! 석탄 좋아하시네! 석탄으로 뭘 하려는지 아시오? 바로 치즈를 굽는 데 모두 써 버릴 거요. 그러고선 다시 돌아와서 더 달라고 할 거요. 놈들 하는 짓이 늘 그런 식이라오, 부인. 오늘 석탄을 앞치마 한가득 싸서 줘 보시오. 그럼 내일모레쯤 다시 와서는 더 달라고 할 것이오, 석고판처럼 뻔뻔스럽게 말이오."

간호부장은 이 명료한 비유에 전적으로 공감한다는 뜻을 표했고, 교구 관리는 말을 계속했다.

"내 평생에……." 범블 씨가 말했다. "도대체 요즘 같은 꼴은 처음 본다오. 바로 그저께였는데 말이오, 한 사내가—부인은 결혼한 적이 있는 분이니까 이런 말을 해도 되겠지요, 부인—등짝에 넝마 조각 하나 거의 안 걸친 사내 하나가(코니 부인은 여기서 바닥을 내려다봤다.) 우리 감독님 집에 왔습니다. 마침 오찬을 드시러 온 손님들이 계실 때였는데, 그자가 와서는 구제를 요청하는 겁니다, 코니 부인. 그자가 안 가겠다고 하면서 손님들을 몹시 놀라게 만들어 감독님은 감자 500그램과 귀리죽 300밀리리터를 내줬지요. 그런데 그 배은망덕한 악당 놈이 이러는 겁니다. '아이고! 이게 나한테 대체 무슨 소용이 있습니까? 쇠테 안경을 하나 주는 게 차라리 낫지!' '좋아.' 감독님이 준 것을 도로 뺏으며 말했지요. '그럼 넌 여기서 아무것도 얻을 수 없어.' 그러자 이 부랑자 놈은 '그럼 전 길거리에서 죽어 버릴 겁니다!' 하는 겁니다. 감독님은 '천만에, 넌 안 죽어.' 하고 말씀하셨지요."

"하하! 그것 참 잘하셨군요! 정말 그라넷 씨다워요, 안 그래요?" 간호부장이 끼어들었다. "그래서요, 범블 씨?"

"글쎄 말이오, 부인." 교구 관리가 대답했다. "그자가 가더니 정말로 길거리에서 죽어 버린 겁니다. 이런 고집불통 가난뱅이가 또 어디 있단 말이오!"

"정말이지 도저히 믿을 수 없는 이야기군요." 간호부장이 힘주어 강하게 말했다. "하지만 범블 씨, 원외 구제는 어쨌든 아주 나쁜 거라고 생각하시지 않나요? 당신은 경험이 많은 분이니 틀림없이 잘 아시겠지요. 어떤가요?"

"코니 부인." 교구 관리는 자신의 우월한 지식을 의식하는 사람이 짓는 그런 미소를 지으며 말했다. "원외 구제란 말이오, 부인, 올바로만 운영하면, 정말이지 올바로만 운영하면 교구의 안전장치가 된다오. 원외 구제의 대원칙은 바로 극빈자들에게 그들이 원치 않는 것만 정확히 골라서 주는 것이라오. 그러면 그들은 진저리가 나서 찾아오지 않는다오."

"어머나!" 코니 부인이 외쳤다. "그것참 역시 훌륭하군요!"

"그렇소. 우리끼리 하는 얘긴데 말이오, 부인." 범블 씨가 대답했다. "바로 그게 대원칙이라오. 그리고 그게 그놈의 막돼먹은 신문들에 실리는 사례들 속에서 병든 일가족들한테 치즈 조각들을 구제품으로 나눠 줬다는 이야기가 언제나 나오는 이유인 것이오. 그것이 바로 요즘의 규칙인 것이오, 코니 부인, 전국 어디서나 말이오." 교구 관리는 보따리를 푸느라 잠시 멈췄다가 다시 말을 이었다. "그렇지만 말이오, 부인, 이 건 공무상 비밀이니 사람들 사이에 이야기돼서는 안 되오. 우 리 같은 교구 관리들 사이가 아니라면 말이오. 부인, 이건 포 트와인이오. 이사회에서 병원용으로 주문한 것인데, 정말 순 수하고 신선한 진짜 포트와인이오. 오늘 오전에 통에서 막 꺼 낸 것으로 종소리처럼 아주 맑고 침전물 따위가 전혀 없소!"

범블 씨는 첫 번째 병을 들어 불빛에 비춰 보고 충분히 흔들 어 그 훌륭함을 시험해 보인 다음 두 병 모두 서랍장 위에 올려 놓았다. 그러더니 병을 쌌던 손수건을 접어 호주머니에 조심 스럽게 집어넣고는 그만 가려는 듯이 모자를 집어 들었다.

"가시는 길이 몹시 추울 텐데요, 범블 씨." 간호부장이 말했다.

"바람이 좀 불긴 하지요, 부인." 범블 씨는 외투의 목깃을 올리며 말했다. "거의 귀가 떨어져 나갈 정도랍니다."

간호부장은 작은 주전자에서 시선을 돌려 문을 향해 다가 가는 교구 관리를 바라봤다. 그러곤 교구 관리가 작별 인사를 하기에 앞서 기침을 했을 때 혹시…… 혹시 차라도 한잔하시 지 않겠느냐고 수줍은 듯이 물었다.

범블 씨는 즉시 목깃을 다시 내리고 모자와 지팡이를 의자 위에 올려놓았다. 그러곤 다른 의자를 탁자 가까이 끌어당겼 다. 그는 천천히 의자에 앉으면서 부인을 바라보았다. 그녀는 작은 찻주전자에 시선을 고정한 채 앉아 있었다. 범블 씨는 다 시 기침을 했다. 그리고는 희미한 미소를 지었다.

코니 부인은 자리에서 일어나 찬장에서 찻잔과 잔 받침을 한 벌 더 가져왔다. 다시 자리에 앉을 때 그녀는 은근히 바라보는 교구 관리와 시선이 마주쳤다. 그녀는 얼굴을 붉혔다. 그러곤 차를 타는 일에 몰두했다. 범블 씨는 다시 한번 기침을 했다. 아까보다 기침 소리가 더 컸다.

"달게 탈까요? 범블 씨?" 간호부장이 설탕 그릇을 집어 들면서 물었다.

"그럼요, 아주 달게 타 주세요, 부인." 범블 씨가 대답했다. 그렇게 말하면서 그는 코니 부인을 찬찬히 응시했다. 부드러운 눈길로 바라보는 교구 관리가 혹시라도 존재한다면 범블 씨야말로 그 순간 그 교구 관리라고 할 수 있었다.

차가 준비되었고 침묵 속에 건네졌다. 범블 씨는 빵 부스러기가 자신의 훌륭한 반바지를 더럽히지 않도록 무릎 위에 손수건을 펼쳐 놓은 뒤 먹고 마시기 시작했다. 그는 깊은 한숨을 한 번씩 내쉼으로써 이 즐거운 행위에 가끔씩 변화를 주었는데, 이 한숨은 식욕에 해로운 영향을 끼치기는커녕 오히려 차와 토스트를 해치우는 작업을 더욱 촉진하는 것처럼 보였다.

"고양이를 키우시는군요, 부인." 새끼들 한가운데 앉아서 난롯불을 쬐는 어미 고양이를 바라보며 범블 씨가 말했다. "이런, 새끼 고양이들까지 있군요, 정말!"

"저는 고양이를 무척 좋아한답니다, 범블 씨, 잘 모르셨겠지만 말이에요." 간호부장이 대답했다. "그 녀석들은 정말 어찌나 행복해하고, 어찌나 장난을 잘 치고, 어찌나 즐거워하는지 제겐 더없이 좋은 벗이랍니다."

"아주 훌륭한 동물이지요, 부인." 범블 씨는 동의를 표하며 대답했다. "길들이기도 아주 쉽고 말이오."

"그래요, 정말!" 간호부장은 열정적으로 대답했다. "게다가 자기가 사는 집을 아주 좋아하니 정말로 즐거운 일이지요."

"부인, 코니 부인." 범블 씨가 천천히 찻숟가락으로 박자를 맞추며 말했다. "이건 내가 진심으로 하는 말인데 말이오, 부인. 고양이든 고양이 새끼든 부인, 당신과 함께 살면서 이 집을 좋아하지 않는 놈이 있다면 그놈은 바보 천치임에 틀림없소, 부인."

"아이, 범블 씨!" 코니 부인은 항변하듯 말했다.

"사실을 숨기려고 해 봤자 아무 소용 없소, 부인." 범블 씨는 천천히 찻숟가락을 흔들며 일종의 애정 어린 위엄을 띠고 말했는데, 이로 인해 그는 두 배나 강한 인상을 주었다. "그런 놈은 내 기꺼이 물에다 수장시켜 버릴 것이오."

"그럼 범블 씨는 잔인한 사람이시군요." 간호부장이 교구 관리의 잔을 받기 위해 손을 내밀며 쾌활하게 말했다. "게다가 아주 무정한 사람이기도 하고요."

"무정하다고요, 부인?" 범블 씨가 말했다. "무정하다고요?" 범블 씨는 더 이상 말없이 찻잔을 넘겨주면서 잔을 받는 코니 부인의 새끼손가락을 꼭 쥐었다. 그러곤 레이스가 달린 자신의 조끼를 손바닥으로 두 번 가볍게 두드리면서 크게 한숨을 쉬더니 의자를 살짝 잡아당겨 벽난로에서 아주 조금 떨어졌다.

코니 부인과 범블 씨가 앉은 탁자는 원형이었고, 두 사람은 벽난로 앞에서 얼굴을 마주한 채 서로 그다지 멀지 않은 거리에 앉아 있었다. 따라서 범블 씨가 탁자에 그대로 붙어 앉

함께 차를 마시는 범블 씨와 코니 부인.

은 채 벽난로에서 물러난 것은 자신과 코니 부인 사이의 거리를 더 멀어지게 한 셈이었다. 몇몇 분별 있는 독자들은 틀림없이 이것을 범블 씨가 취한 위대하고 영웅적인 행동이라고 칭송하고 싶을 것이다. 왜냐하면 때와 장소와 기회 등 모든 점에서 달콤한 애정의 속삭임을 늘어놓고 싶은 유혹이 그에게 상당히 컸을 상황이기 때문이다. 물론 이러한 애정의 속삭임 따위는 경박하고 생각 없는 자들의 입술에나 지극히 잘 어울릴 뿐 이 땅의 판사님들, 국회 의원님들, 장관님들, 시장님들, 그 밖의 훌륭하신 공직자님들의 품위에는 한없이 격이 떨어지는 것이며, 특히 (잘 알려진 대로) 가장 엄격하고 가장 강직해야 하는 교구 관리의 위엄과 엄숙함에는 더더욱 가당치 않다고 할 것이다.

그렇지만 범블 씨의 의도가 무엇이었든지 간에(물론 의심할 여지 없이 가장 좋은 의도였으리라.) 앞에서 두 번이나 언급했듯이 탁자는 공교롭게도 원형이었다. 그 결과 범블 씨가 조금씩 조금씩 의자를 움직이자 그와 간호부장 사이의 거리는 곧 줄어들기 시작했다. 그리고 범블 씨가 탁자의 둥근 테두리를 빙 돌아 계속해서 움직여 가자 그의 의자는 마침내 간호부장의 의자와 바짝 붙게 되었다. 실제로 두 사람의 의자는 서로 붙고 말았는데, 그러고 나서야 비로소 범블 씨는 멈췄다.

자, 그 순간 간호부장이 의자를 오른쪽으로 움직였다면 뜨거운 난롯불에 데었을 것이고, 왼쪽으로 움직였다면 범블 씨의 품에 안길 수밖에 없었을 것이다. 따라서 그녀는 (분별력 있는 간호부장으로서 의심할 여지 없이 그런 결과들을 즉각 예측했으

므로) 앉은 자리에 그대로 앉아 있었다. 그러곤 범블 씨에게
차 한 잔을 더 따라 주었다.

"무정하다고요, 코니 부인?" 범블 씨가 차를 젓고 간호부장
의 얼굴을 들여다보며 말했다. "당신은 어떻소, 코니 부인? 당
신은 무정한 사람인가요?"

"어머나!" 간호부장이 소리쳤다. "독신 남자가 하기엔 아주
이상한 질문이군요. 왜 그런 질문을 하시는 거지요, 범블 씨?"

교구 관리는 마지막 한 방울까지 차를 다 마시고 토스트를
한 조각 먹어 치웠다. 그러고는 빵 부스러기를 무릎에서 떨어
내더니 입술을 깨끗이 닦았다. 그리고 간호부장에게 찬찬히
키스를 했다.

"아니, 범블 씨!" 분별력 있는 부인은 속삭이는 소리로 외
쳤다. 너무나 크게 놀란 나머지 목소리가 제대로 나오지 않았
던 것이다. "범블 씨, 소리를 지를 거예요!" 범블 씨는 아무런
대꾸도 하지 않은 채 천천히 위엄 있는 태도로 팔을 뻗어 간호
부장의 허리를 안았다.

소리를 지르겠다는 의도를 분명히 밝혔으므로 코니 부인은
범블 씨의 이 추가적인 대담한 짓에 당연히 소리를 질러 댔을
것이다. 하지만 황급히 문을 두드리는 소리로 인해 그런 노력
은 불필요하게 되었는바, 소리가 들리자마자 범블 씨는 대단
히 민첩하게 포도주 병이 있는 쪽으로 휙 몸을 날렸다. 그러곤
굉장히 격렬한 동작으로 병의 먼지를 털기 시작했다. 그러는
동안 간호부장은 날카로운 목소리로 누구냐고 물었는데, 그
녀의 목소리가 매서운 사무적 어조를 완전히 회복했다는 것

은 갑작스러운 놀라움이 극도의 공포를 상쇄하는 데 효과적임을 보여 주는 진기한 물리적 사례로서 크게 주목할 만하다고 하겠다.

"죄송합니다만, 마님." 말라비틀어진 데다 끔찍할 정도로 못생긴 극빈자 노파 하나가 문간에 머리를 들이밀고는 말했다. "쌜리 할멈이 막 숨이 넘어가려고 합니다요."

"아니, 그게 나랑 무슨 상관이야?" 간호부장이 화를 내며 물었다. "내가 그 할멈을 살려 낼 수는 없잖아, 안 그래?"

"그럼요, 물론이지요, 마님." 노파가 손을 들며 대답했다. "아무도 그럴 수 없지요. 할멈은 손쓸 수 있는 상태를 이미 한참 지났거든요. 전 어린 아기들서부터 크고 건장한 남자에 이르기까지 사람 죽는 걸 많이 봤습니다. 그래서 죽을 때가 다가왔다는 것을 아주 잘 알아볼 수 있지요. 그런데 할멈 마음을 괴롭히는 게 있나 봅니다. 발작을 안 일으킬 때는 — 아주 고통스럽게 죽어 가고 있는지라 그런 때가 별로 없지만 — 뭔가 마님께 드릴 말씀이 있다고, 마님께서 꼭 들으셔야만 된다고 말하곤 합니다. 그러는 게 꼭 마님이 오시기 전엔 절대 죽지 않을 태세랍니다."

이 말을 들은 훌륭하신 코니 부인은 죽는 것조차 곱게 못 하고 윗사람을 고의로 괴롭히는 할망구들에 대해 갖가지 욕설을 투덜거리듯 지껄여 댔다. 그러곤 두꺼운 숄을 하나 급히 집어 들어 몸을 감싸면서, 혹시라도 무슨 일이 있을지 모르니 돌아올 때까지 기다려 달라고 범블 씨에게 간단히 부탁을 했다. 그녀는 말을 전하러 온 노파에게 밤새도록 계단에서 비트적

대지 말고 어서 빨리 걸어가라고 명령하고는 싫은 기색을 노골적으로 드러내며 노파를 따라 방을 나섰다. 그러곤 가는 길 내내 잔소리를 퍼부어 댔다.

혼자 남게 된 범블 씨의 행동은 다소 설명하기 힘든 것이었다. 그는 찬장을 열어 찻숟가락의 수를 세고, 각설탕 집게의 무게를 가늠하고, 은제 우유 단지를 면밀히 살피며 진짜 은으로 만들었는지 확인했다. 그러고는 이런 것들에 대한 호기심이 충족되자 삼각모를 삐딱하게 쓰고 탁자를 정확히 네 바퀴돌며 아주 엄숙한 태도로 춤을 추었다. 매우 기이한 이 연기를 모두 마치고 나자 그는 삼각모를 다시 벗고 벽난로 앞에 불을 등진 채 다리를 쭉 뻗고 앉아 정신적인 활동에 몰두했는데, 방 안의 정확한 세간 목록을 작성하는 것처럼 보였다.

24장
매우 불쌍한 내용을 다루는
짧은 장이지만 올리버의 인생 이야기에서
중요한 의미를 띨지 모른다.

간호부장의 평온한 방을 침입했던 노파는 죽음의 전령으로서 아주 잘 어울리는 모양새였다. 몸은 늙어서 구부러지고, 손발은 중풍으로 후들후들 떨렸으며, 입을 오물거리며 흘긋대는 표정으로 일그러진 얼굴은 자연의 작품이라기보다 어떤 난폭한 화가가 그려 놓은 기괴한 형상에 더 가까웠다.

아아! 자연에게서 부여받은 얼굴이 그대로 남아 그 아름다움으로 우리를 기쁘게 하는 경우가 얼마나 드문가? 인간의 얼굴은 마음이 그렇듯이 세상의 근심과 슬픔과 갈망들로 인해 완전히 변해 버리고 만다. 오직 이런 번뇌의 감정들이 모두 사그라들 때만, 그래서 우리를 움켜쥔 손이 영원히 풀릴 때만 근심의 구름은 사라져 없어지고 맑게 갠 마음의 하늘이 드러난다. 죽은 사람들의 얼굴이 죽음으로 뻣뻣하게 굳은 상태에서조차 오랫동안 잊었던 잠자는 아기의 표정으로 점점 잦아들어 마침내 인생 초기의 본연의 표정으로 되돌아가는 것은 흔히 있는 일이다. 그들이 얼마나 고요하고 평화로운 얼굴로 바뀌는지 행복한 어린 시절에 그들을 알았던 사람들은 경외심을 느끼며 관 옆에 무릎을 꿇고 앉아 지상에 나타난 천사의 모습을 보게 된다.

쭈그렁 노파는 간호부장의 닦달에 중얼중얼 분명치 않게 대답하면서 비틀거리는 걸음으로 복도 몇 개를 지나 계단을 올라갔다. 그러다 마침내 숨이 차서 걸음을 멈춰야 하는 상태에 이르러 간호부장의 손에 등불을 넘겨주고 자기는 뒤에 남았다가 되는대로 따라가겠노라고 했다. 좀 더 민첩한 상관인 간호부장은 병자가 누워 있는 방을 향해 계속 나아갔다.

가구 따위가 거의 없는 휑한 다락방 한쪽 끝에 촛불이 희미하게 타고 있었다. 또 다른 노파 한 사람이 침대 곁을 지키고, 교구 약제사의 도제가 벽난로 옆에 서서 깃촉으로 이쑤시개를 만들고 있었다.

"추운 밤입니다, 코니 부인." 간호부장이 들어왔을 때 젊은 도제 양반이 말했다.

"네, 정말이지 아주 춥군요." 간호부장은 무릎을 살짝 굽혀 인사하며 가장 정중한 어조로 대답했다.

"거래 업자들한테서 좀 더 좋은 석탄을 가져오도록 하세요." 약제사의 도제가 녹슨 부지깽이로 난롯불 맨 위의 석탄 덩어리를 부수며 말했다. "이런 것들은 추운 밤에 땔 만한 것들이 전혀 못 돼요."

"그것은 이사회에서 정할 일이에요." 간호부장이 대답했다. "이사회야 기꺼이 우리를 따뜻이 지내게 해 주고 싶으시겠지요. 하지만 이곳 형편이 워낙 어려운지라."

대화는 병든 여자가 내는 신음 소리 때문에 중단되었다.

"아 참!" 젊은이가 환자에 대해 완전히 잊고 있었던 것처럼 침대 쪽으로 얼굴을 돌리며 말했다. "저 할멈은 완전히 끝입니다, 코니 부인."

"네, 그렇지요?"

"두어 시간 더 버텨도 놀라운 일일 겁니다." 약제사의 도제는 이쑤시개 만드는 일에 열중하며 말했다. "신체 기능이 완전히 파괴됐어요. 환자가 지금 졸고 있나요, 할멈?"

간호하는 노파가 침대 위를 굽어보고 확인을 해 보더니 그렇다고 고개를 끄덕였다.

"그렇다면 아마 그 상태로 숨을 거둘 겁니다. 당신들이 소동만 일으키지 않는다면 말입니다." 젊은이는 말했다. "불을 바닥에 내려놓아요. 환자는 아무것도 알아보지 못할 거요."

간호하는 노파는 시키는 대로 했다. 하지만 병자가 그렇게 쉽게 죽지는 않을 거라는 듯 고개를 가로저었다. 그런 뒤 그녀는 그사이 돌아온 다른 간호 노파 옆에 있는 자기 자리에 가서 앉았다. 간호부장은 짜증스러워하는 표정을 지으며 숄로 몸을 감싸고 침대 발치에 가서 앉았다.

약제사의 도제는 이쑤시개 만드는 일을 다 끝낸 후 벽난로 앞에 자리를 잡고 서서 십여 분 동안 이쑤시개를 신나게 사용했다. 그러더니 점차 좀 지루해졌는지 코니 부인한테 수고롭지만 즐거운 시간 보내기를 바란다고 말하고는 발끝으로 살금슬금 나가 버렸다.

　간호하는 두 노파는 한동안 침묵을 지키며 앉았다가 침대에서 일어나 벽난로로 가서는 불 위로 몸을 구부리고 말라비틀어진 두 손을 내밀어 불을 쬐었다. 불꽃이 그들의 쪼그라든 얼굴에 괴기스러운 빛을 비추어 흉측한 모습을 더욱 끔찍하게 보이게끔 했는데, 그런 상태로 두 노파는 낮게 이야기를 나누기 시작했다.

　"뭐 또 더 말한 거 없어, 애니, 내가 없는 동안?" 간호부장을 부르러 갔던 노파가 물었다.

　"아무 말도 안 했어." 다른 노파가 대답했다. "잠깐 동안 자기 팔을 잡아당기고 쥐어뜯고 했지만, 내가 두 손을 붙잡으니까 금세 잠잠해졌어. 기력이 별로 없어서 조용히 있게 하기가 쉬웠지. 게다가 난 비록 교구 신세를 지고 있긴 해도 늙은이치고는 힘이 그리 약하지 않아. 아무렴, 그렇고말고!"

　"의사가 말한 그 데운 포도주는 좀 마시게 했어?"

　"마시게 하려고 했지." 다른 노파가 대답했다. "그런데 이를 꽉 악물고 컵만 어찌나 세게 움켜쥐고 안 놓는지, 컵을 도로 뺏는 것밖에는 아무것도 할 수 없었어. 그래서 내가 그냥 마셔 버렸지. 덕분에 힘 좀 났지!"

　두 흉측한 노파는 조심스레 주위를 돌아보며 누가 엿듣고 있지는 않은지 확인하더니, 좀 더 불 가까이로 몸을 웅크리고는 마음껏 킬킬거리며 웃었다.

　"그러니까 기억나는데 말이야." 처음 이야기를 시작했던 노파가 말했다. "옛날엔 저 할망구도 똑같은 짓을 하고 나중에 한참 재미있게 농담을 하곤 했지."

"맞아. 그랬지." 다른 노파가 대답했다. "저이는 성격이 쾌활한 여자였어. 저이가 밀랍 인형처럼 깨끗하고 보기 좋게 염을 해 놓은 시체가 정말이지 얼마나 많았는지 몰라. 내 이 늙은 두 눈으로 직접 봤지, 이 늙은 두 손으로 직접 만져 보기도 했고 말이야. 난 수십 번도 넘게 그녀를 도와줬거든."

그렇게 말하면서 노파는 떨리는 손가락들을 얼굴 앞으로 쭉 내밀어 펴고는 아주 자랑스럽게 흔들어 보였다. 그런 다음 주머니를 뒤져 오래되어 색이 바랜 양철 코담배 갑을 꺼내더니 동료의 쫙 벌린 손바닥에다 담배 가루를 약간 털어 주고 자기 손바닥에도 조금 덜어 냈다. 두 노파가 이러고 있는 동안 간호부장은 죽어 가는 여자가 혼수상태에서 깨어나기를 기다리며 짜증스럽게 지켜보고 있었는데, 그러다가 두 노파가 있는 난롯가로 와서는 얼마나 더 기다려야 하느냐고 날카로운 목소리로 물었다.

"얼마 안 걸릴 겁니다, 마님." 두 번째 노파가 간호부장의 얼굴을 올려다보며 대답했다. "여기 있는 우리 중 죽음을 오래 기다려야 하는 사람은 아무도 없지요. 참고 기다리세요, 참고! 죽음은 금세 우리 모두를 찾아올 테니까요."

"헛소리 작작 해, 이 노망난 바보 할망구야!" 간호부장이 매섭게 말했다. "이봐, 마싸, 당신이 말해 봐. 저 할멈 상태가 전에도 이런 적이 있었어?"

"자주 그랬지요." 첫 번째 노파가 대답했다.

"하지만 다시는 그러지 못할 겁니다." 두 번째 노파가 덧붙여 말했다. "그러니까 그녀는 딱 한 번밖에는 깨어나지 못할 거라는 말입니다. 게다가 마님, 그것도 아주 잠깐 동안일 테니 명심하세요."

"잠깐이든 오래든." 간호부장은 쏘아붙이듯이 말했다. "난 더 이상 저 여자가 깨어날 때까지 기다리지 않겠어. 둘 다 잘 들어, 또다시 아무것도 아닌 일로 날 귀찮게 하지 않도록 해. 난 이 구빈원에 있는 노파들이 죽을 때마다 지켜보라는 임무를 맡지 않았고, 그럴 생각도 없어. 그건 초과 노동이니까 말이야. 이 주제넘은 할망구들아, 명심해. 다시 한번 날 바보로 취급하면 내 즉시 그 못된 버르장머릴 확실히 고쳐 주고 말 거야, 알았어?"

간호부장은 방에서 급히 나가려고 했다. 그 순간 침대 쪽을 돌아보던 두 노파가 소리를 질러 그녀로 하여금 뒤를 돌아보게 만들었다. 어느 틈에 몸을 똑바로 일으킨 환자가 그들을 향해 두 팔을 뻗고 있었다.

"거기 누구야?" 환자가 공허한 목소리로 외쳤다.

"쉬, 조용히!" 두 노파 중 하나가 환자에게로 몸을 구부리며 말했다. "자, 누워요, 누워!"

"목숨이 붙어 있는 한 절대 다시 눕지 않겠어!" 여자는 버둥거리며 말했다. "저이한테 꼭 말할 게 있어! 가까이 와! 좀 더 가까이! 당신 귀에 속삭일 수 있도록 말이야!"

그녀는 간호부장의 팔을 꽉 움켜잡고는 침대 옆 의자에 강제로 앉힌 뒤 막 말을 시작하려고 했다. 하지만 그 순간 주위를 둘러보다가 다른 두 노파가 몸을 앞으로 숙이고 잔뜩 귀를 기울이고 있는 모습을 보았다.

"저 여자들은 내쫓아." 노파는 가물가물한 정신으로 말했다. "어서! 어서 빨리!"

두 쭈그렁 할멈은 서로 맞장구치고 거들면서 가엾은 친구가 이제 갈 데까지 다 가서 가장 친한 친구들조차 알아보지 못한다고 애처롭게 탄식하는 말을 무수히 쏟아 냈다. 그러면서 절대로 친구의 곁을 떠나지 않겠다고 여러 가지 항변과 주장을 펼치기 시작했는데, 간호부장은 그들을 떠밀어 방에서 쫓아내고는 문을 닫은 뒤 침대 곁으로 돌아갔다. 방에서 쫓겨난 두 노파는 어조를 홱 바꿔 쌜리 할망구가 술에 취했다고 열쇠 구멍을 통해 큰 소리로 외쳐 댔다. 사실 그럴 가능성도 없지 않았는데, 쌜리 노파는 약제사가 처방한 적당량의 아편 외에도 이 훌륭한 노파들이 너그러운 마음씨를 발휘해 남몰래 베풀어 준 물 탄 진을 마지막으로 한 모금 마신 상태였는바 이제 그 진의 영향이 나타나는 중이었기 때문이다.

"자, 내 말 잘 들어." 죽어 가는 노파는 남아 있는 한 줌의 기력을 불러일으키고자 엄청난 노력을 기울이는 듯 큰 소리로 말했다. "바로 이 방에서, 바로 이 침대 곁에서 난 옛날에 어느 젊고 예쁜 여자를 간호한 적이 있어. 하도 오래 걸어서 두 발이 찢기고 멍든 데다 먼지와 피로 온통 범벅이 된 채 이 구빈원에 실려 온 여자였는데, 여기서 사내아이를 낳고는 죽었지. 자, 그러니까 그게 몇 년도였는가 하면!"

"년도 따위는 상관 마!" 듣고 있던 여자가 짜증스럽게 말했다. "그 여자가 뭐 어쨌는데?"

"그래." 병든 여자는 이전의 정신이 가물가물한 상태로 다시 떨어지면서 중얼거렸다. "그 여자가 뭐 어쨌냐고? 뭐가 어쨌냐고…… 아, 그렇지!" 그녀는 사납게 몸을 벌떡 일으키며 소리쳤는데, 얼굴이 벌겋게 상기되고 두 눈은 머리에서 튀어나올 듯했다. "내가 그 여자 물건을 약탈했어, 그랬어! 그녀 몸이 채 식기도 전에…… 정말이지 그녀 몸이 채 식기도 전에 내가 그걸 훔쳤단 말이야!"

"훔쳤다니 도대체 뭘?" 간호부장은 도와줄 사람이라도 부르려는 듯한 몸짓을 하며 소리쳤다.

"그것!" 여자는 자기 손을 상대의 입에 갖다 대며 대답했다. "그건 그 여자가 간직하고 있던 유일한 물건이었어. 그녀는 몸을 따뜻하게 덮을 옷도 부족하고 음식도 먹지 못했지만 그것만은 고이 간직하고 있었어. 앞가슴 속에다 말이야. 그건 금으로 된 것이었어, 정말로 말이야! 그녀의 목숨을 살릴 수도 있었을 값비싼 금이었다고!"

"금이었다고!" 간호부장은 되풀이해 말하며 다시 뒤로 쓰러지는 노파에게로 바짝 몸을 숙였다. "계속해 봐, 계속…… 그래…… 그게 어쨌다고? 애를 낳은 여잔 누구였지? 그게 언제였지?"

"그 여자는 나한테 그걸 잘 보관해 달라고 당부했어." 여자는 신음 소리를 내며 대답했다. "곁에 있는 유일한 여자로 날 믿고 맡긴 것이었지. 하지만 그녀가 목에 걸린 그것을 처음 보여 줬을 때 난 이미 마음속으로 그걸 훔쳤어. 게다가 난 아이의 운명까지 바꿨는지도 몰라! 사람들이 그 모든 것을 알았다면 그 아이한테 좀 더 잘해 줬을 테니까 말이야!"

"알았다니, 뭘?" 간호부장이 말했다. "어서 말해 봐!"

"그 아이는 자라면서 제 엄말 아주 꼭 빼닮아 갔어." 여자는
질문에 상관없이 횡설수설하듯 계속 말했다. "그래서 그 애
얼굴을 볼 때면 결코 그 일을 잊을 수 없었지. 불쌍한 여자! 불
쌍한 것! 더구나 그토록 젊은 나이였건만! 정말 양처럼 순하
고 고운 아가씨였고! 기다려! 아직 할 말이 더 있어. 내가 전부
다 말하지 않았지, 그렇지?"

"그래, 그래!" 죽어 가는 여자에게서 점점 더 희미하게 흘
러나오는 말들을 놓치지 않고 알아듣기 위해 간호부장은 고
개를 기울이며 대답했다. "어서 빨리 말해, 너무 늦기 전에!"

"애 엄마는." 여자는 아까보다 더 격렬하게 안간힘을 쓰며
말했다. "애 엄마는, 닥쳐오는 죽음의 고통을 처음 느꼈을 때,
내 귀에다 대고 속삭이며 말했어, 만약 아기가 무사히 태어나
서 죽지 않고 잘 자라면 언젠가는 불쌍한 자기 엄마 이름을 듣
고 그다지 부끄럽게 느끼지 않을 날을 만나게 될지도 모른다
고 말이야. '그러니 오, 하느님!' 그녀는 야윈 두 손을 꼭 모으
고 말했어. '아기가 아들이든 딸이든 이 험난한 세상에서 아기
를 도와줄 친구들을 만나게 해 주소서, 세상에 홀로 남겨질 외
롭고 쓸쓸한 아이를 불쌍히 여기소서!' 하고 말이야."

"그 애 이름이 뭐야?" 간호부장이 다그쳤다.

"교구에서 지어 준 이름은 올리버였어." 여자는 희미한 목
소리로 대답했다. "내가 훔친 금은……."

"그래, 그래…… 뭐라고?" 간호부장이 소리쳤다.

그녀는 대답을 잘 들으려고 노파에게로 바짝 몸을 수그리려다가 본능적으로 뒤로 물러섰다. 노파가 천천히 그리고 뻣뻣하게 몸을 다시 일으켜 앉은 자세를 취하는가 싶더니, 다음 순간 양손으로 이불을 꽉 움켜쥐며 뭔가 불분명한 소리를 목구멍 안에서 웅얼대고는 그대로 침대에 쓰러져 죽었던 것이다.

"완전히 죽어 버렸네!" 방문이 열리자마자 노파 중 하나가 서둘러 들어와서는 말했다.

"결국 아무 이야기도 없었어." 간호부장은 별일 없는 듯이 걸어 나가며 대꾸했다.

겉보기에 분명 두 노파는 그들의 끔찍한 의무를 수행할 준비를 하느라 온통 정신이 팔려 아무런 대답도 할 겨를이 없는 듯했다. 방에는 곧 두 사람만이 남아 시체 주위를 오락가락했다.

25장
이야기는 다시 페이긴과
동료들에게로 돌아간다.

시골 구빈원에서 이런 일들이 벌어질 때 페이긴 씨는 낡은 소굴 — 낸시가 올리버를 데리고 나온 바로 그곳 — 에서 활기 없이 연기만 자욱한 난롯불을 굽어보며 생각에 잠겨 앉아 있었다. 무릎 위에 풀무가 놓여 있었는데, 보아하니 난롯불을 좀 더 활활 피어오르게 지피려고 애쓰다가 그만 깊은 생각에 빠져들고 만 듯했다. 그는 깍지 낀 두 팔을 풀무 위에 올려놓고 양 엄지손가락으로 턱을 받친 채 멍하니 녹슨 벽난로 철망을 응시하고 있었다.

그의 등 뒤에 있는 탁자에서는 약삭빠른 꾀돌이와 찰리 베이츠 군, 치틀링 씨가 앉아서 휘스트 카드놀이에 열중하고 있었는데, 꾀돌이는 베이츠 군과 치틀링 씨를 상대로 혼자 두 사람 역할을 하는 중이었다. 셋 중 첫 번째로 거명한 신사의 얼굴은 언제나 독특한 총기를 띠었지만 놀이에 세밀하게 집중

하고 치틀링 씨의 패를 주의 깊게 읽어 내느라 더더욱 흥미로운 표정을 짓고 있었다. 이따금 적당한 기회가 생길 때마다 그는 가까이 앉은 치틀링 씨의 카드에 진지한 시선을 다양한 방식으로 던졌고, 그렇게 관찰한 결과에 따라 자신의 수와 패를 현명하게 조정해 나갔다. 추운 날 밤이었으므로 꾀돌이는 모자를 썼는데, 사실 그건 실내에서 그의 습관이기도 했다. 그는 또한 사기 담배 파이프를 이 사이에 물고 있었고, 원기를 북돋기 위해 탁자 위의 1쿼터[47] 들이 단지를 당겨 한 모금 들이켜고 싶은 생각이 들 때만 파이프를 잠시 입에서 뺐다. 단지 안에는 이 회합의 편의를 도모하기 위해 물 탄 진이 가득 채워져 있었다.

베이츠 군 역시 놀이에 열중했다. 하지만 그의 유능한 친구보다 쉽게 흥분하는 성격인지라 좀 더 자주 물 탄 진을 찾는 모습을 보였고, 게다가 이런저런 농담과 엉뚱한 잡담을 늘어놓는 일에 빠져들곤 했으니 이 모든 것은 삼 판 승부의 과학적인 카드놀이에는 대단히 어울리지 않았다. 실제로 꾀돌이는 둘 사이의 진한 우정 관계를 토대로 두어 차례 기회를 잡아 이런 부적절한 행위에 대해 진지하게 타이르기도 했다. 하지만 베이츠 군은 이 모든 충고를 지극히 유쾌하게 받아들였다. 그는 단지 친구에게 '작살이나' 나라느니 자루 속에 대가릴 처박으라니 하고 권하거나, 아니면 그 비슷한 종류의 다른 재치 있는 멋진 표현으로 대꾸할 뿐이었는바, 그 훌륭한 언어 구사

---

47) 약 1.4리터에 해당하는 액량.

력은 치틀링 씨의 마음속에 엄청난 감탄을 불러일으켰다. 그런데 주목할 만한 사실은 바로 이 치틀링 씨와 베이츠 군 쪽이 어김없이 진다는 것, 그리고 그런 상황이 베이츠 군을 화나게 하기는커녕 오히려 최고의 즐거움을 안겨 주는 것처럼 보인다는 점이었는데, 그게 어느 정도였는가 하면 한 판이 끝날 때마다 그는 굉장히 요란스럽게 웃어 대면서 태어나 평생 이렇게 신나는 카드놀이는 정말 처음이라고 단언하는 것이었다.

"5점짜리 두 짝이니 제일 크게 진 판이군." 치틀링 씨가 상당히 시무룩한 얼굴로 조끼 주머니에서 0.5크라운짜리 은화를 꺼내면서 말했다. "잭, 자네 같은 친군 정말 처음 보네. 깡그리 다 이겨 버리다니. 찰리와 난 좋은 패를 가졌을 때조차 아무 힘도 못 쓴단 말이야."

말의 내용 때문인지, 아니면 구슬프게 던진 그 말투 때문인지 여하튼 찰리 베이츠는 이 말을 아주 재미있게 여겨 큰 소리로 웃음보를 터트리고 말았고, 그 바람에 유태인이 몽상에서 깨어나 무슨 일이냐고 묻기에 이르렀다.

"무슨 일이냐구요, 페이긴?" 찰리가 외쳤다. "우리 카드놀이를 봤어야 해요. 토미 치틀링이 1점도 못 땄어요. 내가 한편이 되어 꾀돌이와 이 대 일로 상대했는데도 말이에요."

"아, 그래!" 유태인은 히죽 웃으며 말했는데, 그가 그 이유를 능히 짐작하고 있다는 사실을 충분히 드러내 보이는 미소였다. "다시 한번 해봐, 톰. 다시 한번."

"고맙지만 더 이상은 안 하겠어요, 페이긴." 치틀링 씨는 대답했다. "이걸로 충분해요. 저기 저 꾀돌이는 오늘 너무나 패가 잘 풀려서 도저히 상대할 수가 없어요."

"하하하!" 유태인이 대답했다. "얘야, 넌 꾀돌이한테 이기려면 아침에 아주 일찍 일어나야만 할 거다."

"아침 일찍이 뭐야!" 찰리 베이츠가 말했다. "아예 밤부터 구두를 신고 있을 뿐만 아니라 양쪽 눈에 망원경을 하나씩 달고 목에다 오페라용 쌍안경까지 걸어야 할걸, 꾀돌일 꺾고 싶다면 말이야!"

도킨스 씨는 이런 근사한 찬사들을 아주 담담한 태도로 받아들였다. 그러고는 누구든 한 번에 1실링을 걸고 카드의 그림 패를 먼저 뒤집는 내기를 해 보지 않겠느냐고 좌중의 신사들에게 제안했다. 하지만 아무도 도전을 받아들이지 않았는지라, 그리고 이때쯤 해서 파이프 담배도 다 피워 연기가 꺼졌던지라 그는 카드놀이 칩 대용으로 썼던 백묵 조각을 들고는 탁자 위에다 뉴게이트 감옥의 평면도를 그리며 무료함을 달래기 시작했다. 그러면서 독특하고 날카로운 휘파람을 계속 불어 댔다.

"넌 참 지독히도 지루한 녀석이구나, 토미!" 한참 긴 침묵이 흘렀을 때 꾀돌이가 갑자기 하던 동작을 멈추고 치틀링 씨에게 말했다. "페이긴, 얘가 지금 무슨 생각을 하는 것 같아요?"

"내가 어떻게 알겠니, 얘야?" 부지런히 풀무질을 하던 유태인이 돌아보며 대답했다. "잃은 돈 생각 아닐까, 아마? 아니면 막 떠나온 외딴 작은 시골집 생각? 응? 하하하! 맞니, 얘야?"

"천만에요." 꾀돌이가 화제의 대상인 치틀링 씨가 막 대답하려는 것을 가로막으며 말했다. "찰리, 넌 뭐라고 생각해?"

"글쎄, 내가 보기엔 말이야." 베이츠 군이 씽긋 웃으며 대답했다. "쟤는 벳한테 이만저만 반한 게 아닌 것 같아. 저기 얼굴 빨개지는 것 좀 봐! 아이고 이런, 못 봐 주겠네! 이거 정신 못 차리겠군! 사랑에 빠진 토미 치틀링이라! 아이고, 페이긴, 페이긴! 이렇게 신나는 일이 또 있을까요!"

치틀링 씨가 연애 감정의 포로가 되었다는 생각에 완전히 압도당한 베이츠 군은 의자에 깊숙이 털썩 주저앉았는데, 너무나 격렬하게 몸을 내던지는 바람에 그만 균형을 잃고 뒤로 훌러덩 넘어지고 말았다. 하지만 (이 사고가 그의 즐거움을 조금도 경감시키지 못했는지) 그는 바닥에 완전히 쭉 뻗은 채 계속 웃어 댔으며, 그러다가 겨우 멈추고 일어나 의자에 다시 앉은 뒤에 또다시 웃기 시작했다.

"쟤는 신경 쓰지 말거라, 애야." 유태인이 도킨스 씨한테 눈을 찡긋하고 풀무 주둥이로 베이츠군을 나무라듯 툭 치며 말했다. "벳은 훌륭한 애야. 걔한테 공을 잘 들여 봐라, 톰. 잘 해 보라구."

"내가 하고 싶은 말은 뭐냐면요, 페이긴." 치틀링 씨가 얼굴이 아주 새빨개져서 대답했다. "그게 여기 있는 아무하고도 상관이 없는 일이라는 거예요."

"그렇고말고." 유태인이 대답했다. "찰리는 으레 지껄여 대는 애잖아. 쟨 신경 쓰지 말거라, 애야. 쟨 신경 쓰지 마. 벳은 훌륭한 애야. 걔가 시키는 대로만 하거라, 톰. 그러면 넌 성공할 거다."

"그래서 난 늘 걔가 시키는 대로 다 하고 있어요." 치틀링 씨가 대답했다. "내가 빵깐에 간 것도 다 개 충고를 따른 거였다구요. 하지만 그건 당신한테도 잘된 일이었지요, 페이긴, 안 그래요? 게다가 여섯 주 정도 사는 건 아무것도 아니잖아요? 언젠가는 반드시 닥칠 일이고, 그러니 별로 나돌아 다니고 싶지 않을 때인 겨울에 당하는 게 좋잖아요, 안 그래요, 페이긴?"

"오, 물론이지, 얘야." 유태인이 대답했다.

"또 그런 일이 생겨도 넌 상관없겠지, 톰, 그렇지?" 꾀돌이가 찰리와 유태인에게 눈을 찡긋하며 물었다. "벳만 괜찮다면 말이야."

"그래, 상관없어, 없다구." 톰은 화가 난 어조로 대답했다. "자, 이제, 보라구! 이렇게까지 말할 수 있는 사람 있으면 어디 한번 나와 봐, 엉, 페이긴?"

"그럼, 아무도 없지, 얘야." 유태인이 대답했다. "한 놈도 없고말고, 톰. 내가 아는 녀석들 중에 그렇게 할 애는 너밖엔 없단다. 너밖엔 없고말고, 얘야."

"내가 벳을 불었으면 깨끗이 풀려나왔을 거라구요, 안 그래요, 페이긴?" 불쌍한 얼간이 반편이는 화가 난 채 말을 계속했다. "한마디만 하면 그렇게 될 수 있었다구요, 안 그래요, 페이긴?"

"물론이지, 얘야." 페이긴이 대답했다.

"하지만 난 한마디도 불지 않았어요, 안 그래요, 페이긴?" 톰은 굉장히 수다스럽게 질문을 연달아 퍼부으며 물었다.

"그래, 맞아, 그렇고말고." 유태인이 대답했다. "넌 너무나 담대해서 그러질 않았지. 정말 굉장히 담대했단다, 얘야!"

"그래요, 아마 그랬을 거예요." 톰은 주위를 둘러보며 대꾸했다. "그런데 내가 그렇다는 것에 우스울 일이 뭐가 있지요, 페이긴?"

유태인은 치틀링 씨가 상당히 성이 났다는 것을 알고는 서둘러서 아무도 웃고 있지 않음을 그에게 확인시켜 주었다. 그러곤 좌중의 진지한 태도를 입증해 보이기 위해 이 일의 주범인 베이츠 군에게 그렇지 않느냐고 물었다. 그러나 불행히도 찰리는 평생 이보다 더 심각한 적이 없었다는 대답을 하려고 입을 여는 순간, 그만 웃음보를 억누르지 못하고 아주 격렬한 웃음을 요란하게 터트리고 말았으니 모욕을 당한 치틀링 씨는 어떠한 예비 절차도 없이 곧장 방을 가로질러 달려가 가해자를 향해 한 방 날렸다. 하지만 베이츠 군은 추격을 피하는 데 워낙 능숙했던지라 머리를 홱 숙여 주먹을 피했는데, 그 시점이 너무나 절묘해서 주먹은 유쾌한 노신사의 가슴팍에 꽂히고 말았다. 노신사는 비틀비틀 벽으로 물러나며 숨이 막혀 헉헉거렸고, 그러는 동안 치틀링 씨는 몹시 경악한 얼굴도 바라보았다.

"가만, 멈춰 봐!" 꾀돌이가 그 순간 소리쳤다. "딸랑이 울리는 소리가 났어." 그는 촛불을 집어 들고 위층으로 살금살금 올라갔다.

나머지 사람들이 어둠 속에서 기다리는 동안 좀 짜증스럽게 울려 대는 종소리가 다시 들렸다. 잠시 후에 꾀돌이가 다시 나타나서는 페이긴에게 수상스러운 듯이 속삭였다.

"뭐라고?" 유태인이 소리쳤다. "혼자라고?"

꾀돌이는 그렇다고 고개를 끄덕였다. 그러곤 손으로 촛불을 가린 채 찰리 베이츠에게 무언극으로 이번만은 장난치지 않는 게 좋을 거라는 은밀한 경고를 보냈다. 이 우정 어린 행위를 수행하고 난 꾀돌이는 유태인의 얼굴을 빤히 바라보며 지시를 기다렸다.

유태인 노인은 누런 손가락을 물어뜯으며 몇 초 동안 생각에 잠겼다. 그러는 동안 그의 얼굴은 뭔가를 두려워하고 최악의 소식을 들을까 걱정하는 듯 크게 동요하며 씰룩거렸다.

"그는 지금 어디 있냐?"

꾀돌이는 위층을 가리키고 그리로 올라가려는 듯한 동작을 취해 보였다.

"그래." 유태인이 무언의 질문에 대답하여 말했다. "이리 데려와. 쉬잇! 찰리, 조용히! 톰, 살며시! 가만히, 가만히 나가!"

찰리 베이츠와 방금 전까지 그의 적수였던 톰 치틀링에게 내려진 이 짤막한 지시는 소리 없이 즉각 이행되었다. 꾀돌이가 촛불을 들고 거친 작업복 차림의 사내와 함께 다시 계단을 내려왔을 때 그들은 어디로 갔는지 아무 소리도 나지 않았다. 사내는 방 안을 재빨리 휙 둘러보고 나서 얼굴 아랫부분을 가린 커다란 보자기 같은 것을 벗었다. 드러난 얼굴은 바로 세수도 면도도 안 하고 몹시 수척해진 몰골을 한 수완 좋은 토비 크래킷이었다.

"안녕하시우, 페이기 영감?" 이 훌륭하신 작자는 유태인에게 고개를 끄덕여 보이며 말했다. "내 숄을 털모자 안에다 쑤셔 넣거라, 꾀돌이, 나중에 자릴 뜰 때 쉽게 찾을 수 있게 말이야. 그래, 잘했다! 넌 저 교활한 영감보다 더 나은 훌륭한 젊은 강도가 될 거다."

이렇게 말하며 그는 작업복 자락을 걷어 올려 허리에다 두르고는 의자를 난롯가로 끌어당겨 앉은 뒤 두 다리를 난로 시렁 위에 얹었다.

"이걸 좀 봐요, 페이기 영감." 그는 서글픈 어조로 자신의 긴 부츠를 가리키며 말했다. "구두약 한 방울 못 바른 게 언제부턴지 모르겠소. 정말이지 구두약 거품 한 방울도 못 발랐소! 한데 그런 식으로 날 쳐다보지 말아요, 영감. 곧 전부 말해 줄 테니까. 사업 이야길 하기 전에 먼저 뭘 좀 마시고 먹어야겠소. 그러니 먹을 걸 좀 내놓으시오, 사흘 만에 처음으로 배 좀 한번 차분히 채워 보게 말이오!"

유태인은 먹을 것을 되는대로 찾아서 탁자에 갖다 주라고 꾀돌이에게 손짓으로 지시했다. 그러곤 집털이 강도의 반대 편에 앉아서 그가 말할 여유를 찾기를 기다렸다.

겉으로 판단하건대 토비는 서둘러 내화를 개시킬 생각이 전혀 없는 듯했다. 유태인은 처음에 인내심 있게 안색을 살피는 것으로 만족하며 그가 가져온 소식에 대한 무슨 단서라도 잡으려고 했지만 헛일이었다. 토비는 피곤하고 지쳐 보였으나 얼굴은 평소와 똑같이 만족스럽고 편안한 기색이었다. 더러워진 얼굴에 턱수염과 구레나룻이 수북이 자랐지만 그 사이로 수완 좋은 토비 크래킷의 자기만족적인 능글능글한 미소는 여전히 조금도 약해지지 않은 채 빛나고 있었다. 그러자 유태인은 조바심으로 고통스러워하며 토비가 입에 넣는 음식한 입 한 입을 지켜보았고, 그러는 동안 억누를 수 없는 흥분에 사로잡혀 방 안을 왔다 갔다 했다. 모든 것이 다 소용없었다. 토비는 지극히 무관심한 표정으로 계속해서 먹어 댈 뿐이었다. 마침내 더 이상 먹지 못할 지경에 이른 그는 비로소 꾀돌이에게 방에서 나가라고 명령하더니 문을 닫은 뒤에 물 탄 독주를 한 잔 만들고는 말할 태세를 갖췄다.

"우선 무엇보다도 말이오, 페이긴……." 토비는 말했다.

"그래, 그래!" 유태인이 의자를 끌어당기며 중간에 끼어들어 말했다.

크래킷 씨는 말을 멈추고 물 탄 독주를 한 모금 마신 뒤 진이 아주 훌륭하다고 단언했다. 그런 다음 두 다리를 낮은 벽난로 선반에 얹어 부츠를 눈높이까지 들어 올리고 조용히 말을 다시 이었다. "우선 무엇보다도 말이오, 페이긴." 강도가 말했다. "빌은 잘 있소?"

"뭐라고!" 유태인이 의자에서 벌떡 일어나며 날카롭게 외쳤다.

"아니, 설마 그럼……." 토비가 얼굴이 창백해지면서 말했다.

"설마라니!" 유태인은 격노한 듯이 발을 바닥에 쾅 구르며 소리쳤다. "걔네들 어디 있냐? 싸익스와 그 아이 말이야! 어디 있냐고? 어디에 가 있는 거야? 지금 어디 숨어 있는 거지? 왜 이리로 안 온 거냐고?"

"집털이는 실패했소." 토비가 힘없이 말했다.

"그건 나도 알아." 유태인은 주머니에서 신문을 홱 꺼내 그걸 가리키며 대답했다. "그래서 어찌 된 거야?"

"놈들이 쏜 총에 애가 맞았소. 우린 애를 사이에 끼고는 집 뒤쪽 들판으로 뛰었소. 울타리와 도랑을 지나 쏜살같이 곧장 내달렸소. 놈들이 추격을 해 왔소. 젠장! 온 마을 사람들이 깨어났고 개들이 우릴 뒤쫓았소."

"아이는?"

"빌이 먼저 그 앨 등에 업고 바람처럼 내달았소. 그러다 멈춰서 나와 함께 애를 양쪽으로 끼었는데, 애는 머리가 축 늘어지고 몸이 차갑게 식어 있었소. 놈들이 우리 뒤를 바짝 따라붙었고, 교수대행이 안 되려면 각자 알아서 튀어라! 하는 판국이었소. 우린 꼬맹이 녀석을 도랑에 내버려 둔 채 찢어져서 달아났소. 그 애가 살았든 죽었든 내가 아는 건 그게 전부요."

유태인은 더 이상 이야기를 듣지 않고 크게 비명을 지르더니 머리카락을 두 손으로 쥐어뜯으며 방에서 뛰쳐나가 집 밖으로 달려 나갔다.

26장
수상한 인물이 한 사람 등장한다.
그리고 이 이야기와 떼어 놓을 수 없는
여러 가지 일들이 일어난다.

유태인 영감은 길모퉁이에 다다라서야 비로소 토비 크래킷이 전한 소식의 충격에서 깨어나기 시작했다. 그는 평소에 보지 못하던 빠른 걸음을 조금도 늦추지 않은 채 여전히 난폭하고 정신 나간 태도로 계속 걸었다. 그러다 마차 한 대가 갑자기 돌진하듯 지나치는 것을 본 행인들이 위험하다고 요란스럽게 소리치는 바람에 펄쩍 인도로 물러섰다. 그는 가능한 한 큰길은 모두 피하고 골목길과 샛길만 골라 살그머니 지나갔고, 마침내 스노 고개에 이르렀다. 여기서 한층 걸음을 재촉한 그는 지체 없이 곧장 나아가 다시 어느 뒷골목으로 접어들었는데, 그곳에 이르자 마침내 자기 본성에 어울리는 구역에 들어왔다 싶었는지 평소의 질질 끄는 걸음으로 되돌아갔고 숨도 좀 더 편하게 쉬는 듯했다.

스노 고개와 홀번 고개가 만나는 지점 근처, 시내 중심지에서 나오다 보면 오른편에 새프런 고개로 통하는 좁고 음산한 뒷골목이 하나 있다. 이곳의 불결한 가게들에는 갖가지 크기와 무늬의 중고 비단 손수건들이 커다란 다발을 이룬 채 판매용으로 걸려 있었는데, 그것은 바로 여기가 소매치기들한테서 손수건을 사들이는 장사치들의 거주 지역이었기 때문이다. 손수건들 수백 개가 창문 밖 나무못에 흔들흔들 매달리거나 문기둥에 걸린 채 나부꼈고, 안쪽 선반에도 무더기로 쌓여 있었다. 비록 좁은 구역이었지만 이곳 필드 골목길에는 이발소, 다방, 맥줏집, 큰 생선튀김 가게 등이 자리하고 있었다. 그 자체가 하나의 상업 지구를 이루고 있는 이곳은 좀도둑들의 거래 중심지로, 이른 아침과 어스름이 깃들 무렵에 상인들이 말없이 찾아와 가게 안쪽의 어둠침침한 거실에서 거래를 하고는 올 때와 마찬가지로 수상하게 떠나가는 곳이었다. 여기서는 헌 옷 장수, 신기료장수, 넝마장수 들이 좀도둑들을 위해 가게 간판 대신에 자기네 물건을 진열해 놓는다. 여기서는 또한 수많은 낡은 쇠붙이와 뼈들, 곰팡내 나는 모직물과 린넨 제품들이 더러운 창고에서 녹슬거나 썩어 가고 있었다.

유태인이 접어든 데는 바로 이런 곳이었다. 그는 이 골목길의 혈색 나쁜 주민들에게 잘 알려진 존재였으니, 물건을 사거나 팔 손님을 기다리며 내다보던 사람들은 그가 지나갈 때 친근하게 고개를 끄덕여 보였다. 유태인은 인사에 똑같이 답례를 했으나 그 이상 친밀하게 아는 척하지 않고 골목 맨 끝까지 계속 나아갔다. 거기서 걸음을 멈추고 체구가 작은 한 장사꾼에게 말을 건넸다. 그자는 가게 앞에서 자그만 어린이용 의자에다 몸을 최대한 쑤셔 넣고는 파이프 담배를 피우고 있었다.

"아이고, 페이긴 씨, 이렇게 당신을 보다니 눈병이 다 낫겠소!" 이 존경스러운 상인은 유태인의 안부 인사에 답하며 말했다.

"동네 분위기가 좀 수상했었잖아, 라이블리." 페이긴은 눈썹을 추켜세우고 두 손으로 어깨를 감싸며 말했다.

"글쎄, 나도 그런 불평을 한두 번 듣긴 했지요." 장사꾼이 대답했다. "하지만 금세 다시 가라앉으니까요, 안 그래요?"

페이긴은 그렇다는 뜻으로 고개를 끄덕였다. 그는 새프런 고개 쪽을 가리키면서 오늘 밤 거기에 누가 왔냐고 물었다.

"절름발이 주막에 말이오?" 사내가 물었다.

유태인이 고개를 끄덕였다.

"어디 봅시다." 상인이 생각을 더듬으며 말을 계속했다. "그래요, 대여섯 명쯤 내가 아는 사람들이 거기 가 있어요. 당신 친구는 없는 것 같은데요."

"싸익스도 없겠지?" 유태인은 실망한 기색으로 물었다.

"변호사들 용어로 하면 '현장 부재'가 되겠습니다." 작은 사내가 고개를 가로젓고 아주 교활한 표정을 지으며 대답했다. "뭐 내가 거래하는 물건 좀 가져온 거 없습니까, 오늘 밤?"

"오늘 밤은 아무것도 없네." 유태인은 돌아서서 떠나가며 말했다.

"절름발이 주막에 올라가는 겁니까, 페이긴?" 작은 사내가 뒤에서 소리쳤다. "잠깐 기다려요! 같이 가서 한잔하는 거 어때요?"

하지만 유태인은 뒤돌아보며 손을 흔들어 혼자 가고 싶다는 뜻을 표시했다. 게다가 작은 사내는 의자에서 쉽사리 몸을 빼낼 수 없었으므로 절름발이 주막의 간판은 당분간 라이블리 씨를 알현할 좋은 기회를 박탈당하고 말았다. 라이블리 씨가 두 다리를 딛고 일어섰을 즈음에는 유태인은 이미 사라져 보이지 않았으니, 라이블리 씨는 발끝으로 서서 혹시 그가 보이지 않나 하고 헛되이 찾아본 뒤 다시 자그만 의자에 몸을 쑤셔 넣었다. 그러곤 건너편 가게의 주인 여자와 의심과 불신이 명백히 섞인 고개를 가로젓는 인사를 한차례 교환하고 나서 엄숙한 태도로 파이프 담배를 다시 피우기 시작했다.

세 명의 절름발이, 또는 그냥 절름발이라는 간판으로 단골 손님들에게 친숙하게 알려진 이 공공 업소는 예전에 싸익스 씨와 그의 개가 등장한 바 있는 바로 그 주막이었다. 페이긴은 카운터에 있는 사람에게 손짓만 한 번 해 보인 뒤 곧장 위층으로 걸어 올라가더니, 방문을 열고 살며시 안으로 미끄러져 들어가 누군가를 특별히 찾기라도 하는 듯 손으로 눈 위를 가리고 걱정스레 주위를 둘러보았다.

방에는 두 개의 가스등이 비추고 있었다. 눈부실 정도로 불빛이 밝았지만 빗장을 지른 덧창과 단단히 여민 빛바랜 붉은색 커튼에 막혀 밖에서는 보이지 않았다. 천장은 가스등 화염에 그을려 색깔이 상하는 것을 막기 위해 시커먼 칠을 해 놓았다. 방 안은 담배 연기로 너무나 자욱해 처음에는 더 이상 아무것도 분간하기 힘든 지경이었다. 하지만 열린 문으로 연기가 약간 빠져나가면서 귀를 때리는 소음만큼이나 혼란스럽게 뒤엉킨 사람들의 머리를 차츰차츰 식별할 수 있었다. 방 안의 장면에 눈이 좀 더 익숙해짐에 따라 유태인은 기다란 탁자 주위에 밀집한 많은 남녀의 존재를 점차 알아차릴 수 있게 되었다. 탁자의 위쪽 끄트머리에는 회의용 망치를 손에 든 사회자 한 사람이 앉아 있고, 저 멀리 구석에서는 코가 푸르스름하고 치통 덕분에 얼굴을 꽁꽁 싸맨 전문 음악가 신사 하나가 피아노를 맡아 딩동딩동 연주하고 있었다.

페이긴이 슬그머니 안으로 들어섰을 때 마침 그 전문 음악가 양반은 전주곡 격으로 건반을 빠르게 훑었고, 그러자 방 안의 모든 사람들이 노래를 청하는 소리를 함께 외쳐 댔다. 이 소리가 가라앉자 젊은 여자 하나가 앞으로 나와 사 절짜리 민요로 좌중을 즐겁게 해 줬는데, 반주자는 각 절과 절 사이마다 곡 전체를 처음부터 끝까지 가능한 한 크게 연주했다. 노래가 끝나자 사회자가 감상을 이야기했고, 그런 다음 사회자의 양 옆에 앉은 다른 전문 음악가 신사들이 이중창을 자청하고 나와 커다란 박수를 받으며 노래를 불렀다.

이 집단 가운데서 두드러지게 눈에 띄는 몇몇 사람의 얼굴을 살펴보는 것은 흥미로운 일이었다. 우선 (이 주막의 주인인) 사회자가 있었는데, 거칠고 상스럽고 덩치가 큰 사내로 노래가 계속되는 동안 눈알을 이리저리 굴려 댔다. 그는 즐거운 분위기에 푹 빠진 것처럼 보이면서도 아주 날카로운 귀와 눈으로 주변에서 일어나는 모든 일을 빠짐없이 살피고, 또 사람들이 하는 말을 빠짐없이 모두 들었다. 그의 곁에는 이중창을 부른 가수들이 있었다. 그들은 전문가답게 좌중의 찬사를 대수

롭잖게 받아들이는 한편, 좀 더 열렬한 찬미자들이 요란스레 건네는 열두어 잔의 물 탄 독주를 돌아가며 열심히 받아 마셨다. 이 찬미자들의 얼굴에는 거의 모든 종류의 악덕이 거의 모든 단계에 걸쳐 표현되어 있어서 그 극명한 혐오스러움이 바라보는 이의 시선을 거부할 수 없이 끌어당겼다. 모든 단계의 교활함과 흉포함, 술 중독이 가장 강력한 양상으로 거기에 드러나 있었다. 이 밖에 여자들이 있었는데, 몇몇은 마지막 남은 젊은 나이의 신선함을 간직했지만 그마저 바라보는 바로 그 순간 사라질 듯했고, 다른 여자들은 여성스러움이나 그 흔적을 완전히 상실한 채 방탕과 죄악의 역겨운 황폐함만을 드러내 보이고 있었다. 겨우 소녀에 불과하거나 이제 막 아가씨가 된 여자들로 아무도 한창때를 넘기지 않은 이 여자들은 그 끔찍한 광경 가운데서도 가장 음울하고 슬픈 부분을 이루었다.

이런 장면이 벌어지는 동안 페이긴은 아무런 심각한 감정 동요 없이 한 사람 한 사람의 얼굴을 유심히 살펴보았다. 하지만 그가 찾는 얼굴은 보이지 않는 것 같았다. 마침내 시회를 보는 사내와 눈이 마주치는 데 성공했을 때 그는 손짓으로 살짝 신호를 보낸 뒤 들어올 때와 마찬가지로 가만히 방에서 나왔다.

"뭘 도와 드릴까요, 페이긴 씨?" 층계참까지 페이긴을 따라나온 사내가 물었다. "우리와 합석해서 놀지 않으시겠소? 모두들 반가워할 텐데 말이오."

유태인은 초조한 듯이 고개를 가로저으며 속삭이는 소리로 말했다. "그 친구 여기 있나?"

"없소이다." 사내가 대답했다.

"바니한테도 아무 소식 없고?" 페이긴이 물었다.

"없어요." 절름발이 주막의 주인이 — 사내는 바로 그였던 것이다 — 대답했다. "그는 완전히 안전해질 때까지 꼼짝도 하지 않을 거요. 틀림없이 놈들은 지금 거기서 냄새를 맡고 쫓는 중일 거요. 그러니 까딱 움직였다간 즉각 걸려들 게 뻔하오. 바니 그 친군 지금 분명 잘 있을 거요, 안 그럼 내가 소식을 들었을 테니까 말이오. 장담컨대 바니 그 친군 제대로 잘하고 있어요. 그냥 내버려 둬도 될 거요."

"그 친구가 오늘 밤 여기 올까?" 유태인이 아까처럼 그 친구라는 단어에 힘을 주며 물었다.

"멍크스 말이오?" 주막 주인이 머뭇거리며 물었다.

"쉿!" 유태인이 말했다. "그러네."

"틀림없소." 사내가 바지 시계 주머니에서 금시계를 꺼내며 대답했다. "사실 나타날 시간이 이미 지났소. 십 분만 기다리면 틀림……."

"아닐세, 아냐." 유태인은 황급히 말했는데, 문제의 인물을 만나고 싶은 마음이 아무리 간절하다고 해도 일단은 그가 없는 것을 다행으로 여기는 듯한 모습이었다. "내가 이리로 만나러 왔었다고, 오늘 밤 꼭 날 찾아오라고 전해 주게. 아냐, 내일 오라고 말해 주게. 지금 여기에 없으니 내일이 여유 있고 좋겠어."

"알겠소!" 사내가 말했다. "그 밖에 또 없소?"

"없네." 유태인은 층계를 내려가며 말했다.

"그런데 말이오." 사내가 충계 난간 너머로 바라보며 쉰 목소리로 속삭이듯 말했다. "지금처럼 한 놈 넘겨 버리기 딱 좋은 땐 정말 없을 거요! 지금 필 바커가 여기 와 있는데, 완전히 취해서 꼬맹이라도 쉽게 잡아갈 수 있을 정도요."

"그래! 하지만 필 바커는 아직 때가 안 되었네." 유태인이 올려다보며 말했다. "지금 처치해 버리기엔 그 친구가 할 일이 아직 좀 더 남았네. 그러니 이보게, 자넨 그냥 자리로 돌아가서 녀석들한테 즐거운 인생 신나게 잘 보내라고 말하게…… 목숨이 붙어 있는 동안에 말이야, 하하하!"

주막 주인은 유태인 영감의 웃음에 화답하여 함께 웃었다. 그러곤 손님들에게로 돌아갔다. 유태인은 혼자 남자마자 이전의 걱정과 근심 어린 표정으로 돌아갔다. 그는 잠시 생각에 잠겼다가 삯마차를 불러 타고는 마부에게 베스널 그린 쪽으로 가자고 했다. 그는 싸익스 씨의 거주지로부터 400미터 정도 떨어진 곳에서 마차를 보낸 뒤 남은 짧은 거리를 몸소 걸어서 갔다.

"자……." 유태인은 문을 두드리면서 중얼거렸다. "뭔가 꼼수를 부리는 거라면 내 너한테서 그걸 알아내고 말 테다, 이 아가씨야, 네가 아무리 교활하다고 해도 말이야."

문을 연 여자가 그녀는 자기 방에 있다고 말했다. 페이긴은 기어가듯 가만히 위층으로 올라가 아무런 기척이나 노크도 없이 방으로 쑥 들어갔다. 여자는 머리카락이 온통 헝클어진 채 탁자에 머리를 대고 혼자 엎드려 있었다.

'술을 마시는 중이었군.' 유태인은 냉담하게 생각했다. '아

니면 그저 비참한 기분에 젖어 있는 것인지도 모르고.'

이런 생각을 하며 유태인 영감은 돌아서서 방문을 닫았는데, 그 소리에 여자가 깨어났다. 그녀는 무슨 소식이 없는지 묻고, 토비 크래킷의 얘기를 전하는 페이긴의 말에 귀를 기울이며 페이긴의 교활한 얼굴을 주의 깊게 살폈다. 페이긴의 말이 끝나자 그녀는 아무 말도 없이 종전과 같은 자세로 다시 쓰러져 버렸다. 짜증스럽게 촛불을 밀치고 열에 들뜬 듯 자세를 바꾸며 한두 번 바닥에 발을 끌었을 뿐 그 외엔 아무 움직임이 없었다.

침묵이 흐르는 동안 유태인은 초조하게 방 안을 둘러보았는데, 싸익스가 은밀히 돌아온 흔적이 없는지 확인이라도 하려는 것 같았다. 조사 결과에 만족한 듯한 표정을 지으며 그는 두세 번 기침을 하면서 대화를 시작해 보려고 했다. 하지만 여자는 그가 돌로 된 사람이기라도 한 양 아무런 주의도 기울이지 않았다. 마침내 그는 또 다른 시도를 했는바, 두 손을 마주 비비며 한껏 비위를 맞추는 어조로 말했다.

"그런데 말이다, 애야, 빌이 지금 어디에 있는 것 같니?"

여자는 잘 알아들을 수 없게 신음하듯 내뱉는 소리로 잘 모르겠다고 대답했는데, 숨죽여 흐느끼는 소리가 새어 나오는 것을 보건대 울고 있는 것 같았다.

"그리고 그 애도 있잖니." 유태인이 그녀의 얼굴을 잘 살펴보려고 눈을 바짝 치켜뜨며 말했다. "불쌍한 어린 꼬맹이! 도랑에 버려지다니, 낸시야. 생각만 해도 참!"

"그 앤 말예요." 여자가 갑자기 올려다보며 말했다. "우리와 함께 있는 것보다 거기 그렇게 버려진 게 나아요. 빌이 해를 입지만 않는다면 난 걔가 차라리 도랑에 쓰러져 죽기를, 그래서 어린 뼈가 거기서 그대로 썩어 버리기를 바라는 마음이라구요."

"아니, 뭐!" 유태인이 크게 놀라며 외쳤다.

"그래요, 난 그렇다구요." 여자는 노려보는 그의 시선을 똑바로 맞받으며 대꾸했다. "난 걔가 더 이상 내 눈앞에 나타나지 않으면, 그래서 최악의 상황이 끝나 버렸다는 것을 알면 기쁘겠어요. 난 걔가 내 주위에 있는 걸 견딜 수가 없어요. 그 앨 보면 내 자신과 당신네들 모두에게 반항하게 된단 말이에요."

"흥!" 유태인이 비웃으며 말했다. "애가 취했군."

"내가 취했다고요?" 여자가 신랄한 어조로 말했다. "하기야 내가 안 취한 꼴로 있으면 가만히 있을 당신이 아니지! 당신 뜻대로 한다면 당신은 절대로 날 안 취하게 놔두지 않을걸. 지금만 빼고 말이야. ……내 농담이 귀에 좀 거슬리실걸, 안 그래요?"

"그래!" 유태인이 사납게 성내며 대꾸했다. "거슬린다."

"안 거슬리게 바꿔 보시지, 그럼!" 여자가 소리 내어 웃으며 대답했다.

"바꾸라고!" 유태인은 저녁 내내 안달이 났던 데다 여자가 예기치 않게 심통을 부리자 한없이 화가 치밀어 올라서 큰 소리를 쳤다. "좋아, 바꿔 주마, 그럼! 잘 들어, 이 화냥년아! 난 단 여섯 마디 말로 싸익스를 확실히 목 매달 수 있는 사람이야, 그 자식이 데리고 다니는 황소 눈깔의 목을 지금 이 순간 손가락으로 꽉 움켜쥔 거나 마찬가지로 말이야. 만약 싸익스 그 녀석이 아이를 놔둔 채 혼자만 돌아온다면, 또는 녀석이 안 잡히고 돌아왔지만 죽었든 살았든 그 애를 나한테 돌려줄 수 없다면 넌 녀석을 네 손으로 직접 죽여 버리는 게 좋을 거다, 녀석을 교수대에 보내고 싶지 않다면 말이야. 녀석이 이 방에 발을 들여놓는 순간에 그러는 게 좋을 거다. 안 그랬다간, 내 분명히 말하는데, 너무 늦고 말 거다!"

"무슨 소리죠, 이게 다?" 여자가 자신도 모르게 소리쳤다.

"무슨 소리냐고?" 페이긴은 분노로 미친 듯이 흥분하며 말을 계속했다. "그 앤 나한테 수백 파운드의 값어치가 있는 아이란 말이야! 거금을 안전하게 벌 수 있는 기회가 운 좋게 손 안에 굴러 들어왔건만, 내가 입 한번 뻥긋하면 목숨이 날아갈 주정뱅이 강도 놈들의 변덕 때문에 그걸 놓쳐야만 하겠느냐 이 말이야! 게다가 타고난 악마 같은 놈한테 묶인 신세까지 되어야 하느냐 이 말이야! 힘 있는 그 악마 놈은 마음만 먹으면 충분히 나를, 나를……."

유태인 영감은 숨이 차 헐떡거리면서 적당한 단어를 찾느라 더듬거렸다. 그러더니 순식간에 분노의 격류를 억누르고 완전히 태도가 돌변했다. 한순간 전만 해도 그는 불끈 쥔 두 주먹으로 허공을 움켜쥔 채 두 눈을 부릅뜨고는 얼굴이 흙빛이 되어 격정에 떨었다. 그러나 지금은 의자에 주저앉아 잔뜩 몸을 움츠린 채 혹시 자신의 사악한 비밀을 누설하지 않았나 하는 두려움에 벌벌 떨고 있었다. 잠시 침묵을 지키던 그는 용기를 내어 여자를 돌아다보았다. 그녀가 아까 깨우기 전과 마찬가지로 축 늘어진 자세로 있는 것을 보자 그는 약간 안심하는 모습이었다.

"애, 낸시야!" 유태인은 평소의 쉰 목소리로 말했다. "내 말이 신경에 좀 거슬렸니, 얘야?"

"이제 날 좀 그만 내버려 둬요, 페이긴!" 여자가 께느른하게 고개를 쳐들며 대답했다. "빌이 이번 일은 해내지 못 했지만 다음번엔 해낼 거예요. 그동안 당신을 위해 많은 일을 잘 해 줬잖아요. 그리고 앞으로도 할 수 있는 한 계속 많은 일을 할 거잖아요. 할 수 없는 거면 안 할 거고 말이에요. 그러니 더 이상 그 일에 대해선 얘기하지 말아요."

"그 아이에 대해선 어쩌지, 얘야?" 유태인은 초조한 듯이 두 손바닥을 마주 비비며 말했다.

"그 아이도 다른 사람처럼 자기 운수를 따르는 수밖에 없죠, 뭐." 낸시가 급히 끼어들어 말했다. "그리고 다시 말하지만, 난 그 애가 죽어 버려서 더 이상 해를 당하지 않고 당신한테서도 벗어나기를 바라요. 빈한테 해가 되지만 않는다면 말이에요. 그리고 토비가 무사히 빠져나왔다면 빌도 분명코 안전할 거예요. 빌은 언제든지 토비 같은 사람 둘의 몫은 하니까요."

"그런데 조금 전에 내가 한 말은 어떻게 생각하니, 얘야?" 유태인은 번뜩이는 눈으로 계속 빤히 응시하면서 물었다.

"나한테 뭔가 부탁하는 얘기라면 처음부터 전부 다시 말해 줘야 할 거예요." 낸시가 대답했다. "그것도 기다렸다가 내일 말하는 게 좋을 거고요. 당신 때문에 일 분 정도 정신이 들긴 했지만 지금은 다시 멍해진 상태예요."

페이긴은 몇 가지 질문을 좀 더 던졌는데, 모두 자신이 무심결에 내뱉은 말에서 여자가 뭔가를 알아차렸는지 확인하려는 의도에서였다. 하지만 그녀는 모든 질문에 아무런 주저함 없이 대답했을 뿐만 아니라 자세히 살피는 그의 시선에도 동요하는 모습을 전혀 보이지 않아서 그녀가 술에 적지 않게 취해 있다는 처음의 인상이 다시금 확고해졌다. 실제로 낸시는 유태인 영감의 여자 제자들에게 아주 일반적인 결점에서 자유롭지 못했으니, 그들의 이 결점은 어린 나이 때부터 제지당하기보다는 오히려 적극 장려되었다. 낸시의 흐트러진 모습과 방 전체에 퍼진 독한 진 냄새가 유태인의 추정이 옳다는 강력하고 확실한 증거를 제공했다. 앞에서 묘사한 것처럼 일시적으로 난폭한 모습을 보였던 낸시는 처음에 무감각한 상태로 떨어져 있다가 나중에 복잡한 감정 상태에 빠져들었다. 착잡한 심정의 영향으로 그녀는 일 분 동안 눈물을 줄줄 흘리다가 다음 순간 "절대 죽는 소리 하지 마!"라는 둥 이런저런 말들을 외쳐 대고, 신사나 숙녀가 행복하기만 하면 상관할 게 뭐가 있겠는가 하는 문제를 여러 가지 방식으로 헤아렸으니, 살아오면서 이런 일을 상당히 많이 겪은 페이긴 씨는 그녀가 정말로 지독하게 취한 상태라고 판단하고는 크게 만족스러워했다.

이런 확인을 통해 마음의 불안을 덜어 냈으므로, 그리고 그날 밤 들은 이야기를 여자에게 전하는 한편 싸익스가 돌아오지 않았음을 자기 눈으로 직접 확인하는 이중의 목적을 달성했으므로 페이긴 씨는 탁자에 머리를 올려놓고 잠든 젊은 친구를 그대로 내버려 둔 채 다시금 발길을 돌려 자기 집으로 향.
했다.

자정까지 한 시간도 채 남지 않은 시각이었다. 어둡고 살을
에듯이 추운 날씨에 그는 늑장 부릴 마음이 별로 없었다. 거리
를 휩쓸며 부는 날카로운 바람은 먼지와 진흙을 치우듯이 행
인들도 치워 버린 것 같았는데, 거리에 사람이 거의 눈에 띄지
않았고, 그나마 서둘러 집으로 달려가는 모습들뿐이었다. 하
지만 유태인한테는 딱 알맞은 방향으로 바람이 불어 줬으니
그는 바람을 등지고 앞으로 나아갔으며, 이따금 새롭게 일어
난 돌풍이 뒤에서 거칠게 밀 때마다 부르르 몸서리치며 몸을
떨었다.

자신이 사는 거리의 모퉁이에 도착한 그는 일찌감치 호주
머니에다 손을 넣고 현관 열쇠를 찾기 시작했는데, 그 순간 짙
은 그늘에 가려진 툭 튀어나온 출입구에서 시커먼 형상 하나
가 나타나더니 길을 건너 유태인이 알아차리지 못하는 사이
에 미끄러지듯 나아갔다.

"페이긴!" 유태인의 귀 가까이에 대고 목소리가 속삭였다.

"아!" 유태인은 재빨리 돌아서며 말했다. "자네 왔······."

"그렇소!" 낯선 사람은 말을 끊으며 사납게 말했다. "여기
서 두 시간이나 기다렸소. 대관절 어딜 갔다 이제 오는 거요?"

"자네 일로 다녀오는 참이라네, 이보게." 유태인은 대답하
면서 불안스레 상대방을 흘긋 쳐다보는 한편 발걸음을 늦추
었다. "자네 일로 밤새도록 돌아다녔다네."

"오, 물론 그러시겠지!" 낯선 사람은 비웃으며 말했다. "그

래, 무슨 성과를 올리셨소?"

"별로 좋지가 않다네." 유태인이 말했다.

"설마 나쁘다는 말은 아니겠지?" 낯선 사람은 갑자기 걸음을 멈추고 놀란 표정으로 상대방을 바라보며 말했다.

유태인이 고개를 가로저으며 대답을 하려는데, 낯선 사람이 말을 막으며 그들이 막 다다른 유태인의 집을 몸짓으로 가리켰다. 그러곤 할 말이 있으면 들어가서 은밀히 하는 게 좋겠다며, 너무 오랫동안 밖에서 서성거려 피가 얼어붙고 바람이 뼛속을 뚫고 지나가는 것 같다고 덧붙였다.

페이긴은 할 수만 있다면 기꺼이 핑계를 대고 부적절한 그 시각에 손님을 집에 들이고 싶지 않은 표정이었다. 실제로 그는 집에 불도 전혀 피워 놓지 않았다는 둥 뭐라고 중얼중얼거렸다. 하지만 상대방이 단호한 태도로 다시 한번 요청하자 결국 현관문을 열고는 등불을 가져올 동안 문이나 가만히 잘 닫아 달라고 말했다.

"무덤처럼 완전히 깜깜하군." 사내가 더듬더듬 앞으로 몇 걸음 내디디며 말했다. "빨리 서두르시오!"

"문을 닫으라니까." 페이긴이 복도 끝에서 속삭였다. 그가 말하는 순간 문이 쾅! 하고 큰 소리를 내며 닫혔다.

"내가 닫은 게 아니오." 사내가 더듬더듬 나아가며 말했다. "바람이 불어서 그랬든지, 아님 혼자 저절로 닫혔든지 둘 중 하나요. 어서 불이나 빨리 가져오시오. 잘못하면 빌어먹을 이 굴속 같은 곳 어딘가에 부딪쳐 대갈통이 박살 나고 말겠소."

페이긴은 살금살금 부엌 계단을 내려갔다. 그는 잠시 사라졌다가 촛불을 들고 돌아와서는 토비 크래킷이 아래층 뒷방에서 자고 애들은 앞방에 있다고 전했다. 그러곤 사내에게 따라오라고 손짓한 뒤 위층으로 안내하며 올라갔다.

"자, 이보게, 할 말이 있으면 여기서 몇 마디 나누세." 유태인이 2층의 방문 하나를 열어젖히면서 말했다. "그런데 덧창에 여기저기 구멍이 난 데다 우린 이웃에게 불빛을 보여 주는 법이 절대 없으니 촛불은 계단에다 놓아두세. 자!"

이렇게 말하면서 유태인은 몸을 굽혀 방문 바로 맞은편 위쪽 계단에다 촛불을 내려놓았다. 그러곤 방으로 앞장서서 들어갔는데, 부서진 안락의자 하나와 커버도 없이 문 뒤에 놓인 소파인지 침상인지 모를 낡은 물건 말고는 가구라고 할 게 아무것도 없는 방이었다. 낯선 사람은 소파처럼 생긴 가구에 지친 기색으로 털썩 주저앉았고, 유태인은 안락의자를 맞은편에 끌어다 놓은 뒤 그와 얼굴을 마주 보고 앉았다. 방 안은 완전히 어둡지는 않았다. 문을 약간 열어 놓아 바깥의 촛불이 반대편 벽에 희미하게 비쳤기 때문이다.

그들은 속삭이는 소리로 얼마 동안 대화를 나누었다. 띄엄띄엄 어쩌다 들리는 몇 마디 말 외에는 아무것도 확실히 알아들을 수 없는 대화였지만, 혹시라도 듣는 사람이 있었다면 뭔가 추궁하는 낯선 사람의 말에 페이긴이 변명을 한다는 것을, 낯선 사람이 상당히 격앙되었다는 것을 쉽게 알아차렸을 것이다. 그렇게 이야기를 나눈 지 십오 분가량 되었을까, 멍크스 — 대화를 하는 동안 유태인은 낯선 사내를 여러 차례 이 이름으로 불렀다 — 가 언성을 약간 높이며 말했다.

"다시 말하지만 그건 잘못된 계획이었소. 다른 애들과 함께 여기에 데리고 있으면서 지질한 겁쟁이 소매치기로 곧장 만들어 버리면 될 걸 왜 그런 거요?"

"말로야 뭘 못 하겠어!" 유태인이 어깨를 으쓱해 보이며 외쳤다.

"아니 그럼, 당신이 그렇게 하려고 했어도 못 했을 일이었다는 거요?" 멍크스가 모질게 다그쳤다. "다른 애들한테는 그동안 수없이 해 온 일이 아니오? 길어 봤자 열두 달만 참고 하면 그 앨 죄수로 만들어 나라 밖으로 깨끗이, 가령 종신형 같은 걸로 쫓아낼 수 있었을 거 아니오?"

"그렇게 해서 이익을 얻을 사람은 누구겠는가, 이보게?" 유태인이 겸손한 태도로 물었다.

"물론 나겠지."

"하지만 나는 아닐세." 유태인이 공손하게 말했다. "그 아인 나한테도 쓸모가 있을 수 있는 애였네. 거래에는 양쪽 당사자가 있는 법이고, 그 경우 둘의 이해관계를 모두 고려해야 하는 게 지극히 타당한 일 아닌가, 안 그런가, 이 친구야?"

"그래서 어떻다는 거요?" 멍크스가 물었다.

"난 그 앨 소매치기로 훈련시키기가 쉽지 않다는 것을 알았네." 유태인이 대답했다. "그 앤 똑같은 상황에 있는 다른 애들과 달랐네."

"그놈이 그렇다니깐, 빌어먹을!" 사내가 중얼거리며 말했다. "안 그랬으면 벌써 오래전에 도둑놈이 됐을 텐데."

"난 그 앨 타락시킬 만한 확실한 구실을 잡지 못했네." 유태인이 동료의 안색을 불안스레 살피면서 말을 계속했다. "아직 손을 더럽히지 않은 애였거든. 꼼짝 못 하게 협박할 거리가 그 애한텐 없었다고. 그런 게 먼저 있어야 일이 되지 안 그랬다간 헛수고만 하지. 그러니 뭘 할 수 있었겠나? 꾀돌이와 찰리하고 함께 내보내라고? 이보게, 처음에 그렇게 했다가 얼마나 낭패를 봤는지 아나? 난 우리 모두 끝장나는 줄 알고 벌벌 떨었네."

"그건 내 탓이 아니었잖소." 멍크스가 말했다.

"아, 물론 아니지, 이보게." 유태인은 다시 말을 이었다. "난 지금 그걸 문제 삼는 게 아니네. 왜냐면 만약 그 일이 없었다면, 그 애가 우연히 자네 눈에 띄어 자네가 그 앨 주목하게 되고, 그 결과 자네가 찾던 애가 바로 그 애라는 걸 발견하는 일이 결코 일어나지 않았을 테니까 말이야. 자, 이보게! 내가 자넬 위해서 여자앨 시켜 그 앨 다시 찾아오지 않았는가. 그런데 그년이 글쎄 그 애 편을 들기 시작하는 거야."

"그런 년은 목 졸라 없애 버리시오!" 멍크스가 견딜 수 없다는 듯이 말했다.

"글쎄, 우린 아직 그럴 만한 여유는 없다네, 이보게." 유태인이 미소를 지으며 말했다. "게다가 그런 식의 일처리는 우리 방식이 아니네. 안 그랬음 나도 언제든 기꺼이 그렇게 하도록 했을 거네. 난 이 여자애들이 어떤지 잘 안다네, 멍크스. 그 애가 나쁜 물이 들기 시작만 하면 그녀는 즉시 걔를 나무토막이라도 대하듯 무관심하게 대할 거네. 자넨 그 애를 도둑으로 만들고 싶다고 했지. 만약 애가 살아 있다면 이번에는 분명 그렇게 할 수 있을 거네. 그리고 만약에…… 만약에…….” 유태인은 상대에게 좀 더 가까이 다가가며 말했다. “그럴 가능성은 분명 없다고 하겠네만…… 그래도 상황이 최악으로 이어져서 만약에 그 애가 죽었다면…….”

“그럴 경우 그건 내 책임이 절대 아니오!” 낯선 사내가 유태인의 말을 끊고 겁에 질린 표정으로 말했다. 그러면서 떨리는 두 손으로 유태인의 팔을 꽉 움켜쥐었다. “명심하시오, 페이긴! 난 그 일과는 전혀 상관없소. 뭘 해도 좋지만 녀석을 죽이지만은 말라고 난 처음부터 당신한테 분명히 말했소. 난 피를 흘리고 싶지 않아. 그건 결국 발각되기 마련이고, 또 끊임없이 사람을 따라다니며 괴롭힌단 말이오. 만약 그 녀석이 총에 맞아 죽었다면 그건 내 탓이 아니오, 알겠소? 이놈의 빌어먹을 지옥 같은 소굴! 저건 뭐야?”

“뭐냐니?” 겁에 질린 사내가 벌떡 일어서는 것을 유태인이 두 팔로 휘감듯이 붙잡으며 외쳤다. “어디에, 뭐가 말이야?”

“저기!” 사내는 맞은편 벽을 노려보면서 대답했다. “그림자 말이오! 망토에 보닛 모자를 쓴 여자의 그림자가 저 널빤지 벽을 바람처럼 스치는 게 보였소!”

유태인은 잡았던 손을 놓았고, 두 사람은 곧장 요란스럽게 방에서 달려 나갔다. 촛불은 외풍에 한참 타들어 간 상태였지만 제자리에 그대로 놓여 있었다. 촛불 빛에 보이는 것은 텅 빈 계단과 그들 자신의 하얗게 질린 얼굴뿐이었다. 두 사람은 열심히 귀를 기울여 보았다. 집 안은 깊은 정적에 뒤덮여 있었다.

"자네 헛것을 본 게로군." 유태인이 촛불을 집어 들고 동료를 돌아보며 말했다.

"맹세코 분명히 봤소!" 멍크스가 부들부들 떨면서 대답했다. "내가 막 쳐다봤을 때 몸을 앞으로 구부리고 있었는데, 소리치자 쏜살같이 사라져 버렸소."

유태인은 경멸에 찬 표정으로 동료의 창백한 얼굴을 흘긋 쳐다보더니, 따라오고 싶으면 따라오라고 말한 뒤 계단을 올라갔다. 그들은 모든 방을 들여다보았다. 모두 썰렁하게 가구도 없이 텅 비어 있었다. 두 사람은 1층 복도로 내려갔고, 그런 다음 아래층으로 내려가 창고들을 살폈다. 아래쪽 벽마다 축축한 이끼가 끼어 있었고 달팽이와 벌레들이 지나간 자국이 촛불을 받아 번들거렸다. 하지만 모든 게 쥐 죽은 듯이 고요했다.

"자, 어떻게 생각하나?" 다시 복도로 올라왔을 때 유태인이 말했다. "우리 둘 외에 이 집엔 토비하고 애들밖에 없네. 그리고 걔들은 걱정하지 않아도 되네. 이걸 보게!"

그 증거로 유태인은 호주머니에서 열쇠를 두 개 꺼냈다. 그러곤 맨 처음 아래층으로 내려갔을 때 토비와 아이들의 방문을 밖에서 잠가 두 사람의 대화를 아무도 침해하지 못하도록 해 놓았다고 설명했다.

이렇게 덧붙여진 증언으로 인해 멍크스는 심하게 흔들렸다. 아무것도 발견하지 못한 채 수색을 해 나가는 동안 그의 주장은 점점 그 기세가 약해졌던바, 그는 이제 소름 끼치는 웃음을 몇 차례 터트리더니 자기가 흥분해서 헛것을 본 것에 불과할 수도 있다고 인정하기에 이르렀다. 하지만 그는 갑자기

1시가 지났다는 것을 떠올리며 그날 밤은 더 이상 대화를 계속할 생각이 없다고 말했다. 그리하여 이 다정한 두 짝은 서로 헤어졌다.

27장
점잖은 부인을 지극히 무례하게
내버려 두고 왔던 앞 장의 불손함을 보상한다.

하급 교구 관리처럼 존귀하신 인물로 하여금 걷어 올린 코트 자락을 양팔 밑에 낀 채 난롯불을 등지고 앉아 기다리게 해 놓고는 마음 내킬 때까지 계속 방치하는 것은 미천한 작가의 신분에 전혀 걸맞지 않은 일일 것이다. 게다가 그 교구 관리께서 애정 어린 시선으로 나긋하게 바라보았을 뿐만 아니라 달콤한 말을 귀에다 속삭이기까지 했던 ── 그런 분한테서 그런 말을 듣고 가슴이 두근거리지 않을 처녀나 부인은 신분을 막론하고 이 세상에 아무도 없을 터인데 ── 부인마저 똑같은 방치 상태에 내박쳐 두는 것은 더더욱 작가의 미천한 지위나 여성에 대한 예의에 어울리지 않을 것이다. 따라서 지금 이 글을 적어 내려가는 필자는 ── 자신의 분수를 잘 알고, 또 이 지상에서 높고 중요한 권위를 부여받은 분들에 대해 합당한 존경심을 간직하고 있다고 확신하는 사람이기에 ── 그런 분들의 지위에 적합한 경의를 표하고, 또 그분들의 높으신 신분과 (그 결과인) 훌륭하신 덕성이 필자에게 엄중히 요구하는 모든 격식을 갖춰 그분들에게 마땅한 예우를 해 드리고자 황급히 서두르는 바다. 실제로 이런 목적을 위해 필자는 하급 교구 관리의 신성한 권한을 다루는 동시에 교구 관리가 오류를 범하는 일은 없다는 명제를 밝히는 논문을 이 자리에서 개진할 작정을 했었는바, 이것은 올바른 생각을 지닌 독자에게 틀림없이 아주 재미있고도 유익한 글이었을 것이다. 하지만 불행하게도 시간과 지면의 부족으로 필자는 이를 좀 더 적절하고 형편이 나은 기회로 미루지 않을 수 없는데, 그때가 도래하면 충분히 준비하고 있다가 다음과 같은 점을 증명해 보일 것이다. 즉 제대로 임명된 하급 교구 관리, 다시 말해 교구 구빈원에 배속되고 공식 자격으로 교구 교회의 직무를 수행하는 하급 교구 관리는 직분상의 권한과 덕성에서 최고의 인간적 자질과 탁월성을 모두 갖추었다는 것, 그리고 일개 회사의 하급 관리나 법원의 하급 관리는 심지어 분회당의 하급 관리들조차(단 분회당 관리들 중 아주 낮고 열등한 계급은 제외한다.) 자신들이 그런 탁월한 자질 가운데 어느 하나라도 갖추었다는 주장을 눈곱만큼도 할 수 없음을 증명해 보일 것이다.

범블 씨는 찻숟가락을 다시 세어 보고 설탕 집게의 무게를 다시 재 보고 우유 단지를 좀 더 면밀히 살펴보았다. 그리고 정말이지 의자의 말총 시트 부분에 이르기까지 방 안에 있는 가구의 정확한 상태를 아주 엄밀하게 확인했다. 그는 이런 각각의 과정을 꼬박 여섯 번이나 반복했는데, 그러다가 마침내 코니 부인이 돌아올 시간이 되었다고 생각하기 시작했다. 생각은 생각을 낳는 법. 코니 부인이 돌아오는 아무런 소리도 들리지 않자 범블 씨에게 떠오른 생각이 있었으니, 그것은 바로 코니 부인의 서랍장 내부를 대충 훑어봄으로써 호기심을 좀 더 가라앉히는 것이 시간을 보내는 순수하고 덕이 높은 한 가지 좋은 방식이겠다는 생각이었다.

범블 씨는 열쇠 구멍에 귀를 대고 방으로 다가오는 사람이 아무도 없음을 확인한 후 맨 아래부터 시작해 세 개의 긴 서랍에 있는 내용물을 알아보는 작업에 돌입했다. 서랍들에는 스타일과 질감이 좋은 여러 가지 옷가지들이 말린 라벤더를 깐두 겹의 헌 신문지들 사이에 정성스레 보관되어 있었는데, 이것을 본 범블 씨는 굉장히 큰 만족감을 느끼는 것 같았다. 이윽고 범블 씨는 오른쪽 모퉁이의 (열쇠가 있는) 서랍에 이르러 그 안에서 맹꽁이자물쇠로 잠가 놓은 작은 상자를 발견했는데, 상자를 흔들었을 때 동전이 짤랑거리는 것 같은 기분 좋은 소리가 났다. 그러자 그는 위엄을 갖춘 걸음걸이고 벽난로로 돌아가더니 다시 처음과 같은 자세를 취하고 앉으며 엄숙하고 결연한 어조로 말했다. "난 하고 말 거야!" 이 놀라운 선언에 뒤이어 익살맞은 태도로 머리를 좌우로 흔들어 대기를 십분 동안이나 했는데, 마치 그렇게 유쾌한 놈처럼 구는 것에 대해 자신을 나무라기라도 하는 듯했다. 그러고 나서 그는 지극히 즐겁고 흥미로워하는 표정으로 자기 두 다리의 옆모습을 감상했다.

그가 이처럼 평온하게 자기 다리를 감상하는 일에 열중하고 있을 때 코니 부인이 급한 걸음으로 들어오더니 숨을 헐떡이며 난롯가에 놓인 의자에 몸을 던졌다. 그러곤 한 손으로 두 눈을 가리고 다른 손은 가슴에 올려놓은 채 숨을 가쁘게 몰아쉬었다.

"코니 부인." 범블 씨가 간호부장에게 몸을 숙이며 말했다. "왜 그러시는 거요, 부인? 무슨 일이라도 일어났소, 부인? 제발 대답 좀 해 보시오. 이거 걱정이 돼서 정말…… 정말……." 범블 씨는 놀라서 급한 탓에 '좌불안석'이란 표현이 바로 생각나지 않아 그 대신 "좌석불안이오."라고 말했다.

"오, 범블 씨!" 부인이 외쳤다. "전 정말로 끔찍하게 시달렸답니다!"

"시달렸다고요, 부인?" 범블 씨가 외쳤다. "누가 감히 그런……? 오, 알겠소!" 범블 씨는 타고난 위엄으로 자신을 억제하며 말했다. "그놈의 악독한 극빈자들 짓이군!"

"생각만 해도 끔찍해요!" 부인이 몸서리를 치며 말했다.

"그럼 아예 생각 자체를 하지 마시오, 부인." 범블 씨가 대답했다.

"생각을 안 할 수가 없는걸요." 부인이 흐느끼며 말했다.

"그럼 뭐라도 좀 마셔요, 부인." 범블 씨가 달래듯이 말했다. "포도주라도 좀 들겠소?"

"세상에 그럴 순 없어요!" 코니 부인이 대답했다. "절대로 안…… 아! 오른쪽 구석의 맨 위 선반에…… 아!" 이렇게 말하며 훌륭하신 부인은 정신이 없는 듯 손가락으로 찬장을 가리키고는 심중에 발작이 일어났는지 한차례 경련을 일으켰다.

범블 씨는 찬장으로 달려갔다. 그러곤 부인이 그렇게 정신없이 가리킨 선반에서 0.5리터들이 초록색 병을 잡아채 그 내용물을 찻잔에 가득 따른 뒤 부인의 입술에 갖다 댔다.

"이제 좀 괜찮아졌군요!" 코니 부인은 반쯤 마신 뒤 몸을 뒤로 기대며 말했다.

범블 씨는 하늘에 감사하다는 듯이 두 눈을 들어 경건하게 천장을 바라보았다. 그러더니 시선을 다시 낮춰 찻잔 가장자리를 바라보고는 찻잔을 들어 올려 코끝으로 가져갔다.

"페퍼민트예요." 코니 부인이 가냘픈 목소리로 외치고는 교구 관리를 향해 부드러운 미소를 던지며 말했다. "마셔 보세요! 다른 걸 조금…… 조금 탄 거예요."

범블 씨는 의심스러워하는 표정으로 약물의 맛을 보았다. 그러곤 입맛을 다시더니 다시 한번 맛을 보았다. 그가 내려놓은 잔은 비어 있었다.

"기분이 아주 좋아지지요?" 코니 부인이 말했다.

"성빌이시 배우 그렇고, 부인." 교구 관리가 말했다. 그렇게 말하면서 그는 간호부장 옆으로 의자를 끌어당긴 뒤 무슨 일로 그토록 심란했는지 다정하게 물어보았다.

"아무것도 아니에요." 코니 부인이 대답했다. "그저 제가 바보 같고 쉽게 흥분하는 연약한 사람이라서 그래요."

"연약하다니요, 부인?" 범블 씨가 의자를 좀 더 가까이 당기며 대꾸했다. "당신은 연약한 사람인가요, 코니 부인?"

"우린 모두 연약한 존재들이지요." 코니 부인은 일반적인 명제를 제시하며 말했다.

"맞소, 그렇소." 교구 관리가 말했다.

그런 뒤 일이 분 동안은 양쪽 모두 아무 말도 하지 않았다. 이 시간은 결국 범블 씨가 그 명제를 몸소 증명해 보이는 것으로 끝났는데, 그는 코니 부인의 의자 등받이 위에 미리부터 올려놓았던 자신의 왼팔을 슬그머니 조금씩 옮기더니 마침내 그녀의 앞치마 끈을 손으로 휘감아 잡기에 이르고 말았던 것이다.

"우린 모두 연약한 존재들이지요." 범블 씨가 말했다.

코니 부인은 한숨을 쉬었다.

"한숨 쉬지 마시오, 코니 부인." 범블 씨가 말했다.

"안 쉴 수가 없어요." 코니 부인이 말했다. 그러곤 다시 한 번 한숨을 쉬었다.

"방이 참 안락하오, 부인." 범블 씨가 방 안을 둘러보며 말했다. "방이 하나 더 있으면 부인, 이 방과 함께 아주 완벽하겠군요."

"한 사람이 쓰기엔 너무 넓을 거예요." 부인이 중얼거리듯 말했다.

"하지만 두 사람이 쓰기엔 좋겠죠." 범블 씨가 부드러운 어조로 대꾸했다. "안 그래요, 코니 부인?"

교구 관리가 이렇게 말했을 때 코니 부인은 고개를 수그렸고, 교구 관리도 코니 부인의 얼굴을 바라보기 위해 고개를 숙였다. 코니 부인은 지극히 예법에 맞게 고개를 돌렸다. 그러곤 손을 빼내어 손수건을 잡았다. 하지만 무심코 그 손을 범블 씨의 손 위에 다시 내려놓고 말았다.

"이사회에서 석탄을 공급해 주겠지요, 안 그래요, 코니 부인?" 교구 관리는 부인의 손을 다정하게 꼭 쥐면서 물었다.

"네, 양초도요." 코니 부인이 범블 씨의 손을 살짝 쥐어 반응해 주면서 대답했다.

"석탄, 양초, 게다가 집세까지 무료라." 범블 씨가 말했다. "오, 코니 부인, 당신은 참말로 천사요!"

부인은 이런 격렬한 감정 표출에 무감각한 존재가 결코 아니었다. 그녀는 범블 씨의 품 안에 푹 안겼고, 신사 양반은 흥분한 나머지 그녀의 정숙한 코에 쪽 하고 열정적으로 입을 맞추었다.

"이처럼 교구에 부합하는 완벽함은 없으리!" 범블 씨는 환희에 가득 차 외쳤다. "슬라웃 씨의 병세가 오늘 밤 더 나빠졌다는 걸 아시오, 나의 황홀한 미녀여?"

"네." 코니 부인이 수줍은 듯이 대답했다.

"의사 말로는 일주일을 못 넘길 거라고 하오." 범블 씨는 계속해서 말했다. "그 사람이 지금 이 구빈원 원장이니 그가 죽으면 그 자린 공석이 될 거고, 그럼 마땅히 새로 메꿔야 할 거요. 오, 코니 부인, 이처럼 좋은 기회가 또 어디 있겠소! 두 사람의 마음과 살림살이를 합칠 이처럼 좋은 기회가 말이오!"

코니 부인은 흐느꼈다.

"한마디 짧게 승낙의 표시를 안 해 주시겠소?" 범블 씨는 수줍어하는 미녀한테로 몸을 구부리면서 말했다. "한마디 아주 짧고 간단하게 말이오, 천사 같은 내 코니?"

"뜨…… 뜨…… 뜻대로 하겠어요!" 간호부장은 한숨을 터트리듯 말했다.

"하나만 더 대답해 주시오." 교구 관리는 계속해서 말했다. "당신의 사랑스러운 감정을 진정시키고 하나만 더 대답해 주시오. 날짜를 언제로 잡으면 좋겠소?"

코니 부인은 입을 열어 말하려고 두 차례나 시도했지만 두 번 다 실패했다. 마침내 그녀는 용기를 내서 범블 씨의 목을 두 팔로 꺼안고는 그가 원하는 대로 최대한 빨리 날을 잡아도 좋다고 말했다. 그러곤 그를 '매력 만점의 사랑스러운 멋쟁이'라고 불렀다.

일이 이렇게 만족스럽고 애정 충만하게 합의되자 두 사람은 페퍼민트가 든 음료를 다시 한잔 가득 따라 마심으로써 둘 사이의 계약을 엄숙히 추인했으니, 이것은 부인의 마음이 동요하고 흥분한 상태였기 때문에 특히나 더욱 필요한 절차였다. 이 절차가 진행되는 동안 부인은 범블 씨에게 노파가 사망한 사실을 알려 주었다.

"잘 알겠소." 신사 양반이 페퍼민트 음료를 한 모금 마시면서 말했다. "내가 집에 가는 길에 싸워베리네 가게에 들러 내일 아침에 사람을 보내라고 말해 두겠소. 당신을 놀라게 한 게 그거였소, 사랑스러운 코니?"

"뭐 별거 아니었어요." 부인은 얼버무리듯이 말했다.

"별거였음에 틀림없는데, 사랑스러운 코니." 범블 씨가 주장했다. "당신의 사랑, 이 범블한테 말해 보지 않으려오?"

"지금은 안 돼요." 부인이 대꾸했다. "나중에 적당한 때에 말할게요. 우리가 결혼하고 난 뒤에 말이에요."

"우리가 결혼하고 난 뒤라니!" 범블 씨가 외치듯 말했다. "설마 저 구빈원 극빈자 사내놈들 가운데 어떤 놈이 주제넘게 수작을 걸어온 건 아니겠……"

"아뇨, 그건 아녜요, 내 사랑!" 부인이 황급히 말을 막으며 말했다.

"만약 그런 경우라면……" 범블 씨는 말을 계속했다. "만약 어떤 놈이 감히 그 천한 눈을 들어 당신의 아름다운 얼굴을 이상한 시선으로 바라본 것이라면……"

"그들은 아무도 감히 그러지 못할 거예요, 내 사랑." 부인이 응답했다.

"아무렴, 만약 그랬다간!" 범블 씨는 주먹을 불끈 쥐면서 말했다. "교구 사람이건 교구 바깥 사람이건, 누구든 감히 그러려는 자가 있으면 나와 보라고 해. 두 번 다시 그런 짓을 하고 싶지 않도록 내가 확실히 깨닫게 해 줄 테니!"

아무런 격렬한 몸짓이 동반되지 않았다면 이 말은 부인의 매력을 높이 칭찬하는 말처럼 들리지 않았을지도 모른다. 하지만 범블 씨가 이 위협적인 말을 하면서 많은 호전적인 몸짓을 곁들였으므로 코니 부인은 그 헌신적인 사랑의 증거에 깊이 감동했고, 곧 크게 찬탄하면서 정말이지 비둘기처럼 사랑스러운 연인이라고 단언했다.

그 후 이 사랑스러운 연인은 외투 깃을 올려 세우고 삼각모를 머리에 썼다. 그러곤 미래의 반려자와 길고도 다정한 포옹을 나눈 뒤에 다시 한번 차가운 밤바람 속으로 용감하게 걸어 나갔다. 다만 남자 극빈자들을 수용한 건물에 몇 분 동안 들러 그들을 조금 괴롭혔는데, 자신이 구빈원장의 직무를 적절한 혹독함으로 수행할 수 있는지 한번 확인해 보려는 목적에서였다. 자신의 자격이 충분함을 확인한 범블 씨는 가벼운 마음으로 미래의 승진에 대한 밝은 전망을 품고서 건물을 떠나갔고, 장의사의 가게에 다다를 때까지 내내 그의 생각은 그런 전망들로 가득 차 있었다.

그 시각 싸워베리 부부는 차와 저녁 식사를 하러 나가고, 노어 클레이폴은 먹고 마시는 두 가지 기능의 편리한 수행에 필요한 것 이상으로는 스스로 몸을 움직일 생각을 하는 법이 전혀 없는 사람인지라 평소 가게를 닫는 시간이 지났건만 가게 문은 아직 열려 있었다. 범블 씨는 지팡이로 계산대를 몇 번 두드렸다. 하지만 아무도 대답하는 사람이 없었다. 그는 가게 안쪽의 작은 거실 유리창으로 불빛이 새어 나오는 것을 보고 무슨 일이 벌어지고 있는지 한번 들여다보기로 과감히 결정했다. 그런데 안에서 벌어지는 광경을 실제로 보았을 때 그는 적잖이 놀라고 말았다.

저녁 식사가 차려져 있었는데, 식탁 위에 버터 바른 빵과 접시와 유리잔, 흑맥주 단지와 포도주 병 등이 꽉 들어차 있었다. 식탁의 윗자리에는 노어 클레이폴 씨가 안락의자의 한쪽 팔걸이에 두 다리를 걸치고 아무렇게나 축 늘어져 한 손에는 접는 칼을, 다른 손에는 버터 바른 큼지막한 빵 덩어리를 들고 앉아 있었다. 바로 옆에는 샬럿이 서서 통에서 굴을 꺼내 까 주었고, 클레이폴 씨는 그것을 엄청나게 게걸스러운 식욕으로 받아먹는 호의를 베풀었다. 이 젊은 신사의 코 부위가 보통

주인이 없는 동안 클레이폴 씨의 모습.

이상으로 빨갛고 오른쪽 눈이 계속 감겨 있다는 사실은 그가 약간 술 취한 상태라는 것을 보여 주었다. 이 증상은 그가 굴을 굉장히 맛있게 먹는다는 점을 통해 확실히 증명되었는바, 굴에 대한 그의 식욕을 만족스럽게 설명할 수 있는 것은 오직 우리가 몸 안에 열이 올랐을 경우 열기를 식혀 주는 굴의 성질을 한층 강력히 음미하게 된다는 사실밖에 없기 때문이다.

"이거 아주 맛있게 생긴 살진 놈이야, 내 사랑, 노어!" 샬럿이 말했다. "먹어 봐, 어서. 이것만은 꼭."

"굴은 참말로 맛있는 음식이라니까!" 클레이폴 씨는 샬럿이 준 굴을 삼키고 말했다. "단지 너무 많이 먹으면 영락없이 속이 불편해지니 그건 참 유감이야, 그렇잖니, 샬럿?"

"정말 잔인한 일이야." 샬럿이 말했다.

"맞아." 클레이폴 씨는 동의했다. "넌 굴을 안 좋아해?"

"응, 별로." 샬럿이 대답했다. "난 내가 직접 먹기보단 네가 먹는 걸 보는 게 더 좋아, 내 사랑 노어."

"그래!" 노어가 생각에 잠기며 말했다. "거참 이상하구나!"

"하나 더 먹어." 샬럿이 말했다. "여기 가장자리 털이 정말 아주 예쁘고 보드라운 놈이 있어!"

"이제 더 이상은 못 먹겠어." 노어가 말했다. "정말 미안해. 이리 와, 샬럿, 키스해 줄게."

"뭐라고!" 범블 씨가 방 안으로 뛰어들며 말했다. "이놈, 그 말 다시 한번 해 봐."

샬럿은 비명을 지르며 얼굴을 앞치마로 가렸다. 클레이폴 씨는 두 발을 바닥에 내려놓는 것 이상으로 아무런 자세도 바꾸지 못한 채 술 취한 그대로 공포에 사로잡혀 교구 관리를 멍하니 쳐다보았다.

"다시 한번 말해 봐, 이 사악하고 뻔뻔하기 짝이 없는 놈아!" 범블 씨가 말했다. "어떻게 감히 그런 말을 입에 담는단 말이냐! 그리고 이 파렴치한 날라리 년, 감히 꼬리 치며 남잘 부추기다니! 뭐, 키스해 준다고?" 범블 씨는 몹시 분노하며 외쳤다. "나 원 참!"

"정말로 그러려고 한 건 아니었어요!" 노어가 훌쩍거리며 말했다. "쟤가 언제나 저한테 키스하고 그런단 말이에요, 제가 좋아하든 말든요."

"아니, 노어!" 샬럿이 비난하듯이 소리쳤다.

"넌 그러잖아! 너도 잘 알잖아!" 노어가 대꾸했다. "쟨 언제나 그래요, 범블 씨, 나리. 툭하면 제 턱을 어루만지고, 정말이지, 나리, 온갖 애정 표현을 마구 해 댄단 말이에요!"

"입 닥쳐!" 범블 씨가 엄하게 소리쳤다. "샬럿, 네년은 아래층으로 내려가. 노어, 네놈은 가서 가게를 닫아. 네 주인이 돌아올 때까지 한마디라도 더 하면 모가지 비틀어 버릴 테다. 그리고 주인이 돌아오는 대로 범블 씨가 내일 아침 식사 후에 노파용 관을 보내랬다고 전해. 알았어, 이놈아? 뭐, 키스를 해?" 범블 씨는 두 손을 치켜들면서 소리쳤다. "이 교구 관할 구역 하층 것들의 죄악과 타락상은 정말 끔찍하군! 의회가 이런 가증스러운 행태를 즉각 다루고 논하지 않으면 이 나라는 망하고 시골 상것들의 인격이 영원히 실종되고 말겠어!" 이렇게 말하면서 교구 관리 나리께서는 비장하고 고매한 태도로 장의사의 가게에서 성큼성큼 걸어 나갔다.

　이제 우리가 범블 씨의 귀갓길에 이만큼 충분히 동행해 줬고, 또 죽은 노파의 장례에 필요한 준비도 다 해 놓았으니 어린 올리버 트위스트의 안부가 어떤지 좀 알아보러 가 보기로 하자. 그가 아직도 토비 크래킷이 버리고 간 그 도랑에 쓰러져 있는지 확인하러 가 보기로 하자.

28장
올리버의 상황을 살피고
그의 모험을 계속 따라간다.

"망할 놈들, 늑대한테 목이나 물어뜯겨라!" 싸익스는 이를 갈며 중얼거렸다. "내가 너희 중 몇 놈 상대할 수 있다면 좋을 텐데. 그럼 네놈들은 한층 더 쉰 목소리로 짖어 대게 될 텐데."

싸익스는 그의 무지막지한 성질이 허락하는 최대한의 무지막지한 냉포함으로 이와 같은 저주를 으르렁거리듯 내뱉으며 무릎을 구부려 그 위에 부상당한 아이의 몸을 눕혔다. 그러고는 고개를 돌려 한순간 추적자들 쪽을 바라보았다.

안개 낀 어둠 속에서 눈으로 식별할 수 있는 것은 거의 없었다. 하지만 사내들이 크게 외쳐 대는 소리가 허공을 찢으며 진동했고, 비상 상황을 알리는 종소리에 자극받은 인근의 개들이 짖는 소리가 사방에서 울려 퍼졌다.

"야, 이 겁쟁이 개새끼야, 거기 서!" 강도는 토비 크래킷을 향해 크게 외쳤다. 토비는 긴 다리를 최대한 이용해 이미 저

앞에서 달아나는 중이었다. "거기 서!"

싸익스의 반복되는 명령에 토비는 완전히 정지해 멈춰 섰다. 자신이 권총의 사정거리에서 벗어나 있는지 확신하지 못한 데다 싸익스가 아무렇게나 상대해도 될 만한 기분 상태가 아님을 알았기 때문이다.

"돌아와!" 싸익스가 격렬한 손짓으로 공범을 부르며 소리쳤다. "애 나르는 것 좀 거들란 말이야!"

토비는 돌아가겠다는 표시를 했다. 하지만 느릿느릿 걸으면서 숨이 가빠 헐떡이는 낮은 목소리로 몹시 내키지 않는 일임을 제법 역력히 내비쳤다.

"좀 더 빨리 오지 못해!" 싸익스가 발치에 있는 메마른 도랑에다 아이를 내려놓고 호주머니에서 권총을 꺼내며 소리쳤다. "허튼수작 부릴 생각 마!"

그 순간 뒤에서 소리가 한층 크게 들려왔다. 싸익스가 다시 돌아다보니 추격하는 사람들이 벌써 그가 있는 들판의 출입문을 기어오르고, 그들보다 몇 걸음 앞에서 두어 마리의 개가 달려오는 것이 보였다.

"다 글렀어, 빌!" 토비가 소리쳤다. "애를 버리고 빨리 내빼라구." 이렇게 작별의 충고를 건네며 크래킷 씨는 적한테 붙잡히는 확실성보다는 동료의 총에 맞아 죽을 불확실성에 운을 걸기로 작정하고 단호히 꽁무니를 빼서 전속력으로 달아났다. 싸익스는 이를 꽉 악물고 주위를 한번 둘러보았다. 그러곤 방금 전까지 올리버를 황급히 감싸 들고 왔던 어깨 망토를 축 늘어진 올리버의 몸 위에 던져 놓고 마치 뒤쫓아 오는 사람들의 주의를 올리버가 쓰러져 있는 지점이 아닌 다른 데로 돌리기라도 하려는 듯 울타리 정면을 따라서 달려갔다. 그 울타리와 직각으로 만나는 또 다른 울타리 앞에 이르자 그는 일 초쯤 멈췄다가 권총을 공중으로 높이 내던진 뒤 단번에 울타리를 펄쩍 뛰어넘어 사라져 버렸다.

"여어, 얘들아, 그만!" 뒤쫓던 자들 중 한 사람이 겁먹은 듯한 목소리로 외쳤다. "핀처! 넵튠! 자, 이리 와, 그만!"

개들은 주인들과 마찬가지로 그 순간 하고 있는 일에 대해 특별한 재미를 느끼지 못했는지 즉각 명령에 응했다. 그러는 사이 세 명의 남자가 들판으로 진입해 얼마간 나아가다 걸음을 멈추고 서로 상의하기 시작했다.

"내 충고는, 아니 적어도 내 지시라고 한다면 말이야." 일행 중 제일 뚱뚱한 사람이 말했다. "당장 집으로 돌아가세."

"자일스 씨께서 좋으시다면 저는 뭐든지 좋습니다." 키가 좀 더 작은 사내가 말했다. 그는 결코 날씬한 몸매가 아니었으니, 집에 길린 사람들이 대개 그렇듯이 얼굴이 몹시 창백하고 태도가 매우 정중했다.

"나도 무례하게 굴고 싶지 않습니다, 두 양반님네들." 세 번째 사내가 말했다. 개들을 불러 돌아오게 한 사람이었다. "자일스 씨께서 다 잘 알아서 판단하실 일이죠."

"물론이죠." 키 작은 사내가 대답했다. "게다가 무엇이든 자일스 씨께서 하시는 말씀을 우리가 주제넘게 반박하는 건 있을 수 없는 일이지요. 그럼요, 있을 수 없지요. 전 제 처지를 잘 안답니다! 하늘에 감사하게도 전 제 처지를 잘 알지요." 진실을 말하건대 키 작은 사내는 정말로 그 순간 자신이 놓인 처지를 잘 아는 듯했거니와, 그것이 바람직한 처지가 결코 아니라는 것을 완벽하게 잘 아는 듯했다. 왜냐하면 말하면서 머리가 울리도록 이를 다닥다닥 맞부딪치며 떨었기 때문이다.

"자네 무서운가 보군, 브리틀스." 자일스 씨가 말했다.

"아…… 아뇨." 브리틀스가 말했다.

"아니긴 뭐가 아냐?" 자일스가 말했다.

"터무니없는 소리 마세요, 자일스 씨." 브리틀스가 말했다.

"거짓말 말아, 브리틀스." 자일스 씨가 말했다.

서로 반박하는 이 네 번의 말은 그러니까 자일스 씨의 비아냥에서 비롯된 것이었다. 그리고 자일스 씨의 비아냥거림은 바로 상대방이 경의를 표하는 척하며 그에게 집으로 돌아가는 책임을 뒤집어씌운 데 대한 분노에서 비롯된 것이었다. 세 번째 사내가 이 언쟁을 지극히 철학적으로 종결시켰다.

"내가 사태의 본질을 말씀드리겠소, 두 양반님네들." 그가 말했다. "우리 모두 무서워하고 있는 거요."

"당신 자신에 대해서만 말하시오, 선생." 자일스 씨가 말했는데 셋 중 가장 얼굴이 창백한 사람은 바로 자일스 씨였다.

"난 지금 그러고 있는 거요." 사내가 대답했다. "이런 상황에서 무서워하는 건 자연스럽고 지당한 일이오. 솔직히 나는 무섭소."

"저도 그렇습니다." 브리틀스가 말했다. "다만 무서워한다고 그 사람한테 대놓고 타박할 필요는 없다 이거죠."

이렇게 솔직히 인정하는 말을 듣고 자일스 씨는 누그러져서 자신도 무섭다고 즉시 고백했다. 그러기가 무섭게 세 사람은 모두 몸을 뒤로 돌려 더없이 완벽한 만장일치 아래 집을 향해 달리기 시작했는데, 그러다가 마침내 (일행 중 가장 숨이 빨리 차는 사람인 데다 쇠스랑을 들고 뛰느라 지장이 많았던) 자일스 씨가 아주 위엄 있게 잠깐 멈추자고 주장했고, 이어서 자신이 아까 성급하게 말한 데 대해 사과를 했다.

"하지만 말일세." 자일스 씨가 해명을 하고 난 뒤 말했다. "사람이 피가 끓어오르면 무슨 짓이든 다 할 수 있을 것 같으니 놀라운 일 아닌가? 난 살인이라도 하고 말았을 거네…… 정말로 그랬을 거네…… 우리가 그 강도 놈들 중 하나라도 붙잡았다면 말일세."

다른 두 사람 역시 비슷하게 행동했을 것이라는 예감이 분명히 들었고, 또 자일스 씨와 마찬가지로 그들도 격정이 모두 다 식어 버렸으므로 자기네 기분이 그렇게 갑자기 변한 이유에 대한 논의가 그들 사이에 얼마간 벌어졌다.

"그 이유가 뭔지 난 알겠네." 자일스 씨가 말했다. "들판의 그 출입문 때문이야."

"맞아요, 아마 그것 때문일 거예요." 브리틀스가 큰 소리로 외치며 즉각 수긍했다.

"내 말이 틀림없을 거네." 자일스가 말했다. "솟구치던 흥분이 그 출입문 때문에 막혀 버린 거야. 출입문을 기어 올라갈 때 내 모든 흥분이 갑자기 빠져나가는 걸 느꼈다네."

놀라운 우연의 일치로 다른 두 사람 역시 정확히 바로 그 순간에 똑같은 불쾌한 느낌에 사로잡혔다고 했다. 따라서 출입

396

문이 원인이라는 것은 아주 명명백백했는데, 특히 그들의 기분 변화가 발생한 시점에 관해 의문의 여지가 전혀 없었기 때문에 더욱 그러했다. 왜냐하면 세 사람 모두 강도들의 모습이 눈에 들어온 순간에 그 변화가 일어났다는 사실을 기억해 냈던 것이다.

이런 대화는 집털이범들을 놀래켜 도망치게 했던 두 사내와 바깥채에서 자다가 소란 때문에 잠에서 깨어 자신의 두 마리 잡종 개들을 끌고 추격에 동참했던 떠돌이 땜장이 사이에서 벌어진 것이었다. 자일스 씨는 저택의 늙은 여주인 마님의 집사이자 청지기 직책을 겸하는 사람이었다. 브리틀스는 잡일꾼이었는데, 아주 어릴 때 그 집에 들어와 일을 시작했던지라 서른이 좀 넘은 나이인데도 아직 앞날이 유망한 소년으로 취급받고 있었다.

세 사람은 이와 같은 대화로 서로 격려하면서, 하지만 서로 아주 바짝 붙은 채 돌풍이 새로 일어 나뭇가지 사이를 요란스레 훑고 지나갈 때마다 불안스럽게 주위를 둘러보며 어느 나무가 있는 곳으로 서둘러 돌아갔다. 도둑들이 불빛을 보고 사격할 방향을 알까 봐 뒤에다 등불을 숨겨 둔 나무였다. 등불을 집어 들고 그들은 아주 빠른 걸음으로 최대한 신속히 집을 향해 걸어갔다. 그들의 거무스름한 형체를 더 이상 식별할 수 없게 된 한참 후까지도 불빛이 반짝거리고 춤추는 모습을 멀리서 볼 수 있었을 터인데, 그것은 마치 등불이 컴컴하고 습기 찬 대기를 빠르게 뚫고 지나가는 가운데 그 대기가 뭔가 숨을 토해 내는 듯한 느낌이었다.

날이 서서히 밝아 오면서 공기는 한층 더 차가워지고, 짙은 연기 덩어리처럼 안개가 땅바닥을 타고 밀려왔다. 풀잎은 젖어 있었고, 오솔길과 저지대는 온통 질척거리는 진흙탕이었다. 건강에 해로운 한 줄기 습기 찬 바람이 공허한 신음 소리를 내며 음울하게 지나갔다. 여전히 올리버는 싸익스가 버리고 간 그 지점에서 꼼짝도 않고 정신을 잃은 채 쓰러져 있었다.

아침은 빠르게 다가왔다. 어슴푸레한 첫 새벽빛이 — 그것은 아침의 탄생이라기보다는 밤의 죽음이었는데 — 희미하게 하늘에 비치기 시작했을 때 공기는 한층 더 날카롭고 살을 에듯이 차가워졌다. 어둠 속에서 흐릿하니 무시무시해 보이던 사물들이 점점 뚜렷해져 마침내 낯익은 본래의 형상을 드러냈다. 비가 내렸고, 빠르고 굵은 빗방울이 잎이 진 수풀 위로 후드둑거리며 시끄럽게 떨어졌다. 그러나 올리버는 몸을 때리는 빗방울을 느끼지 못했다. 그는 여전히 속수무책으로 의식을 잃은 채 진흙 바닥 위에 사지를 쭉 뻗고 누워 있었던 것이다.

마침내 고통에 찬 낮은 신음 소리가 사방을 덮고 있던 정적을 깨뜨렸다. 그리고 신음 소리와 함께 아이는 의식을 되찾았다. 숄로 아무렇게나 감아 놓은 왼팔은 겨드랑이 아래에 무겁게 축 늘어져 있었다. 숄은 피로 흠뻑 젖어 있었다. 아이는 너무나 기력이 없어서 몸을 일으켜 앉기조차 힘들 정도였다. 어찌어찌 겨우 일어나 앉은 그는 도움을 청하려고 맥없이 주위를 둘러보면서 고통스러운 신음 소리를 질렀다. 추위와 탈진으로 온몸을 부들부들 떨며 그는 똑바로 일어서려는 시도를 해 보았다. 하지만 머리끝에서 발끝까지 부르르 몸서리를 치다가 그대로 땅바닥에 푹 쓰러지고 말았다.

그토록 오랫동안 그를 사로잡았던 혼수상태로 돌아갔던 올리버는 잠시 후 다시금 정신을 차렸다. 그리고 만약 거기 그렇게 누워 있으면 분명코 죽고 말리라고 경고하는 듯한 심장의 오싹한 거부감에 자극을 받아 마침내 두 발을 딛고 일어서서 걸어 보려 했다. 머리는 어지러웠고, 술 취한 사람처럼 이리저리 비트적댔다. 그럼에도 그는 쓰러지지 않도록 몸을 지탱하고 고개를 가슴에 맥없이 푹 떨어뜨린 채 어디로 가는지도 모른 채 비틀비틀 앞으로 나아갔다.

이제 그의 머릿속으로 혼란스럽고 당혹스러운 생각들이 무수히 밀려왔다. 그는 화가 나서 서로 언쟁을 벌이는 싸익스와 크래킷 사이에서 여전히 걸어가고 있는 것 같았다. 그들이 주고받던 말들이 그대로 귓가에 들려왔고, 또 넘어지지 않으려고 안간힘을 쓰느라 문득 자신에게로 주의를 기울인 순간 자신이 그들과 이야기하고 있는 것을 발견했기 때문이다. 그러다가 그는 이제 싸익스와 단둘이서 그 전날에 그랬듯이 터벅터벅 걸어갔다. 사람들이 그림자처럼 그들 곁을 지나쳐 갈 때 싸익스가 그의 손목을 꽉 움켜쥐는 것을 느꼈다. 갑자기 그는 총이 발사되는 소리에 깜짝 놀라 뒤로 물러섰다. 크게 고함치고 외치는 소리들이 허공에 울려 퍼지고 불빛이 눈앞에서 번쩍했다. 온통 시끄럽고 소란스러운 소리로 가득한데, 그 순간 어떤 보이지 않는 손이 그를 황급히 끌고 갔다. 빠르게 스쳐 가는 이 모든 환영들 사이로 뭔가 정의하기 어렵고 불편한 고통의 의식이 꿰뚫고 흐르면서 그를 끊임없이 지치게 하고 괴롭혔다.

이렇게 그는 들판의 출입문이나 생나무 울타리가 앞에 나타나면 문의 가로 막대 사이나 울타리 틈새를 거의 기계적으로 기어서 지나며 비틀비틀 앞으로 나아갔다. 마침내 길이 있는 곳에 이르렀을 때 비가 심하게 쏟아지기 시작하여 그는 문득 정신을 차렸다.

주위를 둘러보니 그리 멀지 않은 곳에 집이 한 채 있었다. 거기까지라면 갈 수 있을 것 같았다. 그 집 사람들이 그의 처지를 가엾게 여겨 동정을 베풀지도 모르고, 또 설령 그렇지 않더라도 텅 빈 들판에서 외롭게 죽는 것보다는 사람들 곁에서 죽는 편이 더 낫다는 생각이 들었다. 그는 마지막 시도를 위해 온 힘을 끌어모아 그 집을 향해 비틀비틀 발걸음을 내딛었다.

집이 점차 가까워졌을 때 그는 이 집을 전에 본 적이 있다는 느낌이 들었다. 집의 세세한 부분들에 대해서는 아무것도 기억나지 않았다. 하지만 건물의 전체적인 형체와 외양이 어딘지 낯익었다.

아, 정원의 저 담장! 전날 밤 그가 무릎을 꿇고 두 사내에게 자비를 빌었던 바로 그 잔디밭이 있는 곳이었다. 그들이 강도질을 하려고 했던 바로 그 집이었다.

그 집을 알아본 순간 올리버는 너무나 큰 두려움에 사로잡힌 나머지 잠깐 동안 부상의 고통도 잊은 채 오직 도망칠 생각만 했다. 도망이라! 그는 거의 서 있지도 못할 상태였다. 게다가 설령 그가 작고 어린 몸에 깃든 그 모든 최상의 힘을 온전히 다 지닌 상태였다 할지라도 그에겐 도망칠 곳이 아무 데도 없었다! 그는 정원 앞 대문을 밀어 보았다. 경첩이 달린 문은 잠그지 않아서 휙 열리며 돌아갔다. 그는 비틀비틀 잔디밭을 가로질러 가서 층계를 기어 올라간 뒤 힘없이 문을 두드렸다. 그러곤 완전히 탈진하여 작은 현관의 기둥 한쪽에 기댄 채 쓰러지고 말았다.

우연히도 이때 자일스 씨와 브리틀스, 땜장이는 지난밤에 겪은 피로와 공포를 뒤로하고 부엌에서 차와 이런저런 간식을 들면서 기운을 회복하던 참이었다. 물론 자일스 씨가 평소에 낮은 지위의 하인들과 그처럼 별 격의 없이 어울리는 습관이 있는 것은 아니었다. 오히려 그는 그들을 대할 때 상냥하면서도 좀 거만하게 처신하는 편이었으니, 이를 통해 그들에게 만족감을 주는 것과 동시에 자신의 우월한 사회적 지위를 확실히 상기시키곤 했다. 그러나 죽음과 화재와 강도는 모든 사람을 평등하게 만드는 법. 그리하여 자일스 씨는 부엌 벽난로의 울 앞에 두 다리를 쭉 뻗고 앉아 왼팔을 식탁에 기댄 채 오른팔로 강도 사건의 구체적인 정황을 이렇게 저렇게 상세히 설명했고, 이것을 그의 청중은(그중에서도 특히 요리사와 하녀는) 숨을 죽인 채 열심히 듣고 있었다.

"2시 30분쯤이었지." 자일스 씨가 말했다. "아니면 3시 가까운 때였다고 해도 완전히 틀리진 않을 거야. 아무튼 그때 난 잠이 깨서는 뭐 대개 그러듯이 침대에서 몸을 뒤척이고 있었는데(여기서 자일스 씨는 의자에서 몸을 뒤척이고 식탁보 모퉁이를 끌어당겨 이불처럼 몸을 덮는 시늉을 했다.) 무슨 소리가 들리는 것 같은 거야."

이야기가 여기에 이르렀을 때 요리사가 얼굴이 창백해져서 하녀한테 문을 닫으라고 부탁했다. 이에 하녀는 브리틀스에게 부탁했고, 브리틀스는 다시 땜장이한테 부탁했는데, 땜장이는 못 들은 척했다.

"무슨 소리가 들리는 것 같았다 이거야." 자일스 씨가 말을 계속했다. "처음에 난 혼자 말했지. '이건 환청이야.' 그러고는 가만히 잠을 청하려는데, 그때 소리가 다시 들리는 거야, 분명하게 말이야."

"어떤 소리였는데요?" 요리사가 물었다.

"뭔가 부수는 것 같은 소리였다네." 자일스 씨가 주위를 둘러보며 대답했다.

"그보다는 육두구 강판에다 쇠막대를 갈아 대는 소리 같지 않았나요?" 브리틀스가 의견을 냈다.

"자네가 들었을 때쯤엔 그 소리였지." 자일스 씨가 대꾸했다. "하지만 이때는 먼지 부수는 소리였네, 나는 이불을 당겨 내리고 침대에 일어나 앉았지." 자일스 씨는 식탁보를 밀어 내리며 말을 계속했다. "그러곤 귀를 기울였어."

요리사와 하녀는 동시에 "아이고머니!" 하고 소리를 지르고는 의자를 서로에게 좀 더 바짝 끌어당겼다.

"이때쯤 소리가 들리는 건 아주 확실했어." 자일스 씨는 말을 다시 이었다. "난 말했지. '누군가가 문이나 창문을 하나 뜯고 들어오려 하는군. 자, 어떻게 한다? 저 불쌍한 아이 브리틀스부터 깨워 구해야겠군, 침대에 누운 채로 살해당하지 않도록 말이야. 안 그럼 그 아인, 자신도 전혀 모르게, 오른쪽 귀에서 왼쪽 귀까지 목이 잘려 죽을지도 몰라.' 난 그렇게 말했지."

이 대목에서 모든 사람의 시선이 브리틀스한테로 향했다. 브리틀스는 시선을 자일스 씨한테 고정하고 입을 크게 벌린 채 자일스 씨를 빤히 바라보았는데, 얼굴에는 그야말로 완전한 공포의 표정이 가득 차 있었다.

"난 이불을 걷어찼어." 자일스 씨는 식탁보를 휙 내던지고 요리사와 하녀를 매우 심하게 노려보며 말했다. "그러곤 침대에서 살며시 나와 벗어 놓은……."

"숙녀들 앞이오, 자일스 씨." 땜장이가 중얼거렸다.

"……신발을 신은 거요, 선생." 자일스 씨는 땜장이를 돌아보고 신발이라는 단어를 아주 크게 강조하면서 말했다. "그러곤 언제나 식기 바구니와 함께 내 방으로 들고 올라가는 장전된 권총을 집어 든 다음, 살금살금 걸어 브리틀스의 방으로 갔지. 그리고 그를 깨운 뒤에 이렇게 말했지. '브리틀스, 놀라지 말게!'"

"그래요, 그렇게 말씀하셨지요." 브리틀스가 낮은 목소리로 말했다.

"난 말했지. '브리틀스, 내 생각에 우린 죽은 목숨 같아.'" 자일스 씨는 말을 계속했다. "'하지만 놀라지 말게.'라고 말이야."

"브리틀스는 분명 놀랐겠지요?" 요리사가 물었다.

"천만에." 자일스 씨가 대답했다. "그는 의연했어…… 아! 정말 거의 나만큼이나 의연했어."

"그게 저였다면, 참말이지 전 그 자리에서 바로 죽고 말았을 거예요." 하녀가 한마디 했다.

"넌 여자잖아." 브리틀스가 약간 우쭐해하며 대꾸했다.

"브리틀스 말이 맞아." 자일스 씨가 고개를 끄덕여 동의해 주며 말했다. "여자한테서 그 이상 다른 걸 기대해서는 안 되지. 하지만 우린 남자이므로 브리틀스의 방 벽난로 시렁에 놓아 둔 차광등을 들고, 짐작하다시피 칠흑 같은 어둠 속을 더듬어 가며 아래층으로 내려갔지."

자일스 씨는 자리에서 일어나 두 눈을 감고 두어 걸음 앞으로 걸어 나감으로써 자신의 설명에 적절한 동작을 곁들였는데, 그러던 그가 갑자기 격렬하게 깜짝 놀라면서 — 나머지 사람들도 마찬가지였다 — 황급히 의자로 돌아갔다. 요리사와 하녀는 비명을 질렀다.

"문 두드리는 소리가 났어." 자일스 씨가 더할 나위 없이 침착한 척하며 말했다. "누가 가서 문 좀 열어 주게."

아무도 꼼짝하지 않았다.

"이렇게 이른 아침 시간에 문 두드리는 소리가 나다니 좀 이상한 것 같은데?" 자일스 씨가 자신을 에워싼 창백한 얼굴들을 둘러보면서 아주 멍한 표정을 띠고 말했다. "하지만 문은 열어 봐야 하잖아. 자, 누구야, 가 볼 사람?"

이렇게 말하면서 자일스 씨는 브리틀스를 바라보았다. 하지만 그 젊은이는 천성적으로 겸손했던지라 자신은 가 볼 만큼 지위가 있는 사람이 아니라고 여기는 듯했고, 그 결과 자일스 씨의 질문이 자신한테는 전혀 해당되지 않는다고 생각하는 것 같았다. 아무튼 그는 아무런 대답도 하지 않았다. 자일스 씨는 호소 어린 시선을 땜장이한테로 돌렸다. 하지만 그는 갑자기 잠이 푹 들어 있었다. 여자들은 물론 전혀 여지가 없었다.

"만약 브리틀스가 여러 사람이 지켜보는 가운데서는 문을 열어 볼 수도 있다는 입장이라면⋯⋯." 자일스 씨는 잠시 침묵이 흐른 뒤 말했다. "난 기꺼이, 함께 지켜봐 주는 사람이 되어 주겠네."

"나도 그러겠소." 땜장이가 잠들 때만큼이나 갑자기 잠에서 깨어나며 말했다.

브리틀스는 마침내 이 조건을 수락하기로 했다. 그래서 일동은 (덧창을 열고서 알게 된 사실이지만) 날이 이미 환히 밝았다는 것을 발견하고 어느 정도 안심하며 개들을 앞세우고 위층으로 올라갔다. 아래에 남는 게 무서웠던 두 여자들도 맨 뒤에서 따라갔다. 자일스 씨의 충고에 따라 그들은 모두 큰 소리로 떠들어 댐으로써 밖에 있는 누군지 모를 악당에게 자신들이 수적으로 우세하다는 경고를 보냈다. 역시 그 꾀 많은 양반의 머리에서 나온 뛰어난 천재적 책략에 따라 그들은 또한 현관 복도에서 개들의 꼬리를 사정없이 꼬집어 개들로 하여금 맹렬하게 짖어 대도록 했다.

이러한 예비 조치들을 다 취하고 난 뒤에 자일스 씨는 땜장이의 팔을 꽉 붙잡고는(그가 도망치지 못하게 하기 위해서라고 자일스 씨는 짐짓 웃으면서 말했다.) 문을 열라고 명령을 내렸다. 브리틀스는 명령에 응했고, 일동은 겁먹은 얼굴로 서로의 어깨너머를 내다보았다. 하지만 그들의 눈에 들어온 대상은 무시무시한 존재와 거리가 멀었으니, 그저 기진맥진 말도 못 하고 두 눈을 힘겹게 겨우 뜨고는 그들의 동정을 말없이 간구하는 불쌍한 어린 올리버 트위스트의 모습밖에 없었던 것이다.

"웬 꼬마야!" 자일스 씨가 용감하게 땜장이를 뒤로 밀어제치고 나서면서 외쳤다. "이 애한테 무슨 일이…… 아니? …… 이건…… 브리틀스…… 여기 좀 봐…… 모르겠나?"

문을 당겨 열면서 그 뒤에 숨었던 브리틀스는 올리버를 보자마자 크게 소리를 질렀다. 자일스 씨는 아이의 한쪽 다리와 한쪽 팔을(다행히도 부상당하지 않은 팔이었다.) 붙잡고는 현관 복도 안으로 곧장 끌고 들어와 바닥에다 큰대자로 널브러뜨려 놓았다.

"여기 강도를 잡았습니다!" 자일스가 엄청나게 흥분한 어조로 계단 위쪽을 향해 큰 소리로 외쳤다. "도둑놈 하나를 잡았습니다, 마님! 도둑놈을 잡았습니다, 아가씨! 부상당한 놈입니다, 아가씨! 제가 쏜 놈입니다, 아가씨, 브리틀스는 불을 비추고 있었고요."

"등 불고 말입니다, 아가씨." 소리가 더 잘 들리도록 입가에 한 손을 대고 브리틀스가 외쳤다.

요리사와 하녀는 자일스 씨가 강도를 잡았다는 소식을 전하러 위층으로 달려 올라갔고, 땜장이는 교수형을 당하기 전에 죽어 버리지 않도록 올리버의 의식을 회복시키고자 열심히 애를 썼다. 이렇게 소란과 야단법석이 한창 벌어질 때 문득 고운 여자 목소리가 들려와 모든 소동은 즉시 잠잠해졌다.

"자일스!" 계단 위쪽에서 목소리가 속삭이듯이 말했다.

"네, 여기 있습니다, 아가씨." 자일스 씨가 대답했다. "놀라

메일리 부인의 집 앞에 쓰러진 올리버.

지 마십시오, 아가씨. 전 별로 다치지 않았습니다. 놈이 아주 필사적으로 저항하진 않았거든요, 아가씨! 놈은 금세 저한테 제압당하고 말았답니다."

"쉿, 조용히!" 젊은 아가씨가 대답했다. "당신은 도둑들 못지않게 숙모님을 놀래키고 있어요. 그나저나 그 불쌍한 사람은 많이 다쳤나요?"

"치명적인 부상이랍니다, 아가씨." 자일스는 형언할 수 없이 만족스러워하며 대답했다.

"막 숨이 넘어갈 것처럼 보입니다, 아가씨." 브리틀스가 아까와 같은 자세로 크게 외쳤다. "한번 내려와서 보지 않으시려는지요, 아가씨? 정말로 혹시 죽을지도 모르니까요."

"쉿, 제발요. 자, 진정을 좀 해요, 응?" 아가씨가 대답했다. "잠시만 조용히 기다려요, 내가 가서 숙모님께 말씀드리고 올 테니."

아가씨는 이렇게 말하며 목소리만큼이나 부드럽고 상냥한 빌밀음으로 총총히 사라졌다. 그녀는 곧 돌아와서 부상당한 사람을 위층 자일스 씨 방으로 조심스럽게 옮겨 놓으라는 지시와 브리틀스는 즉시 조랑말에 안장을 얹고 처씨로 달려가 최대한 빨리 경찰과 의사를 데려오도록 하라는 지시 사항을 전달했다.

"하지만 도둑놈을 먼저 한번 보지 않으시겠어요, 아가씨?" 자일스 씨는 마치 올리버가 무슨 희귀한 깃털이라도 지닌 새이고 자신은 그것을 솜씨 좋게 쏴서 떨어뜨리기라도 한 것처럼 아주 자랑스러운 말투로 물었다. "한번 살짝만이라도요,

네, 아가씨?"

"지금은 결코 그럴 때가 아네요." 젊은 아가씨는 대답했다. "불쌍한 사람! 아! 그를 친절하게 대해 줘요, 자일스, 제발!"

늙은 집사는 그렇게 말하며 돌아서는 아가씨를 마치 친자식이라도 되는 것처럼 자랑스럽고 찬탄에 가득 찬 시선으로 올려다보았다. 그러더니 올리버한테 몸을 구부리고는 여자와 같은 걱정과 자상함으로 그를 위층으로 옮기는 일을 거들었다.

세계문학전집 **351**

올리버 트위스트 1

1판 1쇄 펴냄 2018년 4월 13일
1판 7쇄 펴냄 2024년 5월 20일

지은이 찰스 디킨스
옮긴이 이인규
발행인 박근섭, 박상준
펴낸곳 (주)민음사

출판등록 1966. 5. 19. (제 16-490호)
서울특별시 강남구 도산대로1길 62(신사동) 강남출판문화센터 5층 (우편번호 06027)
대표전화 02-515-2000 팩시밀리 02-515-2007
www.minumsa.com

ISBN 978-89-374-6351-8 04800
ISBN 978-89-374-6000-5 (세트)

* 잘못 만들어진 책은 구입처에서 교환해 드립니다.

세계문학전집 목록

세계문학전집은 계속 간행됩니다.